CHARI

DAPHNE HUISDEN

CHARLATANS

2021 Prometheus Amsterdam

Voor Tartuffe,
mijn spinnende komedie

Dit boek werd mede mogelijk gemaakt door een subsidie van het Nederlands Letterenfonds en de gemeente Rotterdam.

Nederlands letterenfonds
dutch foundation for literature

Omslagontwerp Moker Ontwerp
Foto auteur Salih Kiliç
Zetwerk Mat-Zet bv, Huizen
www.uitgeverijprometheus.nl
ISBN 978 90 446 3748 9

viel hem zwaar. En omdat alles makkelijker te dragen was als je je gesterkt voelde liet Levi Souverein zich graag ondersteunen door een hartversterkertje uit zijn heupflacon. Sterker nog, in de twaalf jaar dat Reza hem nu kende was er geen dag voorbijgegaan waarop Levi nuchter de zon in de zee had zien zakken. Maar zolang hij zich niet in de koers vergiste, liet Reza zijn stuurman begaan. Ook Levi's idee van soberheid was zijn zaak niet.

'Ik zie niks,' bromde hij. 'Kun jij die neef van je vertellen dat hij zijn tengels wat vaker onder de kraan houdt? Ik ben niet ingeënt tegen wat het ook is dat hem mankeert.' Reza probeerde zijn arm los te rukken, maar Levi liet hem niet gaan. Hij sleurde hem mee naar de reling en stak de theedoek in de lucht. 'Ze zwaaien! Zie je dat niet?'

Reza begreep dat er niets anders op zat en kneep zijn ogen samen. De schaduw werd donkerder, kwam langzaam los van het water – en toen had hij het gezien: een kajuitsloep, stuurloos deinend op de golven.

Het was een vreemde vangst: mannen, vrouwen, oud, jong, een kind en een stokoude kat. Sommigen tegen onderkoeling aan, anderen gloeiend van de koorts. Sommigen lachend, anderen huilend van opluchting – allemaal uitgeput. Ze hadden dagen rondgedobberd. Zonder eten, haast door hun watervoorraad heen, en in zo veel staten van verwarring dat het een wonder mocht heten dat ze niet waren gezonken.

Gizmo was als eerste aan boord gehesen. De oude man droeg een ochtendjas over zijn flanellen pyjama en paarse pantoffels aan zijn voeten. 'Dank u...' had hij gestameld, 'we hebben al zoveel, zijn al zo lang – wij zijn...' Toen had hij zijn handen voor zijn gezicht geslagen, de rest van zijn woorden was opgegaan in een onverstaanbaar gesnotter. Reza had zijn vest uitgetrokken en om zijn smalle schouders gelegd.

'Morgen,' had hij gezegd, 'morgen zullen we praten.'

En nu hadden ze gepraat. Of eigenlijk: geluisterd. Naar een verhaal dat zo onwaarschijnlijk was, zo vreemd, vaag en vergezocht dat kapitein Reza niet zeker wist of hij zich beledigd of betoverd moest voelen door de zeldzame schaduw die ze hadden opgevist. Hij leunde achterover in zijn stoel en nam zijn verstekelingen nog eens goed in zich op. Gizmo had de mouwen van zijn oude vest tot zijn knokige ellebogen opgerold, maar verzoop desondanks haast in de ruwe wol. Op zijn neus balanceerde een koperkleurig brilletje. De grijze ogen achter de smoezelige glazen keken wantrouwend terug. Van de dankbare grijsaard was niet veel over. Reza had hem scherp in de gaten gehouden toen de jonge vrouw aan het woord was. Hij had hem willen betrappen op een teken, een onwillekeurige beweging die hem meer zou vertellen over hun intenties, maar Gizmo had rustig zijn koffie naar binnen geslurpt terwijl naast hem de contouren van een buitenissig sprookje werden geschetst.

Norah, die ruim een uur aan het woord was geweest tot Reza haar met een handgebaar tot zwijgen had gemaand, pulkte nu in stilte aan haar versleten nagels. Ze was een tenger meisje met donkere sproeten en grote ogen die de grond opzochten als je tegen haar sprak. De bonte details van haar sprookje had ze uitgesproken met een stem waar alle kleur uit was verdwenen, vlak, alsof ze haar betrokkenheid bij de woorden was verloren. Er was iets vreemds aan haar. Iets wat ze redelijk wist te verbergen nu ze zo tegenover hen zat, maar Reza, die met Levi op de brug had geslapen om ruimte te maken voor hun gasten, had Norah tot diep in de nacht met een deken om haar schouders op het dek zien zitten, starend naar de zilveren sikkel aan de hemel. Hoe langer een man naar de hemel staarde, hoe verder hij van huis raakte, daar was hij van overtuigd – maar dit was een vrouw.

Levi schoof de koektrommel aan de kant, schudde met de lege koffiekan, begreep dat hij zich niet langer kon verstoppen achter beleefdheden, en doorbrak de afwachtende stilte. 'Dus als ik het goed begrijp,' zei hij voorzichtig, fluisterend bijna, 'zijn jullie gevlucht?'

'Ontsnapt,' verbeterde Gizmo. Norah knikte zonder op te kijken, haar zwarte krullen dansten tegen haar voorhoofd.

'Ontsnapt,' herhaalde Levi. 'Natuurlijk, excuus. Jullie zijn ontsnapt...'

‘Waaraan?’ vroeg Reza scherp. ‘Waar zijn jullie *precies* aan ontsnapt?’

Gizmo stak een vinger op. ‘Waar-*uit*.’

Kapitein Reza haalde diep adem. Het was te vroeg voor semantische discussies. Hij kende de stad waar ze vandaan kwamen. Stokerdam, een soevereine havenstad, niet meer dan een stip op de kaart. Hij had het ooit bezocht met zijn eerste vrouw – lang geleden, toen hij nog geloofde dat het huwelijk een vastomlijnd begrip was. Een lang weekend, een stedentrip. Dat was nog voor het overspoeld werd door toeristen, zo veel toeristen dat de grenzen van Stokerdam op een kier gingen. Je kwam er tegenwoordig niet meer zo makkelijk in, niet zonder visum en de juiste stempels. En al helemaal niet zonder goedgevulde portemonnee. Er was zelfs een wachtlijst. Maar de broer van zijn derde vrouw was er afgelopen zomer nog geweest. Reza had de foto’s gezien en de verhalen gehoord en was er ternauwernood in geslaagd zich niet openlijk te ergeren aan de weinig subtiele manier waarop Selma’s broer hem had herinnerd aan het feit dat hij zich geen utopische vakanties kon permitteren. In Stokerdam was de tijd stil blijven staan. Er was niet veel veranderd. Ja, de straten waren nóg schoner, de mensen nóg opgeruimder, de reden om het in allerijl te verlaten was nog onwaarschijnlijker – maar was het onmogelijk? Was het ondenkbaar dat je midden in de nacht in je pyjama op een sloep zou stappen? Alles zou achterlaten om op de gok, zonder kaart of plan weg te drijven?

‘Waar-*uit* dan?’ vroeg hij kribbig. ‘Waar zijn jullie *uit* ontsnapt? Een oorlog? Een gewapend conflict? Een kussengevecht?’

Het duo keek elkaar aan, overlegde een seconde in stilte.

‘Dat is moeilijk uit te leggen,’ zei Norah. ‘Je moet er zijn geweest om het te begrijpen. Het is een papieren hel die –’

‘Ik bén er geweest. En jullie *hel* kwam nogal paradijselijk op me over. Er waren terrasjes en theehuizen in jullie hel, en fietspaden en moeders met volle boodschappentassen. De mensen liepen met zakjes achter hun honden aan, bij elke rij van drie kwam er een kassa bij, en als ik het me goed herinner was zelfs de taxichauffeur niet te beroerd om de koffers tot aan de deur van ons hotel te tillen.’ Levi trok ongelovig zijn wenkbrauwen op. 'Ja, tot aan de deur!' besloot Reza stellig. 'Alleen het weer zat tegen. Ook in het paradijs valt weleens een bui.'

Het was weer even stil. Norah staarde naar de grond. Gizmo nam zijn bril van zijn neus en begon de glazen zorgvuldig op te poetsen met Levi's zakdoek.

'Nou?' vroeg Reza. 'Waarom zou je daar weggaan?'

Gizmo bekeek de glazen tegen het licht en blies een onzichtbaar pluisje weg. Toen zette hij zijn bril weer op en vouwde de zakdoek dubbel, en nog eens, en nog eens – en nog eens. Reza voelde een spiertje trillen achter zijn rechteroog (een tic die doorgaans alleen door zijn zwager in werking werd gebracht) terwijl hij toekeek hoe de oude man het katoenen vierkantje tergend langzaam over de tafel schoof, zijn schouders ophaalde en zei: 'Het verleden is een proloog van het heden.' Met een geamuseerd lachje verdween hij weer achter zijn mok.

'Gelukszoekers!' riep Levi, die wakker leek te schrikken van zijn eigen ingeving. 'Zijn jullie gelukszoekers?'

De mok viel met een klap op tafel. Gizmo schoof proestend zijn stoel naar achteren. 'Gods –'

'Op zoek naar een beter bestaan?' drong Levi aan, inmiddels overtuigd van zijn ingeving. 'Om een ander leven op te bouwen? Een betere toekomst?'

'Nee,' zei Norah koeltjes terwijl ze Gizmo voorzichtig tussen zijn schouderbladen klopte. 'Nee, wij zoeken geen *geluk*.' Ze sprak het woord met zo veel walging uit dat Levi verontschuldigend zijn handen opstak.

Kapitein Reza keek naar de spetters op tafel, de vlekken die de oude man op zijn vest had gemaakt, de chaos die ze aan boord hadden gebracht. Hij wreef in zijn oog, maar het spiertje hield niet op met trillen. 'Gelukszoekers of niet, je kunt niet verwachten dat wij jullie een lift geven naar een beter leven. Jullie moeten –'

'We kunnen niet zomaar terug,' zei Norah snel. 'Ze zullen ons meteen –'

'Maar je bent zelf teruggegaan!' Reza moest zijn stem verheffen om boven Gizmo's geproest uit te komen. 'Dat heb je net zitten vertellen. Je bent daar geboren, met je moeder vertrokken en – wat was het? zes weken geleden? – teruggekeerd. En nu zit je alweer hier, aan mijn tafel, op mijn schip.'

'Het was een vergissing.'

'Een vergissing? Dát was een vergissing? Maar nú weet je het zeker? We zijn geen veerboot voor vergissingen, meisje. Je kunt niet op- en afstappen wanneer je daar zin in hebt!'

'Ik wist het niet,' fluisterde Norah. 'Als je me het hele verhaal zou laten vertellen... Toen ik met mijn moeder vertrok was het nog niet – niet zo.'

'Hoe?' vroeg Levi. Maar Reza had genoeg meegeleefd. Zijn oog brandde. 'Weet je wat ons boven het hoofd hangt als wij jullie meenemen? Mensen zonder papieren, mensen zonder –'

'Hij begrijpt het niet,' zei Gizmo met schorre stem. 'Ik zei het toch? Niemand zal het begrijpen.'

Kapitein Reza sloeg met zijn vlakke hand op tafel. 'Nee, dat zal het zijn. Het ligt aan ons. Wij begrijpen het niet.' Hij schoof zijn stoel naar achteren. 'Ik denk dat we voorlopig genoeg hebben gehoord.'

Levi volgde zijn voorbeeld en kwam overeind. 'Jullie kunnen gaan,' zei hij ferm. En toen, zachtjes: 'Als jullie nog koffie willen moet je de kok even een seintje geven.'

Norah bood Gizmo een arm en hielp hem uit zijn stoel. Ze schuifelden naar de deur. Daar draaide de oude man zich nog één keer om. Zijn grijze ogen fonkelden. 'We zijn ontsnapt uit een illusie. Wij dachten ook dat we in het paradijs woonden, we dachten dat we alles hadden – maar we hadden niets. Het paradijs was leeg.'

DEEL I

'We accept her, we accept her! One of us! One of us!
Gooble gobble, gooble gobble!'
Freaks (1932)

Zuivere intenties

Wit. De muren, de tegelvloer, het licht dat uit de brommende tl-buizen scheen: alles was wit. Alles behalve het groene bureau dat midden in de raamloze kamer stond. Op het bureau stond een scherm, achter het scherm zat een man. Hij was kalend, maar nog te jong om daaraan toe te willen geven; zijn terugwijkende haargrens had hij geprobeerd te camoufleren met een tondeuse. Norah hoorde de deur achter haar dichtvallen en zette onwillekeurig een stap naar voren.

'Komt u toch verder.'

De man kwam overeind, hield zijn buik in om zijn uniform dicht te knopen. Zijn armen waren te lang voor zijn jasje. Norah schudde zijn warme hand en wierp een blik op zijn horloge. Het was al laat in de middag. Ze was er bijna.

'Marcel Grevelaar,' zei hij. 'Buitengewoon Douanier, afdeling Intenties. Neemt u plaats.'

Haar stoel wiebelde. Norah plantte haar voeten stevig op de grond, legde haar handen in haar schoot en keek hoe de douanier opnieuw met het knoopje van zijn groene jasje worstelde voor hij ging zitten. Op zijn borstzak prijkte een witte ruit waar de afkorting van zijn functie op was geborduurd: BD-I. Er bungelde een groen draadje uit de D.

Grevelaar verdween achter zijn scherm, een bakbeest uit een ander tijdperk, en met een druk op zijn toetsenbord kwam het fossiel tot leven. 'Laten we beginnen. Eens kijken – u bent Norah de Klerk?'

'Dat klopt.'

'Mooi zo,' grinnikte hij, 'dan weten we in ieder geval dat we elkaars tijd niet zitten te verdoen – nou ja, nog niet!'

Ze lachte beleefd met hem mee. Marcel Grevelaar had een anoniem gezicht, als van een paspop, zonder bijzondere trekken, zonder sprekend karakter, maar zijn wenkbrauwen waren opvallend beweeglijk en de donkere haartjes naast zijn rechteroor vertelden haar dat hij alleen woonde. Niemand om hem erop te wijzen dat hij zich onzorgvuldig geschoren had, niemand die het losse draadje uit zijn embleem trok. Ze wist hoe ze dit moest spelen.

'U bent 25 jaar? Dan ziet u er jonger uit dan u bent, mevrouw De Klerk. We hadden bij elkaar in de klas kunnen zitten. Onder andere omstandigheden zouden we elkaar tutoyeren, maar helaas – het is even niet anders.'

Norah leunde naar voren en legde haar handen op de rand van zijn bureau. 'Laten we dan hopen dat de omstandigheden snel veranderen, meneer Grevelaar.'

De douanier leek niet te weten hoe hij moest reageren – zijn wenkbrauwen wisten zich althans geen raad – maar ze zag dat zijn mondhoeken even trilden voor hij zich weer tot zijn scherm richtte. Er gebeurde weinig opzienbarends in zijn leven, een vriendelijke suggestie was genoeg om hem te ontregelen. Ze was zo goed als binnen.

'U bent geboren in... Lefshaven? Daar heb ik nog een oudtante wonen! Ze wil er voor geen goud weg. Aparte wijk is dat, Lefshaven. Een beetje ruw misschien, of nou ja, *authentiek*. Maar goed, dat zult u vanzelf wel zien. Als uw intenties er tenminste mee door kunnen... Afijn!' Grevelaar schraapte zijn keel en keek op zijn horloge. 'Laten we snel doorgaan. U bent 1 meter 64 lang, 53 kilo zwaar en hebt, voor zover bekend, geen allergieën?' Ze antwoordde bevestigend en hij sloeg drie keer op een toets. 'Mooi, mooi, mooi. Laten we hopen dat dat ook zo blijft, mevrouw De Klerk. Als je je gezondheid maar hebt, zegt mijn oudtante altijd – en zij kan het weten.' Hij stak twee vingers op. 'Twee beroertes en een kunstheup, maar ze is er nog. Niet kapot te krijgen die vrouw!'

Hij babbelde graag. Mensen die graag babbelden vergaten vaak te luisteren. Dus lachte Norah vriendelijk en zei: 'Goede genen. Dat is iets om trots op te zijn, Marcel.'

'Niet klagen, goed eten en een goede nachtrust,' ging hij aangemoedigd verder, 'dat is haar devies. *De morgenstond heeft goud in de mond, maar de nacht is een dief en rekent dubbel tarief.*' Hij liet een korte stilte vallen, alsof hij haar in de gelegenheid wilde stellen om de wijze woorden van zijn oudtante te laten bezinken. Toen keek hij weer op zijn horloge. 'Mijn hemel...'

Norah zag zijn neusgaten wijder worden, zijn borstkas opzwellen en zijn jasje om zijn schouders spannen terwijl de geeuw zich langzaam een weg omhoog baande; langs zijn keel, voorbij zijn strottenhoofd, tot zijn lippen van elkaar kwamen en een spuugdraadje onthulden dat er tergend lang over deed om in tweeën te knappen. Ze telde twee vullingen voordat hij (meer voor de vorm dan voor het effect) eindelijk een hand naar zijn gezicht bracht, zijn mond bedekte – en greep toen haar kans. Meegeeuwen was een teken van empathie. Haar kaken kwamen van elkaar, haar ogen werden vochtig en ze gaapte luid achter haar hand.

'Lange dag, vindt u niet? Ik zie dat u zich vanochtend al om zeven uur vierendertig heeft aangemeld. U was er vroeg bij, mevrouw De Klerk.'

'Ik kom graag op tijd.'

'Dat zien wij graag,' knikte Grevelaar, 'dat soort gretigheid. Nieuwkomers die zich na achten melden komen tegenwoordig niet eens meer door de eerste spoeling heen, wist u dat? Het is een tijdrovende procedure, zo'n toelating, dat heeft u vandaag misschien wel gemerkt. Het zijn lange dagen. Ja, óók voor ons! Al staan de meeste mensen daar natuurlijk niet bij stil! Te beroerd om een wekker te zetten maar ondertussen wel verwachten dat wij overuren draaien... Het is schandalig!'

Norah wist dat het beter was om hem bij te vallen, gedeelde onvrede schiep immers een band – maar ze wist niet zeker of ze de frustratie die onder Grevelaars oppervlakte school dieper wilde aanboren. 'Een eerste indruk telt voor twee,' zei ze daarom voorzichtig.

'Precies! Ik begrijp waarom zo veel mensen zich permanent in Stokerdam willen vestigen, ik zou zelf ook nergens anders willen wonen – maar wie verleent hier nu wie een dienst, hm? We doen dit voor ú! Al-le-maal voor ú.' Ze knikte driftig met hem mee. 'En toch... U wilt niet weten hoe onvriendelijk er soms gereageerd wordt! Ongepaste taal voor de openbare ruimte! En dan vragen ze zich nog af waarom we zo'n selectief migratiebeleid voeren. *Dat soort mensen* kunnen we hier absoluut niet gebruiken.'

Er verscheen een diepe plooi tussen zijn wenkbrauwen en Norah begreep dat knikken alleen niet meer voldoende was. 'Vreselijk,' zei ze, 'vreselijk, *dat soort mensen*. Je moet een erg geduldig mens zijn, Marcel. Dat zijn vast die goede genen.'

Zijn mondhoeken trilden weer, de plooi tussen zijn wenkbrauwen trok strak en er verscheen een blosje op zijn wangen. Een luisterend oor, een beetje bevestiging en een loos compliment; de formule die ze zo vaak had gebruikt had ook nu meteen effect, want de douanier keek haar samenzweerderig aan en draaide het scherm naar haar toe. 'Kijkt u anders even mee, mevrouw De Klerk. Dat gaat een stuk sneller. Klopt het allemaal zo?'

Daar, tegen een groene achtergrond, stonden haar gegevens; haar fysieke gesteldheid, opgedeeld in keurige witte kolommen, de onderzoeken van vandaag uitgerekend tot twee cijfers achter de komma. In de rechterbovenhoek knipperde een groen-wit gestreept hart en Norah had met terugwerkende kracht spijt van de koffie die ze vanochtend had gedronken.

'Iets hoger dan normaal,' zei Grevelaar, die haar gedachten leek te raden, 'maar dat heeft iedereen die daar zit, hoor. Dat zijn de omstandigheden.'

Ze glimlachte. 'Het is even niet anders.'

'Zo is dat! Mooi! Dat hebben we gehad. Ja, dit scheelt enorm. Tot voor kort deden we dit allemaal op papier. U wilt niet weten hoeveel werk dit scheelt. Al die papieren, al die formaliteiten. Of zoals wij ze noemen: *formuliteiten*! Sorry, een intern grapje.' Hij draaide het scherm grijnzend terug en gaf er een liefkozend klopje op. 'We zijn hier maar wat blij met deze jongens. Het was even wennen, maar ze zijn verdomde handig. Al snap ik de risico's. Als ik de hele dag achter zo'n *ding* zou doorbrengen zou ik ook geen "echt" contact meer weten te maken. Ik begrijp dat ze, waar u vandaan komt, allemaal achter zo'n apparaat leven? Ik heb er tijdens mijn training een documentaire over gezien. Huiveringwekkende beelden! En als je ziet hoeveel moeite het de toeristen kost om ze in een kluisje achter te laten als ze van boord komen – alsof ze geamputeerd worden! Terwijl ze – als je ze moet geloven – juist hier vakantie komen vieren om even weg te zijn van die dingen. Ongelooflijk, vindt u niet?'

Norah sprak hem niet tegen. Ze had haar *dingen* niet eens meegenomen. Maar ze was dan ook niet van plan nog terug te gaan. Hoelang zou dit nog duren?

Ze geeuwde achter haar hand. Dat geluid bracht hem weer bij de les.

'Eens zien – ah ja, een korte vragenlijst over uw immateriële condities.'

'Mijn wat?'

'Uw immateriële condities, mevrouw De Klerk. Kunt op een schaal van één tot tien aangeven hoe tevreden u bent?'

'Waarmee?'

Grevelaars vinger zweefde boven het toetsenbord. 'Hoe tevreden bent u, mevrouw De Klerk?'

'Op dit moment?'

'Hoe tevreden staat u in het leven? Het is geen ingewikkelde vraag.'

Zijn gezicht gaf niets prijs. Ze moest gokken. 'Een zes – denk ik.'

'En hoe goed kunt u het met uzelf vinden?'

'Een vijf.'

'Hoe onrustig voelt u zich doorgaans?'

'Ook een vijf.'

'Een vijf?'

'Zes?'

'Zes.' Grevelaar voerde fronsend het getal in – heel even, maar lang genoeg om te weten dat ze verkeerd had gegokt. 'En hoe zuiver zijn uw intenties?'

'Een negen,' zei ze snel – te snel, ze hoorde het meteen.

'Kom, kom, mevrouw De Klerk. U hoeft het niet voor mij te doen, hoor. Dit zijn uw antwoorden. Er bestaat geen goed of fout. Geen links of rechts, alleen ronduit eerlijk.'

'Een zeven dan.'

'Interessant.'

Hij begon met twee vingers te typen en Norah probeerde in te schatten hoeveel woorden hij toevoegde aan haar ronduit eerlijke antwoord. Ze moest beter opletten. Dit was niet het moment om fouten te maken. Niet nu ze zo dichtbij was.

'Goed. Dat brengt ons op – werk en inkomen. Ja, hoe bent u van plan uw steentje bij te dragen aan onze samenleving, mevrouw De Klerk? Wat heeft u Stokerdam te bieden? Heeft u bijvoorbeeld uitzicht op een baan?' Grevelaar vouwde zijn handen in elkaar en zijn gezicht stond plotseling doodernstig. Norah moest zich bedwingen om niet weg te kijken en staarde naar een punt tussen zijn wenkbrauwen, dan leek het net alsof je iemand recht aankeek – een truc die ze van haar moeder had geleerd.

'Nog niet – maar ik heb van alles gedaan,' voegde ze er snel aan toe. 'Ik ben suppoost geweest in een museum en croupier in een casino, en mijn familie heeft een hotel in Lefshaven. Waarschijnlijk kan ik daar voorlopig –' Ze stopte. De douanier hikte van het lachen. 'Sorry! Sorry, sorry, ik zit u te plagen. Ontspant u toch, mevrouw De Klerk! Het zijn maar vragen.'

Norah was blij dat hij het losse draadje had ontdekt dat uit zijn embleem stak, want ze vermoedde dat de uitdrukking die nu op haar gezicht stond haar ook een *interessante* aantekening zou opleveren.

'Maakt u zich geen zorgen over uw inkomen. Daar hebben wij een Toegift-Regeling voor. Zolang u zich nuttig maakt door een Tegenprestatie te leveren hoeft u nergens over in te zitten. Ik zal u straks een folder meegeven.' Grevelaar peuterde aan het draadje tot er van de D alleen nog een I over was, rukte het los en richtte zich weer tot zijn scherm. 'Aha! Ja, nu wordt het interessant. Familie en aanverwanten. U komt uit een bijzondere familie. De Klerk – dochter van Mathilde de Klerk, kleindochter van Jozias en Mime de Klerk. Nicht van Gabriel én Lorenzo Madoz.'

'Dat ben ik,' zei Norah. 'Nog steeds. Ik zou je tijd niet willen verdoen, Marcel.' Ze trok haar mondhoeken moeizaam op. 'Daar ben ik niet zo vroeg voor opgestaan.'

De computer liet een snerpend piepje horen.

'Dat doet-ie wel vaker,' zei Grevelaar. 'Soms denk ik dat ze een eigen willetje hebben.'

Hij sloeg op het toetsenbord. Opnieuw een piep – langer dit keer.

'Het is voor hem zeker ook een lange dag,' zei ze. 'Loopt hij vast? Misschien kun je –'

'Niet zo ongeduldig, mevrouw De Klerk. Ik ga zo snel als ik kan. Waarom wil hij nou niet –' Grevelaar tikte met zijn knokkels tegen de zijkant van het scherm, maar de pieptoon hield aan, vulde de kleine kamer. Norah keek naar haar handen. Als iemands frustratie de oppervlakte bereikte, kon je jezelf maar beter onzichtbaar maken – ook dat had ze van haar moeder geleerd.

'Nee, niet terug naar het hoofdmenu, daar was ik net! Waar is de handleiding?' Grevelaar opende een la, sloeg hem weer dicht, hamerde op een toets. Het hielp allemaal niet. 'Rotding!'

Haar been begon te trillen terwijl ze hem binnensmonds hoorde vloeken, in gesprek gaan met de computer die piepte en blies maar van geen meewerken wilde weten. Norah drukte haar duim tegen haar pols, controleerde haar hartslag. Iets hoger dan normaal – maar dat waren de omstandigheden, dat zou iedereen hebben die zo dichtbij was.

Toen slaakte de computer een laatste, diepe zucht en werd het zo stil in de kamer dat ze de tl-buizen weer hoorde brommen. Grevelaar schoof zijn stoel naar achteren. 'Ik ben zo terug.'

Norah wachtte tot de deur achter haar dichtviel, tot het slot was omgedraaid, en haar been gestopt met trillen voor ze over haar schouder durfde te kijken. Er hingen geen camera's in de witte kamer, die *dingen* hadden ze hier niet, maar boven de deur hing een bekend portret. Hetzelfde portret van Victor Bakermat had bij haar grootouders in de gang van hun hotel gehangen. Het voormalig staatshoofd keek vaderlijk op haar neer.

Ze waren hier erg op procedures gesteld, dat wist ze – dat wist iedereen. Stokerdam was een veilige haven in onrustige tijden. Een plek waar ze voorzorgsmaatregelen hoog in het vaandel hadden staan, het zekere nog voor het onzekere namen.

Procedures, daar had haar hele dag uit bestaan. Vanaf het moment dat ze vanochtend vroeg met de eerste golf toeristen van boord was gegaan, haar reisdocumenten had afgegeven en via een doolhof van pijlen, kluisjes en toegangspoortjes op het winderige plein voor de Terminal was uitgekomen. Daar was ze even blijven staan om haar medepassagiers na te kijken die in taxi's en shuttlebusjes een onbezorgde en peperdure vakantie tegemoet gingen. Norah had de wind over haar wangen voelen strijken en de geur van haar geboortestad in zich opgenomen (een specifieke mix van natgeregend asfalt en uitlaatgassen die ze dacht te zijn vergeten maar meteen herkende) voor ze zich bij het douanekantoor had gemeld – een blokkendoos van beton pal naast de Terminal. Ze had haar koffer en paspoort moeten afgeven voor ze door mocht naar de eerste wachtruimte, waar ze met een handjevol andere Nieuwkomers naar archiefbeelden van Victor Bakermat had gekeken. De Burgervader was allang overleden en ten tijde van deze opname was zijn stem al zo zwak dat zijn uitroeptekens klonken als punten, maar zijn boodschap was helder:

'In een wereld die uiteenviel hebben wij in Stokerdam op tijd ingezien dat we elkaar nodig hebben om vooruit te komen. Zonder wederzijds vertrouwen, zonder gemeenschappelijk fundament ontstaat er ruimte voor onrust, en wie onrust de ruimte geeft om uit te groeien tot onvrede moet zich opmaken voor catastrofale gevolgen. Overal zien we hoe samenlevingen ten onder gaan aan dat besmettelijke virus, hoe onvrede om zich heen grijpt en de mensen hopeloos verdeeld achterlaat.

Maar in Stokerdam hebben we op tijd begrepen dat we één stad zijn, één volk, met één weg: voorwaarts. En we weten dat we veilig zijn op die weg, omdat we erop kunnen rekenen dat we het beste met elkaar voorhebben. Dat is waar Excellent Burgerschap toe leidt: een tevreden volk in een veilige samenleving.'

Achter hem stond zijn dochter, Etna Bakermat, zijn rechterhand en geduldige opvolger, met dezelfde vrome blik en dezelfde onberispelijke glimlach. Haar lippen bewogen voorzichtig mee met haar vaders speech. Etna Bakermat stond erbij als een ingetogen buikspreekpop die wist waar de pauzes vielen, de precieze cadans kende van de riedel die ze al zo lang vanaf de eerste rij had aangehoord, maar die haar nog steeds, na al die jaren, niet onberoerd liet. Haar ogen schitterden toen haar vader zijn boodschap afsloot met zijn fameuze woorden: 'Evolutie is geen eenmanswerk. Evolutie is het werk van de meerderheid – en wij zijn met meer.'

Na de videoboodschap waren de Nieuwkomers één voor één opgeroepen voor een volgende ronde procedures: ze hadden pasfoto's van haar gemaakt, haar opgemeten en gewogen, met een lampje in haar ogen geschenen en haar huid gecontroleerd op verdachte littekens en wondjes. Norah had lange vragenlijsten ingevuld, haar bloed, vingerafdrukken en urine afgestaan. Bij elk onderzoek hadden haar controleurs zich beleefd opgesteld, zich er haast voor verontschuldigd dat ze haar zo onder handen moesten nemen. Alleen de dame die haar bloed had afgenomen had gemopperd dat ze wel 'hele nauwe aderen' had. Norah had stoïcijns in een rubberbal geknepen terwijl de vrouw met een naald in haar arm wroette. De procedures hadden haar door scans en poortjes geleid, van wachtkamer naar wachtkamer, tot ze voor de laatste deur had gestaan en aan had geklopt bij Marcel Grevelaar. De andere Nieuwkomers waren nergens meer te bekennen.

De pleister op haar arm kriebelde onder haar trui. *Niet aan denken. Niet nu.* Ze moest haar hoofd leeg houden, haar hart bedwingen; niets voelen, niet twijfelen, zeker zijn. Ze moest meewerken, zoals ze de hele dag had gedaan, en vooral niet denken aan de mogelijkheid dat ze niet toegelaten zou worden – maar het vooruitzicht tekende zich al af in haar gedachten.

Ze kon niet terug. Niet naar die kale flat waar niemand op haar wachtte, waar ze niets anders deed dan wakker liggen en naar een scherm staren tot het weer tijd was om naar bed te gaan. Ze kon niet terug naar dat leven van in- en uitloggen, van wachtwoorden en versleutelingen, van opstellen, beantwoorden en doorsturen, van delen, liken en eindeloos verversen; dat gefilterde leven waarin haar voorkeuren door algoritmes werden bepaald, een perpetuum mobile van voorstellen, notificaties en evenementen; de wereld waarin het nieuws bestond uit opstapelende opinies en krantenkoppen die elkaar overschreeuwden. Norah wilde weer onbereikbaar zijn, ontsnappen uit de chaos. Ze wilde thuiskomen.

Ze schrok op van gemorrel aan het slot.

Grevelaar was terug met een dikke ordner die hij met een klap op het bureau liet vallen. Dit keer had de douanier niet de moeite genomen om zijn jasje dicht te knopen. 'Goed, daar zijn we weer. We gaan op de oude, *vertrouwde* manier verder.' Hij viste een pen uit zijn binnenzak, sloeg de ordner open en haalde er een stapel papieren uit die zo te ruiken vers uit de printer kwam. 'Dus u wilt zich permanent in Stokerdam vestigen, mevrouw De Klerk?'

'Nog altijd,' zei ze opgewekt.

'Voor de *tweede* keer?'

'Ja, ik wil graag *re*-migreren.'

'Waarom?'

Dit was de vraag waar ze op had gewacht, de vraag waar ze zich de afgelopen weken op had voorbereid. Norah ging rechtop zitten en schraapte haar keel. 'Sinds we hier vertrokken heb ik altijd –'

'Wacht,' zei Grevelaar. Hij bladerde door de papieren. 'Wie zijn "we"?'

'Mijn moeder en ik. Sinds we hier zijn –'

'Ah ja, ik zie het. Waarom zijn jullie vertrokken?'

Ze haalde diep adem en begon opnieuw. 'Mijn moeder was kunstschilder en ze dacht dat haar werk het beter zou doen in het buitenland. Dat had ze gehoord van een kennis die veel had gereisd, een kennis die "er verstand van had" – dat geloofde mijn moeder tenminste, maar toen we –'

'Uw moeder was een gelukszoeker?'

'Zo zou je het kunnen noemen,' gaf ze met tegenzin toe, 'maar *geluk* hebben we niet gevonden. Niet omdat haar werk niet verkocht, mijn moeder had talent, kreeg opdracht na opdracht – in het begin.' Ze wachtte tot Grevelaar, die ijverig zat mee te pennen, haar een seintje gaf om door te gaan. 'Maar ze kon nergens blijven. Ik geloof dat we wel twintig keer zijn verhuisd. We zwierven rond, van dorp naar stad, van huis naar appartement naar torenflat, maar we waren nooit ergens thuis.'

'Een nomadenbestaan?' vroeg Grevelaar. 'Dat hoor je wel vaker over gelukszoekers. *Het gras is elders altijd groener, maar de mollen, die zijn kleurenblind,* zegt mijn tante.'

'En hoe langer we onderweg waren,' ging Norah verder, vastberaden om het verhaal waarmee ze zijn sympathie moest winnen af te maken, 'hoe donkerder haar doeken werden. Het duurde niet lang voordat de opdrachten uitbleven. Ze zaten nergens te wachten op sombere schilderijen, maar mijn moeder weigerde iets anders te maken: donkerblauw, donkergroen, grijs en toen zwart. Tot al haar kleuren op waren en er niets meer uit haar handen kwam.' Ze dacht aan de schitterende ogen van Etna Bakermat en gaapte binnensmonds. Haar ogen werden vochtig. 'We hadden een chaotisch leven, zeker voor een kind... Ik heb haar zo vaak gevraagd wanneer we teruggingen, maar daar wilde ze niets van weten. Mijn moeder was ervan overtuigd dat ze het zou herkennen als we er waren: ons nieuwe "thuis". Maar overal waar we onze koffers uitpakten was het een kwestie van tijd voor ze weer ongedurig werd en zei dat het *niet goed* was, *niet goed.*' Ze hield haar hoofd schuin om de traan langzaam over haar wang te laten rollen. 'Het was nooit goed.'

Grevelaar kauwde op het uiteinde van zijn pen en keek haar bedenkelijk aan. 'Heeft uw moeder u ontvoerd? Is dat wat ik u hoor zeggen, mevrouw De Klerk?'

'Ontvoerd? Nee, ik denk dat mijn moeder juist last had van heimwee, een gemis dat het haar onmogelijk maakte om zich ergens anders thuis te voelen. Ze was geen makkelijke vrouw, kon zich moeilijk hechten – maar ze had zeker geen kwade bedoelingen.'

'Maar hoe moet ík het zien? U en uw moeder zijn van de ene op de andere dag met de noorderzon vertrokken, zo staat het in uw dossier. Een volwassen vrouw die haar minderjarige dochter meeneemt zonder de autoriteiten daar fatsoenlijk over in te lichten – en nu zit u hier te beweren dat u voor kunstenaarsnomaden hebt gespeeld?' Grevelaar wees naar haar met zijn pen, zijn tandafdrukken stonden in het plastic. 'Wat moeten we daarvan maken, mevrouw De Klerk?'

Norah veegde de traan van haar wang en haalde haar schouders op. Het maakte kennelijk niet uit hoe persoonlijk ze haar verhaal maakte, uiteindelijk bleef er een klinische versie over, geordend in witte kolommen en uitgerekend tot twee cijfers achter de komma.

'Vertelt u eens, waarom bent u eigenlijk niet eerder teruggekomen? U bent al een tijd geen kind meer.'

'Mijn moeder werd ziek. Ik heb de laatste jaren voor haar gezorgd, in mijn eentje – tot het einde. Toen ze niet meer zonder hulp uit bed kon komen was het definitief uit met verhuizen. Mijn moeder wist wat haar laatste adres zou zijn – en ze voelde zich er niet thuis. De wereld leek stil te staan toen ze overleed. Mijn wereld. Ik heb me altijd goed kunnen aanpassen, maakte vrienden voor zover de verhuizingen dat toelieten, maar na haar dood bleken mijn vrienden kennissen te zijn. Ik voelde de afstand die er altijd al was geweest.'

'Jaja, heel triest,' zei Grevelaar die weer met zijn aandacht bij zijn papieren was, 'en wat kunt u me over uw vader vertellen?'

'Niet veel.'

'Hoe is dat mogelijk?'

'Staat dat niet in mijn dossier?'

'We horen het liever in uw eigen woorden.'

'Mijn vader was een toerist. Een voorbijganger, meer niet.'

'Tja, dat is natuurlijk vragen om ellende...'

'Ik denk dat mijn moeder daarom ook zo op haar hoede was,' zei Norah, die zijn opmerking wijselijk negeerde. 'Je kon maar beter de eerste zijn die vertrok, kwetsen voor je gekwetst werd.'

Het was een overlevingstechniek die ze zelf maar al te goed kende. Haar eigen relaties hadden nooit langer geduurd dan een paar weken, een paar maanden hooguit. Dan liet ze ze op de klippen lopen om te vertrekken, haar trots intact, een kale flat rijker. 'Maar op de lange termijn haalt het niets uit.'

'Inderdaad. Vluchten is geen oplossing.' Grevelaar zette een vinkje op een formulier. 'Spijtig hoor. Als uw moeder hier was gebleven hadden we haar een Reflectie-Traject kunnen laten doorlopen. Meestal weet het BCD wel raad met dat soort mensen. Sommigen hebben nu eenmaal betere genen dan anderen – het is niet anders, hè? Hoelang is uw moeder ook alweer dood?'

Norah drukte haar nagels in haar handpalmen en staarde naar de witte ruit op zijn borst. *Niets voelen. Niet nu.* Ze moest kalm blijven, de oppervlakte rimpelloos en onverstoorbaar houden. 'Een jaar. Na haar dood heb ik het nog een jaar geprobeerd, alleen. Maar het ging niet. Ik bleef een buitenstaander; een vreemde zonder gedeeld verleden. In het casino waar ik werkte was ik een anoniem gezicht. Zelfs mijn collega's onthielden mijn naam niet. Het waren... heel lange dagen.'

Grevelaars wenkbrauwen maakten een sprongetje. Ze had zijn aandacht, nu moest ze inzetten. Norah leunde over het bureau, verkleinde de afstand, vergrootte de vertrouwelijkheid. 'Ik heb het altijd moeilijk gevonden om "echt" contact te maken met *dat soort mensen*. Iedereen is daar erg op zichzelf.'

'Dat zag ik in die documentaire, ja. Heel erg! Ze lijken het *samenleven* compleet ontwend te zijn.' Grevelaar rilde en wierp een vluchtige blik op zijn papieren. 'Bent u in de afgelopen – wat is het? – vijftien jaar in contact gebleven met uw familie, mevrouw De Klerk?'

'Mijn opa is ons altijd blijven schrijven, sinds mijn moeders dood steeds vaker.'

Toegeven dat het contact verwaterd was zou haar kansen vast verkleinen, dus vertelde Norah niet dat het contact beperkt was gebleven tot sporadische verhuisberichten en nieuwjaarswensen. En dat ze in werkelijkheid op de lange en openhartige brief waarin ze haar terugkeer had voorgesteld wekenlang niets had gehoord. Tot er een maand geleden ineens een ansichtkaart was gekomen met daarop de iconische brug van haar geboortestad. Op de achterkant stonden vijf regels, geschreven in een stijf handschrift. Vijf beleefde, maar afstandelijke regels die ze meteen had aangegrepen om al haar spaargeld op te nemen, de huur op te zeggen en haar koffer te pakken.

'Dus u bent op de hoogte van de laatste ontwikkelingen omtrent uw familie? *De situatie* rondom meneer Madoz?'

'Ja, mijn opa was erg trots toen Gabriel tot raadslid verkozen werd. Hij was altijd al pienter, ze noemden hem een wonderkind. Ik weet nog dat hij –'

'Dat bedoel ik niet, mevrouw De Klerk,' zei Grevelaar geërgerd. 'Als Gabriel Madoz niet in de raad zat, zou u nog steeds op de wachtlijst staan. Dat privilege hebben niet alle Nieuwkomers, kan ik u wel vertellen. Nee, ik heb het over *de situatie*.'

'Welke situatie?'

'Uw andere neef? Lorenzo Madoz?' De douanier keek verbijsterd, verontwaardigd bijna. 'Daar heeft uw grootvader u niets over verteld? Helemaal niets?'

'Ik heb Lorenzo voor het laatst gezien toen ik tien was.'

'Toen u de stad illegaal verliet.'

'Toen we' – ze verbeet zich – '*gelukszoekers* werden.'

Grevelaar vinkte gniffelend een hokje aan. 'Op zoek naar groener gras... Uw moeder heeft zich een ongeluk gegraven, mevrouw De Klerk.'

Ze wist haar gezicht alleen in de plooi te houden omdat hij bij het laatste formulier was aangekomen. De punt van zijn pen hing boven een stippellijn. 'Goed. Kunt u me, in één zin, vertellen waarom u *precies* wilt terugkeren?'

'Ik kom terug om bij mijn familie te zijn.'

'De familie waar u nauwelijks iets van af lijkt te weten? Díe familie?'

Norah hield haar mond. Ze had haar laatste hand gespeeld. Alles lag op tafel. Ze hield haar adem in terwijl Grevelaar *familiehereniging* invulde op de stippellijn en een zwierige handtekening onder het formulier zette. Toen plaatste hij snel nog een vraagteken naast haar antwoord, stopte de pen terug in zijn binnenzak, schikte de papieren tot een nette stapel, en gaf haar opnieuw een warme hand. De wijzers van zijn horloge stonden stil, zag ze nu. Het was nog steeds laat in de middag. Enigszins verstomd hoorde ze zijn felicitaties aan.

'Proficiat met uw burgerschap, mevrouw De Klerk. Het zit erop, of – nou ja, nu begint het pas!' Grevelaar viste een pak kleurrijke folders uit zijn bureau. 'Neemt u deze mee.'

'Dit was het?'

'Dit was het – tot zover de *formuliteiten*,' knipoogde hij. 'U kunt gaan. Linksaf, de gang uit, daar kunt u uw koffer ophalen en het Samenlevingscontract tekenen.'

Norah kwam snel overeind, pakte de folders en haastte zich naar de deur. Haar gympen piepten over de vloer en ze stond al met één voet in de gang toen ze zich nog één keer omdraaide. Ze wist dat het onverstandig was, maar Grevelaars pen zat veilig in zijn binnenzak, de ordner was gesloten.

'Ja, mevrouw De Klerk?'

'Wat is de situatie? Wat is er met Lorenzo aan de hand?'

De douanier nam haar onderzoekend op. Hij wikkelde het draadje van zijn embleem zo strak om zijn wijsvinger dat het topje rood werd. 'Het is niet aan mij om u op de hoogte te stellen van *de situatie*,' zei hij uiteindelijk. 'Daar komt u snel genoeg achter. Maar ik kan u wel vertellen dat u er verstandig aan doet het meteen te melden als Lorenzo Madoz contact met u zoekt. We willen tenslotte niet dat u zo snel na uw thuiskomst een Aantekening oploopt.'

'Een Aantekening?'

'Staat in de folders, mevrouw De Klerk. Heus, het wijst zich allemaal vanzelf.' Hij trok het draadje doormidden en liet het achteloos op de vloer vallen. 'Je intenties zijn zuiver genoeg, Norah. Houd dat zo.'

Ze snelde de gang uit, de stapel folders onder haar arm geklemd. Bang om teruggeroepen te worden – of doorgeloodst naar de volgende procedure – hield ze haar blik op de grond gericht, zag de witte tegelvloer onder haar gympen voorbijschieten en overgaan in groen linoleum tot ze uitkwam bij een klein loket waar een man met een groene stropdas achter stond.

Hij vroeg naar haar naam, overhandigde haar koffer. De gespen zaten los. 'We hebben een kijkje genomen.' Hij stak zijn duim op. 'Prima in orde.' Toen haalde hij een stapel papier tevoorschijn die zo zwaar was dat hij beide handen nodig had om hem op de balie te tillen. 'Hier is uw Samenlevingscontract. Uw handtekening komt op de laatste pagina. Ik ga uw Participatiepas in orde maken.'

Op de titelpagina stond in kleine letters: *Samenlevingscontract, versie 5.52.* Norah bladerde vluchtig door de inhoudsopgave die meerdere pagina's in beslag nam, zag artikelen voorbijkomen die namen droegen als: Functioneringsgesprekken en Reflectie-Trajecten, Ongewenst Gedrag en het TAM-Model. Ze ging door de stapel heen, scande de blokken tekst zonder inspringingen; de letters leken alsmaar kleiner te worden, veranderden in karakterloze tekens die ook bij herlezing onbegrijpelijk bleven – tot ze bij de laatste pagina aankwam:

> Hierbij ga ik, ... (*volledige naam invullen)* akkoord met bovenstaande voorwaarden en Toekomstige Herzieningen (zie art. 4.01 Aanpassingen en Toekomstige Herzieningen) in goed vertrouwen en met zuivere intenties
>
> .... (handtekening) .... (datum)

Norah staarde naar de stippellijn.

'Daar uw naam invullen.' De man was terug met een groen pasje. Hij overhandigde haar een pen. 'En daaronder uw handtekening.'

'Wat wordt er bedoeld met Aanpassingen en Toekomstige Herzieningen?'

'Aanpassingen en Toekomstige Herzieningen,' herhaalde hij alsof dat voor zich sprak, en toen ze daar niet op reageerde zei hij: 'Wanneer de tijden veranderen, mevrouw De Klerk, veranderen de voorwaarden mee.'

'Een stilzwijgend akkoord?'

'Als u het zo wilt noemen,' zei hij koeltjes. 'Uw contract is een leven lang geldig.'

Een leven lang.

Ze had haar handtekening zo vaak gezet, was met zo veel voorwaarden en kleine letters akkoord gegaan zonder precies te weten waar ze mee instemde – maar een leven lang? Een leven lang in Stokerdam? De stad waarvan haar moeder had gezworen er nooit meer naar terug te gaan? Hoorde ze hier werkelijk thuis?

De man wapperde ongeduldig met het pasje. 'Ik kan uw Nieuwkomersstatus ook omzetten in een toeristenvisum, dat is een week geldig.'

Een week. Was dat lang genoeg om erachter te komen of ze hier op haar plek was? Norah dacht aan het passagiersschip dat haar hier had gebracht, het MS Calypso, waarop ze zich een verstekeling had gevoeld tussen de opgewekte toeristen; ze dacht aan de laatste stad waar ze had gewoond, de stad waar ze zich, hoe ze zich ook had aangepast, een buitenstaander was blijven voelen; de kale flat die haar moeders laatste adres was geweest en waar haar koppigheid haar er tot het laatste moment van had weerhouden toe te geven aan haar heimwee. Wilde ze daarnaar terug?

Ze zette haar handtekening op de stippellijn. Ze was vaak genoeg vertrokken. Dit keer zou ze blijven waar ze was.

De man schoof de pas naar haar toe. 'U wordt volgende week bij Burgerzaken op het stadhuis verwacht. Daar zult u kennismaken met uw Participatiecoach en uw eerste Functioneringsgesprek voeren.' En op mechanische toon dreunde hij op: 'Alle Stokerdammers nemen sinds de invoering van Herziening 278 deel aan Functioneringsgesprekken met een Participatiecoach – voor het voortbestaan van het algemeen welzijn en de veiligheid van het collectief.'

'Is dat echt nodig? Ik ben hier geboren, ik denk dat ik me ook wel weet te redden zonder een coach.'

Hij glimlachte fijntjes. 'Een beetje meer vertrouwen in de gebruiken van onze stad zou u sieren, mevrouw De Klerk, tenslotte heeft niemand u gevraagd terug te keren. Excellent Burgerschap komt niet vanzelf. Het is een gratis dienst die onze overheid levert. U zult merken hoe heilzaam die gesprekken zijn. Op mij hebben ze altijd een heel louterend effect. Het zijn soms lange dagen – zelfs voor ons!' Hij nam de eerste en laatste pagina van het contract en sloeg er een nietje doorheen. 'Zo, deze kan in uw dossier. U kunt door de schuifdeuren naar buiten. Ik geloof dat er iemand op u staat te wachten. Dat gebeurt niet alle Nieuwkomers, hoor, u mag van geluk spreken! De meesten staan er alleen voor. Figuurlijk gesproken dan,' voegde hij er snel aan toe, 'werkelijk "alleen" zijn we hier natuurlijk nooit. In Stokerdam zijn we betrokken bij elkaar.'

Norah borg haar Participatiepas veilig op in haar portemonnee en propte de folders in haar koffer bij de enige spullen die ze bezat: doorzocht, binnenstebuiten gekeerd en 'in orde' bevonden. Toen rechtte ze haar schouders en stapte door de schuifdeuren.

Het schemerde. De koele septemberwind blies in haar gezicht. Het was vreemd om te bedenken dat het nog steeds dezelfde dag was, dezelfde maand, dat ze vanochtend dezelfde bries had gevoeld toen ze zich aan de andere kant van de procedures had aangemeld – en dat daar op de parkeerplaats, naast een taxi met draaiende motor, een bekend silhouet stond.

Haar opa kwam haar met uitgestoken armen tegemoet en drukte haar dicht tegen zich aan. Norah voelde haar ogen prikken toen de vertrouwde geur van wierook en tabak haar neusgaten binnendrong. Zo had haar moeder ook geroken. Ze voelde Jozias' stoppelige wang tegen de hare – en toen hoorde ze zijn stem in haar oor fluisteren: 'Idioot.'

De snelste taxi van Stokerdam

Vanaf de achterbank kon ze zijn donkere schedel door zijn korte grijze kroeshaar zien schijnen. Jozias had haar losgelaten en was zonder nog een woord tegen haar te zeggen voor in de auto gaan zitten. Hij had dezelfde gespannen schouders als haar moeder, een zelfde verbetenheid in zijn kaken waarmee hij de meter van de taxichauffeur in de gaten hield.

'De volgende naar links, door de tunnel, dat is sneller.'

De chauffeur, een man met een rond gezicht en een vlassig snorretje, trok zich niets aan van de dwingende toon die haar opa aansloeg. 'We gaan over de Blufbrug,' zei hij. 'Snelste route naar Lefshaven.'

Op de foto van zijn taxivergunning droeg Carlos La Pache hetzelfde zwarte snorretje onder zijn brede neusgaten, maar de vlekkerige tatoeage in zijn vlezige nek had hij ergens in de afgelopen vijf jaar laten zetten. Norah kon niet opmaken wat de vlek moest voorstellen. Het kon een sterrenbeeld zijn, een Siamese tweeling op een weegschaal, een paar gesmolten sleutels of – als ze haar hoofd kantelde en haar ogen samenkneep – een tweekoppige slak. Ze hield het op een symbool dat verband hield met de rozenkrans die om zijn achteruitkijkspiegel hing.

'Toen ik mijn rijbewijs nog had ging ik altijd door de tunnel,' zei Jozias.

'De tijden veranderen.'

'Mijn gelijk niet.'

Carlos sloeg hem op zijn knie. 'Geloof me, dit is de snelste taxi van Stokerdam. De wegen van de Heer zijn ondoorgrondelijk, maar ik ken al Zijn sluiproutes!' Hij bulderde van het lachen, zijn autogordel kraakte en in de achteruitkijkspiegel zag Norah twee gouden tanden blinken. Jozias schudde minzaam zijn hoofd. 'Meer stoplichten bij de brug,' mompelde hij, maar de snelste chauffeur van Stokerdam leek hem niet te horen en reed fluitend een kruispunt over.

Stokerdam was een havenstad. Alle wijken waren omlijst door water, bruggen en sluizen; alle kinderen in het bezit van een zwemdiploma. Met zijn torenhoge gebouwen, in de meest vreemde vormen en onpraktische ontwerpen, leek het centrum een speeltuin voor architecten. In aanloop naar haar terugkeer had Norah alle brochures en reisverslagen over haar geboortestad gelezen die ze te pakken kon krijgen. Van doorgewinterde globetrotters tot doorsneevakantiegangers, iedereen was het erover eens: een bezoek aan Stokerdam was een *ervaring*, een bijna niet in woorden uit te drukken *belevenis*. Omdat het centrum er zo modern uitzag had je niet direct het gevoel in een andere wereld terecht te komen, de transitie verliep geleidelijk, maar als je eenmaal opging in de laatste stad waar de mensen nog direct met elkaar in verbinding stonden, zonder internet of moderne technologie, kon je niet anders dan het gevoel hebben dat je in een tijdmachine was gestapt. Je deinde mee op het ritme van de lokale bevolking, in een tempo waarvan je haast was vergeten dat het bestond, en tegen de tijd dat je weer op de boot stapte om op huis aan te gaan hing er een rust over je heen, een sereniteit die zo'n verslavende werking had dat je jezelf meteen opnieuw inschreef op de wachtlijst. Of zoals Norah op een met hashtags en uitroeptekens overtrokken wellnessblog had gelezen: een #Trip naar #Stokerdam is een #Zonnebanksessie voor je Ziel!! #highlightoftheyear

'Is dat je kleindochter?' vroeg Carlos, die kennelijk ook sociale sluiproutes kende. 'Kom je vakantie vieren?'

Norah klemde haar vingers om haar portemonnee, de Participatiepas die ze had gekregen in ruil voor een handtekening en – besefte ze nu – haar paspoort. 'Nee, ik kom hier weer wonen. Ik ben vijftien jaar weg geweest.'

'Vijftien jaar?' Carlos floot tussen zijn gouden tanden. 'Dat is een eeuwigheid!'

'Ze komt ons helpen in het hotel,' bromde Jozias.

'Hotel Euphoria zei je, hè? Vlak bij de begraafplaats toch? Daar heb ik lang geen rit meer naartoe gehad. Ik heb gehoord dat het er spookt...' Carlos knipoogde naar haar in de achteruitkijkspiegel. 'Kijk je een beetje uit naar je familie? Ik kan me niet voorstellen dat ik Sas en onze Os zo lang zou moeten missen. Voor ik op de taxi zat was ik natuurlijk ook elke avond van huis – maar vijftien jaar zeg! Dat doe ik je niet na.'

'Ik kijk er vooral naar uit om mijn neven weer te zien,' glimlachte Norah. 'We schelen maar een paar jaar. Ik denk dat ik hen nog het meest –'

'Als je hier rechtdoor gaat hoef je niet door de kudde,' onderbrak Jozias, ongevoelig voor omwegen. 'Die toeristen weten niet waar de stoep ophoudt en de straat begint.'

Carlos negeerde zijn instructies, sloeg rechts af en wees haar op een toren van spiegelend glas die boven alle andere gebouwen uitstak en nog een bouwput was geweest toen ze vertrok. Aan de top wapperde een groen-witte vlag. 'De StokerToren is het hoogste gebouw van de stad, een echte trekpleister. Vanaf het dak heb je uitzicht over heel Stokerdam.'

'Dat mag ook wel,' snoof Jozias, 'dat ding heeft een fortuin gekost.'

Onder Carlos' bezielende begeleiding reden ze langs een pizzapaleis en een overdekte markthal, voorbij een subtropisch zwembad, een indoor-speelparadijs met een klimmuur, en langs een sportschool van vijf verdiepingen waar mensen zich op yogamatjes in ontspannende bochten wrongen. Daarna werden de straten smaller, werd de weg drukker, en reed de taxi stapvoets langs een etalage met paspoppen in vormeloze vrijetijdskleding, zeker vier slowkoffietenten en een spelletjescafé waar je volgens het krijtbord op de stoep ook steps kon huren en wegwerpcamera's kon kopen. Op elke straathoek stond een telefooncel, niemand liep gebogen over een scherm, en er waren nergens zendmasten te bekennen. Norah zag de neonlichten van een karaokelounge, een rolschaatsdisco en een bowlingbaan voorbijkomen, en terrasjes waar mensen onder hittelampen felgekleurde drankjes uit hoge glazen met parapluutjes nipten. Het zag er precies uit zoals de brochures beloofden. 'Dit is het Gedoogkwartier,' zei Carlos. Hij trommelde op zijn stuur. 'Hier zien ze Ongewenst Gedrag wat makkelijker door de vingers. Moet ook wel. Anders zou niemand hier nog op vakantie –'

'Pas op!'

Norah greep haar koffer vast toen Carlos vol op de rem ging staan. De taxi kwam met een schok tot stilstand, de rozenkrans viel op het dashboard. Een groep toeristen waggelde arm in arm langs de bumper. Jozias keek ze hoofdschuddend na. 'Wat zei ik je? Ze weten niet waar de stoep eindigt. Idioten.'

'Rustig aan,' zei Carlos, die de rozenkrans weer om zijn spiegel hing en een vluchtig kruisje sloeg. 'We komen er vanzelf.'

'Op mijn kosten, ja.'

Zonder op zijn sneer te reageren trok Carlos voorzichtig op en zette hij de radio aan. Er kwam een nietszeggend pianodeuntje uit de speakers dat het gevoel dat ze met zijn drieën in een trage lift gevangenzaten compleet maakte. Norah zakte onderuit en probeerde de ongemakkelijke stilte die door het gepingel heen drong niet te horen. Het zou haar niet moeten verbazen – haar moeder was ook niet behept geweest met sociale vaardigheden – maar het verraste haar dat het zo snel kwam opzetten; een gevoel dat ze ondanks de vreemde begroeting van zojuist toch associeerde met verwantschap. Ze wist niet goed wat ze met de plaatsvervangende schaamte waarmee ze naar de terechtwijzende opmerkingen van haar opa zat te luisteren aan moest, wist niet of ze opgelucht moest zijn om te zien dat hij net zo kortaf was tegen praatgrage taxichauffeurs of teleurgesteld omdat de koele toon die ze tussen de regels van zijn ansichtkaart had gelezen kennelijk niet alleen voortkwam uit een onvermogen zijn gevoelens met het papier te delen.

Pas toen het ijzeren gevaarte aan het einde van de weg opdoemde ging ze weer rechtop zitten. De Blufbrug overspande de Lef, de brede rivier die Stokerdam in tweeën deelde. En net zoals op Jozias' ansichtkaart ging de brug juist op dat moment open om een rondvaartboot door te laten. Ze stonden stil voor het stoplicht. Carlos draaide de motor uit. De radio viel stil. Haar opa vloekte.

'Geduld is een deugd,' zei Carlos.

'Luisteren ook.'

De meter hield bij hoeveel de stilte kostte die hierop volgde, een stilte die verbroken werd toen Jozias zachtjes gniffelend een kromme vinger opstak en zei: 'Zalig zijn de onwetenden, was het niet? Want zij zullen de aarde erven en volplempen met verkeerslichten.'

Norah voelde haar wangen warm worden en was blij dat Carlos weer deed alsof hij doof was en de radio opnieuw aanzette. Ze vielen midden in het journaal:

...ongeslagen sinds ze in zijn voetsporen trad, stevent Etna Bakermat af op haar vierde termijn. En met nog zes weken te gaan zien we dat de Burgermoeder ook dit keer aan kop gaat in de peilingen. Met een verschil van –

'Ik wist niet dat er verkiezingen aan kwamen,' zei Norah.

Carlos draaide zich om op zijn stoel. 'Elke vijf jaar. Maar het is nog nooit zo spannend geweest. Dit keer heeft de Burgermoeder voor het eerst een serieuze concurrent.'

...neemt het op tegen haar bijzonder jonge tegenstander en voormalig protegé. Gabriel Madoz trad vijf jaar geleden toe tot de raad. Het 29-jarige raadslid is vooral onder kiezers in zijn geboortewijk Lefshaven erg populair en heeft zich met het ontwerpen van de Tegenprestatie op de kaart –

'Gabriel Madoz? Dat is mijn neef!' Norah leunde tussen de stoelen door en stootte Jozias aan. 'Opa! Waarom heb je me niet verteld dat Gabriel meedoet aan de verkiezingen?'

Hij haalde zijn schouders op en viste een roodgeblokte zakdoek uit zijn binnenzak. 'Hebben jullie het ook zo warm?' vroeg hij terwijl hij zichzelf koelte begon toe te wapperen. 'God, wat is het hier benauwd...'

'Je zult wel trots zijn,' grijnsde Carlos, 'hij is het jongste raadslid ooit. En binnenkort misschien wel de jongste Burgervader. Hij is een beetje stijfjes, maar ik geloof dat die jongen zijn hart op de juiste plek heeft. Onze Os kijkt in ieder geval ontzettend naar hem op, hij heeft zelfs een verkiezingsposter op z'n kamer hangen!'

Heel Stokerdam kijkt met belangstelling uit naar het verkiezingsdebat dat traditiegetrouw een uur voor het openen van de stembussen live zal worden uitgezonden vanuit het stadhuis. Ook dit keer zal de presentatie in handen zijn van niemand minder dan Leopold Varane.

Dan ander nieuws. Het Bureau Corrigerende Dienstverlening vraagt uw medewerking…

'Zo benauwd – ik krijg geen lucht.'

'Gaat het wel, opa?'

…bij de opsporing van…

'Er zit een knopje voor het raam –'

…Lorenzo Madoz. Madoz, voortvluchtig sinds zijn arrestatie, is twee weken geleden voor het laatst gesignaleerd in het Gedoogkwartier. Sindsdien is er geen spoor –

Jozias had het knopje voor het raam gevonden en de nieuwslezer werd overstemd door het gejoel van de toeristen op de rondvaartboot. Met geheven glazen stonden ze op het dek, vierden de vakantie die de brochure ze had beloofd, gingen lallend op in de *belevenis*. Norah maakte haar gordel los, drukte haar oor tegen de speaker en hoorde de nieuwslezer nog net een signalement doorgeven.

…atletisch gebouwd, donker haar en zwarte sportschoenen. Madoz heeft een ziekelijke neiging tot Ongewenst Gedrag en staat bekend als extreem manipulatief. Benader hem onder geen enkele voorwaarde zelf, maar neem direct contact op met het BCD als u –

Carlos zette de radio uit. 'Kan ik iets doen?' vroeg hij aan Jozias, die met trillende handen zijn voorhoofd depte. 'Moeten we ergens stoppen voor een glaasje water?'

'Ik word een dagje ouder,' hijgde Jozias. 'Gebeurde me vroeger nooit. Toen ik mijn rijbewijs nog had – altijd over de brug. Nooit ergens last van.'

'Daarnet zei je nog dat je door de tunnel ging,' zei Norah.

'Hm?'

'De tunnel,' zei ze nog eens. 'Daarnet zei je dat je altijd door de tunnel ging. Waar of niet?'

'Ik weet niet of dit het moment is om –' begon Carlos.

'Door de tunnel?' Jozias schudde stellig zijn hoofd. 'Nee, dat heb ik niet gezegd – onmogelijk. Ik kan me de dag nog herinneren dat de Blufbrug werd geopend. Nooit meer in die benauwde file onder de rivier… Je oma maakte zich elke keer zorgen als ik in de auto stapte. "Jos, op een dag zal Hij onze gebeden verhoren. Het is onnatuurlijk om onder de aarde te kruipen, onnatuurlijk!" En Hij heeft ons gehoord. Ik kan me de dag herinneren als gisteren. Het was feest! Er was champagne en een lint, de hele rambam, Victor Bakermat hield een speech, we stonden vlak bij het podium, en ik, ik –' Hij perste zijn lippen op elkaar en verborg zijn gezicht in zijn zakdoek.

Terwijl de brug langzaam dichtging en Jozias iets prevelde over schalen met uitmuntende borrelhapjes en een onvergetelijke vuurwerkshow begon Norah zich af te vragen of de stemmingswisselingen van haar opa misschien te wijten waren aan een haperend geheugen. Hij liep tenslotte al tegen de tachtig. Ze legde voorzichtig een hand op zijn schouder, kneep er zachtjes in. 'Het is niet erg om je te vergissen, opa. Dat doen we allemaal weleens.'

'Ik vergis me aan de lopende band,' haakte Carlos aan terwijl hij de motor startte. 'Gisteren nog. Ik zou Oscar ophalen bij mijn schoonmoeder, maar ik was helemaal vergeten dat Sas een vroege dienst had gedraaid en –'

Jozias haalde luidruchtig zijn neus op. 'De Blufbrug,' zei hij met hese stem, 'al-tijd sneller. Hij heeft ons gehoord.' Hij schudde haar hand van zijn schouder, vouwde zijn zakdoek dubbel en borg hem op in zijn binnenzak. De stof was kurkdroog.

De rest van de rit hadden ze er het zwijgen toe gedaan. Ze hadden de borden naar Begraafplaats Troostwijk gevolgd en waren door verlaten straten gereden, straten waar de huizen ouder waren en schever stonden, de verlichting schaarser werd en tegen de tijd dat ze de Paradijssingel met zijn hoge beukenbomen insloegen en Carlos de taxi onder de enige werkende lantaarnpaal in de straat parkeerde was Norah er vrij zeker van dat er niets mis was met Jozias' geheugen, maar dat haar opa net zo bedreven was als haar moeder om elk gesprek naar zijn hand te zetten.

Ze zeulde haar koffer uit de auto en bleef op gepaste afstand onder de lantaarnpaal staan terwijl hij begon af te dingen. Achter een roestig hek rees een oud gebouw op, opgetrokken uit donkere bakstenen, de gevel versierd met frontons en grauwe duivelskoppen. Het was groter dan ze zich herinnerde. Groter, en op de een of andere manier somberder. Hoe langer ze keek, hoe meer het hotel over haar heen leek te leunen, haar leek te overschaduwen, waardoor ze als vanzelf een stap naar achteren zette en bijna over haar koffer struikelde.

'Kom.'

Jozias stond weer met zijn zakdoek in zijn handen, maar aan zijn stem te horen was het afdingen minder succesvol verlopen dan gehoopt. Carlos toeterde en stak zijn hand uit het raam. Norah zou zweren dat zijn snorretje geamuseerd trilde toen hij ze 'veel geluk met elkaar' wenste. Hij reed met scheurende banden de straat uit en ze keek hem na tot hij om de hoek verdween, de snelste taxi van Stokerdam. Ze wilde dat ze hem naar zijn tatoeage had gevraagd.

Jozias duwde het hek open. Er dwarrelden roestsnippers op zijn schouders. 'Schiet op.'

'Waarom wordt Lorenzo gezocht, opa? Wat heeft hij gedaan?'

'Niet nu.' Hij gaf haar een zetje. 'Niet hier.'

Ze volgde zijn blik. Aan de overkant van de Paradijssingel stond een hoogblonde vrouw met een rolkoffer naar hen te kijken.

'Pottenkijker,' mompelde Jozias terwijl hij het hek hoofdschuddend achter hen sloot. 'Ik ben omringd door idioten.'

Hotel Euphoria

Van vergane glorie was in het geval van Hotel Euphoria eigenlijk geen sprake. Het imposante gebouw aan de Paradijssingel was in vele handen geweest, maar had geen van die handen geluk gebracht. Glorie was er nooit geweest; niet voor de bank, niet voor het notariskantoor en niet voor het verzorgingstehuis die erin hadden gezeten voor het een hotel werd. Toen Mime en Jozias de Klerk een bod deden op de veiling en tegen hun verwachting in de sleutels van het vier verdiepingen tellende pand kregen, hadden ze in de slappe handdruk van de veilingmeester en het verwelkte bosje bloemen een voorteken kunnen zien – *moeten zien*, zoals ze elkaar later zouden verwijten. Ze hadden moeten weten dat de koop te mooi was om waar te zijn en dat ze met hun handtekeningen uiteindelijk een hogere prijs zouden betalen dan op de akte vermeld stond.

De mensen in hun omgeving hadden het wel meteen geweten. Die verklaarden hen voor gek. Wisten ze dan niet dat de bank in een zelfgesponnen web van dubieuze investeringen verstrikt was geraakt? Dat de notaris haar ontrouwe echtgenoot per ongeluk had overreden op de oprit – drie keer, van schrik? En hadden ze het schandaal over Het Zonnegloor niet gevolgd in *de VolksTribune*? De welgestelde ouderen die in dat rusthuis waren weggestopt door hun ongeduldige erfgenamen, toevertrouwd aan de zorg van zuster Raspe, hadden verdacht snel hun weg naar de aangrenzende begraafplaats gevonden. ‘Nalatigheid’ hadden ze het genoemd, maar iedereen wist dat de spaarvarkens koelbloedig waren leeggetikt en afgevoerd naar Troostwijk. Dat gebouw en de grond waar het op stond waren vervloekt – dat was geen bijgeloof, dat waren de feiten, zo stond het in de krant! En waarom een hotel? Wat wisten zij, een secretaresse en een timmerman, zonder enige horeca-ervaring, nou van het hotelwezen? Dachten ze nu werkelijk dat je zoiets zomaar kon beginnen?

Mime en Jozias hoorden hun omgeving aan, maar luisterden naar niemand – zoals ze altijd hadden gedaan. Ze hadden in hun leven met genoeg lastige klanten te maken gehad om klachten over ruwe handdoeken of zachte kussens aan te kunnen. Geïnspireerd door Victor Bakermat, de net verkozen Burgervader, die een inspiratiebron was voor iedereen die een bijdrage wilde leveren aan de toekomst van de stad, gebruikten ze hun laatste spaargeld om het tochtige pand aan de Paradijssingel op te knappen tot een respectabel logeeradres. Jozias had eigenhandig de receptiebalie in elkaar getimmerd, de splinterkozijnen hersteld en de kelder ontdaan van schimmel. Hij had de vierde verdieping, een rommelige zolder waar de restanten van de vorige gloriezoekers nog lagen, leeggeruimd en verbouwd: onder het schuine dak kwamen vier kleine slaapkamers – met oog op toekomstig kroost, maar tot het zover was konden ze verhuurd worden aan backpackers op budgetreis. En terwijl Jozias de bandensporen van de notaris onder nieuwe klinkers bedekte, toverde Mime de wildernis aan de achterkant van het hotel om tot een tuin als uit een sprookjesboek: een groen paradijs met een bijenkorf, bloeiende rozenstruiken en een oude rode beuk. Je zou nooit vermoeden dat achter de met klimop bedekte tuinmuur alle doden van Stokerdam lagen.

Op de dag van de opening had Mime een lint aan het hoge, pas geverfde toegangshek geknoopt. De omgeving was (onder het mom van goedbedoelde belangstelling) uitgelopen om te kijken of ze van de ladder zou vallen – maar Mime was niet gevallen. Ze had de schaar van Jozias aangenomen en Hotel Euphoria met één ferme knip geopend. Het stel nam hun intrek op de vierde verdieping en de bezwaren uit de omgeving verstomden tot een afwachtende stilte.

Stokerdam werd zoetjesaan ontdekt door toeristen. Het waren optimistische tijden, en dat had veel te maken met het Samenlevingscontract dat Victor Bakermat in het leven had geroepen, een overeenkomst die voor een nieuwe vorm van saamhorigheid moest zorgen, en Mime en Jozias hingen net als vele anderen een portret van hun Burgervader in de gang.

De eerste gasten kwamen vanzelf en hoewel ze het nooit hardop zouden toegeven, viel de werkdruk Mime en Jozias al snel zwaarder dan ze hadden verwacht. Er kwam bij het runnen van een hotel meer kijken dan bedden verschonen en handdoeken wassen; een lastige logé liet zich toch moeilijker de deur wijzen dan een lastige klant. De eerste klachten druppelden binnen: de trappen waren te steil, de wijnkaart was te karig, de bedden waren te hard. En waarom kon je na elven niets fatsoenlijks te eten vinden binnen een straal van honderd meter? Voor deze prijs, per kamer, per persoon?

Er werd dat eerste jaar veel gemopperd op de vierde verdieping. Op fluistertoon, want achter de muur sliepen de backpackers. Volgens de omgeving had hun huwelijk zijn beste tijd gehad. *Wacht maar*, werd er gesmoesd, *die twee lopen elkaar nu al in de weg. Als de nieuwigheid eraf is staat het zo weer te koop! Dat krijg je ervan als je niet vooruitdenkt. Wie niet horen wil, moet voelen!* Maar Mime en Jozias hadden het te druk om het gegons te horen en namen een portier in dienst om hun huwelijk te ontzien. Als de gemoederen opliepen konden ze bij hem hun beklag doen – zowel over de gasten als over elkaar. De portier luisterde en nuanceerde hun standpunten, bemiddelde in hun ruzies, speelde voor tolk en advocaat van de duivel tegelijk. Op zijn aanraden besloten ze in aparte kamers te gaan slapen, en dat beetje extra levensruimte deed hun onderlinge gemopper stoppen. Er kwam een monteur om de lift te repareren, een bescheiden wijnkelder, betere matrassen en een grotere menukaart; investeringen die zich uitbetaalden in volgeboekte kamers en het begin van een spaarpot waar je een gezin op kon bouwen.

Het duurde dan ook niet lang voor ze bevielen van hun eerste dochter. En omdat de zaken goed bleven gaan – en de portier over uitstekende diplomatieke kwaliteiten beschikte – volgde er, op de valreep, nóg een meisje.

Mathilde en Theresa de Klerk groeiden op in het hotel, in een huis dat nooit zonder gasten was. Jozias bouwde een boomhut in de achtertuin om ze een plek te geven waar ze zich konden afzonderen. Mathilde hielp hem met timmeren en verven en bewees het nut van haar vaders idee door zich meteen in de hut terug te trekken met een schetsblok. Daar lag ze urenlang op haar buik te tekenen en maakte ze haar eerste schilderijen, die haar vader trots boven de bedden in de kamers hing.

In de jaren die volgden raakte Stokerdam meer en meer in trek. De stad kreeg een steeds gastvrijere reputatie: de mensen zouden er vriendelijk zijn en tolerant, de taxichauffeurs niet te beroerd om de koffers tot aan de deur te tillen. Slenterend door het centrum bewonderden de toeristen de ambitie van de utopische stad die, gegoten in glas en beton, tot aan de wolken reikte. Alleen de architectuurliefhebbers brachten in die tijd de nacht door in het centrum; de toeristen waar Mime en Jozias het van moesten hebben trokken naar de andere kant van de rivier, naar Lefshaven (dat met de komst van de Blufbrug nog makkelijker te bereiken was geworden), waar ze opgingen in de smalle straatjes van de oude volkswijk, ver weg van de architectonische hoogstandjes van het centrum. En als je het oude hotel aan de singel met de beukenbomen had gevonden en de taxichauffeur zijn welverdiende fooi had gegeven, werd je bij de deur ontvangen door een bijdehand meisje met mollige wangen dat de portier opdroeg je koffers over te nemen. Je volgde ze door de lange gang naar de lobby en keek geamuseerd toe hoe het kind op een stoel achter de receptiebalie klom om je in te checken. Ze werd daarbij geholpen door haar oudere zus tegen wie ze hetzelfde bazige toontje aansloeg, maar haar zus – een rustig meisje dat sterk naar terpentine rook – trok zich daar niets van aan. Ze leek het gestampvoet gewend te zijn en liet zich gelaten commanderen, ogenschijnlijk in de wetenschap dat kleine zusjes nu eenmaal kleine zusjes bleven. Je zou het een charmant toneelstukje vinden, een anekdote om mee naar huis te nemen.

Maar Mime zag er de charme niet van in.

'Dat heeft Theresa van die vriendin van haar,' zei ze 's nachts op de vierde verdieping. Fluisterend, want achter de muur sliepen haar dochters. 'Die Etna Bakermat. Die is ook zo.'

Jozias knipte het bedlampje uit en rolde op zijn zij.

Mime haalde diep adem. Het stoorde haar dat hij zo onverschillig reageerde op haar bevindingen. Tenslotte had ze haar gedachten over Theresa's vriendschap met de dochter van de Burgervader net zo lang voor zich gehouden tot ze zeker wist dat haar zorgen gerechtvaardigd waren. En bovendien was Jozias vanavond te gast in háár kamer – had hij dan geen manieren?

'Precíes zo. Theresa neemt alles van haar over,' zei ze daarom geërgerd in het donker, en toen het nog steeds stil bleef: 'Van mij heeft ze het in ieder geval niet. Of het moet van jouw moeder komen. Die was ook zo.'

'Hoe?' hapte hij eindelijk.

'Bazig.'

Weer reageerde Jozias niet meteen, maar Mime wist dat haar man op een pinnige respons broedde. Ze luisterde naar zijn ingehouden adem en ging alvast bij zichzelf na welke sneer ze kon uitdelen zonder de eerste te zijn die 'onredelijk' klonk – maar toen hoorde ze hem gapen. 'Het is een fase,' verstond ze. Jozias rolde naar de rand van het matras, trok zich terug op neutraal terrein. 'Maak je niet zo druk.'

Mime gaf een ruk aan de deken. 'Ik zou gewoon willen dat die dochter van Bakermat niet zo veel invloed op Theresa had,' zei ze bits. 'Dat is alles.'

Mime hoopte dat Mathilde op een dag het familiebedrijf zou overnemen, maar haar oudste dochter ging al jong het huis uit, verruilde het hotel voor een kamer in het centrum, een onverwarmd hok waar ze zich zonder bemoeienissen kon terugtrekken om erachter te komen of haar liefde voor het schilderen tot iets lucratiefs kon leiden. In de avonden stond ze achter de bar van een viersterrenhotel in het centrum. Mathilde luisterde beleefd naar de praatjes die de toeristen hielden over het 'onrustige buitenland' waar de Burgervader in zijn speeches voor waarschuwde. Ze bood de illusie van persoonlijke aandacht voor een grotere fooi, maar behield altijd haar afstand, liet zich door niets of niemand afleiden van haar zelfonderzoek.

Tot er op een avond iemand aan de bar zat die haar onverdeelde aandacht trok. Met zijn rode haar en lichte sproeten was hij een haast lichtgevende verschijning in de donkere hotelbar; een zelfverzekerde globetrotter met een ongepolijst gevoel voor humor en een liefde voor schone kunsten, en Mathilde viel voor al zijn contrasten. Elke keer als hij in de stad was zocht hij haar op in haar koude kamer waar ze, opgekruld onder dikke dekens, uren op het matras op de kale vloer doorbrachten en hij zowel haar als haar werk bewonderde. Hij spoorde haar aan om groot te dromen, haar bescheiden aard geen blokkade te laten zijn, en dankzij zijn aanmoedigingen wist Mathilde een baantje als spotprenttekenaar bij *de VolksTribune* te bemachtigen. Van haar eerst verkochte tekening kocht ze een elektrische straalkachel.

Ondertussen veranderde Theresa's kinderdroom op de Paradijssingel (na een paar indringende gesprekken met haar vriendin Etna) in een koers: het hotel runnen, een bastion besturen, met personeel dat zich aan haar, en haar alleen, had te verantwoorden; Theresa's droom begon vaste vormen aan te nemen – Mime zag het gebeuren. En ze nam zich voor dat ze er alles aan zou doen om haar hotel niet in onrijpe handen te laten vallen. Jozias kon dan wel denken dat het een fase was, maar deze vorm van zelfoverschatting was te hardnekkig om onschuldig te blijven. Op een dag zou haar bazige dochter uitgroeien tot een vrouw om rekening mee te houden. Het enige wat nog ontbrak was een gewillige goedsul, iemand die haar onvoorwaardelijk zou bevestigen in haar gelijk.

Toen Theresa op een dag de postbode naar binnen vroeg en hem niet meer liet gaan, had Mime dan ook vreselijk met de jongen te doen. Ze sloot niet uit dat haar dochter zijn naam aantrekkelijker vond dan de man zelf, maar bovenal vermoedde ze dat Theresa hem had uitgekozen omdat hij kneedbaar was; onder haar handen zou hij alles kunnen worden waar zij van droomde.

'Een postbode blijft een postbode,' mopperde ze tegen Jozias, 'die stippelt zijn eigen route niet uit.'

'Overdrijf niet zo.'

'Overdrijf niet zo? Ze walst binnen de kortste keren over hem heen. En wat denk je dat er gebeurt als ze het hotel overneemt? Geloof me, als Mathilde niet snel op andere ideeën komt is al ons werk voor niets geweest.'

'Volgens mij is Mathilde prima op haar pootjes terechtgekomen,' zei Jozias. 'Ze staat elke week in de krant!'

'Maar ze komt nooit meer langs,' beet Mime terug. 'Let op mijn woorden: dit loopt niet goed af.'

'Zullen we niet doen alsof we de toekomst kunnen voorspellen?' kwam de portier tussenbeide. 'Jullie hebben geen van tweeën een glazen bol.'

Het huwelijk tussen Theresa en Francisco 'Frans' Madoz werd onder beleefde belangstelling voltrokken in de achtertuin van Hotel Euphoria. Zoals altijd vond de omgeving genoeg stof voor roddels en rumoer (vooral de lengte van de jurk van de bruid kon op besmuikt gefluister rekenen), maar niemand merkte op hoe vakkundig moeder en dochter elkaar vermeden op die feestelijke dag. Hun vete was, zonder ooit uitgesproken te zijn, in een volgende fase beland. Ze zouden elkaars uithoudingsvermogen op de proef stellen, elk ingegraven in een andere kamer op de vierde verdieping.

Theresa kende haar moeder namelijk goed genoeg om te weten dat ze zou moeten wachten tot het moment daar was om de sleutels over te dragen. Om de tijd te doden besloot ze een gezin te stichten en haar zus, die ergens in een tochtig hok de bohemienne uithing met haar roodharige nietsnut, de pas af te snijden. Mathilde mocht dan wel de oudste zijn, maar zij zou als eerste het bewijs leveren dat ze in staat was om een familiebedrijf te runnen.

Desalniettemin maakte Theresa, toen ze na een paar halfslachtige pogingen eindelijk in verwachting raakte, dankbaar gebruik van haar zwangerschap om de vuile lakens en volle doucheputjes tijdelijk te ontvluchten. Daar zou ze de rest van haar leven nog aan toekomen.

Terwijl zijn vrouw zich terugtrok achter de schermen ruimde

Frans Madoz in de kelder, een bedompte rommelruimte waar alleen de wasmachines en de wijnflessen vrij van stof waren, een hoek leeg voor zijn hobby: zijn insectenverzameling. Frans was van kinds af aan gefascineerd geweest door het kleine leven. Hij had op zijn blote knieën hun universum bestudeerd en de orde bewonderd die de onaaibare beestjes aanbrachten in hun microkosmos. Het was een overzichtelijke wereld waarin iedereen een duidelijke rol had te vervullen en wist wat hem of haar toekwam. Frans had ontzag gehad voor de organisatiedrift van de mieren en opgekeken tegen de kracht van de kever, die zijn eigen gewicht in veelvoud kon voortduwen. Bijna afgunstig had hij de saamhorigheid van het bijenvolk bestudeerd. En altijd op voorzichtige afstand, altijd bang om dat kleine leven te verpletteren met zijn lompheid. Frans huiverde van mensen die achteloos spinnen vertrapten of vliegen doodsloegen met een opgerolde krant. De insecten die hij ving voor zijn verzameling vonden een zachte dood in de stikpot voor hij ze documenteerde, opprikte en tentoonstelde achter glas.

Het viel Mime op dat haar schoonzoon steeds vaker in de kelder te vinden was. En als hij daar niet zat, postte hij bij de bijenkorf of speurde hij de achtertuin af voor zijn verzameling. Ze keek met medelijden naar die arme man met zijn vlindernetje, die arme man wiens hobby met de jaren in zijn gestalte was gekropen; met zijn uitstekende schouderbladen en grote brillenglazen die zijn donkere, licht uitpuilende ogen nog groter maakten dan ze al waren, was het niet moeilijk om gelijkenissen te zien tussen Frans en de beestjes die hij zo humaan smoorde.

Lorenzo en Gabriel Madoz werden een jaar na elkaar geboren en de geschiedenis herhaalde zich. De broertjes Madoz groeiden op in een huis dat nooit zonder gasten was en deelden een kamer op de vierde verdieping. Jozias hing een schommel aan de beukenboom om ze een plek te geven waar ze konden klieren en Lorenzo bewees het nut van zijn grootvaders idee door meteen zo hard heen en weer te slingeren dat hij zichzelf over de tuinmuur lanceerde en zijn enkel brak op een grafsteen.

Het hebben van een gezin viel Theresa al snel zwaarder dan ze had verwacht. Er kwam bij het moederschap meer kijken dan boterhammen smeren en neuzen afvegen, en het duurde dan ook niet lang voor ze de komst van haar zonen aangreep om ze de schuld te geven van de barsten in haar droom. Vooral Lorenzo leek er alles aan te doen om haar het gevoel te geven dat ze geen enkel gezag in huis had. Vanaf het moment dat hij oud genoeg was voor zijn eigen voordeursleutel sloop hij op alle mogelijke tijdstippen het hotel uit om rond te hangen in het kleine theater dat zijn deuren had geopend in Lefshaven; het theater waar elke avond wonderen op het programma stonden en het publiek zich verbaasde over de vingervlugge eigenaar die alles uit zijn handen kon toveren. *Soddini's* had een onweerstaanbare aantrekkingskracht op Lorenzo en tot zijn grote geluk liet de eigenaar – die op zijn beurt gecharmeerd was door de nieuwsgierigheid van de jongen – hem tussen de voorstellingen door kennismaken met de fundamenten van het illusionisme.

'Hij doet het erom, Frans!' zei Theresa. 'Die jongen haalt het bloed onder m'n nagels vandaan. Hij was met een lucifer zijn rapport in de fik aan het steken! Had het lef om het een verdwijntruc te noemen! Die hele kamer van ze stonk naar verbrand papier. Dat is toch niet normaal?'

Frans haalde zijn schouders op. 'Ach, ik denk niet dat hij kwaad in de –'

'En Gabriel zit de hele tijd ongezellig met z'n neus in de boeken! En als hij een keer geen boek voor z'n snufferd heeft zit hij met jou in de kelder met ongedierte te knutselen. Ik begrijp gewoon niet waar we dit aan verdiend hebben!'

'Het zijn kinderen,' suste de portier. 'Toen jij zo oud was liet je moeder je ook je gang gaan.'

'Niet waar! Ze had altijd iets aan te merken! En wat doet ze nu? Ze geeft die jongens een kat! Een beloning!'

'De kat is er voor de muizen,' zei de portier.

Frans huiverde.

'Ik zou gewoon willen dat ze wat meer op Norah leken,' mokte Theresa. 'Is dat zoveel gevraagd?'

Mathilde had namelijk het kind gekregen waar zij van had gedroomd. Norah was een rustig meisje, een gehoorzame kleuter die zelfs geen dramatische verandering leek te ondergaan toen haar vader zich van de ene op de andere dag aan zijn verplichtingen onttrok en met de noorderzon vertrok omdat hij, naar eigen zeggen, de verantwoordelijkheid van een gezin niet aankon. Mathilde bleef nog maanden hopen dat hij terug zou komen, stond tegen beter weten in op het plein voor de Terminal op hem te wachten, zoekend naar zijn rode krullen in de stroom toeristen die de stad in spoelde, maar hij was voorgoed verdwenen. Zijn vertrek bracht een blijvende verschuiving in haar teweeg – Mathilde nam zich voor zich nooit meer te laten kwetsen.

Voor Theresa voelde het verdwijnen van 'die nietsnut' als een overwinning. Haar gezin was – hoe frustrerend ook – nog steeds intact. Op zoek naar bevestiging belde ze haar jeugdvriendin die druk bezig was haar politieke ambities na te jagen, en Etna verzekerde haar dat ze trots op zichzelf mocht zijn: 'Sommige mensen kunnen nu eenmaal niet functioneren in een samen-leving. Zo zijn ze daar allemaal. Mijn vader zegt het ook: *dat soort mensen* kunnen zich niet binden. Dat komt omdat ze zo onrustig zijn. Je weet nooit wat er in ze omgaat, ze weten het zelf nauwelijks, maar overal waar ze komen, laten ze een spoor van vernieling na. En dan komt het op mensen zoals jou en mij aan om hun slachtoffers op te vangen en weer op de juiste weg te helpen.'

Daarom was Theresa degene geweest die, toen *de VolksTribune* 'onnodig grievende en onrust veroorzakende' spotprenten in de ban deed en Mathilde zich na een periode van werkloze somberte genoodzaakt zag weer achter de bar te staan, had voorgesteld dat Norah zo nu en dan bleef logeren in het hotel. Dat Mathilde niet alleen gebruikmaakte van haar aanbod, maar haar dochter in de jaren die volgden steeds vaker langsbracht voor logeerpartijtjes omdat ze als alleenstaande moeder maar moeilijk tijd kon vinden om 'te kliederen in haar atelier', zag Theresa als een extra overwinning. Etna had gelijk. Het kwam inderdaad aan op mensen zoals zij.

Mime bekeek Theresa's sympathieke omslag met argwaan, maar

hoopte vooral dat Mathilde hernieuwde interesse in het familiebedrijf zou krijgen nu ze weer vaker over de vloer kwam. Ze greep elke gelegenheid aan om haar oudste dochter te wijzen op de financiële zekerheden die het hotel bood en de gevaren uit te lichten die zo'n onzeker artistiek bestaan met zich meebracht. Maakte ze zich dan geen zorgen over alle mogelijkheden die ze Norah ontzegde? Zag ze dan niet hoezeer het kind zich thuis voelde in het hotel? Mime gooide al haar goede bedoelingen in de strijd, maar Mathilde hoorde in de sturende vragen en weinig subtiele adviezen van haar moeder vooral een gebrek aan vertrouwen in haar kunst en kunnen. Ze begon 's nachts van achter de bar informatie in te winnen over dat 'onrustige buitenland' waar ze haar hele leven voor gewaarschuwd was – het leek haar een uitermate vruchtbare bodem voor nieuw werk. En hoewel ze het nooit hardop zou toegeven hoopte Mathilde ook dat ze er weer een glimp zou opvangen van die lichtgevende verschijning, de man die haar had opgezadeld met een verantwoordelijkheid waar ze hem alleen maar dankbaar voor kon zijn. Norah zou niet opgroeien in die kleurloze stad, in die bemoeizuchtige familie die je ambities voorschreef en je koers voor je uitstippelde. Haar dochter zou niet gebonden zijn aan andermans voorwaarden of verwachtingen.

Na een hoogoplopende ruzie waarin de opgespaarde verwijten op kille toon werden uitgesproken, vertrok Mathilde de Klerk vijftien jaar geleden naar het buitenland om nooit meer terug te keren. Het contact bleef beperkt tot verhuisberichten en de incidentele wenskaart, een onuitgesproken heimwee naar een gedeeld verleden.

Toen Theresa Etna lichtelijk ontdaan vertelde over het plotselinge vertrek van haar zus, legde die haar uit dat dit te verwachten viel: 'Het is heel spijtig, maar dat krijg je er dus van als je je inlaat met *dat soort mensen*. Je zus is het slachtoffer geworden van zijn slechte invloed. Dat is heel triest, maar je hebt alles gedaan wat je kon, Thee, en het moet wel van twee kanten komen. Bovendien is aandacht een beloning. Het is hoog tijd om je energie weer in jezelf te investeren. Dat zegt mijn vader ook altijd: wat je investeert krijg je uitgekeerd!'

En wie kon het beter weten dan Etna Bakermat, die inmiddels

benoemd was tot hoofd van het Bureau Corrigerende Dienstverlening? Theresa moest vooruit blijven kijken, zich weer op haar eigen droom en haar eigen gezin concentreren, en daar kon Etna haar wel bij helpen. Als Gabriel, die het zo goed deed op school, ooit een stageplaats zocht kon ze bij haar aankloppen. Dat vooruitzicht deed het beetje gemis dat Theresa had verdwijnen, ze vergat haar zus terstond.

Na Mathildes vertrek in het vroege voorjaar deden de overgebleven familieleden hun best om elkaar niet in de weg te lopen. Ze beklaagden zich bij de portier als de spanningen opliepen en lieten hun frustraties zelden boven de oppervlakte komen. Ze leerden elkaar gedogen in het oude gebouw aan de Paradijssingel. En dat werkte prima.

Tot de zomer van datzelfde jaar.

Het was de zomer waarin Victor Bakermat na een kort ziekbed plotseling kwam te overlijden, een gebeurtenis die de nodige onrust veroorzaakte in de stad; het was de zomer waarin Lorenzo voor het eerst werd thuisgebracht door een Handhaver van het BCD die zich had afgevraagd wat een vijftienjarige jongen 's nachts in een theater te zoeken had; maar het was vooral de rampzalige zomer die eindigde met Mimes val van een keukentrapje toen ze de ganglamp wilde verwisselen. Ze brak haar heup en het kostte haar een week in het ziekenhuis, talloze gesprekken met Jozias en de complete diplomatieke trukendoos van de portier voor ze wilde toegeven dat het tijd was om een stapje terug te doen. Het onvermijdelijke moment waarop ze de dagelijkse gang van zaken en de sleutels van haar hotel moest overdragen aan haar bazige dochter was aangebroken.

En Theresa liet meteen merken dat ze inderdaad was uitgegroeid tot een vrouw om rekening mee te houden. Ze boorde de reserves van het hotel aan om de boel flink op de schop te nemen; te beginnen met de achtertuin. Onder haar handen veranderde het groene paradijs in een overzichtelijk geheel van symmetrische kiezelpaden en strakke bloembedden. In het midden van de tuin liet ze een marmeren fonteintje plaatsen, de beuk werd gerooid en de rozenstruiken werden met wortel en al uit de grond getrokken. De schommel en de boomhut verdwenen bij het grofvuil. Zelfs de bijen moesten elders onderdak zoeken. Binnen kwamen er vazen met nepbloemen en nieuw behang aan de muren. Mathildes schilderijen verdwenen uit de kamers. Op een veiling kocht Theresa een oude vleugel waar geen snaar meer in zat, maar waardoor de lobby een klasse uitstraalde die ze kon doorberekenen in de kamerprijzen. Het portret van Victor Bakermat in de gang werd vervangen door een buste. Dat stond chiquer. Evenals het uniform dat ze liet maken voor *haar* personeel.

Theresa was de enige die dat jaar stralend de herfst inging. Ze paradeerde triomfantelijk door de gangen van haar hotel terwijl haar ouders zich mopperend terugtrokken op de vierde verdieping.

Na de heropening van Hotel Euphoria (een kleine plechtigheid waarvoor de omgeving in bescheiden getale was uitgelopen) had Theresa haar moeders plek achter de balie ingenomen en háár eerste gasten ingecheckt. Trots vertelde ze hun over 'de nieuwe koers' en ze greep elke beleefde vraag aan om uit te weiden over haar ondernemingszin en uitstekende neus voor investeringen, terwijl Frans de koffers naar boven zeulde. 'Vergeet niet naar de verwarming te kijken in kamer 3.01, liefje. Die maakt weer dat rare tikkende geluid. En als je toch naar boven gaat, neem dan gelijk die stapel handdoeken mee.' Frans was loodgieter en loopjongen, eigenaar en elektricien in één. Hij was eindelijk de man geworden die ze van hem had willen maken. Precies op tijd, want de bodem van de reserves was in zicht. Maar uitgerekend op dat moment, juist toen 'de nieuwe koers' zich moest bewijzen, kwam er abrupt een eind aan Theresa's triomftocht.

Dat najaar werden de verkiezingen gehouden waarmee de bevolking van Stokerdam haar nieuwe, collectieve koers bepaalde; een overweldigende meerderheid gaf haar stem aan Etna Bakermat. In haar handen leek haar vaders gedachtegoed het veiligst. En Burgermoeder Bakermat liet meteen van zich gelden door het Samenlevingscontract drastisch uit te breiden. Ze voerde talloze Herzieningen in; maatregelen die de tijd stilzetten en vooruitgang doseerden, voorwaarden die de stad moesten beschermen tegen Ongewenst Gedrag van zowel binnen- als buitenaf.

Etna Bakermat had in haar tijd als hoofd van het BCD de onrust in het buitenland namelijk grondig bestudeerd en wist heel goed waar die vandaan kwam. 'Ze dachten een nieuwe dimensie aan hun leven toe te voegen,' zei ze tijdens haar eerste speech vanaf het bordes van het stadhuis, 'een digitale dimensie, maar die zogenaamde "sprong voorwaarts" heeft ze alleen verder uit elkaar gedreven, en in dat isolement zijn ze onrustig geworden, ontevreden, en extreem vatbaar voor Ongewenst Gedrag.' Daar zou in Stokerdam geen sprake van zijn. De technologie bleef stilstaan en de Burgermoeder deelde Stokerdam op in zones om de slechte invloed die de toeristen op haar stad konden uitoefenen te beperken. Toeristen hoorden niet thuis in Lefshaven, waar de burgers het kwetsbaarst waren voor kwalijke ideeën, maar in het centrum, waar het BCD makkelijker toezicht kon houden en dat in uiterlijk in verandering bleef om ze te laten zien dat het wel degelijk kon: klassieke waarden in een moderne verpakking. Er kwamen hogere toegangsprijzen en strengere toelatingseisen. Alleen toeristen die bereid waren te betalen voor het privilege dat een bezoek aan Stokerdam mocht heten werden nog welkom geheten. Om dat privilege te waarborgen moest de eenheid in de stad gegarandeerd kunnen worden: geen afwijkingen van de gemoedelijke norm, maar orde en Excellent Burgerschap.

Natuurlijk stond Theresa achter de nieuwe Burgermoeder. Ze had zelf op haar vriendin gestemd en geloofde heilig in het belang van de Herzieningen die het utopische karakter van de stad moesten beschermen en mensen die 'hier niet op hun plek waren' aanspoorden te vertrekken. Al die jonge gezinnen die elders hun heil zochten omdat ze hun kinderen zo nodig aan de toekomst wilden blootstellen hadden hier inderdaad niets te zoeken. Opgeruimd stond netjes. Bovendien liep Gabriel dankzij Etna stage op het stadhuis, een eerste stap richting een carrière in de publieke sector, een zekere toekomst. Hoe kon ze daartegen zijn?

Maar het verhogen van de drempel om de stad binnen te komen, de rijzende muur van formulieren, visums en stempels, en vooral de torenhoge prijzen zorgden ervoor dat het aantal toeristen binnen de kortste keren flink terugliep. En de toeristen die nog wel voldeden aan de voorwaarden van het strikte deurbeleid werden – zoals de reisbrochures hun hadden beloofd – in eersteklas hotels in het centrum gehuisvest waar ze van alle gemakken werden voorzien. Als ze zich al aan de andere kant van de Lef waagden deden ze dat onder strikte begeleiding van daartoe bevoegde gidsen. Afdwalen en doelloos slenteren was er niet meer bij en een jaar na de verkiezingen wisten de eerste taxichauffeurs Hotel Euphoria al niet meer te vinden.

Theresa liet het er niet bij zitten en stortte zich op het borrel- en receptiecircuit. Ze verhuurde de eetkamer en haar keurige achtertuin, leidde aanstaande bruidsparen door het karakteristieke pand, en wees ze op de mogelijkheid om niet alleen het feest, maar ook de officiële ceremonie plaats te laten vinden op de Paradijssingel. 'Een betere naam om het begin van de rest van jullie leven te vieren zul je niet vinden!' Maar hoe koket haar grapjes ook waren en hoeveel interesse ze ook veinsde in tafelschikkingen en dieetwensen, zodra de bruidsparen vernamen dat de achtertuin aan een begraafplaats grensde gaven ze toch de voorkeur aan een huwelijk op een minder lugubere locatie – en aansluitend een feest in het Gedoogkwartier.

Het aantal vergunningen dat je in Lefshaven nodig had om slingers in je tuin op te hangen nam elk jaar toe, om alcoholmisbruik en het daaruit volgende risico op Ongewenst Gedrag te verkleinen. Het werd stiller in de volkswijk; de eettentjes gingen één voor één dicht, de slijterij sloot haar deuren, de videotheek deed haar filmcollectie in de uitverkoop. De regels werden strikt gehandhaafd en Theresa kon het weer niet anders dan eens zijn met haar oude vriendin. Als ze al twijfelde hoefde ze de televisie maar aan te zetten. De documentaires die TribuneTV uitzond over het buitenland zeiden genoeg: de vallende torens en slingerende vrachtwagens die mensen als kegels van de weg tikten, de verdrietige chaos en naschokken van ondoordachte represailles, de aangespoelde reddingsvesten, beschuldigende vingers en ontregelende demonstraties; Theresa zag de beelden en begreep waar 'de sprong voorwaarts' toe leidde: chaos.

Nee, het was misschien niet goed voor de omzet, maar ze was Etna eeuwig dankbaar dat de nieuwe Herzieningen haar beschermden tegen *dat soort mensen* – al stak het een beetje dat ze steeds langer in de wacht stond voor de secretaresse van de Burgermoeder haar doorverbond.

De dag voor zijn achttiende verjaardag pakte Lorenzo zijn koffer. Om middernacht vertrok hij met veel kabaal en dichtslaande deuren. Hij nam zijn intrek in een achterkamertje van Soddini's, de laatste bron van vermaak aan deze kant van de brug, waar hij al snel elke avond op de planken stond en bij het publiek even geliefd werd als de eigenaar.

Theresa haalde opgelucht adem. Lorenzo's aanwezigheid had haar altijd een onbehaaglijk gevoel gegeven. Het was de manier waarop hij naar haar had gekeken; alsof ze iets misdaan had, alsof dit alles, de rode cijfers, het vertrek van Norah en Mathilde, zelfs de val van haar moeder, op de een of andere manier haar schuld was. Gelukkig kon ze nog altijd op Frans rekenen, die, om de droom van zijn vrouw in leven te houden, zijn oude uniform uit de kast haalde en voor dag en dauw opstond, van brievenbus naar brievenbus ging, om zich daarna naar het hotel te haasten, van uniform te wisselen, en van kamer tot kamer te gaan tot het tijd was om de wekker te zetten. En ook Gabriel, die inmiddels werkzaam was in het Archief van het stadhuis, nam extra taken op zich in het hotel. Haar jongste, voorbeeldige zoon, die haar het nieuwe beleid altijd zo goed kon uitleggen, vervulde zijn rol net als zijn vader: zonder morren.

Als er geen gasten waren bespaarden ze op de warmte door onder drie dekens te slapen. Frans haalde de portier, die inmiddels grijs en broos van de artrose was, over om tegen kost en inwoning in het hotel te blijven. Eens per maand zette Theresa grote pannen op het vuur en vulde ze de vriezer met kant-en-klare porties. De keuken draaide op magnetrons en timers en de reputatie van Hotel Euphoria zonk tot een dieptepunt – maar niet diep genoeg om de deuren te sluiten. Van de omgeving hoorde niemand meer iets, bang als die was om in de ongemakkelijke positie gesteld te worden een verzoek om een lening af te slaan. Het waren de maandelijkse bijdragen die Lorenzo stiekem naar zijn grootouders doorsluisde waardoor het hotel op de rand van de afgrond bleef balanceren.

Achter haar balie bleef Theresa het royale visitekaartje voor de laatste gasten spelen, maar de trots was uit haar praatjes verdwenen. Ze rolde met haar ogen als ze hun klachten aanhoorde. 'Je moest eens weten hoe vaak ik hem heb gevraagd om die verwarming te repareren, maar denk je dat hier iemand naar me luistert?'

's Nachts probeerde ze haar ongenoegen met haar man te delen. Op fluistertoon, want achter de muur sliep haar moeder. 'Ik trek dit niet, Frans. Het is dit gebouw. Slechte energie. Het zit in de muren. Voel je dat niet? Ik ga eraan onderdoor, liefje. Liefje? Luister je wel?'

Frans luisterde wel degelijk, maar zijn volgzame karakter maakte het hem onmogelijk om haar een ander narratief te bieden. Om hun huwelijk te ontzien zette hij op aanraden van de portier een veldbed neer in de kelder. In zijn spaarzame vrije uren, waarin hij, vrijwel altijd vergezeld door Gabriel, kleine levens prepareerde aan zijn werktafel, dacht hij zelden meer na over zijn rol in het universum. Frans was te moe om te denken, maar als hij door zijn loep naar de gewelfde buiken van zijn kevers tuurde of de vleugels van een vlinder spreidde met een pincet, voelde hij zich soms, heel even, een vorst. 's Nachts was hij de baas over een universum waarvan de bewoners zes poten en breekbare voelsprieten hadden.

Volgens Mime had hun huwelijk zijn beste tijd gehad. Ze kwam minder en minder de trap af, de kwaaltjes volgden elkaar in rap tempo op, maar ze wist precies wat zich onder haar dak afspeelde. En ook voor Jozias, die de zorg voor zijn vrouw op zich had genomen, was inmiddels duidelijk in wat voor situatie ze terecht waren gekomen. *Zie je nou? Je had het kunnen weten,* verweten ze elkaar. *Dat verwelkte bosje bloemen op de veiling, kun je je dat nog herinneren? Ze bleven nog geen dag staan. Je zou wat vaker naar me moeten luisteren, jij! Waarom ben je altijd zo koppig?*

In de jaren die volgden sleepte Frans zich van deur naar deur, met post of schone handdoeken. Het stof hoopte zich op in het oude gebouw aan de Paradijssingel. De bloembedden verdorden en de kraan van het fonteintje werd dichtgedraaid, de verf bladderde van de kozijnen en de tocht vond zijn weg naar binnen. En de dubbele diensten, de werkdagen die overgingen in slapeloze nachten, eisten hun tol; Frans was langzamer gaan lopen, zwaarder gaan ademhalen, en geleidelijk aan gestikt in de droom van zijn vrouw.

Gabriel had zijn vader gevonden. Op de vloer van de lift. Het eerste wat hij had gezien waren de vlinders die om zijn hoofd cirkelden en door de open liftdeuren naar buiten fladderden, de lobby in. Aan zijn vaders voeten lagen de scherven van een jampot en een omgevallen stapel handdoeken. Francisco Madoz had zijn grote ogen gesloten, de koning van het kleine universum was humaan gesmoord.

De dood van zijn vader bracht een blijvende verschuiving in Gabriel teweeg – de voorbeeldige zoon, de onopvallende archiefmedewerker die alleen opzien baarde bij zijn collega's als ze erachter kwamen wie zijn broer was, nam zich daar en op dat moment voor om nooit zo onzichtbaar te worden als zijn vader. Gabriel Madoz zou een naam voor zichzelf maken.

Theresa merkte deze verandering in haar jongste zoon niet op. Daarvoor was ze te druk met haar eigen verdriet. Voor het eerst besefte ze hoe zwaar ze op de postbode had geleund, hoe afhankelijk ze was geworden van zijn toewijding, hoe vanzelfsprekend het haar was voorgekomen dat hij er altijd zou zijn, en ze viel harder dan ze ooit voor mogelijk had gehouden. Het was alsof alles en iedereen zich tegen haar keerde; haar ouders, haar oudste zoon, haar man, haar droom, haar koers, zelfs het gebouw waar ze haar hele leven had gewoond rotte onder haar weg. Niets was nog zeker. Alleen op Gabriel kon ze rekenen. Op Gabriel en, zo leerde ze al snel na de begrafenis (een bijeenkomst waarvoor een handjevol mensen kwam opdagen en de broertjes Madoz niet van elkaars zijde weken): de wijnkelder. Die bood Theresa niet alleen de troost die ze nodig had om de dagen door te komen, maar gaf haar ook het gevoel dat Frans er nog was. Hij had haar niet verlaten, dacht ze als ze 's nachts door de gangen van haar bastion wankelde. Niet echt. Frans kón haar niet zomaar in de steek laten, zijn ziel huisde nog altijd in het hotel.

Ah, daar zijn ze, dacht Mime, *de krokodillentranen.* Maar ze hield deze gedachte wijselijk voor zich. Het kostte haar tegenwoordig moeite om zich op te winden. Zoals het haar moeite kostte om wakker te blijven, rechtop te zitten, adem te halen. Mime voelde dat de tijd sneller begon te tikken, dat er iets stond te gebeuren – en ze was vastberaden om dat nog mee te maken.

En Mime kreeg gelijk. Er gebeurde inderdaad iets.

Tijdens de volgende verkiezingen stond Gabriel Madoz op de kieslijst en met een beetje hulp van zijn mentor Etna Bakermat, maar vooral met een heleboel hulp van zijn populaire broer, die de kiezers in Lefshaven vanaf zijn podium aanspoorde om naar de stembus te gaan, werd hij verkozen tot jongste raadslid in de geschiedenis van Stokerdam. Hij had grootse plannen voor de stad en verhuisde naar de andere kant van de Lef om ze te verwezenlijken.

Op Gabriels initiatief werd er een nieuwe regeling ingevoerd, een regeling die ervoor zorgde dat iedereen – en vooral de inwoners van Lefshaven, die door Etna's Herzieningen veelal werkloos thuis zaten – verzekerd was van een baan en een vast inkomen. De Tegenprestatie bracht rust in de stad en de pragmatische aanpak van het jonge raadslid deed hem in aanzien stijgen. Het voelde goed om op het luisterend oor te kunnen rekenen van de Burgermoeder, zijn ideeën op de agenda van de raad te krijgen, om opgemerkt te worden. En hoewel Gabriel ervan overtuigd was dat het hotel zijn beste tijd had gehad voelde het ook goed om, net als zijn broer, elke maand een bedrag over te maken en het familiebedrijf in leven te houden.

Toch kon Gabriels positie in de raad niet verhinderen dat Soddini's niet lang na de verkiezingen, op verordening van het BCD, zijn deuren moest sluiten. De vingervlugge eigenaar van het theater was in een schandaal verwikkeld geraakt dat hem al zijn vergunningen kostte. En na jarenlang op het toneel te hebben gestaan, het publiek te hebben vermaakt met zijn stunts en trucs, en een naam te hebben opgebouwd die zijn broer een zetel in het stadhuis had opgeleverd, raakte Lorenzo zijn mentor en zijn podium kwijt en kwam hij noodgedwongen weer thuis wonen.

Theresa wist dat het sociaal onaanvaardbaar was om haar zoon de deur te weigeren, maar als ze naar hem keek zag ze de verantwoordelijke voor al haar misère. En Lorenzo gaf haar genoeg redenen om zich miserabel te voelen. Hij dook met regelmaat op in kleine krantenberichten: een handgemeen met een dronken toerist, een koorddansact in de markthal, een impromptu optreden in de sportschool, waar hij als een fakir op een yogamatje langs de stomverbaasde toeristen was gevlogen – hij bleef tot Theresa's grote ergernis de grenzen van het toelaatbare opzoeken, werd met de regelmaat van de klok thuisgebracht door het BCD.

Gabriel moest het gedrag van zijn broer zo nu en dan recht praten in de raad, maar Lorenzo's daden lieten vooralsnog geen smet achter op zijn reputatie. Integendeel. Zelfs toen hij een paar maanden geleden aankondigde een gooi te willen doen naar het Burgervaderschap, greep Etna Bakermat die mededeling aan om de broertjes Madoz op te voeren als voorbeeld: Excellent Burgerschap was een individuele keuze en *sommige mensen* vertikten het simpelweg om van enige waarde te zijn. En dat bevestigde wat Theresa allang wist: het lag niet aan haar. Het had nooit aan haar gelegen. Lorenzo was een onverbeterlijke onruststoker.

Maar zelfs zij had niet kunnen voorspellen dat hij twee weken geleden een vergrijp zou plegen dat zo ernstig was dat de autoriteiten hem van zijn bed hadden gelicht. Het geluid van stampende laarzen op de gang en dwingende stemmen in de lobby had haar met afschuw vervuld; het BCD had Lorenzo zonder toelichting meegenomen en achter in een arrestatiebusje gegooid. Aan die *situatie* kon zelfs Gabriel niets doen.

En zo had de geschiedenis van het vervallen gebouw aan de Paradijssingel zich herhaald. De familie sloeg zich voor het hoofd. Ze hadden moeten weten dat de koop te mooi was om waar te zijn, hadden moeten weten dat ze uiteindelijk een hogere prijs zouden betalen dan op de akte vermeld stond. Nee, als er ooit sprake was geweest van glorie voor Hotel Euphoria was die van zulke korte duur dat ze geen naam mocht hebben.

En vanavond, aan het eind van het met mos begroeide klinkerpad, op de trappen van het bordes, stond een oude man in een donkerblauw uniform een shaggie te roken. De portier droeg een koperkleurig brilletje op zijn lange neus en keek geamuseerd naar het meisje dat aan de andere kant van het roestige hek uit de taxi stapte en verwonderd naar het hotel staarde. Hij herkende haar meteen, al had hij haar al heel lang niet gezien. Vijftien jaar om precies te zijn.

'Kijk eens aan.' Gizmo piekte zijn peuk in de bosjes en stak zijn handen in zijn zakken. Hij voelde de sleutel van kamer 4.01 tussen zijn vingertoppen. 'Dat werd tijd.'

Welkom thuis

Norah staarde naar de fluorescerende sterren aan het plafond. Die gaven een flauw groen licht af, zwakker dan vroeger, maar nog altijd sterk genoeg om haar uit haar slaap te houden. Fritz was onder het dekbed tegen haar aan gekropen, de kat knorde in haar oksel, lag als een ronkende straalkachel opgekruld tegen haar zij. Ze durfde zich niet te bewegen, bang om het dier weg te jagen lag ze roerloos op haar rug.

Ze was thuis, op de zolder van Hotel Euphoria, in kamer 4.01; het voormalige rovershol van Gabriel en Lorenzo. De laatste keer dat ze hier had geslapen had ze nog op een luchtbed op de vloer gelegen. Nu lag ze boven in het stapelbed, op Gabriels plek, pal onder de plastic sterrenhemel. Ze had vanavond al twee keer haar hoofd gestoten tegen de schuine muur. Het raam stond op een kier om de muffe lucht uit de kamer te verdrijven. De door de motten aangevreten gordijnen bewogen zacht in de wind. Vijftien jaar geleden had ze nog op de verwarming moeten klimmen om door het hoge raam naar buiten te kunnen kijken. Balancerend op het hete metaal, met haar neus tegen het glas, tot haar voetzolen in brand stonden en de scherpe randen strepen in haar vlees hadden gedrukt, net zo lang tot haar moeder uit het zicht was verdwenen. Daar ging ze; voorovergebogen over het stuur, het oude barrel vooruit trappend, haar lange rode jas wapperend over de bagagedrager, één arm in de lucht, slingerend de Paradijssingel uit. Het was hun ritueel geweest.

En terwijl haar moeder tot diep in de nacht achter de bar stond of aan het werk was in haar atelier, voltrok zich op het overvolle zolderkamertje een ander ritueel.

‘Ben je er klaar voor, Noor?’

Lorenzo deed het grote licht uit en ging in kleermakerszit op zijn bed zitten. Ze ritste de slaapzak dicht tot haar kin en knikte. ‘Natuurlijk.’

‘Mooi zo. En jij?’

Gabriel keek op van zijn schrift. ‘Ik ben bezig.’ Hij duwde zijn bril met twee vingers terug op zijn neus. ‘Huiswerk. Zou je ook eens moeten proberen.’ Zijn hoge voorhoofd glom in het licht van de bureaulamp. Fritz lag op zijn schoot en hield een spinnetje in de gaten dat een web had gemaakt tussen de planken die tegen de muur waren geschroefd. Er stonden zo veel boeken op dat ze doorbogen – ze waren bijna allemaal van Gabriel. De vloer was bezaaid met vuile sokken en losse speelkaarten – allemaal van Lorenzo. De wasbak zat onder de tandpastavlekken, de spiegel van de kledingkast was vuil van puberspatten en vanaf het luchtbed kon Norah de stofwolken zien die zich onder het stapelbed hadden verzameld.

‘Zie je dat, Noor? Een vet voorhoofd, dat krijg je als je geen fantasie hebt.’

Op het luchtbed, verstopt in de cocon van haar slaapzak, luisterde ze naar Lorenzo’s spookverhalen over de bewoners van rusthuis Het Zonnegloor, die ’s nachts in beweging kwamen. Zoals de vrouw zonder benen – ooit de assistente van een goochelaar met een rampzalig gevoel voor timing – die elke nacht op haar handen de trappen open afklom omdat ze net niet bij het knopje van de lift kon; en Filter, een ex-inbreker, die op heterdaad betrapt werd tijdens een klus en door zijn rug was geschoten. De kogel had een perfecte tunnel achtergelaten en Filter had zijn bijnaam gekregen toen hij op een hete zomerdag aan de rand van een zwembad een sigaret had opgestoken en de rook tot groot vermaak van zijn vrienden uit het gat in zijn onderrug liet ontsnappen; een truc waarmee hij grof geld had verdiend in een antirookcampagne.

Norah was niet bang voor de wonderlijke bewoners van Het Zonnegloor, maar wel voor degene aan wie ze ’s nachts waren overgeleverd. Ze verstopte zich nog dieper in haar slaapzak en zette zich schrap voor de griezeligste van allemaal: zuster Raspe, die op haar nachtelijke rondes aan de deuren stond te luisteren naar het gereutel en gehoest, wachtend tot ze iemand uit zijn lijden kon verlossen met haar morfinespuit.

'Als ze gesnurk hoort doet ze de deur heel, heel zachtjes open en sluipt ze op haar zustersloffen naar je bed,' zei Lorenzo. 'Langzaam, als een komodovaraan. En dan buigt ze over je heen, met haar spuit in de aanslag, maar je bent zo diep in slaap dat je haar hete adem niet voelt. Je draait je nog een keer om en mompelt wat over vette voorhoofden terwijl zuster Raspe haar puntige oren spitst. Haar tong flitst langs haar gele tanden, er valt een druppel spuug op je wang, haar ogen worden groot en dan –'

'Onzin!' zei Gabriel. Zijn bril hing weer op het puntje van zijn neus. 'Daar gebruik je geen morfine voor, dat kan veel handiger. En komodovaranen zijn trouwens sneller dan je denkt.'

'Ja? Weet je het weer beter?' Lorenzo raapte een speelkaart van de grond en slingerde hem met een scherpe beweging van zijn pols door de kamer. De kaart vloog recht op Gabriels bril af, maar Fritz sloeg hem uit de lucht voor hij zijn baasje kon raken.

'Je moet niet alles geloven wat hij zegt, Norah.'

Maar ze had Lorenzo's spookverhalen graag geloofd, ook al had ze ze al honderd keer gehoord. En ze werden alleen maar beter als Gabriel eindelijk de bureaulamp uitknipte en in bed klom. Onder de felgroene sterren die een magisch licht verspreidden, vroeg ze om haar favoriete verhaal: over het klapperende kunstgebit op de derde verdieping dat niet was meebegraven met zijn eigenaar. Als je heel goed luisterde, beweerde Lorenzo, kon je het horen: een eenzaam geklepper in kamer 3.01. En als je nog stiller was, zo stil dat je je hart voelde kloppen, kon je de anderen ook horen: alle andere ongelukkige bewoners van het oude gebouw.

'Hoor je dat getik? Dat is de platgereden man van de notaris. Hij gooit steentjes tegen de ramen omdat hij niet begrijpt waarom zijn sleutel niet meer in het slot past.'

Gabriel zuchtte. 'Het is gewoon de regen. En wat moet een spook met een sleutel?'

'En dat gepiep,' ging Lorenzo verder, 'hoor je dat gepiep in de verte? Dat is de schommel. Soms vluchten ze naar buiten en verstoppen ze zich in de tuin voor zuster Raspe. Als je je adem inhoudt kun je hun nagels horen krassen tegen de achterdeur.' Norah hield haar adem in en hoorde inderdaad een vaag gekras in de verte. 'Ze kunnen niet rusten,' zei Lorenzo.

'Waarom niet?' vroeg ze, al wist ze het antwoord al. De vraag hoorde bij hun ritueel.

'Omdat ze nog steeds boos zijn op hun kinderen. Die stopten hun ouders in Het Zonnegloor omdat ze zich voor hen schaamden.'

'Onzin.'

'Daar gaan we weer. Wat is het nu, Prins Pietlut? Wat zit je dwars?'

'Ze schaamden zich niet voor hun ouders. Het was een verzorgingstehuis voor bejaarden met een beperking,' zei Gabriel. 'Geen *freakshow*.'

'Ik zou ze nooit freaks noemen!'

'Bovendien schaam jij je ook voor mama, dus je bent geen haar beter.'

'Zij schaamt zich voor mij!' riep Lorenzo met overslaande stem. 'En voor jou, maak je geen illusies.'

'Ik geloof niet in illusies.'

'Nee, wonderkind? Daarom ben je ook zo saai. Jij gelooft nergens in.'

Het bleef even stil. Norah had ze zo vaak ruzie horen maken, om de een of andere reden konden haar neven niet langer dan vijf minuten in dezelfde ruimte zijn zonder elkaar in de haren te vliegen, maar de laatste tijd leek het steeds langer te duren voordat de spanning die hun ruzies meebracht wegebde.

'Mama bedoelt het goed,' zei Gabriel uiteindelijk zacht. 'Ze doet haar best. Dat geloof ik.'

Lorenzo gaf zijn kussen een stomp, maar voor hij op zijn broer kon reageren kwam Norah half overeind in haar slaapzak. 'Nog een verhaaltje?' smeekte ze. 'Alsjeblieft?'

'De laatste dan.'

Ze luisterde naar Lorenzo's gefluister en de geluiden van het hotel tot haar oren suisden en de slaap op haar ogen drukte; net zo lang tot de sterren waren uitgedoofd en Gabriel vanaf het bovenste bed vroeg of hij alsjeblieft z'n kop wilde houden. Dan gaf Lorenzo een trap tegen zijn matras en vertelde hij haar dat ze niet bang hoefde te zijn. 'Spoken zijn ook maar mensen, Noor.'

'Maar zuster Raspe dan? Wat als ik snurk?'

'Zuster Raspe eet het liefst strebertjes, dus maak je geen zorgen.'

Dat stelde haar niet gerust.

'Ik maak je wel wakker als je snurkt.'

'Maar jij moet toch ook slapen?'

'Nee hoor, ik kan weken zonder.'

Gabriel draaide zich geeuwend om. 'Niemand kan zonder slaap,' mompelde hij. 'Na 48 uur is je brein gestoofd.'

'Ik wel,' hield Lorenzo vol.

'Maar hoe dan?' gaapte ze.

'Dat kan ik niet verklappen, Noor,' fluisterde hij, 'het is een truc. Slaap lekker.'

Fritz klauwde een nagel in haar arm, maar Norah verroerde zich niet. Ze tastte met haar tong over het wondje aan de binnenkant van haar wang en luisterde naar de spookgeluiden. Er druppelde ergens een kraan en in de verte tikte een leiding, maar ze hoorde geen klapperende tanden of gestommel op de trap, geen krassende nagels tegen de achterdeur, scheurende autobanden op de oprit of steentjes tegen het raam. De spoken waren verdwenen nu er niemand was om hun verhaal te vertellen.

Kamer 4.01 was griezelig leeg. Het bureau, de kledingkast en het stapelbed stonden er nog, maar er lagen nergens meer boeken of speelkaarten. Zelfs de planken waren van de muur geschroefd. Het rovershol was ontmanteld. Maar het plafond was nog altijd donkerblauw, op verzoek van Lorenzo door haar moeder geverfd in grove, golvende strepen die leken te bewegen en versierd met sterren die – omdat Gabriel, die een boek over het heelal had, erop had gestaan – op de juiste posities hingen.

Norah deed haar ogen dicht en keek naar de groene vlekjes die over de binnenkant van haar oogleden gleden. Ze was thuis. Daar had ze zichzelf de hele avond aan proberen te herinneren. Ze probeerde het woord samen te laten vallen met een gevoel waar ze lang over had nagedacht, een gevoel waarvan ze zich de afgelopen jaren een voorstelling had proberen te maken en waar ze meer en meer naar had uitgekeken. Thuis.

Ze zette haar tanden in haar wang, proefde ijzer.

Voorlopig zou ze niet in slaap vallen.

***

De portier was een verstokte roker. Zijn tien magere vingers, geel van de nicotine, hielden haar hand in de zijnen, als een oude schoolmeester die haar terug verwelkomde voor het nieuwe jaar. Zijn huid zat los om zijn botten, alsof hij was gekrompen in zijn lijf, en zijn grijze baard kwam bijna tot halverwege zijn borst. Het was moeilijk voor te stellen dat hij ooit jong was geweest. Alleen de eigenwijze zwarte sprieten in zijn dikke wenkbrauwen en de levendige grijze ogen achter zijn koperkleurige brilletje verraadden dat hij minder broos was dan hij leek.

'Wat goed om je te zien, Norah,' zei Gizmo met doorrookte stem. 'Eindelijk weer écht te zien. We hebben het veel over je gehad natuurlijk – over jullie.' Hij nam haar van top tot teen in zich op, alsof hij tot op de millimeter kon vertellen hoeveel ze de afgelopen zomers was gegroeid, en Norah voelde zich schuldig dat ze zich hem nauwelijks kon herinneren. 'Maar ik zou haast vergeten dat je zo écht bent. Verhalen zijn tenslotte toch alleen maar *woorden, woorden, woorden…*'

Jozias kuchte. 'Gizmo houdt wel van een theatrale binnenkomst.'

'Je moet het je opa vergeven,' zei Gizmo, die haar hand losliet en een pakje shag uit zijn binnenzak haalde, 'hij staat graag op andermans zandkastelen – het is de leeftijd.'

'Jij bent anders ook de jongste niet meer.'

Met geoefende vingers verdeelde de portier een plukje tabak over een vloeitje. 'Iemand moet de uitzondering op de regel zijn.' Hij plakte het vloeitje dicht, stak de peuk aan, en gaf hem door aan

Jozias, die zijn weerwoord inslikte en een onverstaanbaar bedankje bromde. 'Heb je een beetje zin om aan de slag te gaan in het hotel?' vroeg Gizmo terwijl hij een tweede shaggie begon te draaien. 'Of heeft hij je gewaarschuwd?'

'Gewaarschuwd? Waarvoor?'

'Je tante. Ze komt met een handleiding. Theresa heeft een heel *aparte* manier van leidinggeven. Je moet maar onthouden dat ze het niet zo bedoelt. Ze kan het niet helpen.'

'Maar misschien hoef ik helemaal niet in het hotel te werken,' zei Norah. Ze deed haar koffer open, haalde de stapel kleurrijke folders tevoorschijn die ze van Marcel Grevelaar had gekregen, en liet die meteen uit haar handen vallen. Gizmo ging door zijn hurken om haar te helpen, maar haar opa bleef onbewogen staan roken. Ze vond de folder over de Toegift-Regeling (*U bent werkloos. Wat kunnen wij voor u doen?*), vouwde hem open, en begon voor te lezen: 'Op vertoon van uw Participatiepas kunt u een wekelijkse Toegift aanvragen. Afhankelijk van de beoordeling van uw Participatiecoach gaan wij met u op zoek naar een passende Tegenprestatie. Een sociaal vangnet draag je niet alleen – dat doen wij samen.'

Jozias maakte een afkeurend geluid. 'Toen ik jong was knoopten we onze eigen vangnetten. Je gaat geen papier prikken. Niet met onze naam!'

'Een betere Tegenprestatie zul je voorlopig niet vinden,' knikte Gizmo. 'Zeker niet als Nieuwkomer. Je kunt trouwens maar beter naar binnen gaan. Theresa zit al op je te wachten.'

Norah propte de folders terug in haar koffer. 'En oma?'

'Mime ligt te slapen,' zei Gizmo. 'Dat doet ze tegenwoordig vaker wel dan niet. Je oma is –'

'– ook de jongste niet meer.' Jozias nam een lange haal van zijn peuk. 'Ga maar vast. Ik kom er zo aan.'

Gizmo duwde de deur voor haar open. 'Eind van de gang, rechterdeur,' zei hij behulpzaam. 'En niet vergeten: ze kan het niet helpen.'

De lamp in de gang zwaaide boven haar hoofd toen de deur achter haar dichtviel en scheen als een zoeklicht over het behang; een oubollig patroon van roze roosjes tegen een achtergrond van schimmelplekken. Norah voelde haar voeten wegzakken in de dikke vloerbedekking. Het was doodstil in het hotel. Ze volgde het licht dat over een lege kapstok, twee ingelijste foto's en een smal tafeltje bewoog waar, naast een opengeslagen gastenboek, een levensgrote buste van Victor Bakermat op stond. Zijn vierkante kin was perfect symmetrisch, maar het puntje van zijn rechte neus was afgebroken en er liep een barst over zijn voorhoofd. Op zijn oogleden lag een dun laagje stof. Norah ging met haar vinger over de laatste bijdrage in het gastenboek. Een paar maanden geleden was er door ene Alex Herrmann een klemmend verzoek achtergelaten om de 'muffe handdoeken' op hogere temperaturen te wassen. Ze bladerde terug. De handdoeken waren een terugkerend onderwerp, evenals het 'waterige eten', de 'haperende lift' en het verzoek om 'vliegenmeppers'.

Ze wist dat ze aan het treuzelen was. Het vooruitzicht van een sollicitatiegesprek met haar tante, die tegenwoordig kennelijk met een handleiding kwam, maakte haar zenuwachtig. *Stel je niet zo aan.* Norah drukte haar nagels in haar handpalmen en keek naar de ingelijste foto's boven de buste. Op de eerste stonden haar grootouders bij het hoge hek aan de Paradijssingel: oma Mime onwankelbaar op de bovenste tree van een keukentrapje met een schaar in haar handen, haar zwarte haar gebonden in een dikke vlecht. Jozias stond er trots naast met zijn handen achter zijn rug. Haar grootouders waren daar niet veel ouder dan zij nu was, maar ze leken zoveel meer overtuigd van hun doen en laten, zoveel meer op hun plek.

De tweede foto was een vertwijfelde kopie van de eerste: oom Frans balancerend op de bovenste tree van hetzelfde keukentrapje met iets wat eruitzag als een nagelschaartje. Hij keek ongelukkig over zijn schouder naar zijn vrouw, maar Theresa zag zijn gestuntel niet. Zij tuurde recht in de lens, poseerde met haar handen op haar brede heupen. Onder haar schreeuwerige blouse met een motief van klaprozen droeg ze een rode spijkerbroek en roze pumps.

Als kind had Norah haar tante, die natte zoenen gaf en vegen lippenstift op je wangen achterliet, zoveel mogelijk geprobeerd te ontlopen, maar nu was ze te oud om zich voor haar op de gang te verstoppen. Ze hing haar jas aan de kapstok, pakte haar koffer en wierp nog een laatste blik op de foto van haar grootouders voor ze haar schouders rechtte en resoluut de gang door liep.

Ook in de lobby was het bloemetjesbehang doorgedrongen en op de vloer lag hetzelfde geluiddempende tapijt. Naast de lange houten receptiebalie en de lift (die er inderdaad onbetrouwbaarder uitzag dan ooit) zag Norah de steile trap met de versleten lopers waar ze vroeger zo vaak met Lorenzo op had gespeeld dat ze de vrouw zonder benen waren, op de vlucht voor zuster Raspe. De vleugel, die midden in de lobby stond en de indruk gaf dat alleen de houtwormen erop speelden, had er destijds niet gestaan en ook de ingezakte leren bank waar een vrouw in een roze kimono op lag te snurken was nieuw. In een hoek van de lobby stond een televisie, een ouderwets ding met draaiknoppen en een antenne. Het geluid stond uit, maar op het scherm was Etna Bakermat te zien die een groep mensen in de markthal toesprak. De Burgermoeder was niet veel veranderd in de afgelopen vijftien jaar; ze had nog steeds dezelfde vrome blik en onberispelijke glimlach. Op de revers van haar groene colbert droeg ze een opzichtige gouden broche waar haar initialen in gegraveerd waren. Hij schitterde in het licht.

Norah zette haar koffer neer en vroeg zich af of ze haar tante wakker moest schudden, maar toen zag ze de gebutste hotelbel op de receptiebalie, half verscholen achter een vaas met monsterlijke nepbloemen. Het gerinkel schelde door de lobby.

Met een kreun en een gil schoot Theresa overeind. 'Liefje! Daar ben je eindelijk!' Ze rolde van de bank en voor Norah weg kon duiken greep haar tante haar stevig vast en verdween ze in een walm van zoet parfum en witte wijn. 'Kindje toch… Ik loop helemaal vol!' Theresa plantte twee natte zoenen op haar wangen en wapperde haar tranen weg met haar lange nagels. 'Ben je helemaal alleen? Waar is papa?'

'Opa staat buiten, hij komt er zo –'

'Typisch papa! Al-tijd Gizmo van zijn werk houden. Het zijn net kinderen, die twee…' Er verscheen een bedenkelijke barst tussen

Theresa's opgetekende wenkbrauwen. 'Hij stond toch niet weer stiekem te roken, hè? Zo'n smerige gewoonte! Ik word al misselijk als ik eraan denk.'

Norah schudde haar hoofd, ze zou ze niet verraden. 'Nee hoor, ze wilden geloof ik nog even –'

'Ik had je trouwens wel eerder verwacht! Ik zit al uren klaar.'

'Sorry, de brug ging open en we –'

'Dat is geen excuus om me te laten wachten. Nee, dit is geen sterk begin, meisje. Zullen we afspreken dat dit meteen de laatste keer was? Je mag van geluk spreken dat ik in tweede kansen geloof! Maar – je bent er! En dat is het belangrijkste. Kom, liefje, ik zal je een rondleiding geven. Je zult niet geloven hoe het hier is opgeknapt!'

Norah volgde haar tante de gang op en de eetkamer in, die donker was en naar schimmel rook. Ze herinnerde zich het geluid van tikkend bestek, de geur van soep en vers brood dat hoog opgestapeld lag in rieten manden. Nu lagen er groezelige lakens op de tafels met daarop plastic rozen in treurige vaasjes. Hetzelfde afgrijselijke bloemetjesbehang sierde de muren en langs de plinten liep een spoor van zwarte keuteltjes.

'Je hebt geen idee hoeveel formulieren ik voor je heb moeten invullen,' verzuchtte Theresa. 'Er zijn nauwelijks Tegenprestaties aan deze kant van de Lef, meisje, dus je mag blij zijn dat je bij mij aan de slag mag!'

'Ja, opa zei dat het beter was dan papier prikken, dus –'

'Dus vertrouw ik erop dat je me niet teleur zult stellen.'

Theresa keek haar scherp aan.

Stroop was een universeel smeermiddel, en daarom zei Norah: 'Natuurlijk niet, tante! Ik weet nog dat ik het als kind altijd heel fijn vond om in het hotel te logeren. En het is nog net zo... *bijzonder* als ik me herinner.'

'Ik heb er oog voor,' knikte Theresa triomfantelijk. 'Je zaak moet uitdragen wie je bent, en ik ben een warm mens, met een groot hart. Ik doe alles op gevoel – dat zie je terug in de aankleding. En in de reacties van de gasten! "Als thuiskomen" zeiden ze! Wat je geeft, krijg je terug. Dat is gewoon zo. Etna zegt het ook. Dat móet zo zijn, uiteindelijk...' Ze slikte en de triomf verdween even plotseling van haar gezicht als hij verschenen was. 'Geven, geven, geven – ik heb nooit anders gedaan. Alles wat ik heb! We hadden hier nooit moeten blijven, mijn Frans en ik, maar hij was zó koppig, hij wilde het hotel zó graag van mijn ouders overnemen. En hoe kon ik anders na mama's ongelukje? Die arme mensjes waren zo bang dat hun hotelletje in verkeerde handen zou vallen.'

Norah begreep nog niet waar ze zo veel openhartigheid aan had verdiend, maar ze begreep wel dat dit het moment was om haar medeleven uit te spreken. 'Dat lijkt me vreselijk zwaar. U mist oom Frans zeker nog elke dag.'

'Zeg maar *je* hoor! Anders voel ik me zo oud!' giechelde Theresa voor ze een hand op haar boezem legde en bewegingsloos naar een punt in de verte staarde. 'Zijn energie hangt er nog. Frans was bij leven een bescheiden geest, maar sinds zijn dood voel ik hem overal – hij trekt aan me! Ik hoor hem 's nachts over de gangen struinen, op zoek naar een uitweg. Eerst was zijn aanwezigheid een troost, maar nu is het bijna ondraaglijk!'

Ze klonk doodernstig, dat was het merkwaardige. Norah keek gefascineerd naar haar tante, die weer een opkomende emotie wegwapperde met haar lange nagels.

'Het is deze plek! Wie begint er nou een hotel naast een begraafplaats? Wie doet zoiets? Er hangt een vreemde energie in dit gebouw. Slechte energie. Ik heb het altijd al gevoeld. Als kind al. En ik niet alleen, Mathilde voelde het ook, misschien dat ze daarom zo met zichzelf in de knoop –' Theresa keek haar geschrokken aan en doorbrak de vierde wand. 'Ach, meisje... Het is vreselijk wat er met je moeder gebeurd is – vreselijk! Veel te jong.'

'Ja, het was zwaar,' zei Norah. 'Vooral de laatste weken, ze had erg last van –'

'Je lijkt trouwens spre-kend op haar. Helemaal niet op die nietsnut! Dat moet ook zo zijn. Wat je investeert krijg je uitgekeerd – Etna's woorden! We waren het misschien niet altijd met elkaar eens, ik en Mathilde, je moeder hield er heel *aparte* ideeën op na, dat heb je vaker met die creatieve types, maar ik weet zeker dat ze... ze heeft vast... ergens –' Theresa knipperde verdwaasd met haar ogen, leek even verdwaald in haar gedachten en Norah vroeg zich af of dit het moment was om te souffleren, maar haar tante pikte zonder hulp de draad weer op. 'Vrede! Ik weet zeker dat ze vrede heeft gevonden met haar lot. In tegenstelling tot mijn Frans... Zolang hij niet rust – kan ik dat ook niet,' besloot ze plechtig. 'Dat is mijn last om te dragen.'

'Daar moet je een sterke persoonlijkheid voor hebben, tante. Dat kan niet iedereen.'

Theresa keek haar dankbaar aan. 'Gelukkig is er altijd iets te doen in Hotel Euphoria!' zei ze monter. 'Aan afleiding geen gebrek. Je hoeft je hier niet te vervelen als je kunt bijspringen. Kun je dat een beetje? Bijspringen? Kom, ik zal je de keuken laten zien!'

Daar, tussen de potten, de pannen en de fruitvliegjes, voelde haar tante zich nog vrijer om haar persoonlijkheid alle ruimte te geven. 'Ik kookte eens per maand,' zei ze terwijl ze met de deksel van een immense vrieskist worstelde. 'Ovenschotels waren mijn specialiteit!'

De deksel kwam krakend los en tussen de hompen ijs zag Norah rijen en rijen opgestapelde plastic bakjes. Dat verklaarde de toren van magnetrons op het aanrecht, het roestige fornuis en het raampje van de oven dat zwart zag van de aanslag.

'De gasten waren gek op mijn kookkunsten! Daar kwamen ze voor terug...' zei Theresa, die weer een hand op haar boezem legde. Er zat zo'n routine in de beweging, zo'n geoefendheid, dat het Norah moeite kostte om haar lachen in te houden. Theresa had er geen erg in en wees naar de andere kant van de keuken. 'En die deur gaat naar de kelder, weet je nog? Maar daar wil je nu niet komen, hoor! Niet na zonsondergang. Hoor je dat?'

Norah hoorde niets. Alleen het gebrom van de vriezer die ontdooid wilde worden.

'Dat is Frans. Hij roept me. Ik *voel* dat hij me roept. Het gaat door merg en been. Hij is daarbeneden, gevangen tussen het hier en het hiernamaals – met de anderen...'

'Ja? Is het zo druk in de kelder?'

'Je opa en die oude Gizmo zeggen dat het onzin is, maar mannen kunnen zoiets niet voelen. Alleen échte vrouwen kunnen zich openstellen voor het onbekende.'

Norah vroeg zich af of het toeval was dat vrouwen die de noodzaak voelden om te benadrukken dat ze 'échte vrouwen' waren, nou altijd júist de vrouwen waren waar je niets mee te maken wilde hebben. Ze liep naar de achterdeur, die naar de tuin leidde. De vloer kleefde onder haar gympen en er schoot iets langs haar voeten, iets met zes poten en een schild dat razendsnel onder de koelkast verdween.

'Vooral nu, vlak voor zijn sterfdag – dan voel ik Frans' aanwezigheid extra sterk. Ik probeer hem elk jaar te helpen met het maken van de oversteek. De dagen voor de seance zijn altijd het zwaarst... Maar dit keer heb ik een medium gevonden dat ons bijstaat en zij zegt dat ze alleen contact kan maken als alles spic en span is, dus je komt op een goed moment, meisje! Er moet een hoop gedaan worden!'

Norah tuurde door het vuile raam van de achterdeur. In het donker kon ze nog net de tuinmuur onderscheiden waarachter de begraafplaats lag. Daar moest oom Frans overheen zien te klauteren. Twee meter – anderhalf met een aanloopje. Lorenzo gebruikte vroeger de schommel om eroverheen te slingeren. Ze had het hem vaak zien doen, tegen de wetten van de zwaartekracht en die van zijn moeder in.

'Waar is de boom gebleven? En de rozenstruiken?'

'O, die heb ik weg laten halen,' zei Theresa terwijl ze een fles witte wijn uit de koelkast haalde. 'De hele achtertuin was een rommeltje. Geen gezicht. Mama vond het maar niks, maar haar ogen zijn niet meer wat ze waren. Ze is zo goed als doof, ligt hele dagen te slapen. Papa heeft zijn handen eraan vol. En dat terwijl er zoveel te doen is voor de seance! Maar ja, dat krijg je met oude mensen, hè? Ze verkruimelen waar je bij staat.' Ze schonk zichzelf een groot glas in, ging met een dramatische zucht aan de keukentafel zitten en veegde een haarlok uit haar gezicht. Nu zag Norah pas hoe donker de kringen onder haar ogen waren. Hoe moeilijk kon het zijn om haar tante uit te horen over *de situatie*? Ze had alleen een sluiproute nodig, de weg van de minste weerstand.

'Ik heb gehoord dat Gabriel zich verkiesbaar heeft gesteld. Je zult wel trots zijn.'

'Is het niet fantastisch? Dat heeft hij van mij, dat ambitieuze! Ik heb altijd geweten dat die jongen bijzonder was, maar dat hij het nog eens tegen Etna op zou nemen? Etna Bakermat...' Theresa nam een grote slok. 'We zijn praktisch zielsverwanten, Etna en ik. Hartsvriendinnen, altijd al geweest. Nee, ik had me geen twee betere kandidaten kunnen voorstellen. Het brengt alleen zo veel stress met zich mee, die verkiezingen. Iedereen vraagt ernaar, iedereen wil weten op wie ik ga stemmen! Al die spanning gaat in mijn nek zitten – ik kan er zelf net niet bij.'

Norah begreep de hint en ging achter haar staan. Ze legde haar handen op Theresa's schouders en begon zachtjes te kneden. 'Komt Gabriel nog weleens langs?'

'Niet zo vaak als ik zou willen. Die jongen heeft het zó druk! Te druk om zijn moeder te bezoeken. Dat heeft-ie van zijn vader, hoor – iets meer naar links, liefje, daar ja – zo heb ik hem in elk geval niet op de wereld gezet, ik –'

'Lorenzo wel? Heb je die wel zo op de wereld gezet?'

Theresa's schouders verstijfden. 'Lorenzo is geboren op de 13de,' fluisterde ze.

'Op een vrijdag?'

'Nee, een maandag – het was een vre-se-lijke bevalling. Hij lag dwars. Toen al!' Ze leegde haar glas in twee grote slokken en schonk zichzelf meteen weer bij. 'Hij was een onhandelbaar kind. Ik had het kunnen zien aankomen, maar je verwacht niet dat je eigen zoon... Ik bedoel, je hebt altijd *dat soort mensen* gehad, het kan de beste ouders overkomen – maar mijn zoon!'

'Wat bedoel je met *dat soort mensen*?'

Theresa draaide zich met een ruk om. Er schitterde iets gevaarlijks achter haar ogen. 'Mensen die zich niet willen aanpassen. Mensen die de hele nacht de hort op zijn. Mensen die al hun tijd doorbrengen in een ordinair theatertje! Als hij daar niet was gaan werken was dit nooit gebeurd, dat weet ik zeker! Wie weet wat die man hem al die jaren heeft aangepraat, met wat voor gif die Soddini zijn oren heeft gevuld! Je moet slecht gedrag niet belonen – dat zegt Etna ook. Nou, die Soddini gaf hem een heel podium! Ik ben een keer gaan kijken. Daar stond hij, salto's te maken als een circusaapje. Het was walgelijk! Toen dat rattenhol eindelijk dichtging kwam hij met hangende pootjes terug. Ik heb hem een dak boven zijn hoofd gegeven, maar een bedankje, ho maar! Nee, meneer voelde zich te goed voor de regels, bleef nachtenlang van huis zonder iets van zich te laten horen. Als je zo'n stiekem leven leidt ben je overal toe in staat, denk je niet? Waarom zou je zo geheimzinnig doen als je niets te verbergen hebt?'

Vanuit haar ooghoek zag Norah iets wegkruipen onder de tafel, iets met meer voelsprieten dan haar lief was. In een reflex tilde ze haar voeten op, maar Theresa vermorzelde het beestje achteloos onder haar hak. 'Ongedierte. Het wemelt ervan.' Ze leegde haar glas en trommelde met haar nagels op tafel. 'Toen ze hem kwamen halen heb ik Gizmo die kamer meteen leeg laten ruimen. Opgeruimd staat netjes. Ik schaamde me dood! Handhavers in mijn hotel, iedereen had het erover... Die jongen geeft niets om mijn reputatie – of die van zijn broer!'

'Maar wát heeft Lorenzo gedaan?' drong Norah aan. 'Wat is *de situatie*? Ze nemen hem toch niet zomaar mee?'

'Ik wíl het niet eens weten! Ik zal blij zijn als ze hem te pakken krijgen. Weet je dat ik weleens denk dat Frans er nog zou zijn als hij niet zo – au!'

Norah had haar nagels in haar schouders gezet. Het ging half per ongeluk.

Toen Jozias een halfuur later de keuken inkwam had ze geen gevoel meer in haar handen en was ze niet veel wijzer. Theresa wist haar niets te vertellen over *de situatie*. Al was het haar na steeds onsamenhangender wordende anekdotes wel duidelijk geworden dat de vriendschap tussen haar tante en de Burgermoeder al jaren over haar hoogtepunt heen was. De diepe bewondering was niet wederzijds gebleken, al leek Theresa zich daar niet van bewust.

'Waarom stuur je dat kind niet naar boven?' zei Jozias. 'De soep is allang klaar.' Hij keek misprijzend naar de lege wijnfles op tafel. 'En zo te zien heb jij je portie ook weer gehad voor vandaag.'

'Doe niet zo flauw, papa,' pruilde Theresa, 'je weet best dat ik zo nu en dan een glaasje nodig heb om in balans te blijven. Kom hier, liefje.'

Gelaten onderging Norah nog een geforceerd intiem moment van echte vrouwen onder elkaar en liet zich opnieuw door haar tante smoren voor ze haar opa achternaging naar de lobby, waar ze door Gizmo werden opgewacht. Hij overhandigde haar een sleutel. 'Kamer 4.01. Ik heb je koffer al naar boven gebracht. Hoe ging het?'

'Ik denk dat ik de handleiding nog eens moet doornemen.'

'Geloof me, het went,' gniffelde Gizmo, '*en hoe arm is de mens die geen geduld bezit*?'

De lift was stuk, dus beklommen ze de steile trap. Norah hield de leuning stevig vast terwijl ze in haar opa's voetstappen liep en deed haar best niet over de versleten lopers te struikelen. Op de eerste verdieping zwaaide Gizmo af, maar Jozias en zij klommen verder, op de tast, want het licht op de tweede en derde verdieping was uit.

'Hier is al maanden niemand meer geweest,' zei hij. 'Ik heb de stroom eraf gehaald, dat scheelt in de kosten.'

Tegen de tijd dat ze de zolder bereikten had ze kramp in haar bovenbenen, maar was ze opgelucht om te zien dat Theresa's invloed hier stopte. Op de overloop van de zolder lag geen dikke vloerbedekking en was ook geen bloemetjesbehang te bekennen. De wandlampjes van gekleurd glas hingen er nog en de koperen kamernummers op de deuren waren groen uitgeslagen.

Het eerste wat ze herkende toen Jozias haar voorging in kamer 4.02 was de geur: pindasoep. In de hoek van zijn opgeruimde kamer had haar opa een geïmproviseerde keuken ingericht met een kleine koelkast, een afwasteiltje en een elektrische kookplaat waar een grote pan op stond te pruttelen. Het kleed met het lelijke streepjespatroon lag nog op zijn plek en onder het raam stond de leunstoel die zich door de jaren heen naar zijn lichaam had gevormd. Aan de muur hingen een olieverfschilderij met felle, in elkaar vloeiende kleuren die samen een junglelandschap moesten voorstellen en een versierde kalebas, die zeker drie generaties De Klerk hadden gebruikt om boze geesten van zich af te spoelen; een ritueel dat haar moeder had achtergelaten en dat Norah zich daarom nooit eigen had gemaakt. Naast de kalebas hing een ingelijste foto van een klein meisje met donkere sproeten dat met omhooggestoken armen juichend op de rode bank zat die nog steeds bijna de helft van de kamer in beslag nam en nu meer rafels had dan ooit. De dader van dat huiselijk vandalisme kroop er net onder vandaan.

'Fritz!'

De rode kater was oud geworden, zijn snor was grijs en hij miste wat plukken uit zijn vacht, maar hij aarzelde geen moment en krulde zich meteen om haar benen.

'Ja, die is er nog,' zei Jozias, die nog een snufje peper bij de soep deed voor hij de kookplaat uitdraaide. 'De jongens waren gek op dat beest.' Fritz rekte zijn oude lijf en sloeg zijn nagels uit. 'Niet aan het kleed!'

Norah ging op de bank zitten. Fritz sprong ronkend naast haar, kneep zijn groene ogen samen. Ze streek met haar vingers door zijn vacht. 'Denk je dat Lorenzo nog terugkomt?'

'Niet op de bank!' Jozias knipte in zijn vingers. De kat sprong op de grond en ging precies aan de rand van het kleed zitten, waar hij zich loom begon te wassen. 'Natuurlijk komt hij terug. Waar zou hij naartoe moeten?'

'Theresa zei dat ze zijn kamer leeg heeft laten ruimen.'

'Ze moet doen wat ze niet laten kan. Was je handen. Je bent de hele dag onder de mensen geweest.'

Jozias begon luidruchtig de tafel te dekken, zette een kan water neer, kommen, lepels en een mand met vers brood. De tafel kraakte onder het gewicht van de zware soeppan. Toen ging hij door zijn hurken, kriebelde Fritz tussen zijn oren en zette hem een schaal met brokjes voor.

'Kan ik nog iets doen?' vroeg Norah terwijl ze haar handen droogde aan een theedoek.

'Opscheppen.'

Jozias gaf haar een grote lepel aan en haalde de deksel van de pan. Er dreef een gele peper in de bruine soep, waar ze voorzichtig omheen schepte. Ze wachtte tot haar opa zijn kommetje vol had voor ze een hap nam – de pindasoep brandde meteen tegen haar gehemelte. Ze klapte haar kaken op elkaar, beet in haar wang, proefde bloed.

'Pas op,' zei Jozias droogjes. 'Het is heet.' Hij scheurde een stuk brood voor haar af.

'Oma's recept?'

'Ik zou niet anders durven.' Er verscheen een voorzichtige glimlach om zijn lippen die de harde lijnen in zijn gezicht even verzachtte. Norah wilde van het moment gebruikmaken om hem naar *de situatie* te vragen, maar toen klonk er buiten een harde knal, gevolgd door een luid geknetter. Door het hoge raam zag ze hoe in de verte cirkels van witte en groene sterren aan de donkere lucht uit elkaar spatten.

'Dat doen ze voor de toeristen,' zei Jozias. 'Elke avond vuurwerk. Alsof het niets kost. Eet je soep op.'

'Waarom eten we eigenlijk niet in de keuken?'

'Omdat het daar smerig is.'

'Niet omdat het er spookt?' gniffelde ze. 'Theresa denkt dat oom Frans in de kelder woont.'

'Daar moet je niet mee spotten,' zei Jozias streng. Hij wierp een angstvallige blik op de kalebas. 'Er zijn genoeg onverklaarbare dingen gebeurd in dit gebouw, op deze grond. Dat zegt je oma ook. Alleen idioten denken dat ze alles weten.'

'Waarom noemde je mij daarnet een idioot?'

'Wat?' Hij hield een hand achter zijn oorschelp. 'Waarom praat je zo zacht, kind?'

'Bij de taxi. Je noemde me een idioot.'

'Praat geen onzin. Waarom zou ik je een idioot noemen?'

Jozias pakte de waterkan en schonk hun glazen bij, doorbrak het pijnlijke met het praktische. Norah kende dit spel van inhouden en toegeven. Ze had het zo vaak met haar moeder gespeeld. Haar opa was misschien ouder, geoefender, kon plotselinge doofheid of dementie veinzen als hij het onderwerp wilde omzeilen – maar de spelregels waren dezelfde. Als je wilde winnen moest je blijven inzetten.

'Wat is er met Lorenzo aan de hand, opa?'
'Wat heeft je tante je verteld?'
'Ze zei dat hij niet deugt.'
'Wie wel?'
'Ze zei dat hij wel iets te verbergen móest hebben.'
'Wie niet?'
Norah legde haar lepel neer en sloeg haar armen over elkaar. 'Dus jij zult ook blij zijn als ze hem te pakken krijgen?'
'Doe niet zo belachelijk.' Jozias slurpte van zijn soep en ging kribbig overstag. 'Luister, Lorenzo heeft misschien meer karakter dan goed voor hem is. Je weet hoe hij is. Net zo eigenwijs als je oma. Het BCD nam hem met veel bombarie mee – maar toen ze aankwamen op het Bureau zat hij niet meer in dat busje van ze.'
'Maar *waarom* namen ze hem mee? En hoe is hij ontsnapt?'
'Een storm in een glas water, het zal vanzelf weer overwaaien.'
'Weet je het niet of wíl je het niet vertellen?'
'Genoeg.'
'Bij de douane zeiden ze dat ik het meteen moest melden als ik iets van hem hoorde – is hij gevaarlijk?'
Jozias' kaken verstrakten en Norah keek in een paar onverzettelijke ogen. Ze leken zwart, net zoals die van haar moeder, net zoals die van haarzelf. Alleen als er licht op scheen kwamen de pupillen tevoorschijn. 'Laat niemand je vertellen dat er iets mis is met onze familie – zelfs je tante niet. De mensen blazen de dingen graag op. Het geeft ze iets om over te babbelen.' Hij zwaaide naar haar met zijn lepel. 'Alleen idioten babbelen.'
Norah begreep de hint.
De rest van de maaltijd hadden ze er het zwijgen toe gedaan. Zonder iets te vragen had Jozias haar kom een tweede en derde keer tot de rand gevuld. Toen ze de vierde keer afsloeg, ging hij meteen over tot de afwas. Ze had niet aangeboden om te helpen en was naar haar kamer gegaan met Fritz in haar kielzog. Haar koffer stond naast het stapelbed. Gizmo had het grote licht laten branden. De fluorescerende sterren waren opgeladen voor de nacht.

***

Er zat een kattenhaar in haar neus.

Norah gaf Fritz voorzichtig een zetje. Hij kroop alleen dichter tegen haar aan, zijn snorharen kriebelden onder haar kin. 'Rustig maar,' fluisterde ze, 'ik ben voorlopig nog niet weg. Ik ben net thuis.'

Thuis.

Nee, al met al was dit niet de terugkeer waar ze op had gehoopt. Maar ze had het kunnen weten. Als haar moeders heimwee opspeelde, iets wat in de weken voor ze overleed steeds vaker gebeurde, had ze haar er graag op gewezen als ze haar op 'typisch De Klerk-gedrag' betrapte: *Alle De Klerks zijn van hetzelfde materiaal gemaakt. Wij zijn starre mensen, Norah, onbuigzame mensen. Jij, ik, opa Jozias, oma Mime... zelfs je tante Theresa – op haar eigen manier dan. Allemaal onwrikbare mensen. Wij buigen ons hoofd voor niemand!*

Ze had het gezegd alsof het iets was om trots op te zijn, een set karaktertrekken die je door kon geven als een kostbaar erfstuk. Maar hoe kon je jezelf onwrikbaar noemen als je nergens durfde te blijven? Als je zo bang was voor de boze buitenwereld dat je je telkens opnieuw verstopte in anonieme flatgebouwen? Een moeder die zich verschool achter dikke gordijnen, kettingrokend in het donker, een moeder die haar hoofd boog voor haar eigen nachtmerries, ziek van heimwee maar te trots om dat toe te geven – was dat een onwrikbaar mens? Een vrouw van onbuigzaam materiaal?

En een dochter die heimelijk opgelucht was toen haar moeder overleed? Die zichzelf in de weken na haar dood terugvond in de donkerste hoek van haar flat, kettingrokend achter een scherm of oude ansichtkaarten herlezend; een dochter die zich geen houding meer wist omdat aanpassen haar eerste natuur was geworden, die haar moeders heimwee had geërfd en zo bang was geworden om in haar te veranderen dat ze haar koffer had gepakt om opnieuw te beginnen, terug naar de start, in de hoop dat daar een verleden op haar wachtte waar ze zo weer in kon stappen – was dat iets om trots op te zijn?

Norah zoog aan haar wang. Ze proefde nog steeds bloed. Stijfkoppig en berekenend, dat was ‘typisch De Klerk-gedrag’. Zo was zij, zo was haar moeder, en na vanavond wist ze zeker van wie ze het hadden geërfd.

Misschien had ze er te veel van verwacht. Misschien was het naïef geweest om te denken dat ze door de grens over te steken ook terug in de tijd zou kunnen gaan. Ze was niet meer het meisje dat op de verwarming moest klimmen om haar moeder uit te zwaaien of het meisje dat zich in haar slaapzak verstopte voor zuster Raspe. Het logeeradres dat haar tweede huis was geweest bestond niet meer. Gabriel was druk met de verkiezingen aan de andere kant van de Lef, en over Lorenzo, naar wie ze misschien wel het meest had uitgekeken, wist niemand iets zinnigs te vertellen.

Toch was het hotel uit haar herinneringen niet helemaal verdwenen. Fritz, die inmiddels bijna op haar kussen lag, was er nog – en de pindasoep werd nog steeds volgens hetzelfde recept gemaakt. En boven haar, aan het donkerblauwe plafond, hingen nog altijd dezelfde groene, inmiddels bijna uitgedoofde sterren op de juiste –

Norah schoot overeind en stootte haar hoofd tegen de schuine muur. Vloekend gooide ze het dekbed van zich af. Fritz verdween met een klagelijke miauw onder het bed.

De sterren.

Ze hingen verkeerd.

Iemand had Gabriels overzicht van het heelal verstoord. Norah kantelde haar hoofd, verdraaide haar nek bijna, maar hoe ze de sterren ook aan elkaar probeerde te verbinden, ze in gedachten opnieuw aan elkaar knoopte, de patronen bleven willekeurig. Ze wreef over haar pijnlijke voorhoofd. Zag ze dingen die er niet waren? Of herinnerde ze het zich verkeerd? Nee, ze wist het zeker. Gabriel had haar urenlang overhoord en tot vervelens toe uitgelegd hoe belangrijk het was om een helder beeld te hebben van de kosmos. ‘Het grotere plaatje, Norah, daar begint het mee als je de wereld wilt begrijpen. Zonder overzicht kom je nergens.’

Er moest een logische verklaring voor zijn. Gabriel had hier al jaren niet meer geslapen, volgens Theresa had hij het zelfs te druk om langs te komen. Norah liet haar blik door de kamer dwalen: over het bureau, de wastafel, het openstaande raam, haar lege koffer, de kledingkast – en toen zag ze het. In de spiegel van de kledingkast namen de sterren de vorm aan van letters. Ze kon er net twee ontcijferen: *We.* De rest was onleesbaar, maar Norah wist meteen wat ze daaraan moest doen.

Ze klom uit het stapelbed en ging plat op de koude vloer liggen. Vijftien jaar geleden was dit haar uitzicht geweest vanaf het luchtbed, de plek waar ze naar zijn spookverhalen had geluisterd. Het was hun ritueel geweest. Fritz kwam weer tevoorschijn en tikte zijn neus tegen de hare terwijl ze grijnzend Lorenzo's boodschap las in het spiegelbeeld van de sterren: *Welkom thuis, Noor.*

Ibrahim Reza keek neer op het dek – zijn dek. Daar zaten zijn vluchtelingen, in geleende kleren, slappe koffie te drinken in de ochtendzon. Een van hen, een kaal, gedrongen mannetje met een vlinderdasje om zijn nek, probeerde een gesprek met Fons aan te knopen, maar de kok, die verveeld een sigaret stond te roken, had meer aandacht voor de rode kater die om zijn benen cirkelde.

'En nu?' vroeg Levi. 'Wat doen we nu? Wanneer ga je het ze vertellen? Gá je het ze vertellen?'

Reza legde een vinger tegen zijn lippen. Norah en Gizmo kwamen het dek op. De oude man kon plotseling prima lopen zonder ondersteuning. Het mannetje met de vlinderdas staakte direct zijn pogingen om Fons aan de praat te krijgen en voegde zich bij hen. Reza zag hoe ze met zijn drieën een plek aan de reling zochten en de hoofden bij elkaar staken.

'We kunnen ze niet wegsturen,' zei Levi. 'Dat is onmenselijk.'

Reza wees naar de lege koffiekan. 'Misschien ben jij niet de meest aangewezen persoon om te bepalen wie we aan boord houden. Die neef van je is niet alleen te stom om koffie te zetten, maar ook vergeten dat er niet gerookt wordt onder werktijd.'

'Wil jij die mensen dan weer op het water zetten? Ze zijn compleet in de war, heb je dat niet gezien? Dat arme kind, ze durft je nauwelijks aan te kijken. Duidelijk in shock.'

'Ze maken ons belachelijk. Dát heb ik gezien.'

'En wat als het waar is?' vroeg Levi. 'Een papieren hel? Een leeg paradijs?'

'Ik ben er geweest.'

'Een eeuwigheid geleden, ja!'

'Ze vertellen ons niet alles. Een hotel zonder gasten in zo'n populaire vakantiestad? Een komodovaraan met een zusterskapje op? Een kelder vol geesten? Dat zijn spookverhalen, Levi. En waarom zit er in vredesnaam een kat op mijn schip?'

Er werd op de deur geklopt. Zonder antwoord af te wachten stak Fons zijn hoofd om de hoek. Over zijn schouder hing een verschoten theedoek.

'Wat kom je doen?' vroeg Levi.

De jongen keek hem schaapachtig aan. 'De afwas halen.'

'Snel dan.'

Fons slenterde naar de tafel. Reza keek met afgrijzen toe hoe de slungel door zijn knieën ging, de koffiespetters van de vloer dweilde, en vervolgens met diezelfde theedoek de tafel afnam. Het was ongelooflijk. 'Doe die zo maar in de was.'

'Maar hij is net schoon.'

'Ga, jongen!' zei Levi vlug. 'Doe wat je gezegd wordt.'

Fons haalde zijn schouders op en stopte de natte theedoek achter zijn riem voor hij de mokken bijeenraapte en naar buiten sjokte, een spoor van bruine druppels achterlatend. Reza voelde het spiertje achter zijn oog weer trekken. Zijn zicht werd wazig.

'Hij weet niet beter,' zei Levi, die hem zijn zakdoek aanreikte.

'Dus vergeven we hem wat hij doet?'

'Zoiets.'

Reza depte hoofdschuddend zijn tranende oog. Buiten stond het drietal nog steeds te smoezen aan de reling. Het mannetje met de vlinderdas wipte op zijn voeten terwijl Norah met drukke gebaren het woord voerde. 'Zouden zij beter weten, denk je?' vroeg Levi.

'Natuurlijk. Dat zie je toch? Het is een toneelstukje. Een klucht. Deze mensen weten heel goed waar ze mee bezig zijn. En wij zijn zo stom geweest om ze aan boord te halen.'

'Ik noem dat menselijk.'

'Feit is dat we nu in de minderheid zijn, Levi.'

'Er is een kind bij!'

'En sinds wanneer houdt dat conflicten tegen? Kinderen zijn geen diplomaten.'

'Prima!' riep Levi schril. 'Dan nemen we ze niet mee. We kunnen vast nog twee zwemvesten missen.'

'We zetten ze heus niet overboord,' zei Reza. Maar zijn stuurman luisterde al niet meer. 'We kunnen ze ook niet ergens afzetten,' mompelde Levi, 'we lopen al achter op schema. Vannacht moeten we er al zijn! En als we weer te laat komen...' De omvang van hun probleem begon eindelijk tot hem door te dringen. 'Als we weer te laat komen – o God... Weet je nog? Die keer toen –'

Reza stak zijn hand op. Hij kon zich die keer maar al te goed herinneren. Niemand wilde tegenwoordig langer op zijn bestelling wachten dan beloofd was en de kapitein van de Nausikaä was net zo afhankelijk van goede beoordelingen als elke andere zelfstandige ondernemer. De geruchten die deze ontevreden klant destijds had verspreid hadden hem bijna zijn reputatie gekost. Ze hadden er een eeuwigheid over gedaan om er weer bovenop te komen. De lading in het ruim móest vannacht gelost worden. Hij had nooit eerder zakengedaan met hun klant in Stokerdam, maar Reza had het sterke vermoeden dat ze niet op veel begrip hoefden te rekenen als ze de ietwat ongebruikelijke bestelling niet volgens afspraak zouden leveren. Zeker niet nu ze ook nog eens een half dozijn vluchtelingen meenamen.

Levi tastte naar zijn heupflacon en nam een flinke teug. 'Zal ik de volgende halen? We moeten de rest van het verhaal horen, denk je niet?'

'Nog niet.' Kapitein Reza ging op zijn stoel zitten, strekte zijn benen uit onder de tafel en drukte de zakdoek stevig tegen zijn oog. 'Eerst gaan we nadenken.'

DEEL II

‘*What the eyes see and the ears hear, the mind believes.*’
Harry Houdini

Lange dagen

Norah zette de emmer met schoonmaakmiddelen neer. Alex Herrmann, de laatste gast van kamer 3.01, had het badwater niet weg laten lopen, maar verder viel de schade alleszins mee: een vlekkerige spiegel, tandpastaresten in de wasbak en een prullenbak die tot de rand vol zat met wattenschijfjes en reinigingsdoekjes.

Ze stak haar hand in het koude water en trok de stop los. Alex Herrmann zat niet alleen graag in bad, aan de inhoud van de prullenbak en de vlekken op de spiegel te zien gebruikte Alex een indrukwekkende hoeveelheid make-up om glamoureus voor de dag te komen. Het was een onwerkelijk idee dat iemand die zo verzorgd door het leven ging zo'n muffe hotelkamer had bewoond, een treurig contrast. Bijna net zo treurig als de Nieuwkomer die haar dagen minder geestdodend probeerde te maken door persoonlijkheden af te lezen in de sporen die de gasten in de kamers hadden achtergelaten. Die vertelden vaak meer over hen dan hun klachten in het gastenboek. Zo had de halfvergane muis die Norah in kamer 2.03 tussen de verwarming vandaan had gepeuterd haar verteld dat de laatste gasten een pikant ritueel met eetbaar ondergoed hadden uitgevoerd. De restjes zaten nog tussen zijn tandjes.

Jozias was spraakzamer geworden in de loop van de week. Dat was het goede nieuws. Het slechte nieuws was dat zijn spraakzaamheid zich vooralsnog uitte in sputterende preken. Het was begonnen toen ze zich op een onbewaakt moment had laten ontvallen dat Marcel Grevelaar haar had gefeliciteerd met haar burgerschap; die opmerking was uitgelopen op een minutieus verslag van haar Intakegesprek, enkel onderbroken door Jozias' op steeds driftiger toon gestelde vragen: *Hoe bedoel je 'gefeliciteerd'? Met wat? Je bent hier geboren, je hebt elk recht om hier te zijn!*

De felicitaties hadden een waakvlam in haar opa ontstoken die door het minste of geringste tot een tirade kon oplaaien. Dat de douanier haar moeder en haar tot gelukszoekers had bestempeld had Norah dan ook wijselijk voor zich gehouden.

Ze had geprobeerd zich zoveel mogelijk terug te trekken met haar folders om zich in te lezen, maar het bleek nog niet zo eenvoudig om elkaar te ontlopen in een hotel zonder gasten, want als Jozias haar niet ophield met zijn boze betogen, achtervolgde Theresa haar met 'manieren om bij te springen'.

Volgens het medium dat haar tante in de arm had genomen om de seance in juiste banen te leiden had oom Frans het hotel nooit verlaten omdat hij zat 'vastgekoekt'; zijn ziel kon zich niet 'losmaken' en 'in het reine komen' tot elke vierkante centimeter van het hotel was 'gezuiverd van aardse obstakels'. En het creëren van die perfecte – en volgens Theresa onbetwistbare – condities voor het tweede, definitieve afscheid van haar echtgenoot, leverde haar tante stress op; stress die ze, zoals een echte leidinggevende betaamt, delegeerde aan haar personeel. Elke ochtend overhandigde ze Gizmo en Norah een lange lijst met dagtaken, en om eventuele mopperende onderonsjes te voorkomen hield Theresa er streng toezicht op dat ze nooit tegelijkertijd op dezelfde verdieping werkten.

Steeds vaker zocht Norahs tante haar gezelschap op om haar op de hoogte te houden van elke emotie die ze voelde, elke schommeling in haar energie, elke boodschap die met elke overwonnen 'stoffelijke barrière' doorkwam uit 'het schimmenrijk'. Zo zag Theresa het als een onmiskenbaar teken dat de lift het van de ene op de andere dag weer was gaan doen. Een wonder waar Jozias vurig korte metten mee maakte: 'Verwaarlozing is geen wonder, die lift heeft al jaren kuren! De laatste monteur kreeg bijna een beroerte toen hij de bedrading zag.'

In het voormalige uniform van oom Frans (dat naar oud zweet rook en Theresa haar met tranen in haar ogen had overhandigd) werkte Norah de lijstjes af tot haar nagels spleten en haar vingertoppen vervelden. Ze had gehoopt nog een spoor van Lorenzo te vinden, een verborgen boodschap, geschreven in stof, maar ze kwam niets anders tegen dan volle doucheputjes, vuile lakens en de incidentele muis.

De dagen duurden langer als je onbereikbaar was. Zeker als ze allemaal identiek waren. Norah was haast vergeten dat er zo veel uren in een dag zaten. Uren die zich uitrekten, in elkaar overvloeiden en opgingen in een eentonig refrein van identieke momenten. Gisteren kon evengoed morgen zijn als vandaag. En 's avonds, na een lange dag bukken en boenen en een warme maaltijd van Jozias met een preek toe, als ze niets liever wilde dan haar zeurende rug strekken op het stapelbed, slapen om het refrein van de dag te vergeten, lag ze wakker en staarde ze naar het plafond. Ze hoorde alles: elk gepiep, elk gekraak, elke keer dat Theresa door het trappenhuis zwalkte of met de lift op en neer ging, wankel van de witte wijn, op zoek naar emotionele ondersteuning.

Welkom thuis, Noor.

De sterren leken haar uit te lachen.

Toch was het haar gelukt: haar eerste week in Stokerdam was voorbijgegaan en ze had zich wederom aangepast aan de omstandigheden. En hoewel ze nog niet verder was gekomen dan de achtertuin en zich nog steeds niet echt op haar plek voelde, hoopte Norah dat als haar kleine universum met het verstrijken van de tijd uitdijde, als ze met íets meer afstand naar haar nieuwe thuis kon kijken, ze zou zien dat ze wel degelijk in het geheel paste, in haar geboortestad, waar ze – zoals Jozias meteen had opgemerkt – meer recht had om te zijn dan waar dan ook.

Maar daar was voorlopig geen sprake van.

Voorlopig nam ze in kamer 3.01 het beddengoed af dat onder de foundationvlekken zat. Op het matras zaten gele en bruine kringen. Norah gooide de vuile lakens in een hoek en deed net de ramen open om de kamer te luchten toen de deur openvloog en Theresa hijgend binnenkwam met de stofzuiger.

'Deze was je vergeten, meisje! Het is maar goed dat ik mijn hoofd erbij houd.'

Haar tante ging languit op het matras liggen. Het was duidelijk dat ze haar hart wilde luchten, dus rolde Norah snel het snoer van de stofzuiger uit – maar niet snel genoeg.

'Ga je me nog vertellen wat er met je uniform is gebeurd, liefje?'

Ze had zich al afgevraagd wanneer ze erover zou beginnen. Het uniform was een maat gekrompen. 'Wat is ermee?'

'Zó heb ik het je niet uitgeleend.'

'Opa heeft het gewassen. Het stonk.'

'Stonk?'

'Opa vond het stinken.'

Theresa staarde naar het plafond en knipperde haar tranen weg. 'Arme Frans, als hij wist dat er zo over hem gesproken zou worden...'

'Het jasje stonk. Niemand heeft iets gezegd over oom Frans.'

'En wiens jasje was het?'

Het was te vroeg voor amateurtoneel. Norah vluchtte de badkamer weer in, waar ze haar spiegelbeeld negeerde om niet van pure ergernis in lachen uit te barsten. Ze deed uit voorzorg de afzuiger aan voor ze de toiletbril optilde. 'Hij bedoelt het niet kwaad! Opa houdt er gewoon van als dingen –' in de pot dreven samengeklonterde wattenschijfjes van een onbestemde kleur '– schoon zijn.'

'Frans was vannacht op mijn kamer!' riep Theresa. 'Hij was er! Ik voel gewoon dat hij door gaat komen deze keer, ook al zijn we misschien niet compleet... Als Gabriel niet komt is het *zijn* schuld, hoor! Heb je het laatste nieuws gehoord?'

Ze had het gehoord. TribuneTV (het enige programma op de gelijknamige zender dat elk uur werd herhaald) besteedde dagelijks een kort item aan het lokale nieuws. Er waren wat incidenten geweest in het centrum en hoewel niet gezegd was dat Lorenzo er iets mee te maken had, was Theresa ervan overtuigd dat hij erachter zat. Ze schreef elk incident in Stokerdam aan hem toe: van het uitvallen van de terrasverwarming in het Gedoogkwartier waardoor de toeristen een avond in de kou hadden gezeten, tot de meest recente en spraakmakende gebeurtenis: een gesprongen sprinklerinstallatie tijdens een campagnebezoek van Etna Bakermat aan de markthal die haar toehoorders had getrakteerd op een overdekte regenbui. Alles was Lorenzo's schuld.

'Schandalig! Frans schaamt zich dood! Gelukkig is hij binnenkort verlost van dit aardse lijden...' Theresa haalde luidruchtig haar neus op. 'Hij is trouwens niet de enige die staat te popelen. Al dat gekraak en gestomp 's nachts, al die onrustige zielen – ik doe geen oog dicht!'

'Wie wel?' mompelde Norah terwijl ze op haar knieën voor de wc-pot ging zitten. Haar jasje spande zo strak om haar schouders dat ze de naden hoorde protesteren.

'Ik heb zo'n goed gevoel bij die vrouw. Het is een échte,' ging Theresa onvermoeibaar verder, 'een échte zigeuner! Normaal gesproken heb ik dat soort mensen liever niet over de vloer. Ze hebben hebberige handjes, als je begrijpt wat ik bedoel...'

Norah spoelde de wc door, ze wilde het niet begrijpen. Het water kwam langzaam weer omhoog, steeg naar de rand. Er zaten geen handschoenen in de schoonmaakemmer, geen ontstopper. Ze stroopte haar mouwen zo ver mogelijk op, pakte de toiletborstel, vermande zich.

'Ik ben blij dat ik op jou kan rekenen, liefje. Ik heb al mijn energie nodig de komende tijd. Die vrouw vertelde dat ze zich aan de sterkste energie hechten als ze doorkomen – en we weten allemaal wie dat is. Ik ben na de seance misschien wel een week uit de roulatie! En wie houdt de boel dan draaiende? Papa? Gizmo?'

Het water gutste over de rand van de pot. Norah dook vloekend opzij.

'Lukt het?' riep Theresa.

'Prima!'

'Waarom klink je dan zo gepikeerd, liefje? Ben je soms zenuwachtig voor vanmiddag? Je hebt niets om je zorgen over te maken, hoor. Zo'n Functioneringsgesprek is juist bedoeld om je zorgen te delen. Als het zou kunnen zou ik elke week gaan!'

Norah maakte zich absoluut geen zorgen. Ze keek er juist naar uit om het hotel even te ontvluchten en een onderonsje te hebben met Gizmo, die haar – op last van Jozias – naar de metro zou brengen. Ze duwde de toiletborstel door de klonterige brij tot er iets loskwam met een misselijkmakende plop; een draaikolk van viezigheid, en de laatste sporen van Alex Herrmann verdwenen in het riool. Norah schrobde haar handen schoon in de wasbak, nam in een vloeiende beweging de tandpastavlekken mee, liep de slaapkamer in en raapte het vuile beddengoed bij elkaar. 'Ik gooi deze meteen in de wasmachine.'

'De was staat op Gizmo's lijst!'

'Het is geen moeite!'

Ze snelde de gang op, maar Theresa draafde achter haar aan en hield haar tegen bij de trap. 'Laten we met de lift gaan.'

'Ik loop liever.'

'Doe nou niet zo ongezellig, liefje.'

Er was geen ontkomen aan. Ze was haar tantes enige publiek. Terwijl de lift zo langzaam naar beneden ging dat Norah stilaan verlangde naar een nietszeggend pianodeuntje, streek Theresa liefkozend over de knoppen. 'We waren onafscheidelijk, Frans en ik. Hij liet me nooit alleen. Nooit.' Er lag een verwijt op haar lippen. Norah telde de seconden af. 'Ik vind het zo jammer dat jij je niet wat meer openstelt. Je bent zo gesloten.'

'Als ik de kans zou krijgen om een keer uit te –'

'Ik denk dat het komt omdat je nog niet begrijpt hoe belangrijk het is om je gevoelens te delen. Een luisterend oor. Dat heeft ieder mens nodig. Etna was ook zo'n goede luisteraar! Wij konden uren praten.'

'Klinkt vermoeiend. Uren praten.'

'We deelden alles met elkaar. Alles! Wij hadden geen geheimen. Ik heb haar zelfs een keer betrapt toen ze door mijn dagboek bladerde! Etna was tenminste oprécht geïnteresseerd. Ik denk dat ze stiekem tegen me opkeek. Ze was vreselijk onzeker, hoor. Dat krijg je met zo'n beroemde vader, dat legt veel druk op een kind… Ze moest altijd de beste zijn. Heel competitief. Als ze mij niet had gehad –'

Norah stopte met luisteren. Ze zag Theresa's lippen bewegen, ving steekwoorden op en volgde de grote lijnen, knikte en glimlachte, fronste en schudde haar hoofd op de juiste momenten; door de lobby, de eetkamer en de keuken, tot aan de deur naar de kelder waar haar tante – zoals ze gehoopt had – angstig bleef staan. 'De schakelaar zit beneden, liefje. Doe je voorzichtig?'

De keldertrap had geen leuning en liep steil omlaag het donker in. Norah tastte met haar voet naar de volgende tree, balancerend met het beddengoed, biddend dat ze heelhuids beneden zou komen, toen ze eerder dan verwacht de keldervloer onder haar voeten voelde. Ze gooide de lakens op de grond, tastte de muur af en vond de schakelaar. Er ging een kaal peertje aan dat een paar keer knipperde voor het fel begon te schijnen. Voor haar stonden een enorme wasmachine en een droger. Een leeg wijnrek en een paar hoge stellingkasten onttrokken de rest van de kelder aan het zicht. Ze hoorde hoe er boven een kurk uit een fles werd getrokken.

'Ik begrijp niet hoe jij het niet voelt!' riep Theresa. 'Ik heb hier al de rillingen! We kunnen tijdens de seance trouwens proberen om contact te leggen met je moeder, zou je dat niet fijn vinden? Al reken ik er niet op dat ze doorkomt, hoor. Mathilde was altijd al mensenschuw. Toen we kinderen waren moest ik altíjd het woord voeren. Ik was een heel sociaal kind, net zoals Etna, die was ook –'

Terwijl Theresa een nieuwe lofzang over de Burgermoeder afstak, propte Norah de lakens in de trommel. Ze deed op de gok een paar scheppen waspoeder in de machine – en nog een paar extra voor de zekerheid. Toen ging ze op de onderste tree van de trap zitten, trok haar knieën op en legde haar hoofd op haar schoot. Het slaaptekort van de afgelopen week drukte op haar ogen. Een paar minuten, meer had ze niet nodig. Als ze gewoon even kon –

'Waar blijf je, liefje? We zijn nog niet klaar boven! Dat bed maakt zichzelf niet op.'

Norah gaf een schop tegen de wasmachine.

'Wat was dat?' riep Theresa angstig.

'Wil je de stofzuiger voor me halen? Er ligt overal waspoeder.'

Het bleef even stil.

Toen kletterden een stoffer en blik de trap af. Norah sprong net op tijd uit de weg.

'Ik moet even gaan liggen, geloof ik...' kreunde Theresa. 'Ik ben in mijn kamer als je me nodig hebt, liefje!'

Ze had nooit geweten hoe rustgevend het was om naar een wasprogramma te kijken. De lakens tuimelden hypnotiserend in het rond, de zeep klotste tegen het raampje, de sporen van Alex Herrmann vloeiden in elkaar over en gingen op in een eentonig refrein van identieke momenten. Norah voelde haar hoofd zwaarder worden, haar ademhaling vertragen, haar ledematen geleidelijk ontspannen, en was bijna op de onderste tree van de keldertrap in slaap gedommeld toen ze plotseling, tussen twee tuimelingen door, een vreemd geluid hoorde. Het kwam van de andere kant van de kelder. Een zacht geritsel. Ze tilde haar hoofd op. Daar was het weer. Achter de stellingkasten. Harder nu. Het was vast een rat. Terwijl de wasmachine onverstoorbaar verder draaide stond ze behoedzaam op. Ze was niet per se bang voor ratten of muizen, maar ze moest Theresa nageven dat er inderdaad meer activiteit was in de kelder dan haar lief was.

Norah trok haar sokken op tot over haar enkels en liep om de stellingkast heen, maar voor ze kon zien waar de rat zich verstopte bleef ze met haar voet achter een ingeklapt veldbed haken en landde ze met een smak op de harde vloer. Het cement was overtrokken met slakkensporen. Ze krabbelde snel overeind. Het geritsel was gestopt. Ze wreef over haar pijnlijke knie en ging strompelend op onderzoek uit.

Overal lagen afgedankte spullen die hun weg hadden gevonden naar de donkerste uithoek van het hotel: roestig gereedschap, een gammel keukentrapje, een krat met lege spaarpotten en visitekaartjes van een notariskantoor, een gedemonteerde rolstoel, een paar zuurstofflessen en een grote kartonnen doos met het logo van een ondergaande zon. Ze vouwde de flappen open: mondkapjes, wegwerphandschoenen, injectiespuiten en een tube kleefpasta voor gebitsprotheses.

In de stoffigste hoek van de kelder stond een tafel waar een groot laken overheen was gedrapeerd. Erboven, aan de muur, hingen lijstjes waar kleine schaduwen achter zaten. Norah kwam dichterbij en zag opgeprikte vlinders en kevers, motten en harige hommels, in allerlei kleuren en maten, allemaal aangevreten door schimmel en vocht – op één exemplaar na: een vlinder met witte vlekken op zijn zwarte vleugels. Hij was zo groot als de palm van haar hand, zo gaaf dat hij uit een tijdschrift leek te zijn geknipt. Voorzichtig tilde ze het laken op: pincetten, prikkers, een loep, bruine flesjes met etiketten die waren volgeschreven in een priegelig handschrift – een operatietafel voor insecten. Als oom Frans nog rondspookte was het een treurig idee dat hij zich nog steeds terugtrok in de klamme kelder om veilig te zijn voor Theresa's gejammer. Norah wilde de loep oppakken, maar zag toen vanuit haar ooghoek iets bewegen. Iets wat een nerveuze schaduw op de muur wierp. Haar ademhaling stokte. Een mot. Het was gewoon een mot. Hij stuiterde tegen het kale peertje aan.

Ze boog zich weer over de operatietafel. In een van de flesjes zat nog een bodempje vloeistof. Ze draaide het open. Een misselijkmakend zoet chemisch luchtje drong haar neusgaten binnen. Duizelig ontcijferde ze het etiket: ether.

Dat moest verklaren wat er vervolgens gebeurde. Er was geen andere uitleg voor mogelijk. Haar hand ging automatisch naar haar mond, maar de schreeuw bleef in haar keel steken. Het was de ether. Het móest de ether zijn. Haar hartslag versnelde. Maar dat zou iedereen hebben – iedereen die had gezien wat zij zojuist had gezien: de ingelijste vlinder had bewogen. Hij had met zijn zwarte vleugels gefladderd. Heel even maar. Het kon niet. Het was onmogelijk. Maar volgens Jozias mocht je er niet mee spotten. Er waren vreemde dingen gebeurd in het hotel, op deze grond.

Achter haar voerde de wasmachine de toeren op. De flesjes op tafel begonnen te rinkelen. Norah stak haar hand uit naar de zwarte vlinder en tikte voorzichtig met haar wijsvinger tegen het glas. De vlinder bewoog niet, natuurlijk niet – maar op datzelfde moment kroop er wel iets over haar voet. Ze gilde, de ether spatte uiteen op de vloer, en ze zag nog net iets harigs wegschieten, iets met een wormachtige staart dat zich schril piepend onder een stellingkast verstopte. Waar was Fritz als je hem nodig had?

Zonder de andere spullen om te gooien, zonder naar de wanhopige mot te luisteren of aan het spook van oom Frans te denken, bedekte Norah de tafel snel weer onder het laken en veegde ze de scherven van het flesje haastig bij elkaar met de stoffer en blik. *Stel je niet zo aan.* Ze was te oud om in spoken te geloven. Het waren verhalen, meer niet.

Maar juist toen ze zichzelf er bijna van had overtuigd dat haar slaaptekort haar fantasie op hol deed slaan en er niets onverklaarbaars in de kelder woonde, hoorde ze een geluid achter zich dat ze niet verzon: voetstappen. Te hard voor een rat. Te hard om mee te spotten.

Zuster Raspe beweegt zich langzaam, als een komodovaraan. En dan buigt ze zich over je heen, met haar spuit in de aanslag.

Norah bleef verstijfd op haar hurken zitten. Ze was niet alleen in de kelder.

Komodovaranen zijn trouwens sneller dan je denkt.

Er stond iemand achter haar. Iemand die over haar heen boog en een magere hand op haar schouder legde. Ze draaide zich met een ruk om.

Gizmo keek haar vragend aan. ‘Ga je mee?’

Lefshaven

Nog voor ze de Paradijssingel uit waren had ze al spijt van de jas die ze snel had aangetrokken. De herfstzon scheen fel in haar gezicht, maar Gizmo leek geen last te hebben van de warmte in zijn uniform en stapte flink door. Norah moest haar best doen om hem bij te houden met haar pijnlijke knie.

'Waarom hebben we zo'n haast?'

'Omdat ik je opa beloofd heb dat je op tijd zou komen. *Liever een uur te vroeg dan één minuut te laat*!'

Ze hinkte achter hem aan langs een betegeld plantsoen met grijze bloembakken waar Gabriel haar ooit met een dobbelsteen en een stoepkrijtje had geprobeerd uit te leggen hoe je toeval kon berekenen. Ze had gedaan alsof ze het begreep in de hoop dat hij genoeg krijt over zou laten om een hinkelpad van te tekenen, maar Gabriel had zijn les pas gestaakt toen het begon te regenen.

'Herken je het nog?' vroeg Gizmo toen ze aan het begin van een uitgestorven winkelstraat stonden. 'De Lefseweg.'

'Waar is iedereen?'

'Aan de andere kant van de brug. De Burgermoeder heeft de stad in zones verdeeld. Dit is de eindhalte.' Gizmo haalde een voorgedraaid shaggie uit zijn broekzak, hield een aansteker onder zijn peuk en inhaleerde diep. 'De gidsen slaan Lefshaven tegenwoordig over – we zijn te "kwetsbaar" voor de toeristen. Zonde, want hier wonen de laatste, echte Stokerdammers. Die kunnen wel tegen een stootje.'

Het was alsof ze in een déjà vu wandelde. Norah herkende elke scheefgezakte gevel, elke winkel, elk uithangbord, telkens een stap te laat. Ze sloot haar ogen en probeerde in gedachten de Lefseweg af te lopen. Zo meteen komt er een kapper, dacht ze, en dan... een bakker? Ze deed haar ogen open. Het uithangbord van De Botte Schaar hing er nog, maar de kapsalon was verlaten. Bakkerij Baris 'Voor Alle Warme Brooden & Verse Bankket' was nog wel open en ze was blij om te zien dat niemand zich ooit had bekommerd om de spelfouten op het raam. Daarna begonnen er gaten te vallen in haar geheugen. De videotheek had plaatsgemaakt voor een bloemist die zich specialiseerde in rouwboeketten en slijterij Santos was een showroom voor doodskisten geworden. Ze stootte Gizmo aan en wees naar de etalage van de dierenwinkel waar nu een rij urnen stond opgesteld. 'Te kwetsbaar of te deprimerend?'

Hij grinnikte. 'Je krijgt zelfs geen vergunning meer om slingers op te hangen. Maar we vieren nog genoeg hoor, we moeten alleen voorzichtig – pas op!'

Nog voor het kale mannetje frontaal tegen haar op botste begon hij luidkeels zijn excuses te maken. 'Pardon! Duizendmaal verontschuldigingen! Jij bent nog heel?' Hij keek haar schuldbewust aan, zijn vlinderdasje zat scheef om zijn nek.

Norah voelde voorzichtig aan haar beurse knie. 'Niets aan de hand.'

'Jij weet zeker? Want jij maakt een indruk die is gespannen. Jij kijkt uit jouw ogen alsof jij bent gevangen in een koplamp!'

Voor ze kon reageren pakte Gizmo haar arm vast en trok haar mee. 'Wat zei ik je?' gniffelde hij. 'Echte Stokerdammers. Die kunnen tegen een stootje.'

Ze kwamen uit op het Plein van Weltevreden. Hier stopten haar herinneringen; bij de roltrappen van de metro, waar een troep manke duiven zich rond een overvolle vuilnisbak had verzameld, en bij het levensgrote standbeeld van Victor Bakermat dat midden op het plein stond. De welwillende beeldhouwer had de brede kaken van de Burgervader tot onrealistische proporties opgeblazen, zijn handen waren monsterlijk groot, maar daar was de duif die op één poot op zijn hoofd schommelde niet van onder de indruk. Aan de voet van het standbeeld zat een man in een groen hesje met een emmer, gebogen over een plakkaat waar een rood kruis overheen was geverfd. Norah kon de groene letters nog net lezen:

Wijkwaarden
In Lefshaven zeggen we elkaar gedag
Volgen we instructies op van de Burgerwacht
Doen we altijd melding van Ongewenst Gedrag

'Zo ziet de Tegenprestatie er voor de meeste Nieuwkomers uit,' fluisterde Gizmo. 'En als je pech hebt met je Participatiecoach kun je heel lang een Nieuwkomer blijven...' Hij knikte naar de man met het hesje die een spons uit zijn emmer haalde en uit alle macht het plakkaat begon schoon te boenen. Er liep rood water over zijn onderarmen en voor het eerst sinds haar aankomst voelde Norah zich opgelucht met haar Tegenprestatie. Theresa was dan wel een toverbal aan emoties, maar het schoonmaken van het hotel was in elk geval een beter 'sociaal vangnet' dan dit.

'En daar gebeurde het vroeger allemaal!'

Gizmo wees met zijn peuk naar een smal pandje tegenover het standbeeld. Boven de rode deur hing een lantaarntje met een barst in het glas. De krullende gele letters op de gevel waren afgebladderd. 'Slangenmensen, waarzeggers, degenslikkers, vuurvreters; bij Soddini's stonden elke avond wonderen op het toneel. Lorenzo was er niet weg te slaan.'

'Ik ben er nooit geweest,' zei Norah. 'Maar ik weet dat hij weleens 's nachts naar buiten sloop als hij dacht dat ik sliep.'

'Hij begon er als loopjongen,' knikte Gizmo, 'maar het duurde niet lang voor hij zelf op de posters stond. Hij kon een speelkaart als een boemerang door de zaal werpen, een salto maken, en hem weer opvangen tussen zijn tanden! En ik vergeet nooit meer hoe hij op een avond een rits vrijwilligers liet aanrukken om een speldenkussen van zijn gezicht te maken. Het was ongelofelijk.'

Norah twijfelde even of ze hem goed had verstaan. 'Een – speldenkussen?'

'Ja, ze mochten één voor één een naald in z'n gezicht steken. In z'n voorhoofd, z'n wangen, zelfs in z'n neus! Het was alsof hij van rubber was – er kwam geen druppel bloed aan te pas!' Gizmo blies de rook uit door zijn neusgaten, zijn grijze ogen twinkelden van plezier. 'En toen vroeg hij mij naar voren. Ik moest al die naalden er weer uittrekken en op zijn tong leggen. Hij spoelde ze weg met een glaasje water, slikte er een stukje garen achteraan, en ik zweer het je, Norah, toen ik aan het uiteinde trok kwamen al die naalden er achter elkaar, als een slinger, weer uit!'

'Dat klinkt… afgrijselijk.'

'Het was fantastisch! De mensen stonden voor hem in de rij, iedereen wist wie hij was.'

'En nu weet niemand waar hij is. Of wat hij heeft gedaan. Opa wil niet eens over *de situatie* praten.'

Gizmo haalde zijn schouders op. 'Je opa speculeert niet graag. Niemand weet wat Lorenzo nou precies heeft gedaan, het BCD wil geen "onnodige onrust" veroorzaken, maar ondertussen gaan de wildste verhalen rond… Ik hoorde dat er alleen een paar handboeien in het arrestatiebusje lag toen ze hem wilden uitladen – geen wonder, die jongen kon overal uit ontsnappen!'

Norah dacht aan de sterren aan het plafond en vroeg zich af of Lorenzo's welkomstboodschap misschien een afscheidsboodschap was geweest. Als hij overal uit kon ontsnappen, zou hij Stokerdam dan niet verlaten hebben? Waren ze elkaar, na al die jaren, misgelopen?

'Ga je nog even mee naar Danzig?' vroeg Gizmo, die zijn peuk onder zijn hak uitdrukte. 'Je moet Hugo even gedag zeggen. Hij weet niet wat hij meemaakt!'

Als je niet wist dat de winkel er zat zou je er zo aan voorbij lopen. De ramen waren dichtgetimmerd, de ingang was een smalle deur zonder openingstijden. Alleen een klein, onopvallend bordje gaf weg dat er een winkel verstopt zat in het grauwe hoekpand. Binnen was het zo kaal dat Norah aarzelend op de drempel bleef staan. Zelfs de slinger met groen-witte vlaggetjes kon niet verhullen dat er weinig meer te vieren viel bij Danzig Diversen. De muur van sigaretten en snoep achter de toonbank was bijna leeg en er stond nog maar één halfgevuld rek met kitscherige ansichtkaarten. In de glazen vitrinekast, waar ooit de duurdere aanstekers en chique pennen waren uitgestald, lag nu een dikke laag stof. Alleen het krantenrek was gevuld, met allemaal edities van dezelfde uitgave van *de VolksTribune*. Gabriel stond op de voorpagina. Hij zag er goed uit. Zijn haargrens trok op bij zijn slapen, maar hij had een onmiskenbaar knap gezicht. Ambitieus, maar betrouwbaar. Jong, maar bekwaam. Serieus, en toch toegankelijk. Hij deed haar denken aan de ingelijste foto in de gang, een jongere versie van Jozias, zeker van zichzelf, overtuigd van zijn doen en laten.

'Hugo! Kom eens kijken wie ik bij me heb!'

Het kralengordijn achter de toonbank ging opzij en er kwam een grote man met een grijze paardenstaart tevoorschijn. Aan zijn riem hing een sleutelbos die rinkelde bij elke stap.

'Dit is Norah,' zei Gizmo. 'Mathildes dochter.'

'Dat weet ik toch.'

Hugo Danzig had een lage stem, als van een reus. Hij hield een hand naast zijn heup. 'Ik ken je nog van dat je zo groot bent. Je kwam hier altijd snoep kopen met je neefjes. Zuurtjes waar je gezicht van verkreukelde. Lorenzo stopte zijn wangen ermee vol, uitslovertje. En moet je nu eens zien – een hele dame!'

Hij schudde ongelovig zijn hoofd en Norah voelde zich plotseling verlegen worden, alsof ze nog steeds nauwelijks boven de toonbank uitkwam.

'Voel je je al een beetje thuis?'

'Het is nog even wennen.'

'Dat komt vanzelf wel,' zei Hugo vriendelijk. 'Ik heb je opa in ieder geval in geen tijden zo in z'n nopjes gezien. Jozias was de dagen aan het aftellen, hij heeft je brief hier voor staan lezen!'

'Hij noemde me anders een idioot,' mompelde ze.

De reus bulderde van het lachen, zijn sleutelbos rinkelde. 'Jozias noemt iedereen een idioot! Zie het als een koosnaampje. Wat kan ik vandaag voor jullie betekenen? Pakje shag? Krantje?'

'Ik moet iets tegen slakken hebben,' zei Gizmo. 'Die korrels, heb je die nog?'

'Is het weer zover?'

'Is het een keer anders? Het wemelt ervan in de kelder.'

'Ik denk dat ik de laatste doos aan je heb verkocht, maar ik kan even achter kijken.'

'Als je wilt? En mag ik twee loten van je?'

'Heb je je geluksjas aan?' vroeg Hugo terwijl hij twee krasloten onder de toonbank vandaan toverde. 'Mondje dicht tegen de Burgerwacht, Norah, anders raak ik m'n vergunning kwijt. Gokken mag alleen nog in het Gedoogkwartier.' Toen stak hij zijn grote hand uit en greep achter haar oor. Ze deinsde terug. Hugo hield een muntstuk tussen zijn vingers dat hij naar Gizmo opgooide. 'Dat is één...' Hij liet zijn lege handpalmen zien en kneep toen razendsnel in haar neus, '...en dat is twee. Ik ben zo terug.'

Norah wachtte tot het gerinkel van zijn sleutelbos was weggestorven achter het kralengordijn voor ze het muntje oppakte en haar lot bekeek: zes kansen om hetzelfde plaatje tevoorschijn te toveren, zes kansen om een eigen vangnet te kopen. Gizmo was al druk aan het krassen.

'Gabriel en ik deden dit elke week toen hij nog thuis woonde,' zei hij. 'Elke vrijdag. Hij geloofde niet in geluk, maar hij won altijd iets. Wonderkind.'

Ze kraste het eerste vakje open: een ladder. 'Denk je dat hij een kans maakt tegen Etna Bakermat?' vroeg ze met een schuin oog op het krantenrek.

'Moeilijk te zeggen. De vorige keer wist niemand wie hij was – maar iedereen kende zijn broer. Dat hielp. Dit keer staat Gabriel er alleen voor. Als Lorenzo zijn gezicht laat zien rekenen ze hem meteen in. Die jongen kan niet eens meer naar huis, z'n moeder zou de eerste zijn om het BCD te bellen...' Gizmo kraste zo hard over zijn lot dat zijn muntje tegen de toonbank tikte. 'Hij was nog geen dag weg of ze wilde zijn kamer leeg hebben, wil je dat geloven? Als je niet beter wist zou je denken dat ze erop zat te wachten – maar ze kan het niet helpen, nee, ze kan het niet helpen...'

Norah aarzelde even, maar voor het eerst sinds lange tijd had ze het gevoel dat ze open kaart kon spelen. Ze vertelde Gizmo over de sterren aan het plafond, de boodschap die haar uit haar slaap hield.

'Dat verbaast me niks,' grinnikte hij. 'Lorenzo had het vaak over je. Hij vroeg zich af hoe je geworden zou zijn, of je meer op Mathilde zou lijken of op zijn eigen moeder... Ik ken je familie al heel lang, Norah, en ze geven geen van allen graag toe dat ze ernaast zitten, maar je tante is de enige die koste wat kost blijft vasthouden aan haar eigen narratief. Daarom moeten we binnenkort ook allemaal weer aan de poppenkast geloven. *Dat onontdekte land waaruit nog nooit een reiziger is teruggekeerd om verslag te doen.*' Gizmo maakte een theatraal gebaar. Het muntstuk rolde uit zijn vingers. Norah sloeg het plat op de toonbank. Er sluimerde iets achter zijn brillenglazen, een moedeloosheid die ze maar al te goed kende, de moedeloosheid van iemand die altijd rekening hield met andermans handleiding.

'Mijn moeder heeft een keer een week niet tegen me gesproken toen ik voorstelde om haar schilderijen online te verkopen,' vertelde ze terwijl ze een lucifer tevoorschijn kraste. 'Ze deed alsof ze nog nooit zoiets belachelijks had gehoord.'

'*On-line*? Dat zijn die platte computers toch? Die heb ik een keer voorbij zien komen in een documentaire.'

'Zoiets,' glimlachte ze. 'Ze wilde er niets van weten, zei dat ze geen "moderne trucjes" nodig had om haar werk aan de man te brengen, maar ze wilde gewoon niet toegeven dat we daar helemaal niet thuishoorden – dat we alleen elkaar hadden.' Norah schraapte haar keel, het voelde onwennig om zoveel prijs te geven. 'Dat klinkt – treuriger dan het was.'

'Treurig is anders een prima woord,' zei Gizmo, die bedachtzaam over zijn baard streek. 'En wat hebben we voor keus, Norah? Treurig of niet. We hebben maar één familie. Daar zullen we het mee moeten doen.' Toen veegde hij de zilveren restjes van de kraslaag bij elkaar en scheurde zijn lot doormidden. 'Dit schiet niet op. Heb jij iets?'

Ze keek naar de zes symbolen die aan de oppervlakte waren gekomen: een ladder, een vlinder, een sleutel, een boot, een klerenhanger en een afgestreken lucifer. Haar lot was waardeloos. Ze was geen wonderkind.

Er klonk gerinkel achter het kralengordijn. Hugo kwam tevoorschijn met een doos waar hij het stof af blies, er stond een leeg slakkenhuis op. 'Jullie hebben geluk!' riep de reus. 'Dit is de laatste!'

Buiten zat de man met de emmer nog steeds op zijn knieën onder het standbeeld. Hij wiste het zweet van zijn voorhoofd. Op het plakkaat was alleen nog een vage afdruk van het rode kruis zichtbaar.

Gizmo haakte zijn arm in de hare en ze liepen samen naar de metro, de duiven gingen met tegenzin opzij. Nog voor ze boven aan de roltrap stonden begon de grond onder hun voeten te trillen. Gizmo vloekte. 'Je opa doet me wat als je te laat komt. Rennen!' Hij gaf haar een zetje en Norah struikelde de stilstaande roltrap af. 'Gadver!' Ze haalde haar hand van de leuning, smeerde de duivenpoep af aan haar broek, negeerde haar zere knie en snelde naar beneden. Ze rende het perron op en sprong net op tijd tussen de schuifdeuren. De metro reed het station al uit toen Gizmo buiten adem op het perron verscheen. Hij zwaaide haar hijgend uit, de doos met slakkenkruid onder zijn arm geklemd.

Terwijl de metro door de donkere tunnel snelde echoden zijn woorden door haar hoofd: we hebben maar één familie. Op de posters waarmee de coupé was volgeplakt stond in felgroene letters: *Laat elkaar niet alleen zitten!* Onder de kreet waren twee poppetjes getekend die naast elkaar op een bankje zaten. Boven hun hoofden stonden tekstballonnen met suggesties voor gespreksonderwerpen: weer, werk, welzijn. In Stokerdam was je nooit alleen – niet echt. Hier geloofden ze dat evolutie het werk van de meerderheid was. Maar waarom voelde het dan niet alsof ze –

'Gaat het wel goed met je? Je kijkt zo bezorgd.'

De vrouw die ongevraagd naast haar kwam zitten droeg een kleurrijke sjaal om haar tengere schouders. Haar stem was zangerig, onder haar enkellange zwarte rok staken een paar gezonde sandalen uit, en Norah wist meteen wie ze was, al had ze haar nog nooit ontmoet.

'Heb je zorgen? Want ik kan zien dat je een onuitgesproken verlangen met je meedraagt. Een last waar ik je misschien van kan verlichten?'

'Nee hoor, ik was alleen in gedachten,' zei Norah met een vlugge blik op de posters. 'U wel? Heeft u zorgen?'

'Ik? O nee, allang niet meer. Zorgen zijn van lang, lang geleden. Dat ligt allemaal achter me.' Theresa's medium wuifde alsof ze een lastige vlieg wegjoeg. 'Nu is alles overzichtelijk. Ik weet wat ik heb – ik weet wat ik niet heb. Dat is het leven.'

'Weten wat je niet hebt? Is dat het leven?'

Norah schoof een stukje op naar het raam, maar het medium schoof met haar mee en greep haar pols vast. 'Als je weet wat je kunt missen, weet je ook wat je nodig hebt,' zei ze terwijl ze met een kietelende vinger de lijnen in haar handpalm bestudeerde. 'Ik ben Rita. Ik zie dingen. Ik weet dingen.'

'Dat lijkt me handig. Mag ik –'

'Ik zie dat jij pijn hebt. Een litteken. Hier.' Rita tikte op haar knie. 'Dat ziet er niet goed uit. Er komen donkere dagen aan. Verloren dagen. Je zult jezelf kwijtraken – en niemand zal je vinden.'

De metro stopte. Halte Blufbrug. Er stond niemand op het perron.

Norah legde onwillekeurig een hand op haar zere knie. Hoe kon Rita weten dat ze –

'Ik zie dat je in verwarring bent. Je hebt twijfels. Dat is goed. Alle zekerheid begint met twijfel. Je bent nieuw hier, maar je bent nog niet waar je moet zijn, je bent nog steeds onderweg – ja, de reis is lang als je niet weet dat je verdwaald bent... Ik zie dat je behoefte hebt aan vaste grond onder je voeten, een oud verlangen, ik kan het duidelijk zien... Het heeft geen zin om de borden te volgen, nee, nee, de wegwijzers spreken een taal die niemand verstaat.' Rita sloot haar ogen en begon langzaam heen en weer te wiegen, neuriede in opperste concentratie een tweetonig deuntje zonder begin of eind. Norah probeerde aan haar grip te ontsnappen, maar het medium bleef haar stevig vasthouden tot ze ineens kaarsrecht ging zitten en in een diepe, raspende stem – een stem die in elk geval niet de hare was – fluisterde: *'Ik moet je waarschuwen voor de man met de grote verhalen. Hij is niet wat je denkt. Hij is een charlatan.'*

Toen liet Rita haar met een pijnlijk gezicht los. Ze blies op haar knokkels alsof ze zich verbrand had. 'Het spijt me. Dit loopt niet goed af – nee, dit loopt niet goed af.'

'Wat?' Norah staarde verbijsterd naar haar handpalm. 'Wat loopt niet goed af? Waar heb je het –'

'Het is onvermijdelijk – je moet gaan. Nu meteen. Geen moment te verliezen!'

'Hoe bedoel je? Waar moet ik naartoe?'

Rita wees uit het raam: metrostation Stadhuis. 'Dit is jouw halte, Norah de Klerk.'

Niets te verbergen

Boven de grond voelde het even alsof ze in een andere stad was beland en dat kwam niet alleen door de donkere wolken waarin Rita's onheilsvoorspelling doorklonk. De Compromislaan was een brede straat met aan beide kanten hoge bomen en nog hogere gebouwen. Groepjes toeristen – te voet en op de step, uitgerust met windjacks en wegwerpcamera's – werden door gidsen met groene paraplu's langs telefooncellen, toerbussen en taxi's geloodst. Hier waren geen manke duiven of overvolle vuilnisbakken, geen gesloten winkels of leegstaande panden. Het was alsof ze door een toverspiegel was gestapt.

Norah herkende het stadhuis meteen. Het statige gebouw met zijn klokkentoren, brede bordes en tientallen ramen stond als een zeldzaam fossiel tussen de complexen van glas en beton. Voor de ingang stond een metershoog standbeeld van Victor Bakermat, en ook hier zat een man in een groen hesje met een emmer aan zijn voeten. Ze keek omhoog, naar de torenklok – ze had nog drie minuten.

Ze rende naar de overkant van de Compromislaan, schoot kriskras tussen de taxi's door, en werd bijna geschept door een glazenwassersbusje. De bestuurder, een man met borstelige wenkbrauwen en een grote wijnvlek op zijn gezicht, tikte tegen zijn voorhoofd en riep haar iets toe, maar Norah bleef niet staan luisteren en rende door tot ze boven aan het bordes stond. Ze moest met haar hele gewicht tegen de zware deur leunen voor hij openging.

De gouden kroonluchters boven de onbemande balie wierpen een flauw licht op de marmeren vloer die onder de zwarte vegen zat.

Bij de monumentale, met rode lopers bedekte trap stond een verdwaalde schoonmaakkar, maar verder was de hal verlaten. Norah hoorde de torenklok slaan. Ze liep vertwijfeld een rondje door de marmeren hal, vroeg zich af of ze om hulp moest roepen of de trap moest beklimmen, maar toen zag ze links van de balie een deur. Ze legde haar hand op de klink.

'Halt! Wat zijn we aan het doen?'

Geschrokken keek ze op. Boven aan de trap was een man met een nors gezicht verschenen. 'Waar denken wij mee bezig te zijn? Kunnen we niet lezen?'

'Ik heb een afspraak bij Burgerzaken.'

De man stommelde naar beneden, propte de slip van zijn overhemd in zijn broek, en nog voor ze de vage geur van toiletspray kon ruiken begreep Norah dat ze hem had betrapt op een sanitaire pauze. Hij knoopte zijn uniform haastig dicht, streek over zijn embleem waar een hoofdletter H op was geborduurd, en wees naar een bordje dat boven de deur hing. 'Dit is het Ar-chief,' zei hij, nadrukkelijk articulerend. 'Bur-ger-zaken,' hij wees naar een tweede bord waar een pijl op stond die hij tergend langzaam met zijn vinger volgde, 'zit om de hoek.'

'Sorry, ik wist niet –'

'Waar wachten we nog op?' De Handhaver haalde een notitieboekje uit zijn borstzak. 'Willen we soms een Aantekening?'

Norah mompelde nogmaals haar verontschuldigingen en maakte zich snel uit de voeten.

Om de hoek vond ze de ingang van Burgerzaken. Ze snelde door de draaideur en haar gympen kwamen piepend tot stilstand in een gigantische, met tegels bedekte hal. Aan weerszijden zag ze rijen en rijen loketten en het gezoem van de tientallen mensen die in het midden van de ruimte op groene bankjes op hun beurt zaten te wachten echode om haar heen, als een rumoerige draaikolk die ervoor zorgde dat ze meteen rechtsomkeert wilde maken.

Norah veegde haar klamme handen af aan haar broek, stopte daarmee toen ze zag dat ze de duivenpoep dieper in de stof smeerde, en bleef dralen bij een rek met kleurrijke folders. Ze probeerde op adem te komen, haar gedachten te ordenen, het onbehaaglijke gevoel dat ze aan Rita's voorspelling en de berisping van de Handhaver had overgehouden van zich af te zetten – toen ze de opsporingsposter zag.

Lorenzo paste nauwelijks binnen het kader met zijn brede schouders. Zijn donkere krullen waren opgeschoren, maar zijn kaken gingen bedekt onder een dikke baard. Hij keek geamuseerd in de lens, alsof de fotograaf zojuist een onnozele opmerking had gemaakt. Volgens het onderschrift was hij voor het laatst gezien in het Gedoogkwartier.

'Kan ik u helpen?'

De vrouw met het klembord was geruisloos naast haar opgedoken en nam haar van top tot teen op. Ook zij droeg een embleem met een geborduurde H op haar groene blouse.

'Ja, ik kom voor een Functioneringsgesprek met mijn –'

'Mag ik uw Participatiepas zien?'

Norah stak haar handen in haar zakken. Ze voelde alleen de sleutel van haar kamer en een waardeloos kraslot. 'Sorry, ik kan mijn portemonnee even niet –'

'Wat is uw naam?' zuchtte de vrouw, die met een zuinig mondje de lijst op haar klembord afging en op haar horloge keek. 'U bent te laat, mevrouw De Klerk.'

'Sorry, ik nam de verkeerde ingang en ik –'

'Vier minuten te laat.'

De vrouw stak haar arm uit en liet haar de wijzerplaat zien. Toen Norah nog een keer haar excuses aanbood haalde ze een blocnoteje uit haar zak waar ze het bovenste blaadje van afscheurde. 'Alstublieft,' zei ze bits. 'Ik zal kijken of we u ertussen kunnen schuiven. Wacht tot u uw nummer ziet verschijnen. Graag gedaan!' Toen draaide ze zich om en stapte kordaat op een man met rossig haar in een rolstoel af die zich moeizaam door de draaideur wurmde. Ze boog over hem heen, bracht haar mond naar zijn oor. 'Goedemiddag! Heeft u een afspraak?'

Norah schuifelde langs een paar dubbelgeparkeerde kinderwagens en vond een leeg bankje onder een groot bord waar de nummers op verschenen. De teller stond op 387. Ze had nummer 401. Tegenover haar zat een jong stel, gelukzalig in elkaar verstrengeld en nieuwsgierig gadegeslagen door een pubermeisje dat een haarlok om haar vinger draaide. Even verderop struikelde een peuter over een boodschappentas. Het kind begon te krijsen en stak een andere peuter aan die zijn gebrul luidkeels beantwoordde. Norah deed haar ogen dicht en probeerde de herrie om haar heen te verdringen. Die deed haar denken aan de chaotische wereld waar ze uit was ontsnapt. Ontsnapt. Was dat het juiste woord? Was ze echt ontsnapt? Ze had zich in de afgelopen tien minuten twee keer dommer voorgedaan dan ze was, had vijf keer haar ongemeende excuses gemaakt, een gewoonte die ze zich in die andere wereld eigen had gemaakt. Ze wist hoeveel soepeler het contact met andere mensen verliep als ze onnozelheid voorwendde; als ze bewust de weg van de minste weerstand koos en zich te allen tijde beheerste kon ze makkelijker doorgaan voor een van hen. Ze had zo vaak naïviteit geveinsd om op te gaan in haar omgeving dat het eenvoudig was geworden om er zelf in te geloven. Alleen op dit soort momenten, als de wereld zo luid was dat ze niets wilde horen, het gegons zo hard dat het haar dwong haar geweten te peilen, wist Norah weer dat ze een leugenaar was; een geoefende leugenaar, bedreven in zelfbedrog.

Ze voelde dat er iemand naast haar kwam zitten, probeerde er geen aandacht aan te schenken, maar wist dat ze zich niet langer kon afsluiten. Als je een leugenaar was moest je op je hoede zijn, altijd. Bovendien had ze het onbehaaglijke gevoel dat ze in de gaten werd gehouden. Norah opende haar ogen en keek over haar schouder. De Handhaver die haar had leren pijlen lezen stond bij de draaideur. Hij speurde de hal af. De teller stond op 390. Ze moest haar Participatiepas vinden. Met gebogen hoofd begon ze haar jaszakken te doorzoeken. Haar portemonnee was nog steeds nergens te bekennen. Zou Rita misschien? Ze had er alle kans toe gehad. Waarom had ze niet beter opgelet? Waarom had ze –

Er tikte iemand op haar schouder.

Ze herkende de man die naast haar zat aan zijn vlinderdasje – en het voorwerp dat hij tussen zijn duim en wijsvinger hield herkende ze ook.

'Jij bent deze kwijt, ja?'

'Ja!' Dankbaar nam ze haar portemonnee van hem aan. 'Waar heb je hem –'

'Ik heb geleend,' zei de man. Hij liet twee vingers over zijn onderarm lopen. 'Uit wandelen genomen. Even voetjes strekken. Maar hij is weer thuis, in één stuk!'

'Heb jij mijn portemonnee gestolen?' siste ze terwijl ze snel de vakjes doorzocht – alles zat er nog in.

'Niet gestolen! Jij mag kijken, hij is heelhuids. Ik heb alleen meegenomen op ommetje.' Hij liet weer twee vingers over zijn onderarm lopen. 'Wij kuieren samen.'

Norah stopte haar portemonnee diep in haar jaszak en wierp weer een vlugge blik over haar schouder – lang genoeg om te zien dat de Handhaver en de vrouw met het klembord met elkaar stonden te smoezen.

'Ik ben Tony,' zei de man. 'Tony Soddini. Voor sommigen ben ik Tony, voor anderen ik ben Soddini. Jij mag allebei zeggen.'

Tony Soddini had een accent dat moeilijk te plaatsen was, een accent dat haast verzonnen leek. Aan zijn voeten droeg hij een paar afgesleten fluwelen instappers met goudkleurige kwastjes, zijn donkerblauwe vlinderdasje had een geborduurd patroon van bijpassende gouden sleuteltjes.

'Tony Soddini? Uit Lefshaven? Is dat jouw theater?'

'Voor nu ik ben rondreizend theater,' zei hij met een treurig glimlachje. 'Maar wie weet wat de toekomst mij verschiet, hm?'

Norah voelde de ogen van de Handhaver in haar rug branden, maar ze moest het vragen. 'Weet jij waar Lorenzo is?' fluisterde ze.

'Pff... ik kan mij niet heugen wanneer ik heb Renzo gezien voor het laatst,' zei Tony. 'Maar ik weet wel jij moet beter opletten. Jij ziet niks wanneer ik jouw portemonnee uit wandelen neem. Jij voelt nu? Hij is weer luchtje scheppen.'

Ze voelde in haar jaszak – die was leeg.

Soddini zwaaide haar portemonnee voor haar neus. Ze griste hem uit zijn handen.

'O, jij bent boos nu? Niet boos zijn op mij. Ik geef altijd terug wat jij mist. Laat mij recht met jou breien. Kijk!' Hij stroopte zijn mouwen op en spreidde zijn vingers. 'Niets. Kun jij zien? Hier is niets. Alleen lucht in mijn grip, ja?'

Voor Norah bezwaar kon maken trok hij het papiertje met haar nummer tussen haar vingers vandaan en maakte er een propje van dat hij in de palm van zijn linkerhand verstopte. Hij liet haar nog eens zijn lege rechterhand zien, maakte toen ook daar een vuist van en zei: 'Eén hand lucht, één hand papier – maar als ik maak lucht mét papier,' hij tikte met zijn knokkels tegen elkaar, 'dan ik maak kunst!' Met een zwierig gebaar opende Soddini zijn linkerhand. Het propje was verdwenen. Toen stak hij zijn rechtervuist onder haar neus. 'Nu, jij blaast.'

Norah schudde haar hoofd en draaide zich nog eens om. De Handhaver keek haar recht aan. Zelfs op deze afstand kon ze zien dat hij stond te popelen om zijn notitieboekje weer tevoorschijn te halen.

'Blaas!' drong Soddini aan.

'Praat niet zo hard.' Ze blies snel over zijn vuist. 'Heb je nou je zin?'

Tony gluurde tussen zijn vingers. 'Is niet gelukt. Jij blaast niet met overtuiging.'

'Doe je trucje nou maar.'

'Is geen truc – is kunst! Nog één keer!' Zijn stem schalde door de ruimte. Het pubermeisje keek verstoord op. 'Blaas!'

Norah blies zo hard als ze kon. Dit keer kennelijk met genoeg overtuiging want Soddini balde zijn vuist met zo veel kracht dat de spieren in zijn onderarm begonnen te trillen. 'Kijk,' zei hij terwijl hij haar dichterbij wenkte en zijn vuist vinger voor vinger openvouwde, 'jij zult zien –' ze zat er met haar neus bovenop en toch... toch kon ze niet verklaren hoe daar op zijn handpalm '– ik maak kunst van de grootste schoonheid!' een wit vlindertje zat. Het zag er verfomfaaid uit, maar strekte toen – aangemoedigd door Soddini – voorzichtig zijn vleugeltjes en steeg op, fladderde dwars door het gegons heen, alsmaar omhoog, naar het plafond van de rumoerige hal. Norah keek hem na tot hij wegviel tegen het licht.

'Hoe – hoe deed je dat?' stamelde ze.

Tony haalde zijn schouders op. 'Ik weet zelf niet eens. Maar misschien is de vraag "waarom jij deed dat?" meer gepast.'

Toen kwam de vlinderkunstenaar met een sprongetje overeind. Hij maakte een diepe buiging en wees naar het grote bord. De teller stond op 400. 'Jouw nummer zit in jouw portemonnee. Het was aangenaam te ontmoeten, Norah de Klerk, wij zien elkaar wederom. Tot zover is: beter opletten.'

Op zijn afgedragen schoenen, met zijn handen op zijn rug gevouwen, alsof hij niet door een rumoerige hal liep maar op zijn gemak een ommetje maakte in een stadspark, slofte Tony Soddini naar de uitgang. Hij knikte in het voorbijgaan vriendelijk naar de vrouw met het klembord, maar voor hij bij de draaideur was struikelde hij plotseling over zijn instappers en viel tegen de Handhaver aan die hem ruw van zich af duwde en meteen zijn notitieboekje tevoorschijn haalde. Soddini maakte uitvoerig zijn verontschuldigingen terwijl hij achteruit schuifelde. De vrouw met het klembord wees de Handhaver op zijn uniform. De slip van zijn overhemd was weer losgekomen uit zijn broek. En Norah wist zeker dat ze de enige was die zag hoe Tony Soddini twee vingers over zijn onderarm liet lopen voor hij naar buiten glipte.

Ze had haar eerder gezien. De dame die haar achter loket 27 opwachtte met een dikke ordner en een gigantische taperecorder was dezelfde pottenkijker die aan de overkant van de Paradijssingel had gestaan toen ze de eerste avond aankwam met de taxi. Ze leek niet onaardig. Met haar hoge knot en grote ogen had ze hetzelfde geruststellende voorkomen dat stewardessen hadden; een vrouw die zich kilometers boven de grond staande wist te houden als het turbulent werd. Op haar embleem was een rits letters geborduurd.

'Ik ben Irma Nijverhut, Participatiecoach en Burgerwacht van Lefshaven, een hele mond vol maar jij mag gewoon Irma zeggen.

Wil je iets drinken? Koffie, thee, water? Nee?' Ze sloeg de ordner open en zette de recorder aan. 'Ik hoop dat je er geen bezwaar tegen hebt dat ik ons gesprek opneem? Ik kijk de mensen liever aan als ik met ze praat – en ik praat met heel veel mensen.'

Norah leunde tegen de balie en zette haar vriendelijkste gezicht op. 'Dat is prima.'

'Fijn. Goed, Norah, ik neem aan dat je weet waarom je hier bent?'

'Ik heb de folder gelezen,' loog ze. 'Is dit een soort therapie?'

'Sommige mensen zullen dat misschien zo ervaren, maar nee, ik ben geen therapeut. Je PC zit hier alléén voor jou. Om *jou* op gang te helpen, om *jouw* blokkades op te heffen, om *jou* succesvol mee te laten draaien in onze samenleving. Zonder uurtarief.' Irma Nijverhut had kuiltjes in haar wangen als ze lachte, iets wat de meeste mensen vast charmant zouden vinden, maar waardoor Norah juist extra op haar hoede was. Charme was een gevaarlijke troefkaart. 'Dat is fijn om te weten,' glimlachte ze. 'Maar zijn deze gesprekken verplicht? Want ik vraag me af of ik ze werkelijk nodig –'

'Verplicht? Dat is een negatief woord, zeg! Ik wil je nergens toe "verplichten", Norah. We doen dit voor *jouw* bestwil. Maar we kunnen onze afspraak wel verzetten als je dat liever hebt.' Irma haalde een formulier uit een la en likte aan de punt van haar pen. 'Wat wil je als reden opgeven om het gesprek uit de weg te gaan?'

Ze wilde er vooral vanaf zijn, maar dat was vast geen goede reden. 'Ik was alleen benieuwd. Laten we geen *formuliteiten* verspillen.'

'Jij bent goed op de hoogte!' zei Irma blij verrast. 'Heb je je draai al een beetje kunnen vinden? Ik kan me goed voorstellen dat het nogal een overgang is van *daar* naar *hier*.'

'Nou, ik ben *hier* geboren, dus ik –'

'Maar je bent ook een Nieuwkomer. En integreren begint met participeren, aan de zijlijn leer je het niet. Lukt het al een beetje om je aan te passen aan onze manier van leven?'

'Ik ben eraan gewend, ik heb me *daar* zo vaak aangepast. En zoals ik al zei weet ik dus hoe het *hier* –'

'Ik heb er een documentaire over gezien tijdens mijn training, maar je blijft *daar* een Nieuwkomer, toch? Soms wel generaties lang.' Irma keek haar meelevend aan. 'Treurig hoor. Gelukkig kennen wij dat probleem niet. Bij ons speelt afkomst geen rol. Wij zijn alleen geïnteresseerd in inzet en intenties. Mooi uniform heb je trouwens aan. Bevalt het je in het hotel? Je tante liet in ieder geval weten dat ze erg blij is dat je daar een Tegenprestatie kunt leveren.'

'Dat is ook heel fijn!' zei Norah, die begreep dat haar Participatiecoach de koers van het gesprek allang had uitgestippeld. 'Ze zorgt ervoor dat ik me geen moment hoef te vervelen. We houden een seance voor mijn oom. Het hele hotel moet schoon zijn, anders kan hij niet doorkomen.'

'Ik vind het zó aandoenlijk dat jullie daar nog in geloven!' zei Irma. 'Heel authentiek. Fijn dat daar ruimte voor is, vind je niet? Jullie cultuur? Dat doen ze *daar* vast anders. En *de rest* van je familie? Dat gaat ook goed?'

'Dat gaat prima.'

'Weet je dat zeker? Je familie gaat door een heel onrustige tijd. Daar zul je vast iets van meegekregen hebben. Ik kan me voorstellen dat de hele *toestand* zo zijn impact op je heeft.'

Het was niet moeilijk te raden waar Irma op uit was. Ze kon goed schakelen, maar Norah hoorde de sluiproute die ze gebruikte om haar bestemming te bereiken. 'Ja, het gaat niet zo goed met mijn oma. Ze heeft een zwakke gezondheid, kan zelfs geen bezoek aan.'

'En wat voel je daarbij, Norah? Afwijzing? Onrust?'

'Ik vind het vooral treurig.'

'Dat begrijp ik.'

Ze begreep een boel.

'Wil je erover praten?' drong Irma aan. 'Want daar ben ik voor. Je bent tenslotte ook *familie van*. Dat lijkt me niet makkelijk, zeker nu niet...'

Norah staarde naar haar vuistdikke dossier, het cassettebandje dat ronddraaide in de recorder. Het gegons achter haar leek toe te nemen. Hoeveel zin had het om eromheen te blijven draaien? Irma kon haar net zo lang ondervragen tot het bandje vol was.

'Ik weet niets over *de situatie*. Ik heb Lorenzo al jaren niet meer gezien.'

'Ik had het over Gabriel Madoz? De verkiezingen? Maar jouw gedachten gaan kennelijk naar iemand anders uit. Interessant.'

Irma krabbelde een notitie in haar dossier en Norah begreep dat ze voor haar beurt had gespeeld. 'Ik heb een keer met raadslid Madoz gedanst op de zomerborrel,' ging Irma verder terwijl er kuiltjes in haar wangen verschenen. 'Hij stapte de hele tijd op mijn tenen. Twijfelachtig leiderschap. Maar misschien valt dat ook wel te verwachten van iemand die uit zo'n *dubieuze* omgeving komt. Goed, laten we het weer over jou hebben. Ik heb nog wat vragen voor je.'

Het waren bekende vragen, over immateriële condities, vragen die een bezorgde opa hoorde te stellen of een bemoeizieke tante – maar Irma Nijverhut stelde ze met ogenschijnlijk oprechte interesse en vulde de gaten op in haar dossier: wanneer was ze voor het laatst bedroefd geweest? In welke mate? En angstig? Waarvoor? Boos? Op iets of iemand in het bijzonder? Had ze onlangs nog jaloerse gevoelens gehad? Of aan zichzelf getwijfeld? ('Dat is heel gezond hoor. Het overkomt de besten van ons.') Hoe stond ze tegenover plotselinge verandering? Raakte ze snel overprikkeld? En hoe was haar eetlust? Sliep ze goed? Of lag ze ergens wakker van? Voelde ze zich onrustig? Tevreden? Met zichzelf? En in algemenere zin?

Norah gaf zo veel mogelijk nietszeggende antwoorden op een schaal van één tot tien. Ze had de behoefte om alles te delen nooit gehad. Daar had haar moeder wel voor gezorgd. Al wist ze hoe aantrekkelijk het voor sommige mensen was om zichzelf binnenstebuiten te keren. Ze had het *daar* zo vaak gezien; de angst om niet te worden opgemerkt, de behoefte aan bevestiging die tot complete transparantie leidde – maar wat bleef er van je over als je alles deelde?

'Goed. Dan hebben we dat gehad,' zei Irma. 'Heb je nog Tips die je wilt indienen?'

'Wat voor tips?'

'Folder niet gelezen? Jammer.'

Met een geroutineerd gebaar legde Irma een kaart op de balie: een geplastificeerd schema met kleine letters en pijlen. 'Dit is ons TAM-Model. Als je signalen van onrust of onvrede opvangt dien je een Tip in, wij zoeken uit of er een Aantekening van toepassing is en leggen eventueel een Maatregel op, begrijp je? Ongewenst Gedrag voorkomen is tenslotte beter dan genezen.'

'Wat houdt zo'n Maatregel in?'

'Soms is het noodzakelijk om iemand tijdelijk van zijn Burgerplicht te ontslaan en met zichzelf te confronteren, maar uiteindelijk krijgen we iedereen weer op het juiste pad. Een veilige samenleving ontstaat niet vanzelf, daar dragen we allemaal ons steentje aan bij. Hoe meer mensen hun Burgerplicht vervullen en *bruikbare* Tips indienen, hoe makkelijker wij op tijd kunnen ingrijpen. Wij van het BCD kunnen immers niet overal tegelijk zijn, we zijn al genoeg tijd kwijt aan het filteren van de Tips die bij ons binnenkomen – je wilt niet weten hoeveel Valse Meldingen ertussen zitten... Dus, heb je iets in te dienen?'

'Ik geloof het niet.'

'Je gelooft het niet? Of je weet het niet?'

Terwijl haar Participatiecoach haar vriendelijk maar dringend bleef aankijken, alsof ze een lastige passagier was die haar tafeltje niet wilde inklappen voor de landing, voelde Norah een kloppend gevoel achter haar slapen opkomen. 'Ik ben daarnet bijna aangereden toen ik wilde oversteken, is dat iets? Hierbuiten, op de Compromislaan. Door een man met een wijnvlek op zijn gezicht. Hij riep iets lelijks naar me.'

'Dat is niet best. Wat riep hij?'

'Ik kon hem niet verstaan.'

'Kun je hem wel nader beschrijven? Wat was het kenteken?'

'Geen idee. Ik geloof dat het een witte bestel –'

'Wacht.' Irma zette de taperecorder uit. 'Maakte je gebruik van het zebrapad?'

'Nee, dat niet, maar hij –'

'Ah, in dat geval ga ik je hier stoppen. Voor je eigen bestwil. Zie je, het is voor de meeste burgers al moeilijk om hun eigen verantwoordelijkheid te zien in dit soort misverstanden – en voor Nieuwkomers al helemaal! Eigenlijk zijn alleen Excellente Burgers in staat om zulke situaties objectief te beoordelen. Dat is iets om naartoe te groeien, Norah.'

'Ik kan niet wachten.'

'Hm.' Irma zette de taperecorder weer aan en bladerde door haar dossier. 'Uit je Intakegesprek bleek dat je je met enige regelmaat onrustig voelt, maar wel degelijk de intentie hebt om vooruit te komen. Toch bemerk ik een zekere afstandelijkheid bij je, Norah – waar komt die terughoudendheid vandaan, denk je?'

'Geen idee. Het zijn lange dagen.'

'Dat begrijp ik, maar voor mij hoef je niets te verbergen.'

'Ik heb niets te verbergen.'

'Weet je dat zeker? Ook als ik je eraan herinner dat je sinds Herziening 324 contractueel *verplicht* bent om elke vorm van Ongewenst Gedrag te melden?'

Norah duwde haar duim tegen haar pols, controleerde haar hartslag. Iets hoger dan normaal. Maar dat zou iedereen hebben die zag dat er een dossier over haar werd opgebouwd waar voor onbepaalde tijd uit geput kon worden. Ze dacht aan Tony Soddini, die altijd teruggaf wat je miste, en aan Rita, die wist wat ze kon missen, aan clandestiene krasloten onder Hugo's toonbank en geheime boodschappen in groene sterren. Het cassettebandje draaide rond in de recorder, nam niet meer op dan ruis. Stiltes waren ook antwoorden. Ze moest íets zeggen, iets verzinnen desnoods – maar toen zag ze het witte vlindertje. Het cirkelde boven Irma's hoofd, fladderde rakelings langs haar heen. Haar Participatiecoach wapperde er geërgerd naar met een vel papier, maar Tony's vlinder wist te ontkomen en vond ongedeerd zijn weg terug naar het plafond.

'Heel zeker,' zei Norah stellig. 'Mijn intenties zijn zuiver.'

Irma keek op haar horloge. 'Nu maar hopen dat dat ook zo blijft. Goed, ik rond ons gesprek af om 11.46.' Ze schoof een visitekaartje over de balie. 'Bel me als je iets wilt delen, Norah. Oplettendheid, meer vragen we niet van je. Vooral als je uit zo'n *bijzondere* familie komt.'

Onderweg naar de uitgang probeerde Norah zich in te beelden dat ze door een stadspark slenterde, maar haar voeten werkten niet mee en haastten zich over de tegelvloer. Waarom was ze zo zenuwachtig?

Ze had toch meegewerkt? Weliswaar niet alles verteld, maar liegen was niet hetzelfde als verzwijgen. Niet echt. Ze slalomde om een loslopende peuter en wilde net voor de man in de rolstoel door de draaideuren schieten toen iemand haar bij haar arm greep.

'Mevrouw De Klerk?' De Handhaver verstevigde zijn grip. 'Loopt u even mee?'

Het was geen vraag.

Een kwestie van vertrouwen

Ze volgde de Handhaver een gang in, een hoek om, een trap af, voorbij een kantine waar het naar verse koffie rook, langs een muur met kluisjes en kapstokhaken, nóg een gang door en nóg een trap af, tot in de kelders van het stadhuis.

'Waar gaan we heen? Heb ik iets gedaan?'

Hij gunde haar geen blik waardig. 'Meekomen. We lopen al achter op schema.'

Onder het licht van de tl-buizen snelden mensen in groene polo's door de smalle gangen, gebukt onder stapels papieren schoten ze als drukbezette mieren kamertjes in en uit, en in het gekrioel van de doolhof voelde Norah zich langzaamaan benauwd worden. Ze zag borden met instructies, plattegronden met pijlen en lokdoosjes voor papiervisjes voorbijkomen; hoorde kopieermachines zoemen, rook de typische geur van toners en verwachtte om elke hoek de minotaurus van de mierenkolonie tegen het lijf te lopen. Maar toen liep de gang omhoog. Ze voelde het in haar kuiten, een geleidelijke klim uit het papieren labyrint die uitkwam bij een vergrendelde deur. De Handhaver haalde een sleutelbos tevoorschijn, liet haar voorgaan en deed de deur achter hen meteen weer op slot.

Ze stonden in de marmeren hal. De vloer zat nog steeds onder de zwarte vegen, de schoonmaakkar stond nog steeds werkeloos onder aan de trap, maar achter de balie hield nu een vrouw met een vierkante kin de wacht. 'Ging jij niet met pauze?' vroeg ze.

'Hierna,' bromde de Handhaver tegen zijn collega. 'Eerst deze afleveren.'

Deze begreep nu dat ze hem zijn pauze kostte en volgde hem gedwee de trap met de rode lopers op, door een brede gang met bustes van Victor Bakermat en portretten van Etna, en voorbij een vitrine waar een groep toeristen zich vergaapte aan een maquette van het centrum. Norah stond bijna op zijn hielen toen de Handhaver plotseling halt hield voor een deur met een koperen klopper. Hij schikte zijn stropdas en streek over zijn embleem voor hij aanklopte.

Gabriel Madoz zat aan een groot bureau, gebogen over een opengeslagen krant. Hij duwde zijn bril met twee vingers terug op zijn neus voor hij overeind kwam. De grote glazen waren even vlekkeloos als zijn witte overhemd. Hij was iets magerder dan op de voorpagina van *de VolksTribune*, de verkiezingen lieten hun sporen achter, maar zijn blik was helder en zijn handdruk ferm. 'Laat de deur maar open, Rutger. Dit duurt niet lang.'

'Zeker, meneer Madoz. Ik ben op de gang als u me nodig heeft.'

Enigszins beduusd liet Norah zich door Gabriel uit haar jas helpen. Zijn benen waren gehuld in een pantalon met een scherpe vouw, zijn leren schoenen pasten bij zijn riem, en ze durfde te wedden dat hij zelfs zijn sokken had gestreken. Ze voelde zich sjofel naast hem, groezelig haast, en was zich pijnlijk bewust van de slordige knot op haar hoofd, de vlekken die ze op zijn vaders oude uniform had gemaakt.

'Ehm... meneer Madoz?' vroeg Rutger, die nog steeds in de deuropening stond. 'Kan ik u misschien nog even spreken? Onder vier ogen?'

'Moet dat *nu*?'

De Handhaver perste zijn lippen op elkaar en staarde naar zijn schoenen, veranderde voor haar ogen in een schooljongen die zijn verzoek niet durfde te herhalen, en op dat moment begreep Norah dat ze in het hart van het labyrint was beland.

'Het gaat over... ik kan niet, niet waar zij –'

'Je hebt twee minuten.' Gabriel gaf haar haar jas aan. 'Ik ben zo bij je, nichtje. Maak het jezelf gemakkelijk.' Ze verdwenen de gang op, en hoewel ze Rutgers opgewonden gefluister niet kon verstaan, had

Norah het sterke vermoeden dat hij verslag deed van haar ontmoeting met Tony Soddini. Je was nooit te oud om te klikken.

Ze keek Gabriels werkkamer rond, die ruim was en licht, met grote ramen die uitkeken op de Compromislaan. De inrichting was eenvoudig: een dure leren bank, een glazen koffietafel, een goedgevulde boekenkast en een kleed met een smaakvol streepjespatroon op de vloer. Op zijn bureau stond één fotolijstje: de raadsleden van Stokerdam op het bordes van het stadhuis. Gabriel stond kaarsrecht, strak in het pak, naast Etna Bakermat. Geen foto van de familie. Geen foto van een leven buiten het stadhuis. Norah ging aan zijn bureau zitten. *De VolksTribune* lag open op een paginagroot profielstuk: *Gabriel Madoz: een kwestie van vertrouwen?*

Na een vleiende introductie waarin oud-klasgenoten en collega's aan het woord werden gelaten ('een geboren politiek talent, ik heb altijd geweten dat hij het in zich had') en Gabriels wapenfeiten werden opgesomd ('ontwerper van de Tegenprestatie, jongste raadslid in de geschiedenis van Stokerdam'), ging de schrijver van het profiel over op een reeks kritische vragen over het 'visionaire wonderkind'. Want in hoeverre waren zijn 'jeugdjaren in het roerige Lefshaven' en zijn 'op z'n minst bedenkelijk te noemen familiebanden' van invloed op zijn motieven? Was het raadslid werkelijk losgekomen van zijn 'dubieuze achtergrond'? Opgeworpen insinuaties die makkelijk konden worden ingekopt door Etna Bakermat, want ook al bood de Burgermoeder geen antwoorden, het was háár reactie waaraan het stuk zijn suggestieve kop had ontleend:

> Ik ken Gabriel als een gedreven en hardwerkende collega. Ik heb hem zien opkomen en waar nodig een duwtje in de juiste richting gegeven, maar ik begrijp de twijfel die bij veel kiezers is ontstaan heel goed: hoe kun je de belangen van een hele stad behartigen als je al zo weinig positieve invloed hebt op je eigen broer? Wie de maatschappelijke ladder wil beklimmen heeft zich met elke tree aan hogere maatstaven te houden. Dat is niet voor iedereen weggelegd. Je kunt je afvragen of mensen zoals meneer Madoz in staat zijn om hun evenwicht te bewaren.

Uiteindelijk komt het allemaal aan op vertrouwen. Dat moet je verdienen. Daarom kijk ik er – voor de vierde keer op rij – naar uit om de kiezers er tijdens het debat van te overtuigen dat hun bestwil altíjd mijn belang is.

'Ik zie dat je je nu al verdiept in de actualiteiten.'

Norah schoot overeind. Gabriel nam haar onderzoekend op, met dezelfde blik waarmee hij haar vroeger in de gaten hield als ze door zijn boeken bladerde, klaar om in te grijpen voor ze vlekken of ezelsoren kon achterlaten.

'Kom, ik heb een kwartier voordat mijn volgende afspraak er is.'

Hij ging op de bank zitten en sloeg zijn lange benen sierlijk over elkaar, het leer kraakte onder zijn gewicht. 'Ik zou je thee aanbieden, maar mijn agenda laat het helaas niet toe. Laat het oma niet horen, ze zou me – wat is dat?' Met een vies gezicht wees hij naar de veeg op haar broek. Norah trok snel haar jas over haar schoot. 'Duivenpoep. Dat brengt geluk.'

'Geluk? Bestaat dat nog? Ik dacht dat we inmiddels van die waan genezen waren. Vertel eens, nichtje, hoe gaat het met je?' Gabriel klonk streng, maar zijn stem was zacht, als een priester die beleefd naar haar zonden informeerde. 'Je hebt net je eerste Functioneringsgesprek gehad. Hoe ging dat?'

'Ik dacht dat er geen eind aan zou komen. Ze houden hier van vragen. En van regels.'

'Zonder regels geen structuur – zonder structuur geen vooruitgang.'

'Ik moet nog wennen,' biechtte ze op, 'maar ik kan me gelukkig heel goed aanpassen. Altijd al gedaan. Ik ben net een sociale kameleon, ik ga op in elke omgeving.'

Van achter zijn smetteloze brillenglazen spoorde Gabriel haar stilzwijgend aan om uit te weiden.

'Mijn moeder en ik zijn zo vaak verhuisd dat ik niet beter weet. Dus ik kan heel goed koffers pakken, ik weet precies wat ik nodig heb! Ik had maar één koffer bij me toen ik aankwam, daar paste alles in.'

'Nog gecondoleerd met je moeder.'

'En jij met je vader.'

Ze wisselden beleefdheden uit; een gelijk oversteken van gepaste compassie en wederzijdse deelneming – een gesprek van vreemden. Norah sloeg vanzelf aan het babbelen, een geratel dat ze niet kon stoppen. Het was iets in zijn houding, iets in zijn blik; een afstand die ze wilde overbruggen. Gabriel was niet kil, maar zo kalm, zo beheerst in zijn bewegingen dat ze nerveus van hem werd. Terwijl ze zichzelf hoorde keuvelen over passagiersschepen en déjà vu's op de Lefseweg probeerde ze hem te lezen, maar het raadslid gaf niets prijs. Behalve dat dan misschien: hij was in de eerste plaats een raadslid, in de tweede plaats haar neef. Ze probeerde het beeld op te roepen van de puber met het vette voorhoofd; gebogen over zijn huiswerk, Fritz op zijn schoot, het beste jongetje van de klas dat zijn moeder trots maakte met zijn rapport. Ze sloeg haar benen over elkaar, nam zijn houding over. Misschien was hij ijdel genoeg om vrijuit tegen zijn spiegelbeeld te praten.

'Je moeder is trouwens erg over je te spreken.'

'Dat is fijn om te horen.'

'Ze zegt dat ze het heel moeilijk vindt om tussen jou en Etna Bakermat te kiezen.'

Gabriel glimlachte flauwtjes. 'Laten we erop vertrouwen dat ze de juiste beslissing neemt.'

'Ja... Ze is in ieder geval heel blij dat ik mijn Tegenprestatie in het hotel kan doen – en ik ook! Zonder haar had ik papier moeten prikken.'

'Zei ze dat? Merkwaardig. Toen ik hoorde dat je terug wilde komen heb ik *al* het papierwerk laten doen. Maar moeder haalt wel vaker iets door elkaar. Ze is erg gevoelig – zeker rond deze tijd van het jaar.'

'Kom je ook naar de seance?'

'Moeder vindt het belangrijk.'

'Dus je komt?'

Gabriel plukte een denkbeeldig stofje van zijn mouw. 'Het zou onbeleefd zijn om weg te blijven,' zei hij bedachtzaam, 'maar ik heb het erg druk met de verkiezingen.'

'Dat kan ik me voorstellen! Vroeger was je ook altijd bezig met het grotere plaatje. Geen wonder dat je hier terecht bent gekomen.'

'Ik kan me mijn eerste stagedag nog goed herinneren. Ik wist meteen dat ik hier op mijn plek was.' En daarmee stak het raadslid een anekdote af van geoefende zinnen; van oorzaak, gevolg en obligate drieslagjes – een anekdote uit een campagne. Norah luisterde met een half oor naar zijn verkiezingspraatje. Het had geen zin om zijn ego te kietelen, ze moest er met een scherpe nagel overheen.

'– en toen werd ik verkozen tot raadslid. Een positie die ik met veel voldoening vervul.'

'Indrukwekkend hoor,' geeuwde ze. 'Je hebt geluk gehad.'

'Het is geen kwestie van *geluk*. Ik heb er hard voor gewerkt.'

'Maar je hebt het niet alleen gedaan, toch?' vroeg ze met een schuin oog op de krant. Gabriels gezicht verstrakte. 'Etna Bakermat heeft je een eind op weg geholpen.'

'Etna was een goede mentor, ik heb veel van haar geleerd. Ze heeft altijd het beste met me voorgehad – met mij en de stad. Maar het kan anders. Beter. Er is nog zoveel te doen.'

Hij stond op en liep naar het raam. Met zijn handen op zijn rug tuurde hij naar buiten, als een kapitein op een schip, vastberaden van zijn koers, en heel even vroeg Norah zich af of hij de man was voor wie Rita haar gewaarschuwd had, de man met de grote verhalen. Maar Gabriel leek te keurig, nee, te saai, om een charlatan te zijn. Ze ging naast hem staan, vouwde haar handen op haar rug. Hij had een mooie kamer, maar geen uitzicht. In het glas van het viersterrenhotel aan de overkant zag ze hun reflectie. Gabriel stak een kop boven haar uit, maar ze hadden dezelfde smalle bouw en, durfde ze te wedden, eenzelfde geoefendheid in hun voorkomen. Hij was er misschien meer bedreven in geraakt, had zijn houding zó geperfectioneerd door de positie die hij vervulde dat hij zich er niet eens meer van bewust leek te zijn dat het een houding was. Maar raadslid Madoz was lang niet zo ongenaakbaar als hij anderen – en misschien zichzelf – wilde doen geloven. De minotaurus was tenslotte net zo goed een gevangene van het labyrint.

'We hebben altijd naar het buitenland gekeken om ons beleid te bepalen, lieten anderen de fouten maken zodat wij ervan konden leren,' zei Gabriel. 'In Stokerdam hoeven we niet de eersten te zijn, we willen de verstandigsten zijn – niet alle ontwikkelingen zijn immers een stap in de juiste richting. Te veel mogelijkheden, te veel keuzes zorgen voor onrust. En onrust leidt op termijn altijd tot onvrede. Daarom komen ze allemaal hiernaartoe.' Hij wees naar een groepje toeristen dat in de motregen samendromde bij het standbeeld van Victor Bakermat. Ze zochten beschutting onder de paraplu van hun gids, negeerden de man met het groene hesje die nog steeds op zijn knieën zat te boenen. 'Stokerdam voorziet in een primaire behoefte: rust. Het is ons belangrijkste product.' Gabriel legde een hand op haar schouder, een gebaar dat Norah net zo ingestudeerd voorkwam als zijn verkiezingspraatje. 'Ik snap dat je het daar niet meer uithield, nichtje – ik zou het ook niet kunnen.'

'Zó vreselijk is het er nou ook weer niet,' zei ze geërgerd. 'Je moet niet alles geloven wat ze in de documentaires zeggen.'

'Niet? Na keuzestress komt keuzevermoeidheid – en niemand wil moe zijn. Daarom ben jij ook gevlucht. Je voelde je onrustig, ontevreden zelfs.'

'Ik ben niet *gevlucht*.'

'In je dossier staat inderdaad iets anders. Familiehereniging? Ik hoop wel dat je beseft dat Stokerdam groter is dan onze familie, Norah. Groter dan Lefshaven. Stokerdam is een idee. Een idee dat alleen werkt als iedereen meedraait.'

Ze wees naar de man met de emmer. 'Ziet dat er zo uit? Meedraaien?'

'Voor sommigen. De Tegenprestatie geeft iedereen de kans om zich nuttig te maken. Niemand hoeft hier achter te blijven.'

'Aan de zijlijn leer je het niet.'

'Precies! Als iedereen een bijdrage levert komen we allemaal vooruit.'

'Want evolutie is het werk van de meerderheid!'

Dit keer ontging het sarcasme in haar stem hem niet.

'Ik weet hoe het klinkt,' zei hij. 'Ik houd ook niet van oneliners, ze zijn een noodzakelijk kwaad in verkiezingstijd. Je moet het niet ingewikkelder maken dan het is, nichtje. We hebben allemaal een rol te vervullen en –'

'En sommige rollen vervul je op je knieën.'

'Je klinkt alsof daar iets mis mee is,' zei Gabriel bits. 'Mijn vader was een harde werker. Hij zat vaak genoeg op zijn knieën – maar hij geloofde ook in orde. En aan orde zijn voorwaarden verbonden, voor iedereen. Daar is niets nieuws aan. Ons Samenlevingscontract is in essentie een prima constructie, al weet ik dat onze burgers behoefte hebben aan meer inspraak. En daar hebben ze in principe gelijk in. Daarom wil ik het contract hervormen, geleidelijk toewerken naar een beleid van vraag en aanbod.'

'In Lefshaven worden alleen nog grafstenen en doodskisten aangeboden.'

'Lefshaven is in transitie, maar ik weet zeker dat die wijk zich op termijn schikt naar zijn nieuwe functie. Ik heb mijn plek ook gevonden. Het is allemaal een kwestie van willen.'

De vanzelfsprekendheid waarmee hij ervan uitging dat zijn belevingswereld een universele blauwdruk was, was niet alleen arrogant, maar ook typerend voor de jongen die zich alleen interesseerde in zijn kleine nichtje als hij haar belerend toe kon spreken. Norah rook haar kans en legde een hand op zijn schouder. 'Ik denk dat je het te eenvoudig maakt, neefje. Volgens mij bestaat er geen simpele succesformule die je kunt volgen. Wat moeten de mensen die geen rol *willen* spelen? Eigenwijze mensen? Mensen zoals Lorenzo bijvoorbeeld. Denk je dat hij nog in de stad is? En wat is *de situatie*? Iedereen heeft het erover, maar niemand lijkt –'

'Meneer Madoz? Sorry dat ik stoor...'

Rutger stond weer in de deuropening. Zijn maag knorde en hij legde snel een hand op zijn buik. 'Het spijt me, ik ben nog niet met pauze geweest. Uw volgende afspraak is –'

'Ik kom er zo aan,' zei Gabriel afgemeten.

'Hoelang heeft u nog –'

'Ik. Kom. Zo. Dankjewel, Rutger.'

De Handhaver deed met een ongelukkig gezicht de deur achter zich dicht. Norah had bijna met hem te doen. Maar toen richtten de donkere ogen van het raadslid zich tot haar en zag ze een blik waar zo veel afkeer uit sprak dat hij van Jozias had kunnen zijn. 'Je moet zijn naam niet zomaar noemen,' zei Gabriel kil. 'Zeker niet hier.'

'Sorry, ik moet nog wennen aan mijn nieuwe rol. Misschien kan ik Rutger vragen of hij een uitdraai van het script wil maken. Hij lijkt dolgelukkig in zijn functie.'

'Ik heb geen tijd voor spelletjes, Norah. Ik hoop dat je je contacten verstandig uitkiest. Ik hoorde dat je benaderd bent door Tony Soddini en ik kan nu geen gedoe –'

'Maak je geen zorgen. Ik weet dat je verantwoordelijk bent voor twee.' Ze wees naar de opengeslagen krant. 'Dat zegt Etna tenminste.'

Ze verwachtte half en half dat hij uit zijn slof zou schieten, maar Gabriel ging op de rand van zijn bureau zitten, zette zijn bril af en wreef in zijn ogen. 'Etna moet gebruiken wat ze kan. De kiezers weten waar ik voor sta.'

Hoewel hij zijn best deed om zelfverzekerd te klinken, hoorde Norah een vleugje twijfel in zijn stem, zag de rode vlekjes op zijn neusbrug. Het raadslid maakte langzaam plaats voor haar neef. 'En je collega's?' vroeg ze. 'Weten de andere raadsleden ook waar je voor staat of denken zij net zo goed dat jij iets te maken hebt met *de situatie*?'

'Mijn collega's gaan akkoord met elke nieuwe Herziening die Etna uit haar mouw schudt,' snoof Gabriel. 'Ik maak me geen illusies van hun vermogen tot onafhankelijk denken. Sinds dit hele... *gedoe* begon, vegen ze al mijn voorstellen van tafel zonder ze ook maar te lezen.'

Norah ging naast hem op het bureau zitten, haar voeten bungelden boven de vloer. 'Waarom leg je me niet gewoon uit wat *de situatie* is? Wat heeft Lorenzo gedaan? Zo erg kan het toch niet zijn?'

'Er is geen toekomst voor hem in deze stad,' mompelde Gabriel, 'als hij slim is, is hij vertrokken...'

'Maar?'

'Maar hij denkt niet na! Nooit! Sinds hij zelf niet meer in de schijnwerpers staat veroorzaakt hij alleen maar problemen. *De VolksTribune* heeft het tot nu toe stilgehouden, maar binnenkort krijgen ze groen licht van het BCD, en wat betekent dít voor – kijk dan!' Gabriel schoof de krant met zo'n wild gebaar opzij dat hij bijna het fotolijstje van zijn bureau veegde. In het tafelblad was een symbool gekrast dat Norah meteen herkende, het was hetzelfde symbool dat onder de standbeelden van Victor Bakermat was achtergelaten, maar het was geen kruis, zag ze nu – het waren twee gekruiste sleutels. 'Hij heeft ingebroken, hier, in het stadhuis! Z'n dossier uit het Archief gestolen en overal zijn handtekening achtergelaten! Het was een kwestie van tijd voor hij te ver zou gaan, maar uitgerekend nu... Vijf weken voor de verkiezingen!'

'Maar waarom zou Lorenzo –'

'Geen idee! Om te provoceren? Om te laten zien dat het kan? De nachtwaker heeft gezien dat hij mijn raam heeft gebruikt om naar buiten te klimmen! Idioot. Het BCD kon hem zo ophalen.'

'En hij kon zó weer ontsnappen. Er lag alleen een paar handboeien in het busje.'

'Van wie heb je dat gehoord?' vroeg Gabriel scherp.

Norah haalde haar schouders op. 'De mensen babbelen graag.'

'Vertellen ze dan ook dat de Handhaver die hem heeft ingerekend nog steeds overspannen thuis zit? Nee, dat zal wel niet. Hij kan het niet verkeerd doen bij sommige mensen...' Gabriel friemelde aan zijn manchet, haalde diep adem. 'Mijn broer is een enigma. Dat is *de situatie*. Niemand weet wat er in Lorenzo omgaat – behalve die Soddini misschien.' Moedeloos legde hij een hand tegen zijn hoge voorhoofd, en toen kon Norah hem heel duidelijk zien: de puber in zijn smetteloze pak, de puber die weliswaar zijn best had gedaan om de maatschappelijke ladder te beklimmen en zich een houding had aangemeten waarmee hij opging aan deze kant van de Lef, maar die er, hoe krampachtig hij ook probeerde te verbergen waar hij vandaan kwam en hoe hij ook zijn best deed om een strikt onderscheid na te streven tussen het persoonlijke en het professionele, toch niet in was geslaagd om te ontsnappen aan zijn familie. Hij had er tenslotte maar één.

Er werd voorzichtig op de deur geklopt. Gabriel zette haastig zijn bril op en verborg de sleutels weer onder de krant. Norah sprong van het bureau en pakte haar jas. 'Ik zal je niet langer ophouden. Jullie lopen al achter op schema. Veel succes met de verkiezingen.'

Ze stak haar hand uit, maar Gabriel greep haar bij haar schouders, overbrugde de laatste afstand en drukte haar onhandig tegen zich aan. Zijn zware parfum, een mix van muskus en ambergris, kriebelde in haar neus. 'Als je iets van hem hoort kom je naar mij,' fluisterde hij. 'Meteen. En alleen naar mij. Beloofd? Je weet niet waar hij toe in staat is, Norah. Lorenzo brengt iedereen in de problemen.'

Even later volgde ze Rutger zo langzaam als ze kon terug naar de marmeren hal. Het kwam haar op een paar boze blikken te staan, maar de Handhaver durfde haar niet terecht te wijzen. *Deze* hoefde zich niet meer te haasten, *deze* was familie van de minotaurus en kon zo lang als ze wilde van zijn knorrende maag genieten. Norah nam haar tijd om de bustes en portretten te bekijken en liep op haar gemak een rondje om de maquette voor ze achter hem aan de trap af slofte.

De marmeren vloer was net gedweild. De schoonmaakster stond al met haar kar voor de deur van het Archief toen Rutgers collega achter de balie haar terugriep. 'Stop maar, Rita! Hij moet nog een keer. Daar mag je deze mevrouw voor bedanken.'

Norah bleef verstijfd op de trap staan. Dus daarom moest het hele hotel spic en span zijn voor de seance. Daarom peuterde ze dode muizen tussen de verwarming vandaan en zat ze elke dag tot haar ellebogen in de pleepotten. Ze schaamde zich meteen voor de irritatie die ze voelde, meer nog dan voor de lompe manier waarop Rutger de schoonmaakkar opzijduwde en de vuile voetafdrukken die hij achterliet op Rita's schone vloer toen hij naar de balie hobbelde en besmuikt met zijn collega om haar begon te lachen. Norah wilde iets doen, iets zeggen om Rita te hulp te schieten, maar het medium vermeed angstvallig haar blik en wrong haar dweil uit in het sop – en

Norah begreep maar al te goed waarom. Rita wist wat ze niet had. Ze had geen neef met een chic kantoor en uitzicht op de Compromislaan, was niet veilig voor eventuele gevolgen of procedures.

'Nou, als die stofdoek klaar is kan ik eindelijk naar de kantine,' mopperde Rutger tegen zijn collega. 'Zeg, heb jij mijn portemonnee toevallig ergens gezien? Ik kan hem nergens vinden.'

Norah stak met grote passen de hal over, ritste haar jas dicht tot haar kin en trok de zware deur van het stadhuis open. Voor ze de regen inliep, draaide ze zich nog een keer om. 'Misschien heeft hij pootjes gekregen.'

'Geen bereik – we komen dichterbij.'

Reza opende zijn ogen en zag nog net hoe Levi zijn telefoon wegstopte. 'We moeten de rest van het verhaal horen voor we er zijn, kapitein. Op deze manier worden we niets wijzer.'

Hij wist dat zijn stuurman gelijk had. Over nog geen halve dag zouden ze aankomen in Stokerdam. Ze hadden geen tijd te verliezen. Reza kwam moeizaam overeind – de korte nacht begon zijn tol te eisen – en keek naar buiten. Op het dek holde het kind, een jongetje van een jaar of acht, de kat achterna, nauwlettend in de gaten gehouden door zijn vader, een man met een robuust postuur en een vriendelijk gezicht. En daar, bij de reling, was het drietal nog steeds druk in overleg.

'Laten we die vent met dat vlinderdasje aan de tand voelen,' zei Reza. 'Die weet meer. En zij ook.'

'Norah? Ik dacht dat je genoeg had gehoord.'

'Ze heeft de helft nog niet verteld.'

'Zal ik Fons vragen of hij een nieuwe pot koffie –'

'Doe wat je niet laten kunt,' zei Reza bars.

Levi glipte naar buiten en vijf minuten later zaten ze tegenover de eigenaardigste vangst die ze ooit aan boord hadden gehad.

'Mijn naam is Tony. Tony Soddini. Maar jij mag allebei zeggen.'

'Luister, meneer Soddini,' begon Reza, 'ik heb een heleboel contracten getekend in mijn leven. Ik ben voor van alles en nog wat verzekerd en mijn eerste scheiding was een bijzonder flinke papierwinkel, kan ik u wel vertellen. Ik heb mijn handtekening op een heleboel stippellijnen gezet, maar ik begrijp dus niet wat er zo vreselijk is aan dat Samenlevingscontract van jullie.'

'Heeft zij jou niet uitgelegd?' Tony stootte Norah aan. 'Ik dacht jij had hem completer beeld gegeven van onze penibele situatie?'

'Ik moest het in grote lijnen vertellen,' zei ze. 'Hij begon zijn geduld te verliezen.'

'Ah! Ja, daar heeft zij ogen voor, Norah ziet jouw frustratie. Voor haar jij kunt jouw onvrede niet verbergen.' Tony Soddini toverde een doosje lucifers en een sigaret uit zijn schijnbaar lege handen, stak de peuk in een vloeiende beweging aan en nam een diepe haal. 'Het is een talent dat minder waardering krijgt dan zij verdient. Wanneer jij mensen kunt lezen alsof zij zijn met letters bedrukt, het geeft jou een voorsprong die –'

'Je mag hier niet roken,' zei Levi.

'O pardon! Duizendmaal verontschuldigingen!' Tony nam de sigaret uit zijn mond en tikte de askegel af op zijn handpalm.

'Haal een asbak,' bromde Reza tegen zijn stuurman.

'Nee, nee, ik maak probleem – ik los op. Is minimale moeite. Kijk!'

Tot Reza's grote afschuw opende Tony Soddini zijn mond en legde hij de brandende sigaret op zijn tong. Toen klapte hij zijn kiezen op elkaar, trok een komisch gezicht, en vermaalde de sigaret alsof het een kauwgumpje was. Reza greep zijn stoelleuningen vast toen de kleine praatjesmaker slikte en zijn tong uitstak: de peuk was verdwenen. De geur van verbrand vlees deed Levi naar zijn heupflacon tasten. 'Hoe...?' bracht hij moeizaam uit. 'Hoe deed je dat?'

Soddini klopte zichzelf op de borst. Er ontsnapte een rooksliert uit zijn neus. 'Ik weet zelf niet eens. Maar misschien is de vraag "waarom jij doet dat?" meer gepast.' Hij stroopte zijn rechtermouw op en wenkte Levi dichterbij. 'Nu jij denkt aan getal, ja? Tussen één en tien.'

'Vertel me liever hoe jullie hier terecht zijn gekomen,' zei Reza, 'en waarom dat contract zo –'

'Ik heb er een!' riep Levi.

'Jij denkt aan jouw getal. Niets anders, ja? Kijk naar mij, diep in mijn pupillen. Niet lachen! Concentreer jouw gedachten op één punt, geen rondjes maken in jouw hoofd. Ik kan geen verbinding leggen als jouw gedachten draaien in cirkels.' Zonder oogcontact te verliezen wreef Soddini de askegel die hij had opgevangen uit over zijn onderarm. 'Heel goed. Ik kan zien jij hebt talent voor het inprenten van een gedachte, wij hebben een verbinding gelegd die is onverbrekelijk. Nu, jij blaast met al jouw overtuiging!'

Hij stak zijn arm uit en Levi blies zo hard dat er een grijze wolk over de tafel dwarrelde. Reza legde een hand over zijn gevoelige oog. Op Soddini's onderarm was een getal achtergebleven, een acht, geschreven in sigarettenas.

'Ongelooflijk,' mompelde Levi. 'Hoe wist je dat? Acht is mijn geluksgetal!'

'Zoals ik jou zei: wij hebben een verbinding gelegd die is onverbre–'

'Het is een truc,' zei Reza. 'Gewoon een ordinaire truc.'

'Nee, is kunst!' Soddini viste een zakdoek uit zijn jasje en begon mopperend zijn arm schoon te boenen. 'Waarom heb jij mij niet verteld hij is zo zonder fantasie, Norah? Als ik had geweten hij is slecht publiek, ik zou geen moeite nemen om mijzelf vuurvast te maken! Hier!' Hij gooide de vuile zakdoek naar Levi. 'Die is van jou. Jij moet beter opletten, jouw ogen zijn nog te ongeoefend om alles te zien.'

'Maar hoe, nee – waarom?' vroeg Levi.

Tony haalde zijn schouders op. 'Ik ben eerlijk over mijn oneerlijkheid. Ik geef altijd terug wat jij mist.'

'Kun je nog iets laten zien? Een kaarttruc of zo? Ik heb altijd al een echte gooche–'

'Genoeg!' bulderde Reza. 'Dit schip is geen circus! Wat dóen jullie hier?'

'Ik wil het je best vertellen,' zei Norah fijntjes. 'Als je me tenminste uit laat praten.'

'Je hebt anders nog niet veel verteld voor iemand die zo lang aan het woord is geweest.'

'Bewaar jouw ongeduld,' zei Tony. 'Jullie vertellen niet waar wij heen varen, ja? Maar ik weet dat wij varen terug naar Stokerdam. Jullie kok is traag van besef, maar hij heeft zeer beweeglijke lippen als jij zijn aandacht weet te vangen. Niet erg. Wij hebben allemaal een reden om onze vertelling te doseren. Norah misschien nog meest van allemaal, want zij heeft dingen beleefd die gaan jouw fantasie te boven!'

DEEL III

'You'll wonder when I'm coming,
you'll wonder even more when I'm gone.'
Max Malini

Op de tast

Na haar bezoek aan het stadhuis raasde het in Norahs hoofd. Flarden van gedachten over sleutels en vlinders, papieren, procedures en charlatans; over gelijkenissen en verschillen, twijfels en zekerheden – de machine draaide op volle toeren. Ze zette vraagtekens achter haar vraagtekens en draaide zich om en om in haar bed. Gabriel had haar verteld dat Lorenzo een inbreker was, een dief die iedereen in de problemen bracht, hij had haar voor hem gewaarschuwd – maar had hij ook geweten dat ze Lorenzo miste? Nu meer dan ooit? Zijn spookverhalen, het gemak waarmee hij het alledaagse omtoverde tot iets uitzonderlijks, het vertrouwen waarmee hij haar verzekerde dat ze rustig kon slapen omdat het allemaal een truc was – het was moeilijk voor te stellen dat hij echt gevaarlijk was. Maar hoe kon ze er zeker van zijn dat haar herinnering aan hem niet overschreven was door de verstreken tijd? Hoe wist ze zo zeker dat zijn intenties zuiver waren? Ze had het gevoel iets over het hoofd te zien, iets evidents, maar telkens als de flarden zich aaneenregen en ze het grotere plaatje leek te zien raakte de machine oververhit, sloeg af en kon ze opnieuw beginnen. Tot de wekker ging.

Gelukkig kon ze dankzij Gizmo zo nu en dan het hotel uit glippen. Hij liet haar de boodschappen doen in ruil voor het uitmesten van de kelder. Een deal die twee kanten op ging: in de kelder durfde Theresa geen toezicht te houden en kon hij naar hartenlust roken.

Maar ook op de Lefseweg kon Norah niet aan haar familie ontsnappen. Ze hoorde de mensen over haar neven fluisteren in de lange rij van de supermarkt, Lorenzo's opsporingsposter hing in de etalages van de kistenmaker en de uitvaartbloemist, en in *de Volks-*

Tribune die ze bij Hugo Danzig kocht stond Gabriel bijna elke dag op de voorpagina. Iedereen leek iets van haar familie te vinden. Ze hing rond op het Plein van Weltevreden, postte voor de deur van Soddini's, in de hoop een glimp op te vangen van de vlinderkunstenaar die meer móest weten, maar Tony liet zich niet zien. Haar vragen bleven onbeantwoord. De machine ratelde. De slaap wilde niet komen.

Norah kende deze vermoeidheid; de achterstand die je eerst nog kon inlopen met wilskracht en genoeg sterke koffie, maar die al snel een voorsprong nam die niet meer viel in te halen. Een vermoeidheid die een inwendig trillen veroorzaakte, een innerlijk schokken dat de zintuigen ontregelde, voor koude handen en struikelende voeten zorgde en de interne dialoog veranderde in een onverstaanbaar geschetter. Ze kende deze vermoeidheid omdat ze haar eerder had gevoeld – en ze wist waar ze toe kon leiden. Gaten in het geheugen die je probeerde op te vullen door krampachtig vast te houden aan zekerheden; het bewandelen van platgetreden paden om niet achterover te vallen. Tot je te moe was om te balanceren, de machine uitviel en de sluimerstand intrad; een staat waarin Norah een paar maanden had geleefd nadat haar moeder was overleden. Een periode waarin de scheidslijn tussen waken en slapen zo onduidelijk was geworden dat ze elk overzicht was kwijtgeraakt en zich had overgegeven aan een leven op de tast. Het was niemand opgevallen. Haar collega's in het casino, de gokkers aan haar speeltafel, de kennissen op haar tijdlijn, niemand leek op te merken dat ze op de automatische piloot functioneerde. De sociale kameleon was onzichtbaar geworden voor haar omgeving. Dat was misschien nog het pijnlijkst geweest.

Om haar gedachten te ontvluchten sloop Norah ook elke avond het hotel uit. Ze sloeg willekeurige straten in, verdwaalde opzettelijk om de machine te dwingen een weg terug te vinden. Haar omzwervingen brachten haar uiteindelijk altijd naar de Lef, waar ze aan de kade naar het vuurwerk keek. Daar, aan de donkere rivier, onder een hemel van kleurrijke ontploffingen, werd de kluwen in haar hoofd eindelijk overzichtelijk. Hoewel ze niet meer onzichtbaar was, voelde ze zich nog steeds niet thuis. Ze zat nog steeds vast in een eenmansuniversum, een niemandsland begrensd door tijd en verwachtingen – maar zolang ze zich bleef aanpassen, zolang ze geduldig bleef, zou het vast vanzelf komen. Dat moest wel. Ze kon nergens anders heen.

Vrij van gepieker keerde ze daarna terug naar het hotel, maar zodra ze het roestige hek aan de Paradijssingel openduwde voelde Norah de onrust weer opkomen; de lijstjes die op haar wachtten, de preken die ze moest aanhoren, de verplichtingen die een veeleisende familie met zich meebracht.

Elke dag hetzelfde refrein.

Tot vanavond.

Ze zat op een bankje aan de kade en tuurde naar de overkant van de Lef. Op het dak van de verlichte StokerToren wapperde een groen-witte vlag, maar hier aan het water was het bijna windstil. De lichtjes van het centrum weerschenen in de rivier en veranderden in spiralen van kleur toen er een rondvaartboot voorbijkwam. De slagbomen van de Blufbrug gingen omlaag om de toeristen die op het dek op een geslaagde vakantie stonden te proosten door te laten. Ze staken hun champagneglazen naar haar op, wuifden. Norah keek de andere kant op.

Een bankje verderop zaten een man en een vrouw die de feestvierende toeristen ook negeerden. Ze had ze al een tijdje in de gaten gehouden. Zijn armen waren bedekt met tatoeages, haar oren volgeschoten met piercings. Norah kon hun gesprek niet verstaan, maar ze waren overduidelijk broer en zus; ze deelden eenzelfde mimiek, dirigeerden hun woorden met identieke handgebaren. Het zag er zo makkelijk uit. Zo jaloersmakend vanzelfsprekend. Iemand die sprak als jij, bewoog als jij, iemand die wist waar je vandaan kwam. Natuurlijk had ze er een ideaalbeeld van. Natuurlijk was het lang niet altijd vanzelfsprekend. Ze hoefde maar aan haar moeder en tante Theresa of Gabriel en Lorenzo te denken om te weten dat een gedeelde geschiedenis geen garanties bood voor het heden. En toch. Ze zou er veel voor overhebben om ook –

Ze schrok op van een luid getoeter.

Voor de Blufbrug stond een lange rij auto's. De rondvaartboot voer een rondje om zijn as. Norah kneep haar ogen samen. Midden op de brug stond een glazenwassersbusje, ingesloten door de slagbomen. Er stapte iemand uit. Een man in een blauwe overall.

'Dat is hem, Anna! Schiet op!'

De man met de tatoeages sprong op en snelde de kade af, op de hielen gezeten door zijn zus. Norah zag ze wegsprinten en kwam als vanzelf overeind. Aarzelend zette ze de achtervolging in, maar naarmate ze dichterbij kwam ging ze steeds sneller lopen, tot ze in volle vaart de brug op rende – en ze was niet de enige. Ze zag mensen uit hun auto's stappen, hun fietsen aan de kant zetten, hun scooters parkeren. Ze drong naar voren, tot ze vlak bij de slagboom stond, ingeklemd tussen de man met de tatoeages, de vrouw met de piercings en een rossige man in een rolstoel. Aan de andere kant van de brug zag Norah een bekend gezicht in de menigte: de snelste chauffeur van Stokerdam stond naast zijn taxi. Hij hees een jongetje op zijn schouders dat net zulke pretoogjes had als zijn vader. Norah stak haar hand op, maar Carlos en zijn zoontje zagen haar niet, net als alle anderen hadden ze alleen oog voor de man op de brug die op zijn gemak zijn schoenen uitschopte.

Hij zag er niet uit als zijn opsporingsposter; zijn haar was langer, zijn baard verdwenen, maar de zelfverzekerde grijns waarmee Lorenzo het publiek uitnodigde om dichterbij te komen was dezelfde. Hij stroopte zijn overall uit en onthulde een nauwsluitend shirt waar twee rode gekruiste sleutels op stonden.

De man in de rolstoel klakte met zijn tong. 'Zo, die mag elke dag m'n ramen komen lappen.' Hij stootte de man met de tatoeages aan. 'Weet je nog die keer dat-ie uit zo'n dwangbuis ontsnapte? Ondersteboven aan dat koord?'

'Daar was ik bij, ja. Als een rups in een cocon. Hij is echt volkomen geschift,' zei de man met de tatoeages bewonderend. 'Ik dacht dat z'n hoofd zou ontploffen. Hij was bijna paars!'

'Ik heb gehoord dat hij die Handhaver die hem kwam arresteren heeft gehypnotiseerd,' vertelde zijn zus. 'Die vent stond bevroren aan de grond, die dacht dat-ie in een sneeuwpop was veranderd.'

Terwijl Lorenzo zijn schouders losdraaide en in grote cirkels over zijn speelveld liep, zijn territorium tussen de slagbomen afbakende, werd het gefluister om Norah heen hardnekkiger, werden de verhalen wilder. Hij zou niet alleen zijn wil aan je kunnen opleggen door je alleen aan te kijken, maar kon ook door muren lopen en op meerdere plekken tegelijk verschijnen. Net zoals vroeger, toen hij nog op de planken van Soddini's stond en het publiek avond aan avond betoverde. Niemand was vergeten hoe Lorenzo zich op een van die avonden door Tony Soddini in een met water gevulde stalen kist had laten opsluiten, hoe de zware kettingen en sloten door een vrijwilliger uit het publiek waren vastgeklonken om zes bloedstollende minuten later door diezelfde vrijwilliger op aandringen van een handenwringende Soddini te worden doorgeknipt met een betonschaar – niemand was vergeten hoe het publiek ademloos het ergste verwachtte, tot achter in de zaal het applaus werd ingezet door een druipnatte, maar ontspannen aan de bar leunende Lorenzo Madoz. Ze wisten het allemaal nog.

'Eeuwig zonde dat ze dicht moesten. Ik hoopte nog dat z'n broer die tent weer open zou gooien,' zei de man in de rolstoel.

'Natuurlijk niet,' zei de man met de tatoeages. 'Die heeft geen echte macht, joh. Die zit alleen voor de sier in dat stadhuis. Hij heeft m'n stem, daar niet van, maar zolang we ons aan dat klotecontract moeten houden verandert er helemaal niks.'

'Stil!' gebood zijn zus. 'Het gaat beginnen.'

'Dames, heren, Stokerdammers! Welkom op deze betoverende avond. Ik heb u gemist.'

Lorenzo nam het publiek geamuseerd in zich op. Hij hoefde niet te schreeuwen om zich verstaanbaar te maken, zijn stem dwong aandacht af. 'Maar u heeft mij niet hoeven missen. Er wordt nog steeds over me gesproken. Weliswaar in minder lovende woorden dan ik verdien –' er steeg een gegrinnik op '– maar alle publiciteit is welkom... Toch kan ik het niet laten om iets recht te zetten. Er gaat namelijk een misleidend gerucht rond. Onze Burgermoeder beweert dat iemand met mijn achternaam niet in staat zou zijn om zijn evenwicht te bewaren op de "maatschappelijke ladder". De meesten van u weten dat ik doorgaans te bescheiden ben om op zulke laster te reageren –' er werd opnieuw gegniffeld '– maar zo'n uitdaging kan ik natuurlijk niet laten liggen. Tony?'

Het portier van het glazenwassersbusje ging open en er stapte een klein mannetje met een vlinderdasje uit. Tony Soddini klom op het dak van het busje en maakte een van de ladders los. Lorenzo stroopte zijn mouwen op, nam de ladder over, zette hem recht overeind en schoof hem uit. Soddini sprong op de grond en fluisterde iets in zijn oor voor hij onder de slagbomen dook en in het publiek verdween.

'Wat doet-ie nou?' fluisterde de man in de rolstoel.

'Iets doms,' glunderde de man met de tatoeages.

Lorenzo greep de ladder stevig vast, zette zijn voet op de onderste sport, en op datzelfde moment werd iedereen heel stil. Zelfs de toeristen op het dek van de rondvaartboot keken ademloos naar de man op de brug die tegen de wetten van de zwaartekracht in stapje voor stapje naar boven klom. De ladder kraakte onheilspellend onder zijn gewicht maar bleef wonder boven wonder staan. Norah was zo aandachtig aan het kijken dat ze bijna opsprong toen de man met de tatoeages begon te vloeken. 'Godsamme, die komen ook weer aankakken.' Ze volgde zijn blik. Aan de andere kant van de brug drongen twee Handhavers door het publiek. 'Precies op tijd om de sfeer te vergallen.'

'Sst,' waarschuwde zijn zus. 'Voor je het weet dient er weer iemand een Tip over je in.'

'Ze doen maar. Ik verzamel ze.'

'Wees welkom, heren!' riep Lorenzo vrolijk. 'Komt u ook naar boven? Het uitzicht is spectaculair. U zult dingen zien die u nooit voor mogelijk had gehouden.'

De Handhavers staken de hoofden bij elkaar, maar bleven achter de slagbomen staan. Ze leken niet te weten welke procedure op zijn plaats was. Niet nu de toeristen ook geboeid waren door de show. Niet nu ingrijpen zo veel extra onrust zou veroorzaken.

'Niet? Dan zal ik u zo verslag uitbrengen. Niet weggaan hoor!'

Lorenzo klom verder omhoog, steeds sneller. Hij was al over de helft toen er een luide knal klonk. Het vuurwerk knetterde boven hun hoofden, maar het publiek bleef onverstoorbaar kijken naar de man die zijn evenwicht behield en drie, drieënhalf, vier meter omhoogklom, en onder een regen van groene en witte sterren de bovenste sport bereikte. Hij slingerde zijn been eroverheen en voor één griezelig moment helde de ladder gevaarlijk naar voren, leek hij om te vallen en voorover tegen het asfalt te slaan. Norah sloeg haar hand voor haar mond, de man in de rolstoel hapte naar adem, maar Lorenzo haakte rustig zijn voeten in de ladder, spreidde zijn armen en bleef perfect in balans zitten.

Het publiek bleef even stil, alsof het een extra seconde nodig had om te registreren waar ze getuige van waren, maar toen floot de man met de tatoeages hard op zijn vingers en steeg er een daverend applaus op dat het vuurwerk met gemak overstemde. Lorenzo keek de menigte met zichtbaar genoegen rond vanaf zijn uitkijkpost. Norah ging op haar tenen staan. Beeldde ze het zich in of bleef zijn blik even op haar rusten? Aan de verlekkerde zucht naast haar te horen had de man in de rolstoel hetzelfde idee.

Toen de laatste vuurpijl was ontploft legde Lorenzo een vinger tegen zijn lippen en maande hij zijn publiek tot stilte. 'U bent te vriendelijk! Te vriendelijk – en te weinig meer gewend. Het is niet moeilijk om een ladder te beklimmen. U heeft het allemaal weleens gedaan. En u heeft allemaal weleens uw evenwicht verloren. Dat is het risico. Alleen mensen zoals onze Burgermoeder hebben het geluk gehad dat ze nooit zijn gevallen, maar het is natuurlijk niet zo moeilijk om je evenwicht te bewaren als je nooit hoeft te klimmen… Voor de rest van ons geldt: áls je op een dag je evenwicht verliest, als je valt… ah! Dat is de test – dan komt het op moed aan. Je zult daarna altijd denken aan vallen. Maar die gedachte onder ogen zien en bedwingen en dan opnieuw klimmen – dat is moed. En klimmen terwijl je weet dat je zult vallen, dat is nog grotere moed.' Hij pakte de ladder aan weerszijden vast en richtte zich op. 'We zullen zien of ik vanavond zal vallen.'

Zelfs van deze afstand kon Norah zien hoe hij diep ademhaalde, zijn spieren aanspande, en misschien een schietgebedje deed voor hij zijn hoofd naar de grond richtte en vooroverboog alsof hij een koprol wilde maken; een buiging zo diep dat zijn benen loskwamen en langzaam, heel langzaam de lucht ingingen tot hij kaarsrecht – en schijnbaar moeiteloos – vier meter boven de grond ondersteboven op de ladder balanceerde. Lorenzo helde zijn gewicht naar één kant, de ladder kwam los, hij leunde terug, en als een omgekeerde steltenloper zette hij een paar wankele passen naar de brugreling. Norah staarde gefixeerd naar haar neef. Het was een bizar gezicht. Het was krachtig en kwetsbaar, surrealistisch en echt tegelijk. Het was vooral onmogelijk om ergens anders naar te kijken. Of ergens anders aan te denken. Het werd aangenaam rustig in haar hoofd. Maar toen stak de wind op en wiebelde Lorenzo gevaarlijk heen en weer. Er ging een siddering door het publiek.

'Ik durf niet te kijken,' zei de man in de rolstoel. 'Hij breekt z'n nek nog.'

'Ja,' fluisterde de man met de tatoeages. 'Goed hè?'

Lorenzo's benen begonnen lichtjes te trillen, maar hij viel niet. Ook niet toen hij een paar zenuwslopende seconden op één arm balanceerde voordat hij zich voorzichtig terugdraaide, zijn voeten in de ladder haakte, en weer veilig op de bovenste sport zat.

Norah klapte zo hard als ze kon. Het publiek maakte zo veel herrie dat het zeer deed aan haar oren, de toeristen maakten nog het meeste kabaal. En de Handhavers kwamen eindelijk in beweging, alsof dit het startschot was waar ze op hadden gewacht: ze doken onder de slagbomen door en renden op hem af – maar ze waren te laat. Lorenzo ging rechtop staan, maakte een diepe buiging en liet zich vallen. Met een goed getimede afsprong dook hij over de brugreling. Een plons, een kring in de Lef – en hij was verdwenen.

Daarna ging het heel snel.

De menigte werd door de Handhavers uiteengedreven, de slagbomen gingen omhoog, de auto's, scooters en fietsers vervolgden hun weg, het glazenwassersbusje werd weggesleept door een takelwagen van het BCD, en de brug ging eindelijk open om de rondvaartboot door te laten. Alles was weer zoals het was.

Maar Norah bleef staan.

Ze bleef staan tot de laatste toeschouwers hun nabespreking staakten en op huis aan gingen, tot er echte sterren aan de hemel stonden en de oppervlakte van de Lef een donkere spiegel was geworden. Wachtend. Hopend. Maar Lorenzo kwam niet meer boven.

Tips en Aantekeningen

'Geen nieuws is goed nieuws,' zei Hugo. 'Als ze hem gevonden hadden zou het wel op de voorpagina staan.'

'Maar ze kunnen toch niet doen alsof er niets gebeurd is?'

Norah bladerde *de VolksTribune* nog eens door. Het moest ergens staan. De stunt met de ladder was het gesprek van de dag in Lefshaven. Niemand leek het ergens anders over te kunnen, of willen, hebben. Overal gonsde zijn naam. Een man met een dikke baard die sterk naar frituurvet rook had haar voorgelaten in de rij van de supermarkt en Baris, de bakker, had pertinent geweigerd geld van haar aan te nemen. ('In mijn cultuur laten we familie niet betalen.') Maar *de VolksTribune* repte met geen woord over Lorenzo's show op de brug. Geen woord over het applaus of zijn duik in de Lef. Het nieuws over zijn inbraak in het stadhuis was wel naar buiten gekomen, een schandaal dat breed werd uitgemeten in de krant. Want wat betekende het dat hij het raam van raadslid Madoz had gebruikt om naar buiten te klimmen? Viel dat niet heel toevallig samen met het speerpunt van Gabriels campagne om het Samenlevingscontract te hervormen? Als hij ook mensen zoals zijn broer meer inspraak wilde geven, was een stem op Gabriel Madoz dan niet een stem die het belang van de vreedzame meerderheid in gevaar bracht? Hij had Lorenzo's inbraak weliswaar veroordeeld en zich desgevraagd van hem gedistantieerd ('Ik ben niet mijn broeders hoeder, zou mijn oma zeggen.') maar zolang de schijn van samenwerking met zijn broer bleef bestaan bracht raadslid Madoz niet alleen zijn ambt in diskrediet, maar beschaamde hij ook de stad, aldus het hoofdredactioneel commentaar van de krant. Het oordeel van *de VolksTribune* was duidelijk: met nog vier weken te gaan tot de verkiezingen ging hun stemadvies uit naar Etna Bakermat. Alleen in haar ervaren handen was de toekomst van Stokerdam veilig. Een analyse waar de Burgermoeder zich in haar reactie volmondig bij aansloot:

> Het zal eenieder zijn opgevallen dat raadslid Madoz weinig zegt – en nog minder doet – om het wangedrag van zijn broer tegen te gaan. Ik zal de laatste zijn om te beweren dat er kwade opzet in het spel is, al is het natuurlijk opvallend dat hij zich zo afzijdig houdt. Juist nu er zo'n behoefte is aan moreel leiderschap. Nu kan een haperend moreel kompas in een kwetsbaar milieu zo ontstaan, maar het lijkt mij hoogst onverstandig om iemand zonder richtingsgevoel aan het roer te plaatsen.
> Mijn vader heeft me altijd geleerd dat Excellent Burgerschap niet vanzelf komt. Mij is met de paplepel ingegoten hoe belangrijk het is om Goed Gedrag te belonen en Ongewenst Gedrag te corrigeren. Alleen door ferm op te treden tegen mensen die denken dat ze boven de voorwaarden van ons contract staan en dit soort deplorabele types met hun eigen gedrag te confronteren, kan onze manier van leven gewaarborgd blijven. Daar hebben we allemaal een rol in te spelen. Het voorkomen van Ongewenst Gedrag begint tenslotte bij het opsporen en registreren van Ongewenste Gedachten. Nu zien we dat het BCD erg veel tijd kwijt is aan het sorteren van bruikbare Tips, tijd die veel efficiënter besteed kan worden – maar ik ben ervan overtuigd dat er genoeg Excellente Burgers zijn die staan te popelen om hun steentje bij te dragen aan het welzijn van onze stad. Met de juiste instelling kunnen we samen het verschil maken. Daar zal ik met ingang van mijn volgende termijn op toezien.

Norah legde de krant terug in het rek. Gabriel had gelijk. Etna gebruikte alles wat ze kon om haar zetel te behouden. 'Bakermat doet alsof ze de verkiezingen al gewonnen heeft.'

'Als er niet snel iets verandert kan ik opdoeken, dat kan ik je wel vertellen.' Hugo wees naar zijn dichtgetimmerde ramen. 'Vier Herzieningen geleden raakte ik mijn etalagevergunning kwijt, sigaretten en snoep konden het daglicht niet meer verdragen. Je wilt niet weten hoeveel formulieren ik moest invullen om überhaupt tabak te blijven verkopen. Mijn magazijn ligt vol onverkoopbare "obscene" tijdschriften – en wat komt hierna? Moet ik brandblussers meegeven met elke aansteker die ik verkoop?'

'Gabriel houdt haar nog wel bij in de peilingen,' zei Norah. 'Als hij wint krijg je je etalage vast terug. En de klanten.'

'We zullen zien,' zei de reus, maar hij klonk weinig hoopvol. Hij legde een kraslot op de toonbank. 'Wil je je geluk beproeven?'

Ze had eigenlijk al terug in het hotel moeten zijn. De keuken moest gedweild worden en ze had Gizmo beloofd dat ze hem zou helpen om de klimop tegen de tuinmuur bij te snoeien, maar Hugo toverde al een muntje achter haar oor vandaan en keek haar zo verwachtingsvol aan dat ze niet durfde te weigeren.

'Kun je eigenlijk iets winnen?'

'Niet meer,' gaf hij beteuterd toe, 'maar soms is het net zo belangrijk om de traditie in stand te houden. Noem het symbolische winst, dat is ook iets –'

'Goedemiddag!'

Irma Nijverhut stond in de deuropening met een groene rolkoffer. Ze droeg een onberispelijk linnen broekpak en een bijpassend sjaaltje dat strak om haar nek zat. Hugo liet het kraslot snel verdwijnen, maar Norah had het onbehaaglijke gevoel dat de blik van haar Participatiecoach iets te lang op de toonbank bleef rusten.

'Ik hoop niet dat ik stoor,' zei Irma terwijl ze haar koffer naast het laatste rek met wenskaarten parkeerde. Ze gaf er een tikje tegen, het draaide piepend in het rond. 'Zou je deze niet eens wegdoen, Hugo? Het staat zo onverschillig, zo'n halfleeg rek.'

'Ik wilde ze misschien nog in de uitverkoop proberen –'

'Ik zou het maar snel doen, want de Tips stapelen zich op en we weten allebei dat een Aantekening niet goed is voor de omzet.'

'Ja, nee, natuurlijk. Ik zal er meteen werk van maken,' mompelde Hugo.

'Laten we dat hopen.' Irma knikte misprijzend naar de stoffige vitrinekast en de treurige slinger boven de toonbank. 'Lefshaven is een kwetsbare wijk, dat weet je toch? En goed voorbeeld doet goed volgen. Dat is zeker voor Nieuwkomers als Norah belangrijk. Of wil je soms niet dat ze kan inburgeren in een opgeruimde en veilige omgeving?'

Het was bijna griezelig met hoeveel gemak de Burgerwacht van Lefshaven de reus in elkaar deed krimpen. Hugo wipte zo zenuwachtig op zijn voeten dat de sleutelbos aan zijn riem rinkelde. 'Jazeker, natuurlijk wel, ik zou nooit – ik bedoel, ik doe mijn best om –'

'Ik heb me anders nooit onveilig gevoeld in Lefshaven,' zei Norah. 'Als kind niet, en nu is het al helemaal rustig op straat.'

'Dan heb je vast niet goed opgelet. Ik heb net een Tip afgehandeld over een "muzikant" die zijn buren tot diep in de nacht wakker hield met zijn saxofoon. Op een doordeweekse dag! Dat is toch onvoorstelbaar?'

'Hoort dat niet gewoon bij een grote stad? Geluid?'

Irma keek haar aan met een blik vol onbegrip, medelijden bijna. 'Misschien is dat normaal waar jij vandaan komt, maar in Stokerdam houden we er andere standaarden op na. Waar denk je dat zulk gedrag toe leidt? Lefshaven is de afgelopen jaren uit een diep dal gekropen, en dat willen we graag zo houden. Of niet, Hugo?'

'Och, zo erg was het nou ook weer niet. Ik woon hier al mijn hele –'

'Het ziet er misschien gezellig uit, al die oude geveltjes, maar vroeger keek hier niemand naar elkaar om. De mensen hadden geen idee wie hun buren waren, ze gooiden hun vuilniszakken zo uit het raam. Je had drugsdealers op elke hoek, wildplassers, wietplantages, je kon je fiets niet neerzetten of hij was al weg! Het was onleefbaar!' Irma keek Hugo strak aan, daagde hem woordeloos uit haar tegen te spreken, maar de reus hield zijn mond en friemelde ongelukkig aan zijn paardenstaart. 'Onze Burgermoeder heeft ervoor gezorgd dat deze wijk weer kan floreren. Lefshaven heeft *alles* aan haar te danken!'

'Behalve de Tegenprestatie,' merkte Norah op. 'Die hebben ze aan

Gabriel te danken. Zonder hem zouden de meeste mensen werkloos thuiszitten. En als hij straks Burgervader is kan Lefshaven er alleen maar verder op vooruitgaan.' Hugo rammelde waarschuwend met zijn sleutelbos, maar ze was nog niet klaar. Irma Nijverhut hoefde niet te denken dat ze een patent had op het narratief van Lefshaven. 'Gabriel was altijd al erg slim. Ze noemden hem een wonderkind.'

Irma glimlachte fijntjes. 'Wonderkinderen worden niet oud. Ze groeien op. De meesten dan.'

Norah voelde het bloed naar haar wangen stijgen, maar voor ze een weerwoord kon verzinnen, zei Hugo: 'Wat kan ik vandaag voor je betekenen, Irma? Krantje? Kopje koffie? Ik heb nog een paar puzzelboekjes in de aanbieding. Hele leuke, met zoekplaatjes.'

'Nee, dank je. Ik wil je niet te lang ophouden, je hebt genoeg te doen… Ik ben op zoek naar je buurman, Hugo. Kun je mij vertellen waar ik meneer Soddini kan vinden? Wanneer heb je die voor het laatst gezien?'

'Een week – nee, twee weken geleden?'

'Je weet het niet zeker? Zijn we elkaar uit het oog aan het verliezen? Dat is niet best. Een beetje meer betrokkenheid zou je sieren.' Irma pakte haar koffer bij het handvat en rolde hem naar de deur. 'En het zou je ook sieren als je je handeltje in illegale krasloten stopt. Je hoeft het niet te ontkennen, ik weet dat je ze onder de toonbank bewaart. Jammer hoor, Hugo. Ik dacht dat je gehecht was aan je "winkel".' Ze gaf opnieuw een tikje tegen het kaartenrek. 'Vergeet je dit ding niet? Dat zou een begin zijn. En kan ik jou nog even spreken, Norah? Alleen?'

Buiten stond een Handhaver klaar met een breekijzer. Op Irma's teken stortte hij zich met veel geweld op de ingang van Soddini's. Het gebarsten lantarentje boven de rode deur slingerde ongelukkig heen en weer. Een paar meter verderop, onder het standbeeld van Victor Bakermat, zat een man in een groen hesje met een pokdalig gezicht en gebarsten lippen, omringd door een paar manke duiven die brutaal om hem heen scharrelden. Vrolijk fluitend schrobde hij de rode verf van het plakkaat met wijkwaarden.

'Het is schandalig,' zei Irma. 'Gewoonweg schandalig, vind je niet?'

Norah knikte. 'Ze duiken overal op.'

'Ja, je hebt er vast een boel gezien. Ik begrijp van je tante dat je er graag op uit gaat, Norah. Op ongebruikelijke tijdstippen. Het is maar goed dat Theresa een oogje in het zeil houdt. Een meisje, 's avonds alleen op straat – dat is vragen om moeilijkheden. Zeker in Lefshaven.'

'Mijn tante maakt zich snel zorgen. Ik wandel graag om na te denken.'

'Heb je zoveel om over te piekeren dan?' Irma nam haar onderzoekend op. 'Jullie lijken inderdaad op elkaar. Interessant.'

Norah kon niet opmaken op wie ze doelde en besloot dat het beter was er niet naar te vragen.

'Misschien ben ik tijdens ons eerste gesprek niet duidelijk genoeg geweest,' ging Irma verder. 'Maar ik geloof dat we hadden afgesproken dat je Ongewenst Gedrag bij me zou melden. Nu weet ik dat je erbij was op de Blufbrug – en dat heb je me om de een of andere reden niet laten weten. Ik hoop niet dat je denkt dat de regels niet voor jou gelden omdat je neef toevallig in de raad zit – dat zou heel onverstandig zijn.'

'Hij is open!'

De Handhaver gooide zijn breekijzer op de grond. Soddini's deur was opengebroken, op de stoep lagen rode houtsplinters. De man met het hesje floot schijnbaar onbewogen door, maar Norah zag dat hij zijn spons zo driftig in zijn schoonmaakemmer smeet dat de duiven verschrikt opvlogen.

'De bakker zit verderop in de straat,' zei Irma tegen de Handhaver. 'Hij vertikt het om iets te doen aan de spelfouten op zijn raam, dus die etalage moet dicht. Vanmiddag nog.' Toen stapte ze kordaat op Soddini's af en wipte haar koffer over de drempel. 'Ga je mee, Norah? We zijn nog niet klaar.'

Er pasten nog geen vijftig mensen in het piepkleine theater, en hoewel er duidelijk in geen tijden was opgetreden was het niet moeilijk om je voor te stellen hoe de opgestapelde houten klapstoelen elke avond in rijen waren neergezet voor het publiek dat voor de deur had staan dringen om een plekje te bemachtigen in het halfdonker. Je hoefde er niet bij te zijn geweest om je er een voorstelling van te maken want Soddini's had zelfs nu het verlaten was een onvervalst charisma met zijn kleine eikenhouten bar, ingelijste affiches en talloze wandlampjes die een warm licht verspreidden over de donkerrode muren. Met een beetje fantasie kon je voor je zien hoe Tony Soddini elke avond de drie treden van zijn podium had beklommen, hoe hij je het onmogelijke had beloofd, je op het hart had gedrukt goed op te letten, goed te kijken om niets te missen – om daarna met een ruk aan het gouden koord de rode gordijnen te openen en de ene na de andere illusie te onthullen die zo indrukwekkend was dat zijn publiek er nog steeds over fluisterde.

'Meneer Soddini?' Irma's stem schalde door het theater. 'Hallo? Volk!'

Toen er geen antwoord kwam schoof ze een versleten barkruk opzij en tilde ze haar rolkoffer op de toog. Er zaten een taperecorder in, een stapel multomappen en een zaklamp. 'Hij lijkt misschien ongevaarlijk, maar laat je niet bedriegen door zijn voorkomen. Meneer Soddini stond hier vrouwen doormidden te zagen dat het een lieve lust was!'

Norah haalde haar schouders op. 'Dat is toch gewoon een truc?'

'Nee, het is een morbide vrouwbeeld. Die man verdiende de kost met heel lugubere taferelen. Gelukkig konden we hem voorgoed stoppen toen hij de portemonnee van een bezoeker probeerde te stelen,' zei Irma terwijl ze door haar hurken ging en met de zaklamp achter de bar scheen. Norah keek mee over haar schouder. De vloer was bezaaid met bierviltjes, speelkaarten en afgestreken lucifers. Naast een leeggeplunderde EHBO-doos stond een grote fles lampenolie. De dop was nergens te bekennen. 'Niet te geloven,' mompelde Irma. 'Dit is levensgevaarlijk.'

'En toen? Wat is er met Tony gebeurd nadat jullie zijn theater sloten?'

'Toen hebben we *meneer Soddini* een Maatregel opgelegd. Het duurde even voor hij tot inkeer kwam – niet iedereen is even goed in staat om kritisch naar zichzelf te kijken – maar zijn intenties konden er tenminste weer mee door. Tot hij op de Blufbrug verscheen.' Irma kwam overeind en klopte het stof van haar broek. Er zaten diepe kreukels in het linnen en Norah kon een glimlach niet onderdrukken. Tony zou haar een bezoekje aan de stomerij bezorgen. 'Daarom is het zo belangrijk dat Ongewenst Gedrag zo snel mogelijk gemeld wordt. Als iemand zich ook maar íets meer bekommerd had om meneer Soddini hadden we zijn terugval kunnen voorkomen.'

'Ik begrijp het,' zei Norah. 'Ik zal het meteen melden als hij weer een show geeft.'

'Laten we dat hopen.'

Het viel even stil. Norah moest zich bedwingen om naar een punt tussen Irma's wenkbrauwen te blijven kijken. Haar moeder had haar altijd gewaarschuwd voor mensen wier persoonlijkheid naadloos overging in hun uniform. Ze kropen niet alleen onder je huid, maar legden daar ook eieren, veroorzaakten een irritatie waar je van af moest blijven – krabben maakte het alleen erger.

'O, zou ik het bijna vergeten! Ik heb al een paar bruikbare Tips over je mogen ontvangen,' zei Irma opgewekt. 'Zal ik je daar iets over vertellen?'

'Dat lijkt me heel leerzaam.'

'Goed zo. De strekking van de Tips is steeds dezelfde: je negeert instructies, bent contactvermijdend en komt soms zelfs wat hooghartig over. Nu hebben Nieuwkomers wel vaker last van antisociale trekken, maar dit is wel iets om snel aan te pakken, Norah. We willen natuurlijk niet dat de Tips uitmonden in een Aantekening. Of erger.'

Instructies negeren. Dat moest Rutger zijn geweest, de Handhaver op het stadhuis. En Theresa had haar vast contactvermijdend genoemd. Maar wie had gezegd dat ze hooghartig was? Had ze iemand over het hoofd gezien? Of was dat ook haar tante geweest? Hoeveel had Theresa over haar verteld? Norah drukte haar versleten nagels in haar handpalmen.

'Ik zal mijn folders goed doornemen.'

Irma trok haar wenkbrauwen op. 'Dat heb je nog niet gedaan?'

‘Ik heb er nog geen tijd voor gehad. Mijn tante houdt me de hele dag bezig.’

‘Hoor ik daar een Tip?’

‘Nee.’

‘Weet je dat zeker?’ vroeg Irma en ze scheen met de zaklamp in haar gezicht. ‘Het klinkt namelijk alsof je de verantwoordelijkheid van je functioneren probeert af te schuiven op je tante. En dat terwijl ze het al zo zwaar heeft met *de situatie*. Het doet haar vreselijk zeer dat Lorenzo zo is ontspoord, dat begrijp je toch zeker wel?’

Norah voelde dat haar ogen begonnen te tranen in het felle licht. Ze wist wel dat ze zich moest inhouden zoals Excellente Burgers deden, mee moest spelen als de leugenaar die ze was. Dat was verstandiger. Maar iets, misschien was het de vermoeidheid, maakte dat ze het niet langer op kon brengen. ‘Is dat zo? Vreemd. Mij vertelde ze dat hij misschien wel verdronken was in de Lef. Ze leek er niet heel rouwig om te zijn – maar dat kan ze vast niet helpen. Mijn tante heeft de laatste tijd nogal last van stemmingswisselingen. Ze zou er wat vaker op uit moeten.’

‘Verdronken? Dat kan ik me niet voorstellen. Je tante is een Excellente Burger, een vrouw van Onbesproken Gedrag. Ik denk niet dat ze het fijn zal vinden om te horen dat je een Valse Melding over haar probeert in te dienen… Het zou je dossier in elk geval geen goed doen.’ Irma boog naar haar toe, zo dichtbij dat de stof van haar sjaaltje over Norahs wang kriebelde, en fluisterde: ‘Zal ik je een plezier doen en dit voor me houden?’

Een schijnaanbod. Norah wist dat ze geen keus had. Haar kaken kwamen moeizaam van elkaar, de glimlach brandde op haar wangen. ‘Heel graag. Dankjewel.’

‘Natuurlijk,’ zei Irma opgetogen, ‘daar ben ik voor. Om jou te helpen. Laten we allebei een moment nemen om daarop te reflecteren. Ik ga even een kijkje achter het toneel nemen. Wacht hier op me. Ik ben zo terug.’

Norah wist haar gezicht in de plooi te houden tot haar Participatiecoach achter de coulissen was verdwenen en wachtte nog eens tien tellen voor ze de opgespaarde verwensingen voor zich uit durfde te fluisteren. Het gaf nauwelijks voldoening. Ze stak haar vuisten diep in haar jaszakken en bekeek de ingelijste affiches aan de muren.

Lorenzo stond op de meeste posters, ingesnoerd met kettingen en sloten, ondersteboven bungelend in een dwangbuis, opgesloten in een stalen kist, maar hij was lang niet de enige artiest die op Soddini's podium had gestaan. Er hadden vuurspuwers en slangenmensen opgetreden, en een vrouw met een volle baard die een halter boven haar hoofd tilde terwijl ze met haar andere arm een imposante worstelaar met een vlassig snorretje in een nekklem hield. En Soddini zelf natuurlijk. Met een tulband op zijn hoofd en een mondharmonica aan zijn lippen toverde de vlinderkunstenaar een woest uitziende cavia uit een theepot.

Norah beklom de drie treden naar het podium. Hier had Lorenzo gestaan. Op deze houten planken waar heel vakkundig een valluik in verborgen was. Avond aan avond. Salto's gemaakt. Speelkaarten gegooid. Naalden geslikt. Hier had hij een leven in de schijnwerpers geleid tot er abrupt een einde was gekomen aan het applaus. Ze ging door haar hurken en tilde het valluik op. Er zat niemand verstopt in de kruipruimte, alleen spinnetjes die zich snel uit de voeten maakten, maar aan de binnenkant van het luik waren twee gekruiste sleutels in het hout gekerfd. Ze streek met haar vingertoppen over de inkepingen, de blauwdruk die zijn weg naar alle standbeelden in de stad en Gabriels bureau had gevonden. Waar was hij mee bezig? Waarom gaf hij iedereen een kijkje achter de schermen?

'Zo, jij weet waar je moet zoeken.'

Irma keek nieuwsgierig op haar neer. Ze moest op haar tenen zijn teruggeslopen. Met een triomfantelijk geluid knipte ze de zaklamp aan. Norah liet het luik vallen en sloeg haar hand voor haar ogen. 'Ik kan niet zeggen dat het me verbaast... Vertel eens eerlijk, Norah, heb je al iets van hem gehoord?'

'Van wie? Meneer Soddini? Zat hij niet in de kleedkamer?'

'Je hoeft je voor mij niet dommer voor te doen dan je bent, volgens mij weet je heel goed over wie ik het heb. Het lijkt mij geen toeval dat jouw terugkomst zo samenvalt met zijn radicalisering. Jou wel?'

Norah voelde de irritatie onder haar huid, haalde diep adem, en onderdrukte de neiging om te krabben. 'Luister, ik weet niet waar Lorenzo is. Hij sprong in de Lef. Misschien is hij weggezwommen – misschien is hij inderdaad verdronken. Ik weet alleen dat ik al thuis had moeten zijn. Mijn tante houdt er niet van als ik buiten rondhang. Zeker niet in Lefshaven. Dat is vragen om moeilijkheden, zoals je weet.' Ze stapte van het podium en wilde naar de uitgang lopen, maar Irma kwam haar achterna en versperde haar de weg. 'Ik begrijp dat je Lorenzo in bescherming wilt nemen. Dat wilde ik ook. Ik ben ook zijn Participatiecoach geweest. Toen dit theater dichtging heb ik mijn best gedaan om hem op te vangen, maar ik wist niet dat hij zó met zichzelf in de knoop zat… Hij moet ontzettend eenzaam zijn – ik zou het vreselijk vinden als jij je ook zo geïsoleerd zou voelen. Ik ben er om je te helpen, Norah, ik hoop echt dat je dat ziet.' Irma legde een hand op haar schouder, suggereerde een vertrouwelijkheid die zo misplaatst was dat het Norah de grootst mogelijke moeite kostte om hem niet weg te slaan.

'Dat is heel aardig van je, maar ik heb geen hulp nodig, Irma. Ik functioneer meer dan prima.'

'Ja, dat zei hij dus ook,' knikte haar Participatiecoach, schijnbaar oprecht bezorgd. 'Jullie lijken inderdaad op elkaar. Laten we hopen dat jij wel zo verstandig bent om op tijd aan de bel te trekken.'

Geschiedenis in de muren

Er was al een paar dagen geen vuurwerk geweest. De Lef was donker gebleven en de toeristen stil. Niemand wist of het iets te maken had met Lorenzo's stunt op de brug – *de VolksTribune* repte er in elk geval met geen woord over – maar in Lefshaven ging het gerucht rond dat hij in het depot had ingebroken en een jaarvoorraad aan vuurwerk had laten verdwijnen. Toch gingen veruit de meeste praatjes in de wijk over Danzig Diversen. Hugo's pogingen om zijn aanbod naar Irma's tevredenheid te presenteren waren mislukt en het BCD had zijn winkel tot nader order gesloten. Volgens bakker Baris had Hugo midden in de nacht zijn hele magazijn leeggeruimd en bij het grofvuil gezet. De 'obscene' tijdschriften waren nog voor de zon opkwam verdwenen.

Het was al laat toen Norah na haar avondwandeling de Paradijssingel inliep, maar het hek stond nog open en in het licht van de lantaarnpaal kon ze zien hoe Gizmo voorovergebogen op de oprit zat. Hij schraapte het mos tussen de klinkers weg met een krabbertje, op de vingers gekeken door Fritz, die met trillende staart zijn bewegingen volgde. Het pas geoliede hek ging geruisloos achter haar dicht en Gizmo merkte haar pas op toen ze naast hem stond. 'Jezus!' Het krabbertje viel op de klinkers. Fritz verdween met een klagerige miauw in de bosjes.

'Ik zou de oprit toch doen?' zei Norah. 'In ruil voor de slakken in de kelder, weet je nog? Ik ga echt geen slijmsporen opruimen.'

'Ik had wat frisse lucht nodig.' Gizmo grabbelde in zijn binnenzak en haalde zijn pakje shag tevoorschijn. 'Je hebt het spektakel gemist. Theresa zat vast in de lift. Dat ding hield er ineens mee op. Ja, lach maar... Je had haar moeten zien, ze was in alle staten. Je opa is haar aan het troosten, maar ik denk niet dat ze vanavond nog uit haar kamer komt. Ze is aan het eind van haar "energie", stond erop dat ik het hele gebouw doorzocht: van de zolder tot de karmakelder.' Hij worstelde met het wieltje van zijn aansteker en bromde dankbaar toen Norah zijn peuk voor hem aanstak.

'En?' vroeg ze.

'En wat?'

'Heb je iets gevonden?'

'Wat had ik moeten vinden? Een spook met verstand van bedrading? Er zit geschiedenis in de muren, als je lang genoeg luistert ga je vanzelf dingen horen die je niet kunt zien. Ik zal blij zijn als die hele seance achter de rug is. Geloof mij, na morgenavond hebben we eindelijk weer rust in de tent. Zo gaat het elk jaar, *veel gedoe om niks.*' Hij blies de rook uit door zijn neusgaten en pakte het krabbertje weer op. 'Ga maar vast naar binnen, ik maak het hier nog even af.'

'Kan ik je helpen?'

'Ha! Ik denk niet dat ze dat goed vindt.'

'Theresa hoeft het niet te weten.'

'Niet zij,' grijnsde Gizmo. 'Je oma. Ze is wakker.'

Zodra ze de deur van kamer 4.03 openduwde en de geur van verse munt en citroen rook, wist Norah meteen weer waarom ze als kind altijd een beetje bang was geweest voor oma Mime. Iemand die zo fris rook kon niet anders dan heimelijk haar neus ophalen voor de rest van de wereld.

In een hoek van de bloedhete kamer stond een elektrische straalkachel te gloeien. Het enige licht kwam van een schemerlamp van gekleurd glas, maar ook in het halfdonker kon Norah zien dat de muren volledig schuilgingen achter olieverfschilderijen die allemaal hetzelfde abstracte junglelandschap verbeeldden. Boven het bed hingen een hoefijzer en een eenvoudig houten kruis, aan het voeteneind stond een gigantische dekenkist. Haar oma zat sereen te midden van haar moeders schilderijen, rechtop tegen een berg bonte kussens, haar benen verstopt onder een wollen plaid, als een koningin op een stoffen troon. Haar dikke grijze haar was als een lauwerkrans om haar hoofd gevlochten, haar brede neus boven haar volle lippen bespikkeld met donkere sproeten en inderdaad iets opgetrokken alsof ze bij voorbaat niet onder de indruk was.

'Ben jij het? Kom dichterbij, kind. Laat me je eens goed bekijken.'

Norah schuifelde naar het bed. Twee warme handen omvatten haar gezicht en ze sloeg haar ogen neer, schaamde zich voor de mengeling van zweet en schoonmaakmiddelen die om haar heen moest hangen. Maar toen kneep oma Mime zachtjes in haar wang en keek ze in een paar ogen die lichter waren dan die van haar opa, bruine irissen met een grijze rand, de pupillen duidelijk zichtbaar. 'Zo mag ik het zien,' zei Mime, 'wij kijken voor niemand weg. Wil je thee? Hij is net klaar.' Ze gebaarde naar een bijzettafeltje waar een ouderwetse draaischijftelefoon op stond en een beschilderde theepot met een verzameling breekbaar uitziende kopjes. Norah schonk twee koppen dampende muntthee in en slaagde erin om zonder te morsen de stoel naast het bed te bereiken.

Mime deed haar nachtkastje open en hield haar een schaal met spritsen voor, keurig gerangschikt in een cirkel. 'Neem een koekje, kind. Je snoept te weinig. En schuif je stoel aan. Zo kan ik je toch niet zien?'

Met volle mond deed Norah wat er van haar gevraagd werd. Ze kauwde de droge sprits fijn terwijl ze koortsachtig op zoek ging naar een gespreksonderwerp. Wat vroeg je aan iemand die haar kamer nooit uit kwam?

'Nou, zeg me eerlijk,' zei Mime. 'Hoe erg is het? Of, laat me het zo zeggen: hoe erg is *hij*?'

Er schoot een kruimel in haar luchtpijp. Norah hoestte en zag tot haar afschuw hoe de sprits over de plaid sproeide. Ze wilde een slok van haar thee nemen, maar haar oma hield haar tegen. 'Pas op, kind. Het is heet.'

'Wie…' wist ze eindelijk uit te brengen. 'Wie bedoelt u?'

Mime piekte gniffelend een kruimel op de grond. 'Wie? "Wie" vraagt ze – je opa natuurlijk! Wie anders? Zeg me eerlijk, hoe vroeg begint hij op de kansel?'

'Opa is heel – bezorgd.'

'Bezorgd? "Bezorgd" noemt ze het! Kind, je bent te aardig hoor. Mijn God, leer mij mijn man kennen. Toen ik zo jong was als jij verzon hij altijd een excuus om voor chaperon te spelen. Moest-ie "toevallig" ook die kant op. Werkelijk, hij hobbelde altijd achter me aan. Geen wonder dat ik met hem getrouwd ben! Wat had ik voor keus?' Mime rolde met haar ogen. 'Je zult zien dat hij zo meteen een kijkje komt nemen. Met een rotsmoes. Doet-ie altijd.'

'Hoe is het met uw gezondheid?'

Het beleefde automatisme overviel Norah net zozeer als haar oma die minzaam haar neus optrok. 'Ik bedoel – hoe gaat het met u?'

'Wel, ik leef nog,' zei Mime koeltjes. 'Het knarst en het piept, maar de machine doet het nog, hoor.' Ze klopte het af op haar nachtkastje. 'Het zal wel een reden hebben. God dobbelt niet.'

Norah nipte van haar thee. 'Nou, ik hoop dat u zich snel weer beter voelt. Theresa zei dat u doof was en –'

'Wat zeg je? Doof? Ik? Kind, alsjeblieft. Ik houd gewoon niet van geëmmer. Dat gaat maar door... Je zou haast denken dat ze iets te klagen heeft. Mijn dochter heeft twee gezonde kinderen, een eigen bedrijf – God weet hoelang ze daarnaar heeft uitgekeken. Nee, ik ben alleen doof voor kletskoek.'

'Ik ook,' knikte Norah. 'Gelukkig hoeft u er niet meer naar te luisteren. Stress is niet goed voor de bloeddruk.'

Mime trok een wenkbrauw op. 'Blijf je zo formeel doen? Vertel me liever waarom ze vanavond zo aan het brullen was. Wat is er nu weer aan de hand?'

'Theresa – ze zat opgesloten in de lift. Ze gelooft dat "de spoken" er iets mee te maken hebben...'

'O, maar daar moet je niet mee spotten,' zei Mime met opgeheven vinger. Haar lange nagel was felrood gelakt en zag er vlijmscherp uit. 'Ik ben ook niet van plan om zonder slag of stoot te vertrekken. Ik heb al een mooi plaatje gereserveerd op Troostwijk. Net achter de muur, dan kan ik de boel goed in de gaten houden als het zover is. Kijk maar niet zo ongelovig. Er zijn weinig dingen waar je tante verstand van heeft, maar zelfs een kapotte klok heeft weleens gelijk. We verdwijnen niet, kind. Niet echt.'

Norah leunde achterover in haar stoel en liet haar blik over de schilderijen aan de muur dwalen, de verschillende stadia van de jungle die haar moeder had gemaakt. Sommige onvast, andere trefzeker, maar allemaal in kleur. 'Heeft u al haar schilderijen bewaard?'

'Natuurlijk! Mathilde had talent. En niet zo'n beetje ook. Het heeft even geduurd voor ik doorhad hoeveel, maar wat voor keus heb ik met dit uitzicht? Dat is het voordeel van een lang sterfbed, dat kan ik je wel vertellen. Het geeft een mens de tijd om na te denken. En spijt te krijgen. Als ik had geweten dat jullie zouden vertrekken had ik je moeder nooit zo... Er zijn dingen gezegd waar ik niet trots op ben. Ik had je veel eerder willen zien, kind. En vaker. Dat kan ik alleen mezelf verwijten.'

'Het lag niet alleen aan u,' zei Norah zacht. 'Met elk adres raakte ze verder van huis – en van mij. Ik heb nooit begrepen waarom ze niet terug wilde – maar hoe langer ik hier ben, ik weet het niet... Ik dacht dat het anders zou zijn, denk ik. Anders zou voelen ook. Maar misschien moet ik u daar niet mee vervelen.'

'Doe niet zo raar.' Mime duwde zichzelf overeind tegen haar kussens en herschikte haar plaid. 'Heb je enig idee hoelang ik heb gewacht om me weer nuttig te voelen? Voor de dag ermee, vertel me alles wat je op je lever hebt.'

Norah nam een grote slok thee voor ze aarzelend te biecht ging. Eerst over haar moeders heimwee en de talloze verhuizingen, en daarna over de zwijgzame buien die ze moeiteloos had afgewisseld met gepassioneerde preken over goed en kwaad, preken die altijd uitdraaiden op haar gelijk. 'Er viel niet met haar te praten. Ze wantrouwde alles en iedereen. Behalve mij. Meestal dan. Maar dat kwam omdat ik wist wanneer ik mijn mond moest houden.' Norah probeerde haar oma uit te leggen hoe afhankelijk haar moeder van haar was geworden, hoe ze op haar leunde en tegelijkertijd op afstand hield, kwetste voor ze gekwetst kon worden, inhield en toegaf, omdat dat het enige spel was dat ze kende. 'De laatste jaren waren stille jaren, alles was al gezegd. Toen ze meer en meer begon te reageren op de dingen die alleen zij kon horen wist ik dat het een kwestie van tijd was.' Enigszins beschaamd vertelde ze over de opluchting die ze na de crematie had gevoeld en het schuldgevoel dat zich daarna had aangediend, gevolgd door een dubbelzinnig gemis, en een haast ziekelijke angst om in haar moeder te veranderen. 'Ik merkte dat ik zoals haar begon te denken. Elke sociale interactie werd een berekening, een afgewogen som van faal- en slaagkansen. Het was alsof ik een palet aan emoties had om uit te kiezen, maar niets voelde echt, van mij. Alles was bedacht. En nog. Soms.'

Norah was schoorvoetend aan haar verhaal begonnen maar eenmaal op weg sloeg ze verschillende zijpaden in. Slingerend door haar gedachten benoemde ze alles wat ze tegenkwam: hoe haar aanpassingsvermogen een gewoonte was geworden; hoe de angst om ontmaskerd te worden voor de leugenaar die ze was ervoor had gezorgd dat ze zich voor steeds langere periodes had teruggetrokken in haar kale flat; hoe de constante stroom van gedachten tot een vermoeidheid had geleid waar ze niet aan kon ontsnappen – tot ze geen andere uitweg meer zag dan terug te keren naar Stokerdam. 'Maar wat als ik me heb vergist? Wat als ik ook hier niet thuishoor? Wat als ik nergens thuishoor?'

Ze wist dat ze aan het ratelen was, maar wilde niet stoppen. Struikelend over haar woorden probeerde Norah een gevoel te beschrijven waarvan ze niet zeker wist of het bestond – en haar oma luisterde aandachtig naar alle voetnoten tot er niets meer te vertellen viel.

'Hij heeft het onze familie niet makkelijk gemaakt,' zei Mime toen. Ze klakte met haar tong en sloeg een vluchtig kruisje. 'Daar zal ik nog een hartig woordje met Hem over spreken. Luister, kind, toen je opa en ik het hotel kochten wisten we ook niet dat er een vloek op het gebouw rustte, die kregen we er gratis bij. Er leeft iets in de muren wat het slechtste in ons naar boven haalt, iets wat ons uit elkaar drijft. Moet je mij zien: ik ben een vluchteling in mijn eigen huis.' Mime tikte tegen haar slaap en keek haar scherp aan. 'Maar het *is* mijn huis. Vergis je niet. En het jouwe. Je bent waar je moet zijn. Heus.'

'Maar waarom vóelt het dan niet zo?'

Tot Norahs verbazing verschenen er diepe lachrimpels in haar oma's gezicht en begon ze zo hard te grinniken dat haar theekopje rinkelde op het schoteltje. '"Waarom *voelt* het niet zo?" vraagt ze. Is dat niet duidelijk, kind? Je zit op toestemming te wachten, daarom!' Mime schudde haar hoofd. 'En dan kun je lang wachten, hoor. Niemand gaat je toestemming geven. Die moet je nemen.'

Er werd zachtjes op de deur geklopt en twee tellen later sloften Gizmo en Jozias achter elkaar naar binnen, gevolgd door een muffe sigarettenwalm.

'Wat zei ik je?' fluisterde Mime. 'Je kunt de klok erop gelijkzetten.'

Jozias boog over het bed en drukte een kus op haar voorhoofd voor hij met een kreun op de dekenkist ging zitten. 'Zit je weer over me te roddelen? Wat zit je dat kind allemaal wijs te maken?'

'Niets wat ze nog niet weet.'

'Zullen we het gezellig houden?' vroeg Gizmo, die de theepot pakte, iedereen bijschonk en zuchtend naast Jozias plaatsnam. 'Ik heb mijn portie drama wel gehad voor vandaag. En ik heb al mijn "energie" nodig voor de spokenjacht morgenavond.'

'Spot er niet mee!' zei Mime. 'We kunnen ons geen boze geesten veroorloven, zeker niet nu de verkiezingen voor de deur staan.' Ze pakte de schaal van haar nachtkastje en hield Norah de spritsen voor. 'Ik heb gehoord dat je in het stadhuis bent geweest. Hoe is het met je neefje? Hij zag er zo mager uit in de krant. Eet hij nog wel goed?'

Norah doopte het koekje in haar thee. 'Etna Bakermat is op zijn reputatie uit. Ze suggereerde vanmiddag op TribuneTV dat hij met Lorenzo samenwerkt om de verkiezingen te saboteren. Zei dat het niet ondenkbaar is dat hij iets te maken heeft met al die bekladde standbeelden.'

'Samenwerken?' zei Mime. 'Die twee? Schei uit. De dag dat die twee zonder kleerscheuren door één deur kunnen, kruipt er ergens een kameel door een naald. Die Etna moest zich schamen! Ik heb dat altijd een eng kind gevonden.'

'Gelukkig is Gabriel slim genoeg om zich niet uit de tent te laten lokken,' zei Norah, die haar sprits naar de bodem van haar kopje zag verdwijnen. 'Hij maakt nog steeds kans om te winnen.'

'Je neefje heeft een goed stel hersens,' knikte Mime, 'dat is een ding dat zeker is. Altijd gehad ook, maar ik vraag me af of dat genoeg is om de boel op te schudden in het stadhuis. Dat contract heeft alles dichtgetimmerd. Ik kan me de tijd nog herinneren dat het op één A4'tje paste. Toen heette het nog een Intentieverklaring. Dat waren andere tijden, hoor – onrustige tijden.'

Jozias snoof en zette zijn theekopje naast zich op de dekenkist. 'Iedereen zat elkaar in de weg!' Hij telde op zijn vingers. 'Vrouwen, mannen, zwart, wit, links, rechts, moslims, christenen, joden, homo's, hetero's, alle kleuren van de regenboog – ze waren allemaal ontevreden. En allemaal tegelijkertijd!'

'Ook de brave burgers die eigenlijk niets te klagen hadden,' zei Mime. 'Maar als je jezelf vaak genoeg vertelt dat je reden tot klagen hebt ga je je vanzelf beklagenswaardig gedragen. En zo hard mogelijk roepen dat je ontevreden bent, want daar had je het recht toe.'

'Praat me er niet van!' riep Jozias. 'Reactie op reactie op reactie en dan verbaasd opkijken als de mensen overreageren. Chaos was de mode toen. Niemand die de ander verstond, want wie gaat het luisteren doen als iedereen aan het woord wil zijn? We walsten over elkaars tenen. Gewoon, omdat het kon.'

'En als je toch over de schreef ging, noemde je het satire,' zei Gizmo, die bedachtzaam in zijn thee roerde. 'Net zo makkelijk. Iedereen was een grappenmaker toen. We waren een heel vervelend volkje geworden. En hop!' Hij knipte in zijn vingers. 'Ineens waren daar de sterke leiders.'

'Ze schoten als paddenstoelen uit de grond,' zei Mime. 'Mannen die wel even de taal van het volk gingen spreken. Mannen van de schandpaal en de middeleeuwse toon. Ze riepen zich stuk voor stuk uit tot dé stem van het volk, maar je hoorde geen verschil –'

'– want de stem van het volk klinkt altijd hetzelfde,' maakte Jozias af.

De oude mensen grinnikten, genoten zichtbaar van het onderonsje, dat ze jaren jonger deed lijken, en Norah had het gevoel dat ze tijden hadden gewacht op een publiek om hun verhaal aan te doen. Ze pakte de schaal en liet de spritsen rondgaan. 'En wat zei de stem van het volk?' vroeg ze.

'De gebruikelijke onzin,' zei Gizmo, die een kruimel uit zijn baard plukte. 'Onuitvoerbare plannen, intolerante oneliners, gemaakt voor de krantenkop van morgen en het oude nieuws van gister. Weinig origineel allemaal, maar de mensen vonden het prachtig.'

'Ze vraten het op,' zei Jozias. 'Kun je je die ene nog herinneren? Kom, hoe heette die vent nou – die met dat haar.'

'Met die enge tandjes?'

'Nee, met dat gekke lachje.'

'O die!' Mime klapte in haar handen. 'Ja, die was vreselijk onder de indruk van zichzelf. En lang van stof! En toch... volle zalen. Je mag het eigenlijk niet zeggen, maar we bleken omringd te zijn door idioten.'

Er werd instemmend gehumd. Buiten begon het te regenen, het roffelde zachtjes op het dakraam, de elektrische kachel loeide – en op dat moment voelde Norah het. Een subtiele verschuiving in haar binnenste, haast onmerkbaar omdat het zo vanzelfsprekend voelde, zo bedrieglijk eenvoudig. Ze nam een slok van haar thee. Die was koud geworden en ze zag dat Jozias bezorgd naar Mime keek die langzaam onderuitzakte in haar kussens, maar ze wilde nog niet dat de geschiedenisles ten einde kwam, dit gevoel niet kwijtraken. 'Hoe is Victor Bakermat eigenlijk aan de macht gekomen?' vroeg ze. 'Wat maakte hem zo anders?'

'Hij was jong,' geeuwde Mime. 'En fatsoenlijk. Victor schreeuwde niet, hij sprak. En hij was geen straf om naar te kijken. Mijn hemel, ik kan me de opening van de Blufbrug nog herinneren. Hij had een pak aan dat zo strak om zijn –'

'Ja, hij deed het goed op de bühne,' onderbrak Jozias, die ongedurig met zijn hakken tegen de dekenkist begon te tikken. '"Evolutie is het werk van de meerderheid", dat was zijn leus. De stad hing er vol mee. Bakermat geloofde dat we onszelf opnieuw konden uitvinden. Als er genoeg mensen zo dapper waren om de verantwoordelijkheid te dragen tenminste.'

'En daar stonden we,' verzuchtte Gizmo, 'in lange rijen voor het stadhuis. Al die mensen die hun rust terug wilden, die moe waren van de extremen, de beschaving herclaimden... Slachtoffers tot helden maken. Simpel sentiment. Maar het werkte. De chaos verdween. Het is rustig geworden.'

'Heel rustig,' mompelde Mime met halfgesloten ogen. 'En toch vraag ik me nog weleens af wat er gebeurd zou zijn als we het uit de hand hadden laten lopen. Geen contract, geen oplossing...We hebben ons verzekerd van de vrede voordat de oorlog begon. Dat was misschien –'

Ze werd onderbroken door een doffe bonk en een luide vloek. 'Au – godverdomme!' Jozias greep naar zijn enkel. 'Die verrekte kist van je! Waarom staan hier ook zo veel spullen?'

'Ja, geef die maar de schuld,' gniffelde Gizmo. Hij stond op, rekte zich uit en begon de lege theekopjes te verzamelen. 'Volgens mij ben je suf van de hitte, die kachel staat op standje uitdrijving. Misschien moeten we die morgen van je lenen, Mime. Gaat vast een stuk sneller dan zo'n sessie met die – oh.'

'Ze is in slaap gevallen,' fluisterde Norah.

Jozias hinkte naar het bed. Hij sloeg de plaid over Mime heen en stopte haar stevig in, streek voorzichtig met zijn vingers over haar wang. 'Genoeg opwinding voor vandaag, druktemaker – je moet nog langer mee.'

***

Uren later lag Norah nog steeds met zware oogleden naar het plafond te turen. De sterren waren uitgedoofd, de slaap wilde weer niet komen, maar dit keer lag de machine niet wakker van vragen over papieren en procedures.

Het was gebeurd. Ze was vanavond thuisgekomen.

Het gevoel waar ze zo lang naar op zoek was geweest had zich aangediend. Op de kamer van haar oma, omringd door haar moeders schilderijen, was *daar* vanzelf overgegaan in *hier*.

Ze draaide zich op haar zij en luisterde naar de wind die zuchtend zijn weg door het hotel vond. Het was niet moeilijk om spoken te horen in het gekraak en gepiep. Gizmo had gelijk. Als je lang genoeg luisterde ging je vanzelf dingen horen die je niet kon zien. Tenzij er inderdaad iets in de muren woonde, een vloek die, zoals Mime beweerde, het slechtste in ze naar boven haalde en de familie uit elkaar had gedreven. Een vloek die misschien wel verantwoordelijk was voor haar moeders vertrek. En Lorenzo's verdwijning. Norah ging op haar rug liggen, staarde naar het donker. Er vloog een mug langs haar oor. Morgen zou oom Frans de oversteek maken. Morgen zou ze zeker weten of er iets in de kelder huisde waar ze niet mee mocht spotten. Of het die ene ochtend de ether was geweest of dat de zwarte vlinder wel degelijk in zijn lijstje had bewogen. Of er een kern van waarheid in Lorenzo's spookverhalen zat – of dat hij alles had verzonnen. Morgen. Ze draaide zich nog eens om, maar wist dat het zinloos was. Als ze de slaap wilde vatten, moest ze weten of er iets in de muren van het hotel woonde wat het lot van haar familie kon verklaren. Vannacht nog.

Ze schopte de deken van zich af en klom uit het stapelbed. Op haar blote voeten sloop ze de gang op, volgde de groeven in de houten vloer met haar tenen tot ze de trap vond. Ze hield de leuning stevig vast terwijl ze op de tast naar beneden ging.

Haar nieuwsgierigheid werd meteen beloond. Op de derde verdieping liet het eerste spook al van zich horen. Er kwam een zacht geklepper uit kamer 3.01, alsof iemand zonder ritmegevoel met een paar castagnetten speelde. Norah haalde diep adem en klopte op de deur. Een belachelijk automatisme. Als er iets spookte zou het geen antwoord geven, zeker dit spook niet; een kunstgebit zonder eigenaar. Voorzichtig duwde ze de deur op een kier. Er kwam een koude windvlaag op haar af en ze zag meteen waar het geluid vandaan kwam: het koord van de lamellen tikte tegen het kozijn. Ze trippelde over de koude vloer en deed het raam dicht. Dit was idioot.

Onderweg naar beneden kwam ze niets onverklaarbaars tegen; geen goochelaarsassistente zonder benen die niet bij de knoppen van de lift kon, geen verdwaalde inbreker met een gat in zijn rug, geen enkele ongelukkige bewoner van rusthuis Het Zonnegloor die op de vlucht was voor zuster Raspe – maar in de lobby bleef ze even bij de vleugel staan omdat ze iets hoorde tikken.

Hoor je dat? Dat is de platgereden man van de notaris. Hij gooit steentjes tegen de ramen omdat hij niet begrijpt waarom zijn sleutel niet meer in het slot past.

Norah spitste haar oren.

Regen. Het was gewoon de regen.

Ze sloeg op een toets van de vleugel. Er kwam geen geluid uit. Ze tilde de klep op. Het instrument was leeg, op een pakje sigaretten en een doosje lucifers na. Gizmo's geheime voorraad.

Het zwevende hoofd in de gang was de buste van Victor Bakermat, de schaduwen tegen het plafond waren van schimmel, en het getrippel in de eetkamer waren betrapte muizen. Niets bovennatuurlijks, verwaarlozing was geen wonder. Maar toen ze in de keuken stond en de deur naar de kelder opendeed rook ze iets waardoor ze vertwijfeld boven aan de trap bleef staan. Sigaretten.

'Gizmo?'

Het bleef stil, op het gebrom van de vriezer die nog steeds niet ontdooid was na, een naargeestig gezoem dat op haar zenuwen werkte.

'Gizmo? Ben jij dat?'

Norah drukte haar nagels in haar handpalmen en daalde voetje voor voetje de keldertrap af. Met elke tree werd de geur van sigaretten sterker, met elke tree nam de twijfel toe. Beneden tastte ze vlug de muur af op zoek naar de schakelaar. Het peertje knipperde, scheen even fel – en ging met een tik uit. Het licht had nog geen seconde geschenen, maar in die flits had ze iets gezien. Er zat iemand aan Frans' preparatietafel. Een schim met een sigaret tussen zijn vingers. Filter, de inbreker. Ze wist het zeker. Bijna zeker.

Ze kunnen niet rusten omdat ze nog steeds boos zijn op hun kinderen. Die stopten hun ouders in Het Zonnegloor omdat ze zich voor hen schaamden.

Onzin. Het was een verzorgingstehuis voor mensen met een beperking. Geen freakshow.

Ik zou ze nooit freaks noemen!

'Filter?'

Het spook gaf geen antwoord, maar Norah hoorde dat hij zijn

stoel verschoof. Bijna had ze rechtsomkeert gemaakt, bijna was ze halsoverkop de trap op gevlucht, terug naar haar kamer gestormd om zich veilig onder de dekens te verstoppen – maar toen herinnerde ze zich dat ze nooit bang was geweest voor Filter, niet echt. Ze stak haar armen uit en zette een stap naar voren. 'Filter? Ik kom naar je toe, oké? Niet bang zijn. Ik doe je niks. Beloofd!' Ze voelde de planken van de stellingkast en de contouren van het veldbed. Centimeter voor centimeter schuifelde ze naar voren, strompelde als een blindeman door het duister tot ze een ander geluid hoorde waardoor haar voeten niet verder wilden. Een zacht gekras. Niet uit de kelder, maar boven haar.

Soms verstoppen ze zich in de tuin voor zuster Raspe. Als je je adem inhoudt kun je hun nagels horen krassen tegen de achterdeur.

Behoedzaam draaide ze zich om haar as. Als de spoken in de tuin waren kon zuster Raspe niet ver zijn. Norah hield haar adem in. Het gekras werd harder, dringender. Ze verwachtte dat er elk moment iemand in het donker op haar af zou sloffen met een morfinespuit, klaar om haar uit haar lijden te verlossen, toen ze ineens iets kouds onder haar linkervoet voelde, iets glibberigs dat zich tussen haar tenen wrong. Gillend struikelde ze terug naar de trap, rende op handen en voeten naar boven, sloeg de kelderdeur dicht en schoof vlug een stoel onder de klink.

Buiten adem bleef ze bij de keukentafel staan. Haar voet kleefde aan de vloer. Ze durfde er niet naar te kijken. Of zich te verroeren. Haar bed leek zo ver weg. En zelfs als ze de tocht naar boven durfde te maken – hoe kon ze zeker weten dat zuster Raspe haar niet opwachtte in de lobby? Of in het trappenhuis?

Het aanhoudende gebrom van de vriezer, het sinistere gekras tegen de achterdeur, Norah probeerde ze te negeren terwijl ze haar opties overwoog. Ze kon hier niet besluiteloos blijven staan tot de zon opkwam. Het waren verhalen, meer niet. Bijgeloof. Dat kon niet anders. Ze trok zachtjes een keukenla open en deed een greep. Een spatel. Het gekras stopte. Ze wist niet wat erger was.

Zonder een geluid te maken sloop ze naar de achterdeur en tuurde naar buiten. De maan scheen op de kiezelpaden, het marmeren fonteintje en de klimop tegen de tuinmuur. Ze legde een hand op de klink, hief de spatel op, en duwde de deur in één keer open.

Fritz sprintte tussen haar benen door naar binnen en vluchtte luid miauwend de eetkamer in. Ze liet de spatel vallen, hij landde precies op haar wreef. 'Au – godverdomme! Rotkat!' Norah greep naar haar voet – en in het maanlicht zag ze wat er tussen haar tenen kleefde. Een donkergrijze, slijmerige substantie: de restanten van een naaktslak.

Sluiers en rookgordijnen

'Dit is idioot,' mompelde Jozias terwijl hij met het bovenste knoopje van zijn overhemd worstelde. 'Compleet idioot.'

'Ik ben allang blij dat we het alfabet niet met een glaasje hoeven af te dreunen,' zei Gizmo, die hem te hulp schoot en zijn kraag netjes omvouwde. 'Weet je nog? Die keer met dat bord? Alsof we met een analfabeet zaten te scrabbelen.'

'Ik heb anders geen bezwaar tegen een glaasje.'

In afwachting van Rita, die boven een laatste ronde maakte om het hotel vrij te maken van kwalijke kieren, stond Norah met Gizmo en Jozias in een hoek van de kelder, net buiten het licht van de kandelaar. Ze hadden Rita's instructies zo precies mogelijk opgevolgd: ze hadden de ronde keukentafel naar beneden gezeuld en midden in de kelder gezet, hem bedekt onder het grootste (en enige vlekvrije) tafelkleed dat ze konden vinden, er een hotelbel en een kandelaar met zes zwarte kaarsen op gezet, niets meer gegeten nadat de zon was ondergegaan, zich afgespoeld met rozenwater uit de kalebas, en zich ten slotte van top tot teen in het wit aangekleed.

'Simsalabim,' fluisterde Gizmo. 'Hocus pocus pilatus pas –'

'– ik wou dat deze onzin voorbij was.' Jozias friemelde aan zijn manchetten. 'Ik voel me net een sneeuwpop.'

'Ik dacht dat je er niet mee mocht spotten,' gniffelde Norah.

'Wel als het bespottelijk is.'

Theresa liet een geërgerd kuchje horen. Ze zat als enige al aan tafel. In haar trouwjurk. Met haar witgelakte nagels trommelde ze op de zitting van een lege stoel. 'Kom bij me zitten, liefje. Laat die twee maar mopperen. Wit was Frans' lievelingskleur, wist je dat?'

‘Wit is geen kleur,’ zei Jozias.

‘Zeker wel!’ riep Theresa schril. ‘Wit is zeker een kleur, papa!’

‘Ik denk dat we zo gaan beginnen,’ zei Gizmo, die zuchtend aan tafel schoof. ‘*De seance is de val waarin het medium ons geweten strikken zal.*’

‘Waarom praat je eigenlijk altijd in quotes?’ vroeg Norah.

‘Waarom niet? Iemand moet onthouden dat alles al eens is gezegd.’

Boven hun hoofden klonk gestommel en de geur van verbrande salie kwam dichterbij. Rita schreed de trap af. Het medium droeg witte sandalen aan haar voeten, een beige rok om haar heupen en een zandkleurige sjaal die bijna tot de vloer kwam. ‘Dag Norah,’ zei ze terwijl ze een rondje om de tafel liep met een smeulend bosje salie, ‘hoe is het met je knie?’

‘Jullie kennen elkaar?’ zei Theresa verguld. ‘Waarom heb je me dat niet verteld, liefje?’

‘Ja,’ hoestte Jozias. ‘Waarom heb je dat niet verteld? En pas jij op met al die kartonnen dozen? We hebben maar één brandblusser en die staat op zolder.’

Toen de kelder blauw stond, trok Rita haar sandalen uit en ging ze in kleermakerszit tussen Jozias en Theresa in zitten. Ze streek het tafelkleed glad en vouwde haar handen plechtig in elkaar. ‘Vanavond laten we ons licht schijnen op de schim van Francisco Madoz. Ik zal jullie voorgaan in de schemerwereld en door de schaduwen leiden om contact te leggen – ik zal Frans uitnodigen om mijn stem te gebruiken en zich kenbaar te maken.’

‘Natuurlijk,’ fluisterde Gizmo, ‘een doorgeefluik voor gebakken lucht.’

Jozias snurkte, maar Norah lachte niet mee. Er ging iets mysterieus van Rita uit. En hoewel ze na haar gênante avontuur van afgelopen nacht vrijwel zeker wist dat spoken alleen bij de gratie van je eigen verbeelding bestonden, was ze Rita’s onheilsvoorspelling in de metro nog niet vergeten. *Er komen donkere dagen aan. Verloren dagen. Je zult jezelf kwijtraken – en niemand zal je vinden.*

'De ervaring leert dat Frans zich onwennig zal voelen als hij zich heeft losgemaakt uit de tussenwereld,' ging Rita verder. 'Overgaan gaat in fases. Daarom zal hij de komende tijd iemand nodig hebben om zich aan te hechten. Iemand bij wie hij zich vertrouwd voelt.'

'Een gastvrouw...' Theresa knipperde verwoed met haar ogen, ze had het nu al bijna te kwaad.

'Het creëren van een doorgang is niet zonder risico's,' waarschuwde Rita. 'Frans komt vanavond waarschijnlijk niet alleen. Ik voel dat er meer zielen zijn die ons vanuit de schaduwen bekijken... Het is belangrijk dat jullie straks niet in paniek raken. De meeste zielen zijn van goede wil, maar ze kunnen onvoorspelbaar reageren als ze niet gestoord willen worden. Probeer kalm te blijven, verwelkomend –' ze keek Gizmo nadrukkelijk aan '– en *respectvol.* Alleen met een open geest kunnen we de sluier tussen het verklaarbare en het wezenlijke oplichten.' Ze wees naar de hotelbel. 'Eén keer bellen is "ja". Twee keer is "nee". Leg je handen plat op tafel en stel jezelf open. Haal diep adem. In –' ze zoog haar longen vol '– en uit. En in – houd vast – en uit.'

De kaarsen begonnen te flakkeren toen ze synchroon met Rita meeademden en het duurde niet lang voor Norah haar ogen voelde vollopen en haar kaken voelde trekken, maar Jozias was de enige die zijn geeuw niet kon inhouden. Hij sloeg snel een hand voor zijn mond. Theresa trok geërgerd een wenkbrauw op.

'Pardon.'

Rita begon zachtjes te neuriën, een tweetonig deuntje zonder begin of eind waar Theresa meteen op mee schommelde. Norah had met haar te doen. Er zou niets gebeuren. Oom Frans was allang vertrokken.

'Ik voel een aanwezigheid,' zei Rita. 'Een energie.'

'Nu al?' zei Gizmo. 'Dat is lekker snel. Vorig jaar zaten we hier tot de zon opkwam.'

'Sluit je ogen,' gebood het medium. 'Stel je open. Ben jij dat, Frans?'

Norah keek naar de zes stipjes van de kaarsen die aan de binnenkant van haar oogleden gleden. Aan haar linkerkant hoorde ze de piep in Gizmo's rokerslongen, aan haar rechterkant Theresa's zenuwachtige snikjes. Ze probeerde zich te concentreren op het rijzen en vallen van haar borstkas, haar rug tegen de stoelleuning, de cementen vloer onder haar voeten – toen de hotelbel twee keer ging.

'Twee keer was "nee", toch?' zei Jozias. 'Zijn we verkeerd verbonden?'

'Ben je een man of een vrouw?' vroeg Gizmo. 'Of is dat niet relevant voor een energie?'

'Ogen dicht!' snauwde Theresa.

'Hoe weet jij dat ik mijn ogen niet dicht heb?' beet Jozias terug. 'Ben je soms aan het gluren?'

'Spreken we met een oude energie?' vroeg Rita.

De bel ging één keer.

Norah spiekte tussen haar wimpers. Er moest een tweede bel zijn, verstopt in de schaduwen, met een touwtje verbonden aan Rita's pols, een op afstand te bedienen spook – maar het medium zat doodstil op haar stoel, haar handen lagen plat op tafel.

'Ben je van goede wil?'

De bel ging één keer.

'Wij proberen contact te maken met Francisco Madoz. Is hij daar?'

Stilte.

'Hoelang duurt dit eigenlijk?' vroeg Jozias. 'Ik zou nog bij Mime langs –'

'We moeten een doorgang van veilige energie maken,' beval Rita. 'Pak elkaars handen vast. Concentreer je op rooskleurige gedachten om de sluier op te lichten. Maak een poort van hoop!'

Theresa's hand was koud en klam, Gizmo's nicotinevingers waren droog en hard. 'Houd je vast,' mompelde hij. 'Nu wordt het menens.'

Maar er gebeurde niets.

Norah wist niet hoelang ze daar zo zaten, met gesloten ogen te luisteren naar Rita's geneurie terwijl ze probeerde te denken aan schalen met spritsen en illegale krasloten, wachtend op het onmogelijke – of het bespottelijke.

'Ik voel iets!' riep Theresa. 'Een obstakel...'

'Ik zei anders niks.'

'Niet jij, papa!'

'Er is te veel ruis in de ruimte,' prevelde Rita. 'Adem met me mee. In – en uit, uit, uit. Dieper!'

Ze begonnen weer te hyperventileren. Theresa pufte en steunde alsof ze in een kraamstoel zat. Duizelig gluurde Norah nog eens door haar wimpers. Ze zag de kaarsen flakkeren, en toen één voor één uitgaan tot het aardedonker was in de kelder.

'Is het licht uit?' vroeg Jozias. 'Wie heeft de lucifers?'

'Als ze in het donker willen communiceren moeten we dat respecteren,' zei Rita. 'We zijn niet alleen. Frans is hier. Ik voel hem. En de anderen – ze komen dichterbij. Zielen zonder gezicht.'

'Ik voel het ook!' riep Theresa. 'Een kriebel bij mijn voeten...'

'Vast een rat,' zei Gizmo.

'Ik meen het! Wat was dat?'

'Het medium, in de kelder, met een kandelaar.'

'Doe niet zo flauw, papa! Frans? Liefje? Kun je me horen?'

Norah hoorde iets schrapen achter de stellingkasten en schoof onwillekeurig op haar stoel. Het was een ritmisch geknars, het geluid van – 'Is dat een zaag?'

De bel ging drie keer.

'Wat betekent dat nou weer?' zei Jozias. '"Misschien"?'

Er steeg een zacht gejammer op aan de andere kant van de tafel. 'Ik zie een man... een man met een hoge hoed,' kreunde Rita. 'Zwarte rand. Overal mensen, in rijen, een publiek. En ik voel... planken. Boven me. Onder me. Ik lig op mijn rug, kan er niet uit – *een kist*!' Haar stem klonk paniekerig, de stem van een jonge vrouw in nood. '*Nee, wacht. Dit klopt niet, dit is niet zoals we het geoefend hebben – Gustav! Je bent te vroeg, stop! Je bent te – au... au... stop! Stop!*' Rita slaakte een ijselijke gil en er trok een koude bries door de kelder. Norah voelde hoe de haartjes op haar armen overeind kwamen. Dit kon niet echt zijn.

'Heeft iemand de achterdeur open laten staan?' vroeg Gizmo. 'Het is hier frisjes.'

Zijn vraag werd beantwoord door een zacht gepingel. In de verte speelde iemand een valse toonladder op de vleugel. Maar dat kon niet. Er zaten geen snaren in de vleugel.

'Frans?' zei Theresa met een klein stemmetje. 'Het is tijd, liefje, tijd om te gaan. Kun je me horen? Kom bij me, ik zal je –'

Het gepingel hield abrupt op en maakte plaats voor een laag gebrom. Het kwam van buiten. Een motor. Het gebrom werd harder, ging geleidelijk over in een oorverdovend gepiep. Ademloos luisterden ze naar de auto die boven hun hoofden met gierende banden over de oprit ging.

'Ik voel hartzeer,' fluisterde Rita. 'Overspel. Spijt. Maar ook –' Ze kokhalsde en een tel later vulde de diepe stem van de man van de notaris de kelder: '*Hoe vaak moet ik nog zeggen dat het me spijt? Het was een vergissing, oké? Ze betekende niets voor me. Maar jij! Hoe kon je? Drie keer! In míjn auto! Laat me binnen, ik zal je –*' Een onbedaarlijke hoestbui maakte een eind aan zijn tirade. Rita schokte zo hard op haar stoel dat de tafel schudde.

'Jezus...' mompelde Gizmo. 'Kan ik iets voor je doen? Wil je een glaasje water?'

'Zeg.' Jozias haalde zijn neus op. 'Ik ruik iets. Er staat iets in de fik. Ruiken jullie dat niet?'

'Dat zijn de kaarsen,' zei Gizmo. 'Of de salie.'

'Nee,' zei Norah. Ze rook het ook. 'Het zijn – sigaretten.' En op datzelfde moment voelde ze iets om haar enkel, iets wat haar vastgreep en niet losliet, iets hards: tanden. Ze schopte van zich af en stootte haar knie hard tegen de onderkant van de tafel. De hotelbel begon onophoudelijk te rinkelen.

'Er komt iets aan!' kraste Rita. 'Iets groots – een entiteit!'

'Frans!' piepte Theresa. 'Liefje? Ben jij dat?'

'Oké, nu is het mooi geweest,' zei Jozias. 'Doe het licht aan, godverdomme – au! Iets beet me!'

'Het komt dichterbij, het wil met ons praten! Wij luisteren! Wie ben je? Laat je kennen!'

De bel hield op met rinkelen.

Het werd doodstil in de kelder. En in de stilte hoorde Norah een onheilspellend geschuifel. Er bewoog iemand in het donker. Iemand die een rondje om de tafel slofte. Gizmo liet haar hand los. Ze hoorde hem rammelen met een doosje lucifers en kneep haar ogen stijf dicht. Het donker aan de binnenkant van haar oogleden voelde niet veel veiliger. Theresa maakte een piepend geluidje en kneep haar hand bijna fijn. Norah wilde iets zeggen om haar tante, om zichzelf gerust te stellen, maar ze kon niets verzinnen. Het kon niet. Het was onmogelijk. Maar het warme stroompje lucht in haar oor was maar al te echt. En het misselijkmakende gerochel ook. Zuster Raspe was hier. *Niets voelen. Niet nu. Beheers je. Dit kan niet* – Er streek een nagel over haar wang. Norah kromp ineen, haar been begon te trillen, Theresa's nagels drukten in haar vel, en ze gilde bijna van opluchting toen er eindelijk een vlammetje in Gizmo's handen verscheen. Hij stak de kaarsen aan, ging snel weer zitten, en sloot de kring.

Ze zag het meteen: de brandgaten in het tafelkleed. Drie rondjes, ter grootte van een sigarettenfilter. Ze smeulden nog na. Aan de overkant van de tafel zat Rita lijkbleek op haar stoel en toen ze begon te spreken was haar stem zo schor dat het leek alsof iemand haar keel dichtkneep. '*Ze zeggen dat het slecht voor je is, maar hoe kan het slecht voor je zijn als het zo goed voelt? Dat snapt zij niet. De zuster denkt dat we verlost willen worden. Ze denkt dat we lijden. Ik lijd niet* –' er verscheen een gelukzalige glimlach op Rita's gezicht '– *ik rook.*'

'Filter,' fluisterde Norah. 'Ik heb je gisteravond – je was hier, ik heb je gezien.'

'*Ik jou ook. Je hebt geluk gehad. De zuster houdt er niet van als we bezoek krijgen. Ze is erg jaloers, zie je? Wil ons helemaal voor zichzelf.*'

'Wie zijn al die mensen?' vroeg Theresa. 'Frans! We doen dit voor jou, lieverd! Waarom werk je nou niet mee?'

'*O, Frans komt eraan, hij komt eraan... Als zij hem wil laten gaan...*'

'Ik moet naar boven,' zei Jozias zwakjes. 'Mime is helemaal alleen. Ik kan haar niet –' Zijn mond viel open, zijn ogen werden groot, en nog voor ze zijn blik volgde wist Norah wat haar opa zag. Achter haar klonk een bekend geritsel. Ze draaide zich om. De zwarte vlinder stuiterde in zijn lijstje, sloeg wanhopig met zijn vleugels tegen het glas.

'Frans? Wat ben je nou aan het doen, liefje?'

Theresa had de vraag nog niet gesteld of de tafel kwam met een schok tot leven. Norah voelde hem loskomen van de grond, zag hem langzaam omhoog schommelen tot hij een paar centimeter boven de vloer zweefde, waar hij onheilspellend om zijn as draaide. Het licht van de kandelaar scheen als een zoeklamp over hun verbijsterde gezichten.

'Houd de cirkel intact!' riep Rita terwijl de flesjes op de preparatietafel begonnen te rinkelen. 'Frans zoekt een weg naar buiten. Hij is bijna los! Blijf contact maken, Theresa. Stel je open, hij rekent op je! Hij is –' Haar stem stokte, er verscheen een pijnlijke grimas op haar gezicht, en oom Frans kwam tevoorschijn. '*Thee? Waar – was – je – al die tijd? Ik heb zo lang gewacht. Zo lang. Ik dacht dat je me vergeten was.*'

'Het spijt me, liefje. Het spijt me dat ik zo – ik zag het niet. Ik zag te laat dat je weg was. Maar ik ben er nu! Laat me je helpen.'

'*Helpen? Hoe kun je me helpen? Je hebt me nooit gezien – nooit naar me geluisterd. Het ging altijd om jou, Thee. Altijd.*'

'Niet expres!' jammerde Theresa. 'Niet bewust! Ik deed het ook voor jouw bestwil – ik deed het voor ons.'

'*Ons? Heeft er ooit zoiets bestaan?*'

'Ik zal het je bewijzen! Kom! Kom bij me!'

Norah staarde in afgrijzen naar haar tante, die op haar stoel begon te schokken, en naar Rita, die haar mond opensperde en een blauwe tong uitstak terwijl er een kakofonie van spookgeluiden door de kelder ging: de zaag, de valse vleugel, de gierende autobanden, de rochelende hoest van zuster Raspe; ze gingen allemaal op in een draaikolk van rumoer, een krankzinnige symfonie waar ze niet uit kon ontsnappen. Ze beet op haar kiezen toen Theresa begon te schreeuwen, een diep gebrul waarmee haar tante de herrie wist te overstemmen, een wanhoopskreet die de aderen in haar nek deed opzwellen en de tafel langzaam maar zeker terug naar de vloer dwong – hij landde keurig op zijn poten, en even plotseling als de herrie was begonnen, keerde de stilte terug.

Theresa zat bibberend op haar stoel. Over haar wangen biggelden echte tranen. Norah legde voorzichtig een hand op haar schouder. 'Gaat het?'

'Ik word hier te oud voor,' pufte Jozias. 'Ik heb het bloedheet. Bloed-heet.'

Rita veegde een blauwe spuugsliert van haar kin. Ze had nog steeds een verwilderde blik in haar ogen, maar tot Norahs opluchting was haar stem weer de hare, zangerig en loom. 'Nu moet je Frans rustig in je opnemen. Geef hem de tijd om aan te sterken. Hij zal al je krachten nodig hebben om zijn laatste reis te maken. Laten we de poort sluiten. Concentreer je op –'

'Zo – benauwd...' hijgde Jozias. 'Krijg... geen lucht. Kloterige knoopjes ook... Doe het grote licht voor me aan, Norah.'

Theresa snikte. 'Dit is te veel, ik wil niet meer... Ik kan hier geen minuut langer blijven.'

'Frans rekent op je. Je moet nu even sterk zijn voor twee, hoor je me?' zei Rita. 'We zijn bijna klaar.'

'Nee, zo is het welletjes,' zei Gizmo, die Jozias te hulp schoot. 'Het licht, Norah. Nu.'

Ze voelde er niets voor om de donkere kelder te doorkruisen, maar toen ze de zweetdruppeltjes op Jozias voorhoofd zag kwam ze gehoorzaam overeind en holde ze naar de schakelaar. Het peertje sprong meteen. 'Haal een reservelamp!' riep Gizmo. 'In de keuken!'

Een klap.

Het geluid van brekend glas.

En een luide schreeuw.

De zwarte vlinder was van de muur gevallen, zijn lijstje lag versplinterd op vloer. Theresa sprong op. Met haar trouwjurk scheef om haar heupen vloog ze recht op Norah af, beukte haar opzij, en vluchtte kermend naar boven – op de hielen gezeten door Rita. 'Wacht! Je kunt niet zomaar gaan! Als Frans' energie ontsnapt is hij voorgoed verloren!'

Norah zette de achtervolging in. Ze haastte zich de trap op en zag nog net hoe Theresa en Rita de eetkamer in holden, de gang op, waar Theresa haar jas zo wild van de kapstok trok dat die omviel en de buste van Victor Bakermat van het bijzettafeltje stootte. De neus van de Burgervader brak af en bleef in het dikke tapijt liggen.

Die aanblik was de druppel. Theresa zakte jammerend in elkaar.

'Help me haar naar de lift brengen,' gebood Rita. 'Ze heeft rust nodig. Veel rust.'

Norah hees haar tante omhoog en sloeg een arm om haar middel. Theresa liet zich gewillig meezeulen naar de lobby en was zelfs zo verdoofd dat ze geen bezwaar maakte toen ze haar de lift in werkten. Voor de deuren dichtschoven duwde Rita Norah het bosje salie in haar handen. 'Ik zal bij haar waken. Jij moet terug naar de kelder. Het donker is nog niet verdreven.'

Norah bleef in de lobby staan treuzelen tot de lift helemaal boven was. Ze durfde niet naar de vleugel te kijken. Of naar de bloeddruppels op haar schoen. Ze voelde de tanden nog steeds om haar enkel. *Stel je niet zo aan.* Er moest een logische verklaring voor zijn. Dat kon niet anders.

Ze bedwong haar zenuwen, verzamelde al haar moed, en ging terug naar de keuken. Na een paar minuten koortsachtig zoeken vond ze een reservelamp in een la en ging ze met tegenzin de keldertrap af. De geur van verbrande tabak kwam haar tegemoet.

Jozias en Gizmo zaten onderuitgezakt aan tafel een shaggie te roken.

'Ligt ze op bed?' vroeg Jozias.

'Ja – maar ik dacht dat jij... Wat is hier –'

Gizmo tilde het tafelkleed op en onthulde een tweede hotelbel, een pakje sigaretten – en Tony Soddini, die ondanks zijn bloedlip vrolijk naar haar zwaaide.

Norah bleef verbijsterd bij de stellingkast staan. Haar angst had plaatsgemaakt voor verbazing, en haar verbazing veranderde in zo'n razend tempo in een ongefilterde woede dat ze er duizelig van werd; ze voelde de waakvlam door haar lichaam schieten, en fel uitslaan toen er een man uit de schaduwen stapte. Het bosje salie viel uit haar hand, de gloeilamp spatte uiteen op de vloer, maar het geluid drong nauwelijks tot haar door. Haar brein was te druk met het aaneenrijgen van flarden, de machine stikte alle onlogische gebeurtenissen die naar dit moment hadden geleid aan elkaar: de schim die ze gisternacht had gezien, de vreemde bons uit de dekenkist die Jozias had proberen te verdoezelen, de volle badkuip en tandpastaresten in kamer 3.01, de sporen van Alex Herrmann die ze had weggeboend, de man met de wijnvlek die haar bijna had aangereden op de Compromislaan – ineens was alles duidelijk. Alles was een truc geweest.

Lorenzo maakte een diepe buiging. 'Welkom thuis, Noor.'

Levi kon zijn teleurstelling nauwelijks verbergen. 'Dus er waren geen spoken?'

'Natuurlijk niet,' zei Reza bars. 'Spoken bestaan niet.'

'Dat is niet waar!' wierp zijn stuurman tegen. 'Mijn grootmoeder heeft nog jaren haar eigen urn van de schoorsteenmantel gegooid. Volgens mijn vader was het de tocht, maar ik weet zeker dat –'

'Nee, er waren geen spoken,' onderbrak Norah. 'Het was Lorenzo. Hij had het hotel nooit verlaten. Iedereen wist het. Behalve Theresa – en ik.'

Reza was blij dat hij voor de verandering niet degene was die Levi bij de les moest houden. En ook om de ergernis in Norahs stem te horen. Die vertelde hem dat ze lang niet zo onbewogen was als ze deed voorkomen. Er sluimerde iets in haar, een felheid die hem maar al te bekend voorkwam. Ze keek hem voor het eerst recht aan. Haar pupillen waren onzichtbaar – net zoals die van Selma, en kapitein Reza merkte dat hij ondanks zijn achterdocht sympathie voor het meisje aan de andere kant van de tafel begon te krijgen. Hoe langer een man van huis was, hoe sentimenteler hij werd.

Fons kwam binnen met de koffiekan en een stapel plastic bekertjes – de jongen was kennelijk nog steeds niet toegekomen aan de afwas. Met trillende handen zette hij de kan op tafel.

'Wat is er met jou aan de hand?' vroeg Levi.

'Die vrouw...' stamelde Fons, 'Rita, ze... ze wist dat ik vroeger een hond had die op zijn achterpoten kon staan – en ze klonk precies zoals oma! Ik zweer het je, het was haar stem! Ze vertelde dat ze in de golven kon lezen dat me iets vreselijks te wachten staat – een vroegtijdig einde.'

'Stel je niet zo aan,' zei Reza. 'Ze heeft vast je koffie geproefd. Ga naar beneden, die afwas doet zichzelf niet.' Hij wachtte tot Fons was afgedropen voor hij zich weer tot zijn gasten richtte. 'Allemaal leuk en aardig zo'n spookverhaal, maar ik begrijp dus nog steeds niet waarom jullie Stokerdam hebben verlaten.'

'Als jij wilt begrijpen Stokerdam, jij moet eerst begrijpen welk spel jij speelt,' zei Soddini terwijl hij drie plastic bekertjes van de stapel nam en een papieren propje uit zijn zak haalde. 'Ik zal jouw geven een completer beeld.' Hij draaide de bekers om en verstopte het propje onder de middelste. 'Als jij weet waar jij moet kijken, jij zult vanzelf alles zien.' En razendsnel begon hij de bekers te verschuiven, van links naar rechts, van rechts naar links, met de klok mee, tegen de klok in, steeds sneller, maar kapitein Reza had dit spel eerder gespeeld. Hij zou zich niet in de maling laten nemen door deze kleine oplichter, en toen de bekers weer op een rij stonden wist hij dat zijn ogen hem niet in de steek hadden gelaten: hij hoorde iets ritselen onder de rechterbeker.

'Kies!' gebood Soddini.

Reza wees de rechterbeker aan. Soddini tilde hem op. Er zat niets onder. Levi grinnikte.

'Ik zal makkelijker voor jou maken – want jij ziet niets!' zei Soddini, die één beker aan de kant schoof. 'Kans van één op twee is eerlijker, ja?'

Hij herhaalde het ritueel: het propje verdween onder een beker, de bekers werden vliegensvlug verschoven en weer naast elkaar gezet, maar dit keer aarzelde Soddini zelf. 'Moment...' mompelde hij, 'laat mij zeker zijn.' Hij gluurde onder de linkerbeker – opnieuw geritsel – en draaide ze nog twee keer om. 'Kies!' zei hij toen tegen Levi en Reza's stuurman wees zonder aarzelen de beker aan die hij zelf ook in gedachten had. Niets.

'Begin jij te begrijpen?' vroeg Soddini. 'Dit is het probleem van Stokerdam. Mensen zien niets wanneer zij naar binnen kijken omdat zij niet weten wat zij moeten zien.'

'En wat zouden ze dan moeten zien?' vroeg Reza.

'Dat er zijn geen kansen aan jouw kant van de tafel.' Tony Soddini schoof zijn stoel naar achteren. Op zijn schoot lag een propje. 'Zolang jij speelt op mijn voorwaarden jij hebt verloren voordat spel is begonnen. Daarom is enige wat jij kunt doen: niet spelen.'

Niet spelen.

Reza's gedachten dwaalden af naar de stippellijnen die hij had ingevuld. In het bijzonder de stapel papieren die hij had ondertekend om zijn eerste huwelijk ongedaan te maken. Hij had er snel vanaf willen zijn, zijn advocaat de kleine lettertjes toevertrouwd – en dat vertrouwen was hem duur komen te staan. Natuurlijk, hij was jong geweest, zijn geloof in de liefde nog niet eerder zodanig op de proef gesteld dat hij zich zorgen maakte over een verbinding 'in gemeenschap van goederen'. Het had hem jaren gekost om dat verlies terug te draaien – en dat was alleen de financiële kant van het verhaal geweest. Hoe anders was zijn leven verlopen als hij die eerste keer niet had gespeeld? Had hij zich dan niet halsoverkop in een tweede huwelijk gestort om nog geen halfjaar later opnieuw te verliezen?

'Maar dat geluid dan?' vroeg Levi, die de bekers uitdeelde en iedereen koffie inschonk. 'Waar kwam dat geritsel vandaan?'

'Ik speel niet alleen,' zei Tony.

Norah bracht haar handen boven de tafel en liet een tweede propje zien. 'Het kostte mij ook tijd om het te begrijpen, om te *zien* waar ik in terecht was gekomen. Luister, we willen jullie geen last bezorgen. Ik weet dat jullie gewoon je werk doen, ik begrijp dat we terug moeten naar Stokerdam. Maar als jullie ons zomaar uitleveren – als ze ons vinden...'

Er zat iets in de weg, iets wat haar ervan weerhield om haar zin af te maken. Kleine lettertjes. Hoe had ze het daarstraks ook alweer genoemd? Een papieren hel? Reza was zelf nooit happig geweest op regels – op andermans regels althans. Na zijn tweede scheiding had hij alles op alles gezet en van zijn laatste geld dit schip gekocht, een bezorgdienst op de golven voor alles wat onder de toonbank werd aangeboden. Zijn klantenkring had uit revolutionairen en staatshoofden bestaan, vervalsers en verzamelaars. Hij had een bemanning gevonden die wist dat hij hun lange dagen en discretie goed beloonde. Het waren mannen die ook hadden verloren. Mannen zoals Levi. Zijn stuurman had niet voor niets een heupflacon nodig om de dagen draaglijker te maken. Reza had hem er nooit naar gevraagd – het waren immers zijn zaken niet – maar hij was er zeker van dat Levi ook wist hoe het voelde om geen kant op te kunnen. Dat wist iedereen op zee. Het was voor velen van hen de voornaamste reden om aan te monsteren.

Soms waren de gevolgen van hun werk op het nieuws verschenen. Sensationele koppen, verontrustende berichten in de kantlijn die werden uitgemolken tot er een nieuwe bron schandalen kon worden aangeboord. Het waren verhalen die Reza liever uit de weg ging, wegkijken was zijn tweede natuur geworden. Hij had zich voorgenomen zich niet meer te mengen, zich nooit meer verantwoordelijk te voelen voor andermans lot. Daar was hij van overtuigd geweest.

Tot hij Selma had ontmoet.

Ze was zijn laatste, de vrouw voor wie hij nog één keer alles op het spel had gezet. En Selma had niet alleen zijn vertrouwen in de liefde hersteld, maar hem ook een reden gegeven om zijn klantenkring op te schonen. Selma had hem een andere markt doen ontdekken; een markt van verfijnde specialiteiten, van delicaat ambachtswerk. Ze was een zilversmid met twee vaste handen, een uitstekend moreel kompas – en ze kon koffiezetten als de beste. Wat zou zij hiervan maken? Kapitein Reza dacht aan de lading in het ruim. Sinds ze een paar weken terug de opdracht van haar broer had gekregen (de 'buitenkans' die zijn zwager via zijn 'onbetaalbare netwerk van invloedrijke contacten' in Stokerdam had opgedaan en waar hij niet over was opgehouden terwijl hij zijn vakantiefoto's door Reza's strot duwde) had Selma nacht aan nacht doorgewerkt in haar atelier, met militaire discipline zilver gegoten en gegraveerd om de bestelling voor hun nieuwe klant in Stokerdam op tijd af te krijgen.

Levi wiebelde op zijn stoel, probeerde zijn aandacht te trekken, maar Reza vermeed zijn blik. Hij wist dat zijn stuurman geplaagd werd door dezelfde gewetensvragen. Vergeleken met de bestellingen die ze in hun beginjaren hadden geleverd – orders waar je een middelgrote stad mee kon ontregelen – waren Selma's creaties volstrekt onschuldig. Maar Stokerdam was niet zomaar een stad. Stokerdam was een utopisch oord. Als ze deze lading zouden afleveren zouden deze mensen daar ongetwijfeld de gevolgen van ondervinden. Wilde hij daar medeplichtig aan zijn? Die verantwoordelijkheid dragen of het verlies – en de hoon van zijn zwager – op zich nemen? Reza wist het niet. Maar hij wist wel dat wegkijken geen optie meer was. Hij móest weten wat er in de kleine lettertjes stond.

'Wat gebeurt er als je de regels aan je laars lapt? Ze hebben jullie de stad niet uitgezet, toch? Niemand heeft jullie gedwongen om op een sloep te stappen.'

'Nee,' zei Norah zacht, 'maar ze kunnen je laten vergeten wie je bent.'

DEEL IV

'If you don't catch this one, you don't see anything.'
Tony Slydini

Een beter effect

Ze was voor de zon opgestaan. Fritz was achter haar aan de trap af getrippeld, maar de kat was haar niet de tuin in gevolgd. Schuilend tegen de motregen hield hij haar vanaf de drempel van de achterdeur in de gaten. Norah had kippenvel op haar armen, maar ze voelde de kou niet meer. Ze wist niet hoelang ze al rondjes liep over de kiezelstenen, wachtend tot er iemand wakker zou worden, wachtend tot ze de vragen kon stellen die haar de hele nacht wakker hadden gehouden.

Lorenzo was gisteravond op haar afgesneld en had haar opgetild, zo hoog dat ze bijna haar hoofd tegen het plafond van de kelder had gestoten. 'Noortje! Hoe vond je de show? Net echt, toch? Je had je gezicht moeten zien! Ik dacht dat je erin zou blijven!'

'Laat me los. Nu.'

Hij had verbouwereerd gedaan wat ze zei en zonder nog een woord te zeggen was ze naar haar kamer gestormd. Niemand had haar tegengehouden, niemand was haar achternagekomen; alsof er niets was gebeurd – alsof ze allemaal niet tegen haar hadden gelogen.

Norah balde haar vuisten, drukte haar nagels in haar vlees. Fritz miauwde naar haar, maar ze negeerde de kat die haar net zo goed verraden had.

Ze had in de keuken gewacht tot de zon was opgekomen en de stilte van het hotel haar had verstikt. Toen was ze op haar sokken de tuin ingevlucht, de kiezelstenen voor zich uit trappend, zich afvragend of ze er een door het raam zou gooien. Hoe konden ze slapen? Zich nog een keer omdraaien, van geen schuld bewust?

Schuld.

Ze was medeplichtig. En ze wist niet eens waaraan. Stilzwijgend was ze akkoord gegaan, had ze haar lot bepaald en ingestemd om de mensen die binnen lagen te slapen in bescherming te nemen. Al begreep ze nog steeds niet precies waartegen.

Fritz maakte een klagelijk geluid.

'Ga toch muizen vangen,' snauwde ze.

'Jij weet zeker? Want ik kan ook maken een omelet!'

Tony Soddini stond in de deuropening. Hij droeg een donkerblauwe pyjama met een patroon van gouden maantjes, zijn broekspijpen hielden net op boven zijn fluwelen instappers. Fritz krulde zich om zijn blote enkels. 'Jij zult wel honger hebben van al die gymnastiek. Al dat stampen in de regen vraagt om ontbijt voor de weerstand, ja?'

Het begon harder te regenen. De druppels gleden haar kraag in, sijpelden over haar rug. Norah opende haar handen. Haar nagels hadden halvemaantjes achtergelaten.

'Kom, Norah. Laat mij recht met jou breien. Alsjeblieft? Ik maak voor jou een omelet van mijn specialiteit!'

Misschien was het de schuldbewuste uitdrukking op zijn gezicht, misschien wilde ze zich op iemand afreageren – of misschien was het banaler en was haar trots niet opgewassen tegen het vooruitzicht van een warm ontbijt. Hoe dan ook, ze ging naar binnen op haar doorweekte sokken en schoof rillend aan de keukentafel. Fritz sprong op de stoel naast haar en Soddini nam plaats achter het fornuis. Hij zette een koekenpan op het vuur en trok de koelkast open. 'Laat mij zien,' mompelde hij, 'waar zij verstoppen de boter? Ah!' Hij snuffelde aan het pakje. 'Die ruikt nog niet groen. Jij gaat niet weten wat jij eet straks! Mijn specialiteit is van een onvergetelijke klasse!'

De boter siste in de pan. Norah wist dat hij zijn best deed om haar aan de praat te krijgen, maar ze was niet van plan om mee te werken aan zijn show. Ze staarde naar de brandgaten in het tafelkleed.

'Ik neem voor mijzelf een kokend ei,' ging Soddini opgewekt verder. 'Dik in de schaal, zonder barst. Eieren jij moet eten met een knispering!'

'Een wat?'

'Als jouw ei maakt geluid jij zit goed, geloof mij. Wacht jij maar af!' Tony tikte een ei stuk in een kommetje en begon het te kloppen alsof hij slagroom maakte. 'Sorry als wij hebben jou laten schrikken vannacht. Renzo en ik dachten effect op jouw tante zou beter zijn als jij bent ook niet op de hoogte van truc. Wij hadden gelijk, effect wás beter – maar methode is minder netjes dan wenselijk. Daarom ik maak naar jou mijn gemeende verontschuldiging.'

Hij maakte een diepe buiging en Norah wilde hem net van een pinnige repliek voorzien toen Gizmo de keuken in slofte op een paar foeilelijke paarse pantoffels.

'Goedemorgen!' riep Soddini.

'Godsamme.' Gizmo greep naar zijn hart. 'Wat doen jullie zo vroeg op?'

'Als jij pakt een bord, ik maak voor jou ook mijn fameuze vlinderomelet!'

'Is er al koffie?'

Terwijl de keuken zich vulde met de geur van gebakken eieren en verse koffie voerden de mannen een woordeloze choreografie uit; een keukendans waarbij borden en bestek werden uitgedeeld, de broodmand werd gevuld en de brandgaten in het tafelkleed door Tony met een zwierig gebaar werden verstopt onder een grote suikerpot. Op een gegeven moment verdween Gizmo de kelder in om terug te komen met een warme handdoek, die hij om Norahs schouders sloeg. 'Vers uit de droger.' Toen haalde hij een rol vuilniszakken tevoorschijn en wrikte met twee handen de deksel van de brommende vrieskist open. 'Je moet het hem niet kwalijk nemen,' zei hij terwijl hij Theresa's bakjes met bevroren maaltijden in een vuilniszak liet verdwijnen. 'Lorenzo bedoelt het niet verkeerd.'

'Hij is zoals hij is,' knikte Soddini. 'Renzo brengt jouw leven in stroomversnelling. Zo doet hij dat.'

Norah trok de handdoek strak om zich heen. 'Hij is anders niet de enige die tegen me gelogen heeft,' zei ze koeltjes.

'Ja, jouw familie...' verzuchtte Soddini terwijl hij een beker koffie voor haar inschonk. 'Jouw opa, jouw oma, zij zijn eigenaardige mensen – maar zij hebben geen kwade zin.'

'Ze kunnen het niet helpen,' haakte Gizmo aan. 'Als ze eenmaal iets in hun hoofd hebben, krijg je ze er niet vanaf.'

'Niets aan te maken!'

Ze keken haar verwachtingsvol aan. Zelfs de kat probeerde haar een kopje te geven. Norah gaf Fritz een por en vouwde haar handen om de hete beker. 'Jullie zijn allemaal even erg.'

'Allemaal? Dat is een eenzaam woord. Bijna net zo eenzaam als *ik*.'

Rita zeilde de keuken in. Ze had zichzelf in een gigantische gebatikte sjaal gewikkeld en hoewel ze donkere kringen onder haar ogen had klonk het medium opgewekter dan ooit. 'Het was een zware nacht, Frans moet nog wennen aan zijn tijdelijke behuizing... Ik denk dat Theresa minstens een week rust moet houden – maar ik zal net zo lang bij haar waken tot hij klaar is om zijn laatste reis te maken.'

Gizmo snoof. 'De wacht houden, bedoel je?'

'Loslaten is een pijnlijk proces. Bijna net zo pijnlijk als ontkenning.'

'Wil jij een ei, Rita? Jij zult wel hongerig zijn na al –'

'Mens, houd toch op! Je mag stoppen met je act!' zei Gizmo. Hij smeet een zak ingevroren spaghetti in de vuilniszak. 'Frans is niet terug. Ik heb hem zelf onder een laken gelegd. Wat weet jij nou van rouw? Voor jou is dit allemaal theater! Over een week sta je weer in je pauze stiekem dossiers door te spitten in het Archief, persoonlijke informatie te verzamelen voor je voorspellingen. Ja, ik weet wel hoe het werkt! Maar wie mag Theresa opvangen als je straks weer vertrokken bent op je bezem? Precies.'

Er verscheen een droevige glimlach om Rita's lippen. 'Ik voel je geslotenheid, oude man, de muur waarachter je je verschuilt is van broos materiaal. Jij kunt nog niet zien wat je mist. Zo veel misplaatste energie...' Met opgeheven hoofd schreed ze naar de achterdeur en duwde hem open. 'Ik moet even naar mezelf luisteren, geloof ik.'

'Doe dat,' snauwde Gizmo haar na. 'Misschien hoor je hoeveel schroeven je mist!'

Rita sloeg de deur met een klap dicht. Het werd ijzig stil in de keuken. Norah gaf Fritz een aai, de kat klom meteen op haar schoot en verstopte zich onder de handdoek. Kennelijk was ze niet de enige die een slecht humeur had overgehouden aan de seance.

'Voilà! Jij tast toe!'

Soddini zette een bord voor haar neus: een flinterdunne, knapperige omelet op toast. Ze tikte er met haar vork tegen, de omelet viel in snippers uit elkaar. 'Waarom noem je het eigenlijk een vlinderomelet?'

'Omdat zij is gemaakt van vleugeltjes!'

Onder de afwachtende blik van de kok nam Norah een hap. Tony's specialiteit was vooral erg droog. Ze spoelde de omelet weg met een flinke slok koffie en wees naar buiten, waar Rita met gespreide armen de regen stond te begroeten, haar sjaal wapperde als een cape in de wind. 'Rita leek wel echt te geloven dat er iets spookte vannacht. Ze zag er niet uit alsof ze het allemaal verzon.'

'Niets zo confronterend als een slecht geweten,' zei Gizmo. 'Dat krijg je ervan als je in andermans leed zit te wroeten.'

Tony zwaaide naar hem met een spatel. 'Jij praat onnodig onsympathiek. Dat doet geen recht. Norah, ik zal jou geven een completer beeld. Ooit Rita stond bij mij op podium: Madame Rita, Alwetend Waarzegster. Zij deed voorspellingen aan publiek – en zij was goed! Zij las verleden én toekomst! In vele stemmen. Rita draagt een scala aan karakters in zich, zoals jij hebt gemerkt. Publiek hield van haar vertalingen van de waarheid, zij maakte mijn kassa aan het rinkelen. Iedereen tevreden, geen zorgen aan de lucht.'

'O ja?' zei Norah terwijl ze Fritz onder de handdoek stiekem een stukje omelet toestopte. 'Waarom hing er dan geen poster van haar in je theater?'

'Bewaar jouw ongeduld!' zei Tony. 'Completer beeld kost tijd. Zoals ik zei: Rita wás trekker van mijn publiek, zij wás talent van grote klasse – tot zij raakte kwijt haar vriendin. Dat bracht alles in verandering, want vriendin was Rita's middelpunt van bestaan. Elke voorstelling zij zat op eerste rij, elke voorspelling zij klapte alsof zij had nooit eerder zo'n wonder gezien. Zij was lieve vrouw, goed publiek – maar toen onvoorziene auto maakte botsing met haar blinde hoek. Dom ongeluk, slecht toeval.'

'Is dat zo?' Gizmo sloeg een nieuwe vuilniszak open en keek enigszins beschaamd uit het raam. 'Dat wist ik niet...'

'Als wij alles zouden weten, wij zouden ons nooit meer verwonderen,' zei Soddini, die zijn ei uit de pan viste en het liet schrikken onder de kraan. 'Daarna het duurde niet lang voor Rita ging geloven in haar eigen voorspellingen – en ernstiger: zij liet publiek ook geloven. De mensen slikten alles voor zoete koekjes! Hun geloof ging heen en weer, als een schommel van gelijk. Arme Rita voorspelde weinig goeds: zij voorzag alleen verdriet, rampzalige vertalingen van de waarheid. En verdriet... Verdriet, en missen, en heimzucht, zij zijn allemaal emoties waarmee jij niet mag spelen.' Tony ging zuchtend aan tafel zitten, sloeg een servet uit en knoopte het om zijn nek. 'Publiek moet weten wat zij zien is een illusie, daarom kopen zij een kaartje, ja? Zij komen voor te zien een show! Zo is afgesproken. Als zij weten zij zien een illusie, zij hebben emoties die zijn gepast. Anders jij raakt aan emoties die zijn niet voor jouw handen bedoeld. Rita gaf mij geen keus: ik moest haar halt zeggen. Als jij staat bij mij op podium jij moet weten waar waarheid begint en leugen stopt.'

'Ook als het een beter *effect* oplevert?' zei Norah scherp. 'Want je geweten leek gisteravond nergens last van te hebben.'

Tony keek haar zo gepijnigd aan dat ze meteen spijt had van haar sneer, maar voor ze haar woorden terug kon nemen slenterde Lorenzo de keuken binnen. In zijn rode windjack en donkere afritsbroek met 'handige zakken' zag hij eruit als een toerist op stadssafari. Hij had een zwart kistje bij zich, dat hij op tafel zette voor hij wijdbeens naast haar neerplofte. Ze was spontaan al haar eetlust kwijt.

'Heb ik iets gemist?' vroeg hij.

Gizmo knoopte de laatste vuilniszak dicht en trok de stekker uit de vriezer. Het apparaat stopte eindelijk met brommen. 'Ik denk dat je iets goed te maken hebt.'

'Ja? Ben je nog steeds boos op me, Noor?'

'Ik ben niet boos.'

'Teleurgesteld dan? Blij om me te zien? Zeg het maar, hoe staat je humeur?'

Ze voelde er veel voor om de bijdehante uitdrukking van zijn gezicht te vegen maar besloot hem te negeren. Alleen idioten babbelden. 'Waar hebben jullie vannacht eigenlijk geslapen?' vroeg ze aan Tony, die de halve suikerpot in zijn koffie aan het scheppen was.

'Kamer 3.01. Tot ik hoor jou, stampend van onvrede boven mijn hoofd. Begrijpbare onvrede natuurlijk! Volkomen in jouw recht.'

Ze wees naar de brandgaten in het tafelkleed. 'En hoe hebben jullie dat gedaan?'

'Dat was jouw opa. Met een extra hand onder de tafel. Hij is snel voor zijn leeftijd.'

'En het geluid van de vleugel kwam van een cassetterecorder,' legde Gizmo uit, die een shaggie draaide. 'Hugo heeft een reservesleutel.'

Natuurlijk zat Hugo ook in het complot. Een waarzegster, een zakkenroller en een reus. Wat waren dit voor mensen?

Lorenzo stootte haar aan. 'Ga je dat nog opeten?'

'En de vlinder aan de muur dan?' vroeg Norah terwijl ze haar bord van zich af schoof en niet probeerde te zien hoe hij de omelet in twee happen naar binnen propte. 'Hoe kon die zo bewegen?'

'Het zijn allemaal trucs,' zei Lorenzo met volle mond. 'Behalve de buste, dat was een gelukje.'

Soddini tikte zijn ei stuk tegen zijn kale hoofd en begon het zorgvuldig te pellen. 'Ik verklap jou alleen omdat ik jou heb gekwetst, Norah.'

'Ik ben niet gekwetst.'

Lorenzo proestte.

'Als ik maak kunst, ik heb vele ingrediënten tot mijn beschikking,' zei Tony vlug. 'Ik zal jou verklappen drie veelgebruikte uit mijn keuken. Niet per se van dit recept, maar in algemene zin, oké? Ik kan niet weggeven al mijn –'

'Mogen we de korte versie?' vroeg Gizmo. Hij stak zijn shaggie achter zijn oor. 'Anders zitten we hier morgenavond nog.'

Soddini pakte de spatel en sloeg er hard mee op tafel. 'Jij moet op tellen passen, oude man. Anders ik zal jou laten zien wat jij kunt missen! Kijk, Norah, wanneer jij hebt touw,' hij hield zijn hoofd schuin en trok met twee vingers een schoenveter uit zijn oor, 'en jij hebt magneet,' hij verborg de veter in zijn vuist, blies, en liet een zwart rondje ter grootte van een knoop op tafel vallen, 'én jij hebt een spiegel,' hij streek met zijn hand over de magneet en onthulde het kleinste zakspiegeltje dat Norah ooit had gezien, 'dan jij kunt maken een illusie met overtuiging!'

Hij keek haar triomfantelijk aan. Norah pakte het spiegeltje op en draaide het bedachtzaam rond tussen haar vingers. 'Touw, magneten en spiegels... Is dat alles?'

'Wat? Is niet genoeg?' De vlinderkunstenaar sloeg zijn korte armen over elkaar. 'Wat had jij verwacht? Vuurwerk bij jouw amuse?'

'Ik dacht dat het – ingewikkelder zou zijn?' zei ze voorzichtig. 'Sorry. Het was niet mijn bedoeling om je te beledigen. Ik wist niet dat je zo –'

'Jij stelt vragen die arm zijn aan gevoel! Schoonheid van de kunst zit in de bereiding! Hoe wil jij smaak krijgen als jij niet kunt proeven, hm?'

'O jee,' mompelde Lorenzo, 'nou zul je het krijgen.' Hij sloop naar het aanrecht en schonk zichzelf een beker koffie in. En ook Gizmo maakte zich uit de voeten en glipte snel naar buiten.

'Als jij alleen kunt waarderen de presentatie van het gerecht jij zult nooit begrijpen wat maakt het verschil tussen een kok en een chef!' ging Soddini gepikeerd verder. 'Laat mij jou inprenten op een manier die jij nooit meer zult vergeten.'

Afgeleid door het schouwspel in de tuin, luisterde Norah met een half oor naar Tony's lezing over toewijding en vakmanschap. Rita en Gizmo waren op twee omgekeerde bloempotten bij het marmeren fonteintje gaan zitten. Rita had haar sjaal over hen heen gedrapeerd. Haar schouders schokten. Gizmo klopte troostend op haar rug. Om hen heen kringelden wolkjes sigarettenrook. Ze hadden hun geschil bijgelegd, waren hun aanvaring vergeten alsof ze nooit anders hadden gedaan. Het zag er zo makkelijk uit, bijna jaloersmakend vanzelfsprekend.

'– maar ik vergeef jouw onkunde omdat ik heb aan emoties gezeten die waren niet voor mijn handen bedoeld,' besloot Tony zijn preek. 'Laten wij ons richten op de orde van de dag. Is er nog iets wat jij wilt weten, Norah?'

'Ja, waar was dit alles voor nodig? En wat gaan jullie met Theresa doen?'

'Doen?' zei Lorenzo. 'Dat klinkt onheilspellend. Mijn moeder stond in de weg. Maar nu Rita gaat babysitten hebben we het hotel voor onszelf. Niemand die het BCD zal bellen.' Hij stak zijn hand uit naar de suikerpot, maar voor hij hem kon pakken tikte Soddini hem op zijn vingers met de spatel. 'Jij drinkt jouw koffie bitter. Ik moet jou hebben in vorm, Renzo. Vastere vorm. Jij kan één dag vrij krijgen van oefening, dus als jij nog met Norah wilt buiten spelen jullie moeten vaart maken.'

Ze twijfelde of ze hem goed had verstaan. 'Buiten spelen? Met jou?'

Lorenzo pakte de koffiekan en schonk haar beker bij tot de rand. 'Luister, Noor, ik dacht dat je het leuk zou vinden, zo'n seance. Echt! Vroeger was je gek op spookverhalen.'

'Vroeger sloot je me niet buiten.'

'Laat me het goedmaken, oké? Laten we op avontuur gaan.'

Ze bracht haar beker naar haar lippen, de koffie brandde in haar keel. Ze wilde niet toegeven. Niet nadat hij zo schaamteloos had gelogen, niet nadat hij zo achteloos was omgesprongen met haar *heimzucht*. Maar hoeveel zin had het om boos te blijven? Wat leverde dat haar op? Het zou de gebeurtenissen niet ongedaan maken, haar vragen niet beantwoorden. En was dit niet precies wat ze aan hem had gemist? Zoals Lorenzo naast haar zat, quasinonchalant met de kruimels van Tony's specialiteit op zijn jas, zich zogenaamd van geen schuld bewust, maar ondertussen naarstig op zoek naar een manier om de afstand te overbruggen.

'Misschien kan ik verlichting verschaffen?' zei Tony.

Norah nam de spatel van hem aan en gaf Lorenzo een harde, corrigerende tik. 'Je bent niets veranderd.'

'Gelukkig maar! Anders zou je me niet meer herkennen.'

De vlinderkunstenaar klapte in zijn handen. 'Goed, nu wij hebben over en weer verontschuldigingen gemaakt, wij kunnen gaan koken! Ik heb alle ingrediënten onder mijn beschikking.' Hij trok het zwarte kistje naar zich toe en klapte het open: het zat vol met kwastjes, poeders en potjes. 'Norah, jij bent nieuw genoeg om door te gaan voor een toerist en als ik ben zo vrij om te zeggen: met jouw maansproeten jij maakt een charmant gezicht. Maar ik zal ze verstoppen om jouw signalement te neutraliseren.'

Voor ze kon tegensputteren nam Tony haar vrolijk neuriënd onder handen. Hij mengde en wreef, streek en depte, maakte haar gezicht op met geoefende bewegingen. Het was zo gebeurd. Ze bekeek het resultaat in het zakspiegeltje. Haar sproeten waren verdwenen, haar contouren verscherpt, haar gezicht was veranderd in dat van een vage bekende.

'Jij ziet? Minimale trucage, maximale camouflage! Renzo hier is ander verhaal, hem wij maken onzichtbaar met hulp van blinde vlekken,' legde Tony uit terwijl hij Lorenzo een tint donkerder maakte, zijn neus een fractie groter. 'En door ongemak! Jij laat ongemak zien, de mensen kijken liever weg. Zo is hun natuur. Ogen zijn oppervlakkige zintuigen omdat zij zijn té selectief in hun smaak. Wat zullen wij vandaag maken, Renzo? Brandwond? Uitslag? Een pukkel van formaat?' Hij duwde Lorenzo een set valse boventanden in, waardoor de symmetrie uit zijn gezicht verdween. Zonder monsterlijke overdrijvingen vervormde Soddini zijn trekken en werd hij steeds onaangenamer om naar te kijken – tot er iemand overbleef die niet zozeer lelijk was, als wel onprettig genoeg om meteen te willen vergeten. En hoewel Norah er nog niet helemaal gerust op was dat niemand Lorenzo zou herkennen, gaf de vlinderkunstenaar zijn fiat om buiten te spelen en zette hij zich aan de afwas – maar niet voor hij haar terzijde had genomen: 'Jij houdt hem vandaag in zicht, Norah,' zei hij ernstig. 'Beloof mij jij zult risico's beperken tot het minimale? Wij lopen op een strakke planning en Renzo is een magneet voor spektakel.'

Op het bordes van het hotel werden ze opgewacht door een man onder een grote paraplu, een man met een vriendelijk gezicht en een vlassige snor.

‘Sorry voor de troep.’ Carlos La Pache wees naar de bandensporen op het klinkerpad. ‘Ik heb me een beetje laten gaan vannacht. Zo vaak kan ik geen gas geven binnen de bebouwde kom.’

‘Jij ook al?’ vroeg Norah.

‘Zijn wegen zijn ondoorgrondelijk!’ Carlos strekte zijn nek en eindelijk kon ze zijn tatoeage goed zien. Geen Siamese tweeling op een weegschaal of tweekoppige slak, maar twee gekruiste sleutels in vlekkerige blauwe inkt. ‘Voor ik op de taxi zat stond ik elke avond bij Soddini op het toneel met Bess, mijn worstelpartner. Zie je deze?’ Carlos’ gouden tanden schitterden toen hij breed naar haar grijnsde. ‘Die heb ik van haar. God hebbe haar ziel, die vrouw had een baard waar zelfs Samson jaloers op zou zijn!’

De StokerToren

Ze reden door de tunnel naar het centrum, een route met aanzienlijk minder stoplichten dan over de brug. Vanaf de achterbank kon Norah zien hoe Lorenzo ongeduldig op zijn stoel zat te wiebelen, als een kind dat niet kon wachten om de speeltuin onveilig te maken.

'Jullie hadden er geen mooiere dag voor kunnen uitkiezen,' zei Carlos toen ze over de Compromislaan reden. De ruitenwissers zwiepten in hetzelfde tempo heen en weer als de rozenkrans om zijn achteruitkijkspiegel. 'Neem mijn paraplu maar zo. Sas neemt elke week wel een nieuwe mee. Die toeristen komen hun spullen nooit ophalen bij de gevonden voorwerpen. Je wilt niet weten hoeveel sjaals onze Os heeft!'

Tien minuten later zette de snelste chauffeur van Stokerdam ze af op het Plein van Eendracht, waar groepjes toeristen zich ondanks de stromende regen in de schaduw van de StokerToren stonden te verheugen op het uitzicht dat boven op hen wachtte. Lorenzo klapte de paraplu open en wilde het plein oversteken, maar toen zag Norah de witte letters op het groene glas. Ze greep hem bij zijn arm. 'Wacht! Zit het BCD in de StokerToren?'

'Wist je dat niet? Ze hebben je toch folders gegeven?' Hij hield de paraplu boven haar hoofd. 'Zit mijn gezicht er nog op?'

'Lorenzo, we kunnen niet – er zijn te veel mensen.'

'Het zijn er precies genoeg. Kom!' Voor ze hem kon tegenhouden zigzagde hij door de menigte, drong schaamteloos voor zonder zich iets aan te trekken van het boze gemompel. Norah keek naar haar schoenen om de verontwaardigde blikken te vermijden. 'Kun je misschien iets vrolijker kijken? We hebben het naar ons zin, weet je nog? Nee, dat is boos. Zo ja.' Lorenzo grijnsde zo breed dat de valse tanden bijna uit zijn mond vielen. 'Heel goed, Noor.'

Met kramp in haar kaken drentelde ze achter hem aan tot ze voor de ingang stonden. Daar sloten ze aan bij een groep toeristen en hun gids, vlak achter een echtpaar met identieke windjacks dat op harde fluistertoon met elkaar stond te bakkeleien.

'Het zal mij benieuwen,' zei de man. 'Van mij hoeft het allemaal niet zo hoog.'

'Doe niet zo flauw, Ger. Als je de brochure mag geloven is het uitzicht spectaculair!'

'Als je de brochure mag geloven zitten er eieren bij het ontbijt. *All-inclusive* m'n reet. Lauwe koffie, vuile handdoeken, maar ondertussen wel een fooi verwachten! Ik dacht dat we hier voor onze rust kwamen!'

'Let op je bloeddruk, schat.'

'Ik begrijp de heisa niet. "Een utopische vakantie"? Nou, in mijn utopia staat er verse jus op het menu! Volgend jaar gaan we gewoon weer ergens aan het strand liggen.'

'Als je straks maar niet naar beneden kijkt,' zei Lorenzo. 'Wat je ook doet: niet naar beneden kijken. Anders komt dat ontbijt er zo weer uit.'

Ger draaide zich geërgerd om, maar toen hij Lorenzo's gezicht zag maakte hij een angstig geluidje en trok hij zijn vrouw dicht naar zich toe. Norah mompelde iets verontschuldigends en porde Lorenzo in zijn zij, maar hij wist niet van ophouden. 'Tenzij je goed kunt mikken natuurlijk. In dat geval zou ik er vol voor gaan.'

'Deze kant op, dames en heren!'

De gids, een blonde jongen met een groene polo en een rechthoekige bril, moest op zijn tenen staan om boven het geroezemoes uit te komen. 'Als u mij wilt volgen!'

Lorenzo klapte de paraplu en daarmee hun enige dekking in en knikte vriendelijk naar een Handhaver die de deur voor ze openhield. De man keek ongemakkelijk de andere kant op. Ze volgden de gids door een minimalistisch ingerichte hal. 'De StokerToren werd vijftien jaar geleden gebouwd ter gelegenheid van het overlijden van

Victor Bakermat,' vertelde hij op vlakke toon terwijl hij ze langs een betegelde muur leidde waar de leus van het BCD in groen mozaïek op stond: *Uw bestwil is ons belang*. 'Het is het hoogste gebouw van de stad, 120 meter plus een vlaggenmast. Vanaf het dak heeft u uitzicht over heel Stokerdam.' Werktuigelijk dirigeerde hij ze een lift in. 'Als u wilt opschuiven – verder, dames en heren, verder, dat moet passen, zo ja.'

In een walm van zweet en deodorant die de 'duizenden bezoekers in de afgelopen jaren' hadden achtergelaten stond Norah ingeklemd tussen Lorenzo en de gids, die niet alleen vlak klonk, maar er – zeker van zo dichtbij – ook verveeld uitzag. Hoe vaak had hij dit verhaal al afgedraaid? Hoeveel groepen had hij vandaag al voor zijn kiezen gehad? Ze voelde een kriebel in haar maag toen de lift in beweging kwam.

'Tijdens de feestelijke opening noemde zijn dochter en onze huidige Burgermoeder, Etna Bakermat, de StokerToren een uitkijkpunt voor alle burgers van Stokerdam. *Als we elkaar kunnen zien, kunnen we elkaar niet voorbijlopen*. Daarom is de toren de hele dag geopend voor het publiek. Boven vindt u niet alleen het dakterras, maar ook een souvenirwinkel en een restaurant. In de voet en de kelders van het gebouw is het Bureau Corrigerende Dienstverlening gevestigd.'

'Wat?' zei Ger. 'Zitten we in een gevangenis?'

De gids glimlachte routineus. 'Maakt u zich geen zorgen. In Stokerdam kennen wij geen criminaliteit. Hoogstens burgers die zijn afgedwaald. Door middel van een intensief Reflectie-Traject brengt het BCD ze weer op de juiste weg.'

'Zoals een herder zijn schapen in het gareel houdt?' vroeg Lorenzo.

De gids leek langzaam wakker te worden uit zijn verveling en nam hem onderzoekend op. Norah wilde dat ze de spatel had meegenomen.

'Zo zou je het kunnen noemen,' zei de gids uiteindelijk. 'Schapen zijn tamme dieren.'

'Tenzij ze hun vacht als vermomming dragen.'

Gelukkig kwam de lift op dat moment tot stilstand. De deuren schoven open, ze wrongen zich uit de benauwde cabine en stonden in een overvolle souvenirwinkel. Norah haalde opgelucht adem.

'Moeite met kleine ruimtes?' vroeg Lorenzo.

'Moeite met domme vragen.'

'Er is nog een andere groep op het dak. Laten we daar even op wachten,' stelde de gids voor. 'In de tussentijd heeft u de gelegenheid om rond te kijken.'

De toeristen maakten gretig gebruik van de commerciële pitstop. Ger en zijn vrouw vlogen op een stapel afgeprijsde regenponcho's af. Boven de rekken met ansichtkaarten en sleutelhangers hingen slingers met groen-witte vlaggetjes, de schappen waren gevuld met bekers, borden en placemats; aandenkens die ze overal verkochten, gemaakt in dezelfde fabriek en voorzien van een lokale opdruk. Het gezicht van Etna Bakermat staarde Norah aan vanaf een keukenschort. Zelfs de stoffen versie van de Burgermoeder had een onberispelijke glimlach. Lorenzo was bij een wand met kitscherige koelkastmagneetjes blijven staan: miniatuurversies van de Blufbrug en de StokerToren, de Terminal en het stadhuis, replica's in schreeuwerige kleuren en van goedkoop metaal. 'Wil je er een?' vroeg hij, en voor ze kon antwoorden liet hij een magneetje in haar jaszak glijden. Ze keek geschrokken om zich heen. De gids stond een paar meter verderop op zijn voeten te wippen. 'Wat doe je?'

'Ik stop een magneetje in je zak.'

'Dat mag niet,' fluisterde ze. 'Leg terug.'

Lorenzo leunde op zijn paraplu en nam haar geamuseerd op. 'Je bent echt heel correct, hè? Het is nog erger dan ik dacht.' De winkel stroomde langzaam vol met natgeregende toeristen die zich luid kakelend op de souvenirs wierpen. 'Maak je geen zorgen, Noor. Leon vindt het niet erg.' Lorenzo knikte naar de gids – die knipoogde terug. 'Zie je? Leon was onze technicus, de man achter de schermen bij Soddini's. Die kun je altijd vertrouwen.'

'Dames en heren!' Leon riep grimassend zijn kudde bij elkaar. 'U kunt het dak op!'

Ze hadden geluk. De groen-witte vlag sloeg hard tegen de metershoge mast, maar het was gestopt met regenen, en hoewel er nog steeds donkere wolken boven de stad hingen was het uitzicht inderdaad zoals de brochures beloofden. Vanaf het vierkante dak – dat door hoge rasters en een streng uitziende Handhaver tegen waaghalzen werd bewaakt – kon Norah heel Stokerdam zien. Lorenzo ging haar voor naar een hoek waar ze buiten het gehoor van de groep vielen. Hij zette de paraplu neer en haakte zijn vingers in het raster. 'Kijk. Daar is het hotel.'

Ze tuurde naar de andere kant van de Lef. De wind blies tranen in haar ogen, maar ze wist het Plein van Weltevreden te vinden, de slingerende Lefseweg, de muren van de begraafplaats, de Paradijssingel met zijn hoge beukenbomen, en zag toen ook de rode dakpannen van Hotel Euphoria.

'Ze hebben hun best gedaan om het af te breken,' zei Lorenzo, 'maar het blijft de mooiste wijk van de stad. En de eerlijkste. In Lefshaven wonen de enige mensen die tenminste toe durven te geven dat ze ontevreden zijn, daar kunnen de aanhangers van Etna Bakermat nog wat van opsteken.'

Norah dacht aan Irma Nijverhut en Marcel Grevelaar, aan Rutger, de Handhaver met zijn rommelende maag, en de vrouw met het klembord bij Burgerzaken die nijdig op haar horloge had gewezen. Ze had hun frustratie zien sluimeren onder een dun laagje beroepsmatige beleefdheid. 'Ze lijken anders wel erg tevreden met zichzelf.'

'Lijken ja! Koppelwerkwoorden, daar zijn ze goed in. Schijnen, heten, dunken, voorkomen, maar ze *zijn* het niet. Ze zijn niet echt. Niet eerlijk.'

Was hij het wel? Echt? Of was het allemaal een act? Het magneetje, zijn vermomming, de seance? Als het hem zo weinig moeite kostte om te liegen, hoe eerlijk kon hij dan zijn? Hoe kon ze zeker weten dat hij –

Lorenzo gaf haar een zetje. 'Waar ben je met je gedachten, Noor?'

'Ben je een charlatan?'

'Natuurlijk! En een goede ook! Daar heb ik hard voor gewerkt.'

‘Rita heeft me gewaarschuwd voor “de man met de grote verhalen”.’

‘Ha! Ik ben anders niet degene die met z’n kop op een verkiezingsposter staat.’

‘Nee,’ zei ze. ‘Jij staat op een opsporingsposter.’ Ze wilde juist de vragen op hem afvuren die haar al weken wakker hielden, maar de Handhaver kwam met afgemeten passen hun kant op. Hij liep vlak langs hen heen, met zijn armen strak tegen zijn zij, als een suppoost in een museum. Norah deed alsof ze het uitzicht bewonderde tot ze zeker wist dat hij hen niet meer kon horen. ‘Waarom heb je ingebroken in het stadhuis? Waarom heb je je dossier gestolen? En Gabriels bureau vernield? En hoe ben je uit dat busje ontsnapt?’ Ze keek Lorenzo strak aan en prikte met haar wijsvinger in zijn borst. ‘En waag het niet te liegen!’

‘Ik zou niet meer durven,’ grinnikte hij. ‘Wat mijn dossier betreft: waarom niet? Het is altijd goed om te weten wat ze over je schrijven. Niet veel goeds, zo blijkt. En wat de rest betreft… Dat is een lang verhaal, maar de korte versie gaat als volgt: het BCD heeft geen verstand van sloten – én het helpt als degene die je komt arresteren vroeger de kaartjes verkocht bij Soddini’s.’

‘Is dat alles?’

‘Wat? Is niet genoeg? Zijn jouw pupillen zo oppervlakkig van smaak? Geen wonder dat jij niets ziet! Kijk, deze was jij kwijt, ja?’ Lorenzo hield het koelkastmagneetje voor haar neus en liet het opnieuw in haar jaszak glijden. ‘Luister, ik zal je het geheim verklappen: Tony en ik zitten midden in de generale repetitie, de laatste voorbereidingen voor een show. En voor een show heb je drie dingen nodig: de man, het nummer en de publiciteit. De heilige drie-eenheid.’

‘Publiciteit voor een show? Heb je daarom al die standbeelden beklad?’

‘Beklad? Vroeger noemden we dat een aanplakbiljet.’

‘En Gabriels bureau?’

‘Dat noemden we een uitnodiging.’ Lorenzo wenkte haar dichterbij. ‘En nu neem ik aan dat je wilt weten wat het nummer is? Maar die verrassing ga ik niet voor je verpesten, Noortje. Dat zie je vanzelf tijdens het debat.’

'Het debat? Gaan jullie een show geven tijdens het debat? Kom op, je kunt me best íets vertellen.'

Maar Lorenzo schudde stellig zijn hoofd. 'Hoe minder je weet, hoe minder je hoeft te ontkennen. Je bent op het slechtste moment teruggekomen, Noor – of het beste, het is maar hoe je het bekijkt. Hoe dan ook, je kunt je beter gedeisd houden tot dit voorbij is. Irma Nijverhut kan het je knap lastig maken als ze wil. Weet je wat ze doen in de kelders van dit gebouw? Als ze je in een Reflectie-Traject stoppen? Waarom denk je dat Tony zo praat?' Er verscheen een harde trek om zijn mond die zijn gezicht zo afschrikwekkend maakte dat Norah onwillekeurig achteruitdeinsde. 'Ze wilden ons theater al tijden weg hebben, noemden ons "een risico voor het welzijn van de wijk". Eerst moesten we de bar sluiten, daarna gingen ze zich bemoeien met de openingstijden – alleen nog matineevoorstellingen... Maar we hadden een trouw publiek, ze bleven komen! Tot er op een middag iemand van het BCD op de eerste rij zat. Ik zag het meteen. Fantasieloze kop. Buiten stond al een busje te wachten, maar Tony rook geen onraad, die was alleen bezig met zijn kunst, je weet hoe hij is. Die vent gaf Tony niet eens de kans om zijn truc af te maken. Hij stormde het toneel op, beschuldigde hem van diefstal en dat was het dan. Soddini's moest per direct sluiten.'

Lorenzo stak zijn handen in zijn zakken. Beneden sloeg de klokkentoren van het stadhuis het middaguur, het galmde tussen de hoge gebouwen. 'Ik kon daar niet blijven. Niet zonder Tony. Dus ging ik terug naar het hotel. Ik heb Tony zeker een jaar niet gezien. Toen ik hem weer tegenkwam was hij niet meer dezelfde. Hij praat niet meer zo makkelijk als vroeger, is een heleboel woorden vergeten – maar zijn vingers zijn gelukkig nog even vlug.'

De zon brak door en weerkaatste in de gebouwen van glas. Norah hield een hand boven haar ogen. In de verte ging de Blufbrug open om een rondvaartboot door te laten. Ze probeerde zich voor te stellen hoe de kleine Soddini tierend was afgevoerd uit zijn theater, verontwaardigd dat zijn kunst niet op waarde werd geschat.

'Ik heb Tony ontmoet toen hij mijn portemonnee "uit wandelen" nam. Twee keer! Waarom stopt hij er niet gewoon mee? Hij kan zo weer gepakt worden.'

'Tony is wie hij is. Hij kan niet anders.'

'Of wil hij niet anders?'

'Willen?' zei Lorenzo. 'Willen is ook een interessant woord, een luxewoord. Wat heb je te willen als je de schijn altijd tegen hebt? Dat heeft niets met willen te maken. Het zou simpelweg niet moeten. Hé – zie je dat?' Onder hen scheurde een groen busje met draaiende zwaailichten over het Plein van Eendracht. Lorenzo glunderde. 'Ik ben weer ergens gezien. Gratis publiciteit!'

Vanuit haar ooghoeken zag Norah hoe de Handhaver stilletjes dichterbij was gekomen. Hij ging door zijn hurken en maakte zijn schoenveter los. Op zijn dooie gemak begon hij hem opnieuw vast te knopen. 'We beginnen op te vallen,' fluisterde ze. 'Kom.'

Ze ging Lorenzo voor naar de andere kant van het dak, waar de toeristen hun beurt afwachtten bij een verrekijker. Ger en zijn vrouw stonden vooraan naar Leon te luisteren, die met nauwelijks verholen minachting het dagprogramma uiteenzette. 'Zo dadelijk kunt u in het Gedoogkwartier op uw gemak bijkomen van deze *ervaring*. Met uw toegangsbewijs van de StokerToren heeft u bovendien recht op een gratis smoothie in wellnesscentrum De Lange Adem. En vergeet vooral niet een beoordeling over deze rondleiding achter te laten bij het Toeristenbureau. Feedback is een – *cadeautje*.'

Norah haakte haar vingers in het raster en keek naar beneden. Het Gedoogkwartier zag zwart van de mensen, die als een onrustige zwerm bijen door de smalle straten zoemden, in en uit panden met oude gevels en rode dakpannen schoten.

'Etna dacht dat ze Lefshaven kon nabouwen,' zei Lorenzo, 'maar haar Gedoogkwartier is een pretpark voor overspannen toeristen geworden, een lelijke illusie. Alles wat ze aanraakt verliest zijn karakter. Alles en iedereen. Wat dat betreft is ze nog erger dan mijn moeder.'

'Denk je niet dat je het moeilijker voor Gabriel maakt om van haar te winnen met je show? Hij zegt dat hij het contract wil hervormen. Kun je daar niet beter op wachten? Misschien krijgen jullie dan je theater terug.'

Lorenzo lachte schamper. 'Hoe denk je dat hij vorige keer aan al die stemmen uit Lefshaven kwam? Zijn sprankelende persoonlijkheid? Nee, Gabriel is vergeten van wie hij de lift heeft gekregen. Maar ik zal hem helpen herinneren.'

'Ik denk niet dat hij slechte bedoelingen heeft.'

'Die heb je niet nodig om het verkeerde idee aan te hangen. Hoe wil je een contract hervormen en nieuwe regels maken als je geen uitzonderingen op die regels kent?'

Een colonne auto's met zwaailichten en loeiende sirenes slingerde door de smalle straten van het Gedoogkwartier, slalomde als een groen-witte rups om de toeristen heen, zette de versnelling in en racete naar de Terminal. 'Godverdomme! Wat is dat nou!' riep Ger, die zijn handen tegen zijn oren legde. 'Zijn ze helemaal gek geworden?'

Leon ging op zijn tenen staan. 'Laten we naar binnen gaan, dames en heren! En neemt u vooral een kijkje in de souvenirwinkel voor u de stad gaat verkennen – als u vandaag een kookschort aanschaft, krijgt u er een gratis mok bij!'

'Wat kan die mok mij verrotten! Jij stond hier net te beweren dat hier geen criminaliteit voorkwam en moet je nou zien! Een hele militaire parade!'

'Lieverd, je bloeddruk, de dokter –'

'Kan mij het schelen wat de dokter zegt! Ik wil weten wat hier godverdomme aan de hand is!'

'Een oefening, meer zal het niet zijn,' verklaarde Leon terwijl hij zijn bange kudde met zichtbaar plezier naar binnen dreef. 'Gelooft u mij, dit is de veiligste plek van de stad! Geen en-ke-le reden tot paniek.'

'Zie je?' fluisterde Lorenzo terwijl ze achteraan in de rij sloten. Zijn ogen twinkelden van plezier en zijn vermomming leek heel even compleet verdwenen. 'We zijn overal, Noor. Vergis je niet – evolutie is het werk van de uitzondering. En de uitzonderingen zijn met meer. Veel meer.'

'Meneer!'

Norah hoefde niet om te kijken om te weten van wie de haastige voetstappen waren die ze achter zich hoorde. Ze gaf Lorenzo een duw. 'Niet omkijken,' fluisterde ze. 'Doorlopen. Ik zie je beneden.'

'Meneer! Stop!'

Ze haalde diep adem, draaide zich om en ging de Handhaver met haar meest ontwapenende glimlach tegemoet. 'Kan ik u ergens mee helpen?' Ze probeerde zo nonchalant mogelijk te klinken – maar de man leek haar niet eens te horen. Hij keek dwars door haar heen en marcheerde recht op zijn doel af. Norah durfde zich niet te verroeren, ze staarde naar zijn opgezwollen borst, de H op zijn embleem, voelde haar maag straktrekken, haar hartslag versnellen, voelde dat Lorenzo, die vlak achter haar was blijven staan, een hand op haar schouder legde en haar voorzichtig opzijduwde tot hij oog in oog met de Handhaver stond. Ze namen elkaar van top tot teen op.

'Meneer Madoz?' zei de Handhaver toen zacht. 'U vergeet uw paraplu – veel succes met de show.'

Het Gedoogkwartier

Hij kende iedereen. Iedereen die achter een balie werkte of in een spoelkeuken stond; mensen met groene hesjes, ruwe handen en geplastificeerde naamborden, mensen met verbeten glimlachjes en vermoeide gezichten; gezichten die verveeld waren van de schijn en het dienstverlenen, gezichten waar de frustratie doorheen schemerde. Norah schudde veel handen die middag, ontmoette talloze uitzonderingen op de regel, van wie ze de verhalen aanhoorde en de namen meteen vergat:

Meneer Kiliç, een man met een dikke baard en helderblauwe ogen die in een vorig leven de videotheek in Lefshaven had gerund tot zijn aanbod te 'opruiend' werd verklaard, stond nu achter de toonbank van een veganistische snackbar. Hij deed zijn beklag terwijl hij een ondefinieerbare grijze schijf in het vet gooide. 'Ik ben ook een voorstander van minder vlees eten, maar dit heeft toch niets meer met eten te maken? En die geur! Mijn vrouw blijft de was doen. En dan durven ze te beweren dat mijn films aanstootgevend waren! Dit is pas horror! Wij zijn erbij hoor, tijdens de show. Op de eerste rij als het even kan!'

Paulina Lanzilli, een chique dame met scherpe jukbeenderen en wimpers als vlinders, had ooit een toonaangevende boetiek gehad waar ze de trends bepaalde voor heel Stokerdam. Tegenwoordig verkocht ze vormeloze vrijetijdskleding. 'Wandelschoenen en afritsbroeken! Altijd weer die afgrijselijke afritsbroeken – alsof mode om comfort gaat! Maar leg dat maar uit aan mijn Participatiecoach, die man draagt witte sokken, zonder ironie… Je kostuum is trouwens bijna klaar. Vertel Tony dat hij het volgende week kan ophalen. Het is een heel priegelwerk, ik heb nog nooit zo veel verschillende materialen gebruikt – ik denk dat ik geen oog meer dichtdoe tot het af is, maar ik ben zó benieuwd hoe het staat! Eindelijk weer een ontwerp met lef!'

Mandy de Veth, voorheen een veel geraadpleegd pro-bonojurist, had haar kantoor moeten sluiten toen Etna Bakermat een Herziening had ingevoerd waarmee was bepaald dat juridische conflicten tot het verleden behoorden. 'Alle procedures verlopen via het BCD, zonder toezicht of tussenkomst. Niemand weet precies wat er in dat contract staat want er komt elke week wel een Herziening bij! Ze maken het je onmogelijk om bij te houden!' Ze was al een paar jaar hostess in wellnesscentrum De Lange Adem, waar ze overspannen toeristen bijstond voor ze de floatcabines ingingen en ze adviseerde om goed te drinken nadat ze hun stress hadden uitgezweet in de sauna. 'Ik heb vorige keer op je broer gestemd en dat ga ik nu weer doen,' zei ze stellig. 'De stad heeft een Burgervader nodig die gevoel heeft voor rechtvaardige procedures.'

'Dat is fijn om te horen. Gabriel kan elke stem gebruiken,' zei Lorenzo opgewekt – maar Norah kon niet zien of hij het meende.

Bastiaan Onasse, een kleutermeester met de bouw van een bodybuilder, had met pijn in zijn hart zijn baan opgezegd toen er een Herziening van kracht was gegaan die docenten verplichtte maandelijkse Intentie-Rapporten over hun leerlingen bij het BCD in te leveren. 'Kleuters verlinken… Ik was alleen nog verslagen aan het schrijven, aan lesgeven kwam ik niet toe!' Van achter zijn smoothiebar in de sportschool probeerde hij nu de toeristen te motiveren zoals hij ooit zijn leerlingen had aangemoedigd om binnen de lijntjes te kleuren. 'Maar ze verwachten een sticker voor elke push-up! En als ze na een week nog niet droog zijn staan ze stampvoetend aan mijn balie! Ik zweer het je, als er nog één een klacht over me indient sta ik niet voor de gevolgen in.'

Raoul Singh was tot een paar jaar terug journalist geweest bij *de VolksTribune*, maar toen er geen behoefte meer was aan kritische stukken was hij zich gaan specialiseren in gedichtjes op maat. 'Karikaturen zonder venijn. Ik heb een hekel aan rijm,' vertrouwde hij

Norah toe, 'maar de toeristen vinden het prachtig. Niemendalletjes op papier bij wijze van souvenir. Godallemachtig, als ik er nog een moet schrijven over vakantieverlangen zal ik mezelf aan de Blufbrug verhangen.'

Iris Verhappen, een gemoedelijke vrouw met een relativerend karakter, had haar halve leven voor een klein reisbureau gewerkt. 'Maar niemand gaat nog op vakantie. Weet je hoeveel formulieren je moet invullen voor je de stad uit mag? En de papierwinkel die op je wacht als je thuiskomt? Ach, dat hoef ik jou natuurlijk niet uit te leggen.' Op de klachtenafdeling van het Toeristenbureau luisterde ze tegenwoordig geduldig naar de ervaringen van de vakantiegangers. 'Ze zijn nooit tevreden! Al kun je ze dat niet echt kwalijk nemen. Met torenhoge prijzen creëer je torenhoge verwachtingen. Ik snap dat ze hun teleurstelling op iemand moeten afreageren, al zou ik er heel wat voor overhebben om weer eens van me af te kunnen bijten...'

In het trampolinepark van een indoor-speelparadijs kwamen ze de vrouw van Carlos tegen. Saskia La Pache was een voormalig bibliothecaresse met een scherpe blik en een pot aspirine onder haar balie. 'Het geschreeuw,' kreunde ze, 'ik kan mezelf niet meer horen denken. En wat ze uitspoken in de ballenbak... volwassen mensen!' Ze masseerde haar slapen. 'Je broer heeft mijn stem, hoor. Gabriel was altijd heel zorgvuldig met andermans spullen, hij leverde zijn boeken nooit te laat in. En hij is een goed rolmodel voor onze Os. Al had ik wel verwacht dat er meer veranderd zou zijn sinds de vorige verkiezingen – meer dan de Tegenprestatie.'

'Hij doet wat hij kan,' zei Lorenzo. 'Zijn intenties zijn zuiver.' En weer kon Norah niet zien of hij het meende.

'Hoe ken je al die mensen?'

'Trouwe bezoekers van Soddini's. Trouw genoeg om medeplichtig te zijn.'

'Maar ben je niet bang dat ze je verraden?' vroeg ze. 'Wat als ze tijdens een Functioneringsgesprek –'

'Wat als je nooit een risico zou nemen? Ik heb geen contract nodig om te geloven dat ze het beste met me voorhebben.'

Lorenzo zwaaide naar een brede uitsmijter aan de overkant van de straat die onder een haag van groene ballonnen de ingang van een casino bewaakte. Ruben Baumgart was zijn carrière ooit begonnen bij het BCD. 'Tot we ineens allemaal achter een bureau zaten. Ik wilde boeven vangen, geen Aantekeningen uitdelen! Vloeken in de openbare ruimte, je buren geen gedag zeggen – dat is toch geen stad? Dat is een dorp!' Hij haalde zijn neus op en spoog op de grond. 'Ik ben altijd blij als die toeristen mekaar naar de strot vliegen. Eindelijk wat te doen!'

De schipper van de rondvaartboot, een vierkante vrouw met een rauwe lach en een felle twinkeling in haar ogen, wond er ook geen doekjes om. Ze begreep niet waarom al die toeristen geen zwemdiploma's hadden. 'Ik kan er met m'n hoofd niet bij! Dat is toch vragen om problemen? En als je het mij vraagt' – ze wenkte Norah dichterbij – 'natuurlijke selectie!' Ze gaf haar schaterlachend een duw. 'Maar dat ken ik beter voor me houden. Je mag tegenwoordig niks meer zeggen in deze stad!'

Slenterend door de smalle straten van het Gedoogkwartier begon Norah door de façade van de vrolijke luifels en uitnodigende terrasjes heen te kijken – als je wist hoe de truc werkte verloor het Gedoogkwartier al zijn charme. Ze had het gevoel dat ze in een déjà vu liep. De uitzonderingen waren boos op het stadsbestuur, boos op de krant, boos op de beperkingen die het contract hun oplegde en in hun boosheid hoorde ze een bekend geluid; een geluid dat ze *daar* zo vaak had gehoord.

Met één verschil.

Want hoezeer ze ook uiteenliepen, in leeftijd, gender of geaardheid, in religie, kleur of klasse, *hier* geloofden de uitzonderingen dat ze in hetzelfde schuitje zaten. Hun frustratie werd niet veroorzaakt door hun onderlinge verschillen, maar door de norm waar ze allemaal van afweken: Etna's norm. Een overeenkomst die onder de oppervlakte lag, en misschien júist daarom een verbondenheid teweegbracht die zich niet contractueel liet afdwingen. Stuk voor stuk voelden de uitzonderingen zich onderschat, ongehoord en onbegrepen, en geen van allen konden ze bevatten waarom zij in vredesnaam was teruggekomen. Sommigen stikten haast in hun verontwaardiging, anderen balanceerden op het randje van cynisme, maar telkens als ze dreigden te vallen herstelde Lorenzo het evenwicht. Hij herleidde hun gedachten met het vooruitzicht van een show – en dan herinnerden zij zich op hun beurt die keer dat ze hem hadden gezien op het podium van Soddini's, ternauwernood ontsnappend uit een met water gevulde stalen kist, of balancerend, hoog op een ladder op de Blufbrug. Ze informeerden op fluistertoon naar de precieze invulling van de show en namen genoegen met zijn raadselachtige antwoorden.

Norah had het sterke vermoeden dat hij deze ronde maakte om indruk te maken. Niet alleen op zijn publiek, maar ook op haar. De ontsnappingskunstenaar kon niet zonder applaus – maar dit was zijn manier om het goed te maken. Lorenzo deed zijn best om de verloren tijd in te halen, zijn leugens ongedaan te maken en zijn zorgeloosheid werkte aanstekelijk, zijn zelfvertrouwen overdrachtelijk. Hier, naast haar populaire neef, verborgen in het volle zicht, had ze eindelijk het gevoel dat dit háár stad was, haar soort mensen.

Tot ze het groene busje zag.

De wagen van het BCD reed stapvoets hun kant op. Norah draaide zich vlug om. Aan de andere kant van de straat kwamen twee Handhavers hun tegemoet. Ze aarzelde geen moment. 'Schiet op!' Ze greep Lorenzo bij zijn mouw en sleurde hem achter zich aan, zigzagde door de mensenmassa, walste over tenen, duwde toeristen uit de weg zonder zich iets aan te trekken van hun boze gemompel. 'Pas op!' Een man met een plattegrond stapte te laat opzij. Ze botste frontaal tegen hem op, hoorde iets scheuren, en trok Lorenzo een steegje naast de snackbar in: een overvolle vuilcontainer, een paar oude fietsen – en een blinde muur. Ze doken achter de container.

Hijgend bleef ze op haar hurken zitten en telde een volle minuut af voor ze om de rand van de container durfde te kijken. Het groene busje van het BCD reed voorbij, maar de Handhavers die te voet waren stonden aan het begin van de steeg. Ze hadden zich over de toerist ontfermd, die verbouwereerd zijn gescheurde plattegrond omhooghield, en scanden de omgeving af. Norah schoot naar achteren. Haar hartslag versnelde. Maar dat zou iedereen hebben, iedereen die met zijn rug tegen de muur in een doodlopende steeg zat, verstopt achter een vuilcontainer, ingesloten zonder valluik. Ze haalde diep adem. De geur van oud frituurvet en bedorven mayonaise drong haar neusgaten in.

'Authentiek aroma, vind je niet?' fluisterde Lorenzo. 'Daar schrijven ze te weinig over in de brochures.'

'Houd je mond.'

Ze legde een hand op haar buik, voelde haar onregelmatige ademhaling, de misselijkheid die haar keel dichtkneep. *Niets voelen. Niet nu.* Ze moest kalm blijven. Niet nadenken over wat er zou gebeuren als een van de Handhavers op het idee kwam de steeg te onderzoeken. Ze had beter moeten opletten. Had het kunnen, nee, móeten weten. Hij was een magneet voor spektakel. Hij had nota bene zelf toegegeven dat hij een charlatan was. Hoe kon ze zo stom zijn? Naast haar peuterde Lorenzo op zijn gemak zijn tanden los. Hij legde het valse gebit op de vuile tegels. 'Weet je nog hoe we vroeger verstoppertje speelden?' vroeg hij. 'In het hotel?'

Norah sloot haar ogen. Waar was ze mee bezig? Hoe kwamen ze hieruit? *Het spijt me. Dit loopt niet goed af... Nee, dit loopt niet goed af.* Ze wilde dat ze Rita's voorspelling kon vergeten, maar de woorden van het medium vormden een echo in haar hoofd, een bezwering die al haar gedachten overstemde. *Dit loopt niet goed af. Dit loopt niet goed –*

'Noor?' Lorenzo gaf haar een zetje. 'Je was zo klein dat je in de meterkast paste. Dat was je favoriete plek – en Gabriel verstopte zich altijd in de boomhut. Weet je dat echt niet meer?'

De boomhut. Ze had Gabriel een keer opzettelijk een uur laten wachten, boos omdat hij nooit een andere verstopplek verzon, maar toen ze hem eindelijk uit zijn schuilplaats haalde was hij zo verdiept in een boek dat hij het vertikte om tevoorschijn te komen. En Lorenzo...

'Jij was altijd onvindbaar,' fluisterde ze. 'We zochten uren naar je, net zo lang tot opa chagrijnig werd van al dat gedrentel.'

'Ik zat altijd bij Tony.'

'Valsspeler.'

Lorenzo haalde zijn schouders op. 'Regels zijn voor strebertjes. Hoe staan we ervoor? Kunnen we al verder of zijn ze nog aan het spoorzoeken?'

Met ingehouden adem gluurde ze nog eens langs de container. De toerist met de plattegrond was verdwenen, maar de Handhavers stonden nog steeds op hun plek. De kortste van de twee prutste aan zijn portofoon.

'Stond-ie uit?' vroeg zijn collega.

'Kennelijk.'

'Sukkel.'

'Meldkamer? Hallo? Over?' Er klonk een luid gekraak. De Handhaver sloeg de portofoon tegen zijn dij, verhief zijn stem. 'Ja, hallo? Ik wil een gevalletje vandalisme melden. Verdachte draagt een rode jas, donkere broek en is gewapend met een paraplu.'

Uit het gekraak kwam een woedende stem op: *Wat doen jullie daar? Alle eenheden – meld je – Terminal – onmiddellijk!* De rest van het bericht ging op in ruis, maar het was duidelijk genoeg om de Handhavers met verschrikte gezichten op pad te sturen. Ze verdwenen haastig uit het zicht.

'De kust is veilig,' fluisterde Norah over haar schouder. 'Kunnen we niet beter terug naar huis? Ze weten hoe je eruitziet.'

Lorenzo was al opgestaan. Hij trok zijn windjack uit en draaide hem binnenstebuiten, veranderde zijn signalement van rood naar hemelsblauw. 'Ik moet nog bij één vriend langs. Een licht ontvlambaar type, dus probeer z'n lontje niet aan te steken.' Hij ritste de pijpen van zijn broek, kantelde zijn bekken naar achteren, duwde zijn buik naar voren en zakte een paar centimeter door zijn knieën. 'Hoe zie ik eruit?'

'Alsof je om problemen vraagt. Weet je zeker dat we niet terug moeten? Tony zei dat we niet te veel risico's mochten nemen.'

Lorenzo raapte de valse tanden op en gooide ze in de vuilcontainer. De resten van zijn broek en de paraplu verdwenen erachteraan. 'Als je het allemaal te spannend vindt kun je dat ook gewoon zeggen, Noor.'

Ze piekerde er niet over.

Café de Windhoek was een bruine kroeg aan de rand van het Gedoogkwartier, niet veel groter dan een huiskamer, maar wel compleet met flipperkast, biljarttafel en dartbord. Uit een oude stereo kwam een nietszeggend pianodeuntje. De muren waren bedekt met verkeersborden en andere kroegparafernalia en achter de bar hing een grote spiegel – maar er klopte iets niet. Op de planken achter de krasvrije toog stonden potten met theeblaadjes, de vloer was brandschoon, en het rook er naar vanille in plaats van verschaald bier. Geen asbakken, geen tap, geen sporen van ongezond gedrag. Aan een tafel bij het raam zaten een man en een vrouw te schaken. De vrouw schoof haar koningin naar voren.

'Kan die opnieuw?' vroeg de man. 'Ik was er met mijn hoofd niet bij.'

'Dat ben je nooit. Jouw beurt.'

Achter de bar stond een lange man met opgeheven kin die Norah vaag bekend voorkwam. Lorenzo liep recht op hem af, schoof een geurkaars opzij en klopte met zijn knokkels op de toog. Norah klom naast hem op een kruk. De barman stroopte de mouwen van zijn shirt op. Zijn onderarmen zaten onder de tatoeages. Een paar gekruiste sleutels, maar vooral veel doorgestreepte namen. Namen die misschien wel iets te maken hadden met de restanten van zijn blauwe oog.

'Godverdomme, Madoz, je ziet er beroerd uit! Tony heeft je lelijk toegetakeld.'

Norah keek geschrokken in de barspiegel, maar de schakers bij het raam hadden alleen oog voor hun spel. 'Maak je geen zorgen om die twee,' zei de barman, 'die zitten er alleen voor de aankleding. Geeft de toeristen een ontspannen gevoel, van die figuranten. Lekker authentiek, daar houden ze van. Dat is Anna, m'n zus,' de vrouw stak haar hand op, 'en dat daar is Sam, ons vijfde wiel aan de wagen, en Madoz' grootste fan – als-ie er tenminste niet uitziet alsof ie onder de brug heeft geslapen.'

'Ik mankeer niks aan m'n ogen, dank je feestelijk.'

Nu zag Norah de rolstoel waar Sam in zat en de gaatjes in Anna's oren waar piercings in hadden gezeten. 'Ik heb jullie eerder gezien!' zei ze. 'Op de Blufbrug.'

'Dat kan kloppen.' De barman stak zijn hand uit. 'Leander Gomez – en jij bent het nichtje van?'

'Ik ben Norah. Ik ben geen *figurant*.'

'Jullie zijn in ieder geval familie,' lachte hij. 'Ze heeft net zo'n ego als jij, Madoz!'

'Leander was onze vuurspuwer,' legde Lorenzo uit, 'en als hij geen brokken maakte op het toneel stond hij achter de bar.'

'Mooiste plek waar ik ooit heb gestaan! Nu ben ik afhankelijk van zo'n zeikerige Toegift. Heet water, karaffen met komkommer, lactosevrije cappuccino's – tis gewoon zielig!'

'Hoe kom je aan dat blauwe oog?' vroeg Lorenzo. 'Wie heb je nu weer beledigd?'

'Ik heb helemaal niemand beledigd! Die eikel van de sportschool, met z'n smoothies... Beweerde dat ik was aangekomen. Aangekomen, ik? Ik verkoop die cupcakes wel maar ik vreet ze niet!'

'Dat kán hij niet lullig bedoeld hebben,' merkte Sam op. 'Bastiaan Onasse heeft me helpen verhuizen toen ze een sushibar van m'n huis maakten. Die jongen heeft een hart van goud! En een conditie – poe!'

'Ga mij niet vertellen wat die baklap bedoelt! Ik heb z'n hele sapbar omver gesodemieterd. Leverde me een Aantekening op, maar dat was het meer dan waard. Zeg, wat mag ik jullie inschenken? Groene thee? Sterrenmix? Grasshotje?'

'Water alsjeblieft.'

'En wil je dat in een glas of in een jampot?'

'Pas maar op,' zei Anna terwijl ze een stuk van het bord veegde, 'als je even niet oplet voegt-ie zo iets toe aan je bestelling. Schaak.'

'Ik heb één keer m'n eigen recept gebruikt voor de "biologische" muffins, één keer! Ze houdt er nog niet over op.' Gniffelend zette Leander twee glazen water op de bar. 'Laat ik het zo zeggen: de klanten zagen de wereld als een krentenbol. Het was een onvergetelijke middag.'

'Het BCD kon er anders niet om lachen,' zei Sam, die aarzelend een stuk naar voren schoof, van gedachten veranderde en een hand door zijn rossige haar haalde. 'Hoelang duurde je Maatregel ook alweer?'

'Ik heb bijna een week naar mezelf zitten koekeloeren! Ik kreeg pas na vier dagen zo'n Erkenningsformulier en dat alleen omdat m'n PC en ik – nou ja, we participeren heel wat af, als je begrijpt wat ik bedoel. We hebben nog in hetzelfde portiek gewoond. Hij was toen al… doortastend.' Er verscheen een blosje op zijn wangen en Norah stelde vast dat ze de barman met het korte lontje wel mocht. Hij deed niet aan koppelwerkwoorden. 'Maar vier dagen, man! Ik dacht dat ze me vergeten waren in dat hok! Ze doen het liefst alsof mensen zoals wij niet bestaan, joh.'

'De uitzonderingen op de regel,' zei ze.

'Precies! Je slaat de spijker op z'n kop jij!'

'Die heeft ze van mij,' zei Lorenzo.

'Klinkt geloofwaardiger als zij het zegt. Hé – hoor je dat?' Leander klakte met zijn tong en draaide aan de volumeknop van de stereo. Het pianodeuntje had plaatsgemaakt voor de blikkerige stem van een nieuwslezer:

…en daarmee is de oefening van het Bureau Corrigerende Dienstverlening in de Terminal vlekkeloos verlopen. Zo dadelijk in de studio: Gabriel Madoz. Hoe schat de jonge kandidaat zijn kansen in nu zijn geloofwaardigheid een dieptepunt heeft bereikt?

'Een oefening,' snoof Leander. 'Ik heb twee keer voor je gebeld! "Bij de Terminal? Weet u dat zeker?" Ze vlogen er meteen op af. Sukkels. Je maakt ze onrustig, Madoz.'

'Dat is de bedoeling.' Lorenzo wenkte hem dichterbij. 'Over onrust gesproken: heb je mijn vuurwerk?'

'Natuurlijk! Genoeg om de StokerToren mee op te blazen.'

'Dat zal niet nodig zijn.'

'Ik ben op het ergste voorbereid,' knipoogde Leander. 'Maak je geen zorgen, het is allemaal eerlijk verdeeld. Ze zullen niet weten waar ze moeten zoeken! Over voorbereidingen gesproken: laat eens wat zien. Een truc.'

'Volgende keer. We moeten ervandoor, anders krijg ik Tony op m'n dak. Je weet hoe hij is.' Lorenzo hief zijn glas en sloeg het achterover. Het tikte tegen zijn voortanden, een pijnlijk geluid, maar lang niet zo pijnlijk als het geluid van brekend glas toen hij ineens een grote hap nam. Er vielen wat scherven op de bar, maar de grootste was op zijn tong blijven liggen. Hij klapte zijn kiezen op elkaar en kauwde de scherf fijn alsof hij een zuurtje vermorzelde. Norah luisterde in afschuw naar het geknars en voelde een rilling door haar wervels gaan toen hij de scherf – of wat daarvan was overgebleven – doorslikte. Leander Gomez bulderde van het lachen. 'Mafkees! Ik zet 'm wel op je rekening.'

Ongelovig pakte ze een van de overgebleven scherven op. De randen waren scherp, het glas was echt. 'Maar hoe –' begon ze.

'De vraag is niet *hoe*. De vraag is *waarom*.' Lorenzo wees naar de barspiegel. 'Zie je je gezicht? Daarom.'

'Die neef van je doet echt alles voor het publiek,' zei Leander. 'Alles! Die arme Etna weet niet wat 'r te wachten staat. Een eerlijk stemadvies vlak voordat de stembussen opengaan! Gevoel voor timing, vind je niet?'

'Heel Stokerdam kijkt naar dat debat,' merkte Sam op. 'Het wordt live uitgezonden. En die ouwe Leopold Varane van TribuneTV is gek op een goeie dosis drama. Hoe persoonlijker, hoe beter! Die man wacht al jaren op een scoop.'

'Een gewaagde zet,' meende Anna, 'maar niet een zonder risico's. Als het misgaat komen we nooit meer van dat mens af.' Ze tikte een stuk van het bord. 'Schaakmat.'

Sam stak verslagen zijn handen op en keek uit het raam. 'Zullen we een potje dammen? Daar ben ik onverslaanbaar in – o shit. Een Groene! Hij steekt nú de straat over!'

Voor Norah goed en wel in de gaten had wat er aan de hand was, veegde Leander de scherven onder de bar en verstopte Lorenzo zich achter een grote menukaart. Anna en Sam stelden hun stukken opnieuw op en veranderden weer in zwijgzame schakers bij het raam. Ze schoten allemaal moeiteloos in hun rol. Net op tijd, want de deur van café de Windhoek vloog open en er kwam een bekend gezicht binnen, een gezicht waarvan ze gehoopt had het nooit meer te zien.

'Norah? Norah de Klerk? Wat toevallig!'

Marcel Grevelaar stevende op de bar af en knoopte zijn jasje open voor hij op de kruk naast de hare klauterde. 'Ik dacht je al te herkennen!'

‘Meneer Grevelaar! Wat een verrassing!’

Norah draaide zich naar hem toe en maakte zich zo breed mogelijk om Lorenzo aan zijn zicht te onttrekken. Haar knieën stootten even tegen de zijne, een aanraking waar de mondhoeken van de douanier van trilden. Kennelijk gebeurde er nog steeds weinig opzienbarends in zijn leven. Ze wist hoe ze dit moest spelen. ‘Wat doet u hier?’

‘Een geluk bij een ongeluk,’ zei Grevelaar. Hij knipte met zijn vingers. ‘Zeg, doe mij een muntthee. Vers. En rol je mouwen terug, wil je? Niemand hoeft te zien wat voor losbandig bestaan je eropna houdt.’ Toen schoof hij naar het puntje van zijn kruk en knoopte zijn stropdas los, drukte zijn knieën opzettelijk tegen de hare en zei op vertrouwelijke toon: ‘Het is chaos bij de douane. Ze hebben die neef van je zien rondhangen bij de Terminal... het BCD kreeg een stortlading aan telefoontjes. Ik hoorde dat hij de stad uit is, maar we kammen voor de zekerheid het hele centrum uit. Discreet, want de toeristen mogen er niets van merken.’ Hij knikte naar Lorenzo. ‘Alsof het *dat soort mensen* iets kan schelen. Ze zijn daar niet anders gewend.’

‘Bent u daar eigenlijk weleens geweest?’ vroeg Norah. ‘Of heeft u dit allemaal uit een documentaire? Want zo anders zijn ze daar niet, hoor.’

‘Ha! Nou, er komt vandaag geen Nieuwkomer meer in – maar mij hoor je niet klagen, hoor. Zo vaak heb ik geen vrije middag.’

‘Het zijn lange dagen,’ zei ze begripvol. ‘Ik kan me niet voorstellen hoe u het volhoudt, meneer Grevelaar. Dat doen niet veel mensen u na.’

Er verscheen een blosje op zijn wangen dat zelfs niet verdween toen Leander zijn bestelling met een klap op een viltje zette. Er dreef één takje munt in het theewater. Met strakgespannen kaken stak hij de geurkaarsen op de bar aan en zette hij de radio een tandje harder.

‘*Bij ons in de studio is Gabriel Madoz aangeschoven. Welkom, meneer Madoz. Laten we meteen met de deur in huis vallen: in hoeverre voelt u zich medeverantwoordelijk voor de oefening die het* BCD *zich vandaag genoodzaakt zag uit te voeren?*’

'Wat probeert u te zeggen?'

'Laat ik het anders formuleren: hoe zou u uw aandeel beschrijven in de onrust die zo'n logistieke tour de force met zich meebrengt? Het ongemak dat veel burgers ervaren als ze sirenes in de straten horen? U kunt niet ontkennen dat u daar mede –'

'Volgens mij staan er belangrijkere zaken op de agenda. De Hervorming van het Samenlevingscontract bijvoorbeeld.'

'Ja, daar wilt u van af. Een opmerkelijk standpunt. Zeker voor iemand die pas aan het begin van zijn carrière staat.'

'Dat is een misverstand. Ik wil het contract zeker behouden. De constructie werkt, maar is hoognodig aan verbetering toe. Er is behoefte aan duidelijkheid – en inspraak. Als we werkelijk geloven dat evolutie het werk van de meerderheid is moeten we niet bang zijn om de burgers mee te laten denken over wezenlijke –'

'Dus u geeft toe dat u geen vertrouwen heeft in het fundament van onze samenleving?'

'Ik denk dat de burgers het fundament vormen van onze samenleving. En ik heb er vertrouwen in dat zij relevantere informatie te delen hebben dan hun persoonlijke sores. Daar zijn dagboeken voor.'

'Nou, nou,' zei Grevelaar, 'wat een toontje! Daar scoort hij misschien punten mee in Lefshaven, maar hier zitten we aan deze kant van de brug niet op te wachten, hoor.'

'Volgens mij zijn ze aan beide kanten van de brug wel toe aan een nieuw geluid,' zei Norah.

'Is dat zo?'

'Het zal u verbazen hoe snel verandering went.'

'Ja, daar heb jij als Nieuwkomer natuurlijk verstand van.' Grevelaar nam haar geamuseerd op. 'Je hoeft trouwens geen "u" te blijven zeggen. Niet als we elkaar beter willen leren kennen.' Hij knipte weer met zijn vingers. 'Wat drink je?'

Terwijl Leander haar inwendig vloekend bijschonk wierp Norah een vlugge blik in de barspiegel. Lorenzo, Sam en Anna waren woordeloos met elkaar in overleg. Ze moest Grevelaars aandacht vast blijven houden, iets verzinnen om hem door te laten babbelen, maar voor ze iets kon bedenken stak hij zijn hand naar haar uit en streek met een klamme vingertop over haar wang. 'Zeg, nu zie ik het pas! Ik vond je er al anders uitzien. Waar zijn je sproetjes gebleven? Zonde hoor. Je hebt het niet nodig. Mijn tante zegt altijd: *wie mooi wil zijn, doet niet aan schijn.*' Met een vies gezicht veegde hij zijn vinger af aan zijn broek. Norah hoorde Lorenzo achter haar op zijn kruk wiebelen, zag Leander vanuit haar ooghoek verwoed met een aansteker spelen, en voelde hoe haar eigen walging plaatsmaakte voor woede. *Niets voelen. Niet nu.* Verstijfd bleef ze op haar kruk zitten.

'Hoe is het met je oudtante, Marcel? Wil ze nog steeds voor geen goud weg uit Lefshaven? Ik geef haar groot gelijk, het is inderdaad de mooiste wijk van de stad.'

Maar Marcel Grevelaar wilde niet over zijn familie praten. Aangemoedigd door de synthetische vanillegeur van de kaarsen en de schijn van een authentieke sfeer legde hij een hand op haar bovenbeen, kneep er even in. 'Je lijkt vandaag wat gereserveerd, Norah. Hoe komt dat toch? Je gaf me vorige keer niet de indruk dat je zo moeilijk in de omgang was. Ik had juist het idee dat je behoefte had aan een beetje gezelschap.'

'Ik kies mijn gezelschap graag zelf uit.'

'U komt geïrriteerd over, meneer Madoz. Moeten onze luisteraars hieruit opmaken dat de druk van de verkiezingen u te veel wordt?'

'Hoort u eens, ik zit hier niet om over mijn gevoelens te praten. Dit is geen Functioneringsgesprek.'

'U komt uit een onrustige wijk, een onrustig gezin. Uw broer –'

'Mijn broer heeft hier niets mee te maken.'

'Maar hebben de kiezers niet het recht om te weten –'

'De kiezers hebben recht op een inhoudelijk gesprek. Als het uw intentie is om over mijn broer te praten, moet ik u teleurstellen. Mijn broer en ik zijn niet met elkaar te vergelijken. Hij denkt niet vooruit, terwijl ik niets anders doe dan me bezighouden met de toekomst van onze stad. Als u dat verschil niet kunt zien denk ik dat we dit gesprek beter kunnen afronden.'

'Oef,' zei Grevelaar. 'Die houding gaat hem stemmen kosten. Je komt uit een lastig genenpakket, Norah.'

'Wat wil je daarmee zeggen?'

'Alles naar wens?' vroeg Leander, die snel een doekje over de bar haalde. 'Is je muntthee vers genoeg?'

De douanier deed alsof hij doof was en boog dichter naar haar toe. Norah voelde zijn stoppels tegen haar wang, zijn adem in haar oor, zijn warme hand die nog steeds op haar dij rustte. 'Volgens mij heb je iemand nodig die je kan leren hoe je wat socialer in de omgang wordt.'

Ze stak haar hand in haar jaszak, vouwde haar vingers om het koelkastmagneetje en stelde zich voor hoe ze uit zou halen, hem recht op zijn adamsappel zou tikken; hoe hij naar zijn keel zou grijpen en piepend van zijn barkruk zou glijden – maar ze wist zich te beheersen en duwde gedecideerd zijn hand van haar been. 'Volgens mij red ik het prima alleen.'

Grevelaar begon te grinniken. 'Net zo'n ijskonijn als je neef. Zit het dus toch in de genen!' Hij hief zijn glas naar haar op, nam een slok – en spoog de thee meteen weer uit. Zijn hoofd werd rood, zijn ogen schoten vol. 'Wat... zit... hierin?' kokhalsde hij. Op zijn theewater dreef een vettig laagje. Norah keek snel in de barspiegel. Sam stak zijn duim op. Anna wees naar de deur.

'Lampenolie,' zei Leander. Hij sloeg zijn armen over elkaar. 'Niet lekker? Ik dacht dat je wel een ontstoppertje kon gebruiken. Je bent zó vol van jezelf.'

'Dit levert – je – een Aantekening op!'

'Dat komt mooi uit. Ik verzamel ze.'

Grevelaar veegde een spuugsliert van zijn kin en trok een boekje uit zijn binnenzak. Maar voor hij de Aantekening kon uitschrijven begon Sam luidkeels te brullen. 'Valsspeler! Ik wist het! Ik zit even niet op te letten en weg is m'n koningin!' Anna schoof haar stoel naar achteren en plantte haar knokkels op tafel. Ze keek vervaarlijk uit haar ogen. 'Valsspeler? Je kunt nog geen twee zetten vooruitdenken, graftak!'

Met een woest gebaar veegde Sam het schaakbord van tafel. De stukken stuiterden over de vloer. 'Zeg dat nog een keer, speldenkussen!'

'Stop daarmee!' proestte Grevelaar, die verwoed met zijn boekje wapperde. 'Zo gaan we niet met elkaar –'

Leander sloeg zo hard met zijn vuist op de bar dat de geurkaars omviel en over Grevelaars stropdas spetterde. 'Ga je die Aantekening nog uitdelen of wat? Sommigen van ons hebben vandaag meer te doen.'

'Kijk nou wat je doet!' brulde de douanier. 'Waarom moeten mensen zoals jij er altijd zo'n puinzooi van –'

'Mensen zoals ik? Ben je wel lekker? Weet je wat ik nou nooit heb begrepen aan types zoals jij? Schrijf maar op.'

Er vloog een loper over Norahs hoofd. Met een harde knal liet hij een barst achter in de barspiegel en op datzelfde moment gleed Lorenzo van zijn kruk. 'Tijd om te gaan,' fluisterde hij.

En terwijl de schaakstukken door café de Windhoek vlogen, Leander Gomez met de nodige krachttermen aan Marcel Grevelaar uitlegde wat hem allemaal mankeerde, de douanier sputterend het kaarsvet van zijn das peuterde, en de jarenlange bordspelletjesvete van Anna en Sam een explosief hoogtepunt bereikte, sloop Norah achter Lorenzo aan en glipten ze ongezien naar buiten.

Achter de schermen

Nu Theresa uit beeld was verdwenen en door Rita op haar kamer in een constante trance van goedkope witte wijn werd gehouden, was er een nieuwe routine in Norahs dagen geslopen. Een wonderlijke routine, want hoewel Lorenzo en Tony geheimzinnig bleven doen over de precieze invulling van de show waren de voorbereidingen in het hotel in volle gang.

Zo had Norah ze de ochtend na hun avontuur in het centrum aangetroffen in kamer 3.01, waar Tony met opgestroopte mouwen op een krukje naast de badkuip zat met een stopwatch. Hij legde een vinger tegen zijn lippen en ze sloop op haar tenen dichterbij. Lorenzo lag in zijn zwembroek op de bodem van het bad. Met zijn armen over zijn borst gevouwen en zijn gesloten ogen zag hij eruit alsof hij in Frans' verzameling thuishoorde, een kever op sterk water.

'Gaan jullie een watertank in het stadhuis –'

'Sst,' zei Soddini. 'Renzo moet zich wanen zonder publiek. Anders raakt zijn ego uit de concentratie die wij nodig hebben.' Hij had het nog niet gezegd of Lorenzo deed één oog open en stak zijn duim op. Er ontsnapte een luchtbel uit zijn neus. 'Zie jij nu?' zuchtte Soddini. 'Alsof jij geeft een bal aan een puppy.'

Terwijl ze samen de seconden aftelden merkte Norah dat ze als vanzelf haar eigen adem inhield. Er gingen twee minuten voorbij. Tweeënhalf. Na drie minuten borrelde er opnieuw een luchtbel naar de oppervlakte, maar Lorenzo bleef roerloos in het water liggen. In de vlekkerige badkamerspiegel zag ze haar reflectie, de spiertjes onder haar huid die trillend de protesten van haar lichaam doorgaven, ze kneep haar neus dicht, maar voelde de druk in haar borstkas alleen toenemen, een duizeligheid veroorzaken die sterker bleek dan haar wilskracht – ze hapte naar adem.

Er gingen nog eens dertig seconden voorbij voordat Lorenzo zijn handen op de badrand legde, maar voor hij omhoog kon komen gaf Soddini haar de stopwatch aan, stak zijn armen in het water en hield hem resoluut onder; net zo lang tot Lorenzo's gezicht verwrong, hij met zijn voeten begon te spartelen, en Norah zich stilletjesaan begon af te vragen of ze in moest grijpen – toen liet Soddini los. Lorenzo schoot proestend overeind. Het badwater klotste over de vloer. Soddini griste de stopwatch uit haar handen.

'Vier minuut tweeënvijftig. Jij bent te kort van adem, Renzo. Wij doen nog een keer!'

'Dit slaat nergens op!' hoestte Lorenzo. 'We gaan dit... niet eens doen!'

'Dat is niet het punt! Als jouw vorm is twijfelachtig, jij kunt geen show geven met overtuiging.'

Norah ging op de rand van het bad zitten en trok haar natte sokken uit. 'Wat gaan jullie dan wel doen? Net zo lang je adem inhouden tot Etna zich terugtrekt uit de race?'

'Was het maar zo simpel,' zei Lorenzo. 'We wachten op de laatste rekwisieten, een –'

'– een middel waarmee wij kunnen het publiek geven een kijkje in de toekomst,' vulde Soddini aan. 'Een sprong in de tijd die maakt dat zij stemmen met voorbedachten rade.'

'Een tijdmachine?'

'Zoiets,' lachte Lorenzo. 'Als we de rekwisieten hebben is de rest van de show een eitje!'

Maar Soddini was er allesbehalve gerust op. 'Rekwisieten maken geen illusie! Publiek moet geloven jij maakt een wonder met ernst, anders zij zien de spijkers in het decor.' Hij drukte de knoppen van de stopwatch in. 'Houd zijn hoofd onder water, Norah. Zijn gedachten zijn nog te gemakkelijk!'

Na haar assistentie in de badkamer – een rol die ze tot Soddini's genoegen zonder al te veel mededogen had vervuld – had de vlinderkunstenaar haar ook een rol toebedacht voor de show. Diezelfde middag overhandigde hij haar met een plechtig gezicht een doosje lucifers en sprak hij haar streng toe terwijl Lorenzo geblinddoekt op de receptiebalie stond te jongleren met vier lege wijnflessen. 'Ik wil dat jij oefent. Elke dag. Zonder uitstel.'

'Ik weet heus wel hoe ik een lucifer moet afstrijken.'

Soddini sloeg zijn korte armen over elkaar. 'O ja? Laat mij zien.'

Natuurlijk ging het mis toen hij haar op haar vingers keek. De eerste lucifer brak doormidden, de tweede ging pas na drie keer strijken aan. Norah voelde zich met elke poging onhandiger worden en was blij toen Lorenzo een fles liet vallen. Terwijl Soddini hem een uitbrander gaf, bedwong ze haar zenuwen, droogde haar handen en stak de dertiende lucifer in één vloeiende beweging aan.

'Jij moet oefenen tot de toppen van jouw vingers raken verveeld. Dat is wat jou te doen staat. Kun jij mij beloven jij zult mij niet teleurstellen? Jouw timing komt op een cruciaal moment in de show. Haperingen zijn niet toegestaan.'

'Ik doe beter mijn best als ik weet waar het precies voor is.'

'Bewaar jouw ongeduld, Norah. Als de tijd is gerijpt, ik vertel jou alles.'

Ze streek lucifers af tot ze kramp in haar pols kreeg, tot de geur van zwavel haar neus uit kwam en ze stilletjesaan spijt kreeg van haar belofte, maar haar huiswerk stelde niets voor in vergelijking met de verwachtingen die Soddini van Lorenzo had. In de dagen die volgden zag ze hoe hij sloten in en uit elkaar puzzelde, speelkaarten als boemerangs door de lobby wierp, salto's maakte, ijsbaden nam, zich eindeloos opdrukte op zijn knokkels en de steile trappen op en af rende met Soddini op zijn rug; hij had de conditie van een olympiër, een discipline die op het dwangmatige af was – en toch was zijn leermeester nooit tevreden. De vlinderkunstenaar maakte geen omeletten meer, maar zat elke ochtend hoofdschuddend in zichzelf te mopperen, ongeduldig wachtend tot Lorenzo eindelijk zijn ontbijt op had en ze weer aan de slag konden.

Alleen 's avonds kregen ze vrij van oefening. Na het avondeten – dat sinds de grote schoonmaak in de keuken gebeurde – gingen ze de trap op en verzamelden ze zich met zijn allen om het bed van oma Mime, die, hoewel het haar zichtbaar moeite kostte om lang rechtop te blijven zitten, stralend de spritsen liet rondgaan terwijl Jozias voorlas uit *de VolksTribune*.

Het opstootje in de Windhoek had de krant gehaald, een klein bericht in de kantlijn waarin werd vermeld dat het café voor onbepaalde tijd was gesloten en de barman ('een herhaaldelijke onruststoker') een Maatregel was opgelegd en door het BCD was opgenomen in een Reflectie-Traject. Norah voelde zich schuldig over haar rol in Leanders arrestatie, maar Lorenzo drukte haar op het hart er niet over in te zitten. 'Met zijn PC staat hij over een week weer buiten. Ruim op tijd voor de show. En geloof me, het zou zijn eer te na zijn om zo'n Grevelaar niet op zijn plek te zetten.'

'Ik snap niet wat jullie daar überhaupt te zoeken hadden,' bromde Jozias. 'Straks staat het BCD bij ons op de stoep.'

'Onzin! Die zijn voorlopig te druk met brandjes blussen,' wierp Mime tegen. 'Hoelang lees je nou al kranten? Het echte nieuws staat nooit in de koppen, dat weet je toch?'

'Laten we blij zijn dat het goed is afgelopen,' suste Gizmo. 'Iemand nog thee?'

Jozias sputterde nog wat na, maar haar oma had gelijk. Als je de berichten in de kantlijn mocht geloven waarde er inderdaad een onrust in Stokerdam, onder de oppervlakte borrelde iets wat langzaam op een kookpunt afstevende. Zo had een groep toeristen door een technische storing urenlang vastgezeten in de lift van de StokerToren, en was er door een onbekende grappenmaker een wisseltruc uitgehaald in de waskamer van het duurste hotel van de stad waardoor alle handdoeken naar frituurvet roken; het tropische zwembad was tijdelijk gesloten nadat een bezoeker de schrik van zijn leven had gehad toen hij voorbij gezwommen werd door een roedel ratten; in de floatcabines van wellnesscentrum De Lange Adem waren schimmels aangetroffen, en op de bodem van de ballenbakken van het indoorspeelparadijs was een kleverige substantie ontdekt die sterk naar vanille rook; een pasgetrouwd stel had zich zo beledigd gevoeld door een op maat geschreven gedicht dat ze bijna met de schrijver op de vuist waren gegaan, ware het niet dat ze ietwat hardhandig op andere gedachten waren gebracht door een uitsmijter die, volgens ooggetuigen, 'in een rotvaart' de straat was overgestoken om het akkefietje in de kiem te smoren; hij was er met alleen een Aantekening van afgekomen omdat hij later die avond in de Lef was gesprongen om een toerist te redden die om 'nog nader te onderzoeken redenen' van een rondvaartboot was gevallen. Het Toeristenbureau werd overspoeld met klachten en voor het eerst in jaren werden vakanties vroegtijdig afgebroken en moest er een extra passagiersschip worden ingezet om ontevreden toeristen terug te varen.

Maar volgens de koppen van *de VolksTribune* was er geen sprake van onrust. Sterker nog, een betrouwbare bron binnen het stadhuis had de krant weten te vertellen dat Lorenzo Madoz als verstekeling op een passagiersschip was gestapt en de stad had verlaten.

Heuglijk nieuws, aldus Etna Bakermat:

> En niet verwonderlijk. Het zal eindelijk tot meneer Madoz zijn doorgedrongen dat mensen zoals hij niets te zoeken hebben in Stokerdam. Jammer genoeg laten dit soort types altijd sporen na. Ongewenst Gedrag heeft een besmettelijke werking. Het BCD werkt de klok rond om Valse Meldingen te verwerken. Daarom hebben we onze Excellente Burgers harder nodig dan ooit om ze te assisteren met het aanleveren van betrouwbare Tips.

'Je weet dat de publiciteit werkt als ze de verdwijntrucs vóór je verzinnen!' lachte Lorenzo.

'Waarom zouden ze eigenlijk zeggen dat je de stad uit bent?' vroeg Norah.

'Ze zijn in paniek! Etna wil haar brave burgers niet het idee geven dat ze de boel niet onder controle heeft.' Hij graaide twee spritsen van de schaal en propte ze in zijn mond voor Tony hem kon tegenhouden. De kruimels vlogen in het rond.

'Jij jubelt voor jouw beurt,' zei Soddini nors. 'Publiciteit of niet, rekwisiet of niet, als jij niet snel jouw voorprogramma rondmaakt zullen wij voorgoed verdwijnen.'

Hoewel het complete plaatje onzichtbaar bleef werd het Norah in aanloop naar de show duidelijk dat de contouren een spektakel aftekenden van indrukwekkende proporties – en gevolgen. Hoe ze ook aandrong of terloops probeerde te polsen, ze slaagde er niet in te achterhalen wat het geheimzinnige rekwisiet was en bleef raadselachtige antwoorden krijgen over tijdmachines en stemadviezen. Maar toen ze op een ochtend luide stemmen uit de keuken hoorde komen bleef ze in de eetkamer staan, legde haar oor te luisteren en hoorde Soddini, kribbiger dan ooit, het voorprogramma prijsgeven.

'...vervoer is geregeld: wij maken ons vertrek en gaan hun tegemoet, wij maken benodigde preparaties voor jouw kostuum, en dan wij maken rentree in nacht voor de show. Maar hoe maken wij onze opkomst, hm? Zonder voorprogramma kunnen wij opdoeken voor wij zijn begonnen! Zij zullen ons meteen insluiten. Sta stil, jongen!'

Norah hoorde een stomp geluid, een dof gedreun, alsof iemand met een hamer op een houten plank sloeg. Was dat het rekwisiet? Een houten kist? Wilden ze Etna doormidden zagen?

'Maak je niet zo druk,' zei Lorenzo. 'Het voorprogramma is allang begonnen. Je hebt de krant toch gezien? Het publiek weet wat het moet doen.'

'Probeer mij niet om te leiden, jij weet waarvan ik spreek! Het is tijd om de uitnodiging te maken, wij zijn al aan de late kant. Voor trots is geen ruimte meer!'

Weer dat geluid. Norah duwde haar oor dichter tegen de keukendeur.

'Jouw reputatie is niet voldoende, niet voor deze prijs – jij moet hem inlichten. Nu. Hij is nog ongeoefend. Ik kan niet nog een keer verdwalen in mijzelf, Renzo. Ik kan niet nog meer woorden verliezen... Als wij falen blijft er niets van mij heel.'

'Het komt goed. Geloof me – ik ken hem. Hoe minder tijd hij heeft om erover na te denken hoe groter de kans dat hij meedoet. Hij wíl de verkiezingen winnen.'

'Geloven is niet voldoende! Jij moet zeker zijn. Zonder jouw broer wij kunnen niets bereiden. Hij spreekt haar taal, hij kent haar gebruiken, hij is ons belangrijkste ingrediënt! Niet zo naar mij kijken, jongen. Jij weet dat ik zou liegen als het was anders.'

Het werd akelig stil in de keuken. Norah probeerde zich voor te stellen hoe ze daar met een hamer tegenover elkaar stonden, als twee boze timmermannen die het niet eens werden over de bouwtekening. Ze bleef nog even aan de deur staan luisteren in de hoop dat ze zou opvangen wat Gabriels rol in de show zou zijn, maar toen het gehamer opnieuw klonk kon ze haar nieuwsgierigheid niet langer bedwingen. Ze stak haar hoofd om de hoek van de deur.

Er stond geen kist in de keuken en er was nergens een hamer te bekennen – alleen Lorenzo die met zijn rug tegen de kelderdeur stond en Soddini die vanaf de andere kant van de keuken met een scherpe polsbeweging iets op hem liet afvliegen: een mes dat vlak naast Lorenzo's oor in de deur bleef steken. Hij wrikte het los en wierp het terug. De vlinderkunstenaar greep het uit de lucht alsof ze een tennisbal overgooiden.

'Jezus!' gilde ze. 'Hoort dit bij de show? Gaan jullie met messen werpen tijdens het debat? Denk je echt dat dat een goed idee is?'

'Nee, maar zijn postuur is nog steeds weinig overtuigend,' zei Soddini nors. 'Zekerheid kost oefening, Renzo. Ik zag jou wiebelen! Jij moet niet twijfelen.'

'Ik twijfel nooit.'

'Nooit? Wel, als jij bent zó zeker van jouzelf, wij zullen proeven van de som. Vooruit, Norah, jij bewijst mijn gelijk.'

'Wat?'

Voor ze kon protesteren drukte Soddini het mes in haar handen. Het voelde zwaar, het voelde echt – te echt. De punt was vlijmscherp.

'Prima!' Lorenzo nam geërgerd zijn positie in. 'Liefst niet in m'n oog, Noor. Anders moeten we nóg een vervanger zoeken.'

'Jullie zijn gek.'

Norah legde het mes op het aanrecht en ging aan de keukentafel zitten. Ze haalde haar lucifers tevoorschijn, streek er een af en keek hoofdschuddend hoe het gele vlammetje het hout kromtrok. 'Compleet gestoord.'

'Zie je?' zei Tony. 'Zij begrijpt nu al! Haar verstand is in goeden doen. Zonder voorbereiding ben jij nergens. Hoe vaak heb jij mijn uitleg nodig, hm? Ik heb al honderd keer gezegd: publiek komt niet voor te zien een tragedie!'

'Als jij íets meer vertrouwen in mij zou hebben komt er geen tragedie!'

'Als, als, als! Als jij niet leert luisteren, ik stop met hele show! Is dat wat jij wilt?' Even leek Tony Soddini te bevriezen in een moment van pure frustratie, maar toen hij sprak klonk er alleen teleurstelling in zijn stem. 'Jij kunt niet alleen op jouzelf inzetten. Zo heb ik jou niets geleerd, jongen.' En daarmee beende de vlinderkunstenaar resoluut de keuken uit.

Norah keek hem bezorgd na. Ze verbrandde bijna haar vingers, de zwartgeblakerde lucifer viel in stukjes uiteen op het tafelkleed. 'Moet je hem niet achterna?'

'Vlak voor de première krijgt de Grote Soddini altijd last van plankenkoorts,' zei Lorenzo, die de vrieskist opendeed en er twee waterijsjes uit haalde. Hij gaf haar er een aan, sprong op het aanrecht en scheurde de verpakking open met zijn tanden. 'Maak je geen zorgen, hij draait wel bij.'

'Tony is niet de enige die zich zorgen maakt. De verkiezingen zijn al over tien dagen.'

'Ik heb geen zorgen nodig. Moet jij niet met vuur spelen, luistervink?'

Norah schoof haar lucifers aan de kant. Ze wikkelde de verpakking van haar ijsje en maakte er een propje van, verstopte het in haar vuist, blies en vouwde haar vingers open. Heel even – en tegen beter weten in – hoopte ze dat er een vlinder op haar handpalm zou zitten – maar het plastic was natuurlijk plastic gebleven.

Lorenzo gnuifde. 'Je vergeet het toverwoord.'

'Komt omdat ik niet genoeg geoefend heb. Waarom vraag je hem niet gewoon? Gabriel wil je vast helpen. Hij is ambitieus genoeg.'

'Helpen? Wie heeft het over helpen? Hij mag blij zijn dat hij mee *mag* doen. En Tony's timing klopt niet. Als we hem nu vragen levert hij ons zeker weten uit.'

'Niet als je hem kunt uitleggen waarom je hem nodig hebt. Gabriel is niet onredelijk. Hij –'

'Tuurlijk niet. Wonderkinderen zijn de redelijkheid zelve.'

'Het is een heel dunne scheidslijn tussen zelfvertrouwen en zelfingenomenheid, wist je dat?'

'O echt?'

'Ja. Echt. Waarom doe je zo koppig?'

'Omdat ik dat ben! Ik ben een koppige, zelfingenomen charlatan – ik weet wie ik ben. Daar heb ik geen Functioneringsgesprek voor nodig.'

'Dit is geen Functioneringsgesprek.'

Zijn ogen vernauwden en er sloop iets onaangenaams in Lorenzo's gezicht. Iets wat Norah nog niet had gezien zonder schmink; een verharding die ze goed kende van Jozias, van haar moeder en zichzelf. Ze waren allemaal van hetzelfde materiaal gemaakt en daarom wist ze, misschien nog eerder dan hijzelf, dat hij iets onredelijks ging zeggen.

'Waarom klink je dan als mijn moeder?'

De sneer bleef tussen hen in hangen. Ze wist hoe ze dit moest spelen. Zolang ze zich wist te beheersen kon ze deze ronde niet verliezen. Ze zag hem al terugkrabbelen, spijt krijgen. 'Noor?' Met afgewend gezicht gooide ze haar ijsje in de prullenbak. Hij hoefde niet te zien dat ze niet gekwetst was, hoefde niet te weten dat ze doorhad dat er een puber op het aanrecht zat; een puber die zich achter een houding verstopte die als een tweede huid om hem heen zat, een nonchalance die hij had geperfectioneerd. Wat dat betreft deed hij niet onder voor zijn broer aan wie hij zijn plek in de schijnwerpers was verloren; een puber van wie je misschien zou denken dat hij simpelweg jaloers was – maar dat was hij niet. Er zat hem iets anders dwars. Iets minder banaals. Iets wat ze ook van haar moeder kende. En van zichzelf.

'Dat had ik niet moeten zeggen. Noortje?'

Ze zou hem door het stof laten gaan. Ook dat was 'typisch De Klerk-gedrag'. Er was geen ontsnappen aan mogelijk. Ze zouden altijd terugvallen in dezelfde rollen en patronen, hetzelfde spel van inhouden en toegeven.

'Het spijt me, oké? Ik ben een idioot.'

Nu was het haar beurt. Toenadering zou op zijn plaats zijn, maar Norah wilde zich met winst laten uitbetalen. Hij zou toegeven wat ze vermoedde. 'Mis je hem?'

Lorenzo draaide zijn ijsstokje tussen zijn vingers en keek haar onderzoekend aan, alsof ze alsnog een vlinder tevoorschijn had getoverd. 'Natuurlijk mis ik hem,' zei hij uiteindelijk. 'Wat? Geloof je me niet?'

'Je doet er nogal laconiek over – over alles.'

'Waarom zou ik mezelf serieuzer nemen dan nodig is?' kaatste hij terug, maar de ontsnappingskunstenaar vermeed haar blik en staarde naar zijn voeten. Hij wiebelde met zijn tenen, leek op zoek naar de juiste woorden, een uitweg misschien. 'Natuurlijk is het pijnlijk dat hij… Heb je hem niet gehoord op de radio? Hij wil niet eens over me praten! Hij doet alsof we elkaar niet kennen – en misschien is dat wel zo. Weet je hoelang ik mezelf heb wijsgemaakt dat hij Soddini's weer zou openen? Idioot.'

'Ben je bang dat hij niet mee *wil* doen?' vroeg Norah. 'Want Tony heeft gelijk. Als Gabriel niet meewerkt rekenen ze jullie meteen in. Het wemelt van de Handhavers op het stadhuis.'

'Natuurlijk ben ik bang! Maar daar heb ik iets voor…' Lorenzo ging kaarsrecht zitten, wierp zijn ijsstokje in de lucht, ving het op tussen zijn tanden, en veranderde in een oogwenk weer in de zelfverzekerde verhalenverteller, de publieksfavoriet die kon rekenen op applaus. Hij had alleen nog een zetje nodig. Norah wist wat ze moest vragen. De vraag hoorde bij hun ritueel.

'Wat is de truc?'

'Je moet aan iets sterks denken. Een prestatie, aan wat die prestatie inhoudt – dan overwin je de angst. Tijdelijk althans. Ik ben nooit bang als ik aan het werk ben! Daarvoor is geen plaats. Als ik in de coulissen sta en ik hoor ze schuiven op hun stoelen – het is het beste gevoel dat er is. Als het publiek op me wacht vergeet ik de angst vanzelf!' Hij wees met zijn ijsstokje naar het mes dat vergeten op het aanrecht lag. 'Als je nog steeds boos op me bent, mag je trouwens best een keer –'

'Kinderen!'

Jozias leunde hijgend tegen de deurpost. 'Irma,' bracht hij moeizaam uit. 'Dat mens – ze komt eraan. Gizmo houdt haar op – bij de deur. Tony – ligt al – in de vleugel. Verstop je! Vlug!'

Lorenzo aarzelde geen moment. Hij sprong van het aanrecht en was in twee stappen bij de vriezer. Op zijn zij en met opgetrokken knieën paste hij er net in. Jozias gooide de deksel dicht. Precies op tijd, want twee tellen later stapte Irma Nijverhut de keuken in met haar rolkoffer.

'Goedemiddag! Ik hoop niet dat ik stoor.'

Er staken slordige pieken uit haar knot, op haar embleem zat een lelijke koffievlek en ze was er niet aan toegekomen haar groene overhemd te strijken, maar Norah zag hoe Irma's blik ondanks de donkere kringen onder haar ogen nieuwsgierig door de keuken dwaalde; over de stapel magnetrons, het ijsstokje en het mes op het aanrecht, de putten in de kelderdeur. Ze vouwde vlug het tafelkleed op, verborg de brandgaten en de afgestreken lucifers. 'Irma! Ik dacht dat we pas na de verkiezingen een afspraak hadden.'

'Dat klopt. Maar hadden we ook niet *afgesproken* dat je Ongewenst Gedrag meteen zou melden? Ik geloof het wel, hè? Ik heb mijn handen vol met al die Valse Meldingen, maar ik had wel verwacht iets van je te horen. En als ik het hier zo zie, heb je het niet erg druk gehad...'

'Het is hier inderdaad heerlijk rustig,' zei Jozias, die zijn zakdoek tevoorschijn had gehaald en met trillende handen zijn voorhoofd begon te deppen. 'Wel vreselijk benauwd, vind je niet? Mijn hemel. Waarom gaan we niet lekker in de tuin zitten? Het is prachtig weer. Zal ik koffiezetten? Of heb je liever thee?'

'Wat een belangstelling! Heel aandoenlijk – maar ik kom niet voor de gezelligheid. Ik heb alleen wat tijd met Norah nodig. Onder vier ogen.'

Irma dirigeerde hem resoluut de keuken uit. En terwijl haar opa een laatste bezorgde blik op de vriezer wierp en haar Participatiecoach haar koffer uitpakte en zich installeerde aan de keukentafel, schatte Norah haar kansen in. Er hing geen klok in de keuken, maar elke minuut langer in de vriezer vergrootte het risico dat Lorenzo er niet levend uit zou komen. Ze moest snel zijn. Irma sloeg haar dossier open, zette de recorder aan, en schoof de microfoon onder haar neus. De tijd liep.

'Je bent onlangs betrokken geweest bij een incident in café de Windhoek zonder me daarvan op de hoogte te stellen. Hoe –'

'Sorry,' zei Norah vlug. 'Sorry, ik dacht niet dat het nodig was. Ik was er alleen bij. Ik heb niets gedaan.'

'Ja, dat is precies het probleem. Volgens het slachtoffer heb je je schuldig gemaakt aan het passief reageren op Ongewenst Gedrag. Daarmee draag je bij aan een klimaat van onveiligheid. Denk je dat je me kunt uitleggen waarom we dat niet kunnen tolereren?'

'Ik denk dat je het zelf prima hebt uitgelegd.'

'Ik hoor het graag in je eigen woorden. Volgens mijn rapport zat meneer Grevelaar rustig een kopje thee te drinken op zijn vrije middag toen hij belaagd werd door een meute onruststokers en bijna werd vergiftigd. En jij stond erbij en keek ernaar.'

'Zo is het niet gegaan. Hij beledigde mijn familie en toen zat hij met z'n zweterige handjes aan –'

'Wacht. Ik ga je hier stoppen. Voor je eigen bestwil, zie je? Meneer Grevelaar is niet alleen een gewaardeerde collega, maar ook een Excellente Burger van Onbesproken Gedrag.' Irma haalde een formulier tevoorschijn en likte aan de punt van haar pen. 'Maar als je zo zeker van je zaak bent kun je natuurlijk een Tip indienen. Laten we bij het begin beginnen. Wat deed je in dat café?'

'Ik wilde de stad als toerist beleven om beter te begrijpen –'

'Heimwee,' knikte Irma. 'Tja, daar hebben Nieuwkomers wel vaker last van.'

Norah ging op haar handen zitten. Haar been begon te trillen. *Niets voelen. Niet nu.* Ze mocht geen steken laten vallen. Zich niet laten provoceren. Ze moest kalm blijven, zich bedwingen om niet naar de vriezer te kijken. Hij kon bijna vijf minuten onder water blijven, maar hoelang hield hij het vol in een vriezer? In een T-shirt? Zonder sokken?

'Laat maar.'

'Harder alsjeblieft, anders kunnen we het niet horen.'

Ze leunde in de microfoon. 'Laat maar. Het is precies gegaan zoals jij zei. Precies zo. Ik stond erbij en ik keek ernaar. Het zal niet nog een keer gebeuren.'

'Daar reken ik op. Neemt niet weg dat ik je dit keer een Aantekening moet geven.'

'Prima.'

'Prima?' Irma trok een wenkbrauw op. 'Ik geloof niet dat je de ernst van de situatie inziet, Norah. Een Aantekening in je dossier is niet iets om lichtzinnig over te doen. Niet als je je tot Excellent Burger wilt ontwikkelen.'

'Ik doe er niet lichtzinnig over.'

'Waarom ga je dan met me in discussie? Kun je me dat uitleggen? Want ik heb wel een vermoeden.' Er verschenen kuiltjes in Irma's wangen. Ze veegde een losse pluk haar achter haar oor, genoot zichtbaar van het aanloopje. 'Ik vermoed namelijk dat je niet verantwoordelijk gehouden *wilt* worden voor de gevolgen van je gedrag. Dat komt meer voor in je familie. Lorenzo dacht ook dat hij alleen op de wereld was. Heb je trouwens nog iets van hem gehoord?'

'Lorenzo is vertrokken. Stond in de krant.'

'Laten we hopen dat dat het geval is, en laten we hopen dat je niet al zijn gewoontes hebt overgenomen. Ik maak me zorgen om je, Norah.'

'Dat is heel sympathiek van je, maar ik heb echt geen zorgen nodig.'

'Ik kan me voorstellen dat je dat graag wilt geloven. Maar als je het alleen zou kunnen, zou ik hier nu niet zijn, of wel? Vertel eens, hoe vond je het uitzicht?'

'Welk uitzicht?'

Irma wees met haar pen naar het magneetje dat aan de vriezer kleefde: een miniatuurversie van de StokerToren, eerlijk gejat. 'Of was je daar niet de toerist aan het uithangen?'

'Die is niet van mij. Zijn we bijna klaar?'

'Heb je zo'n haast?'

'Nee hoor, ik wil je tijd gewoon niet verdoen.'

'Dat doe je nooit, Norah. Daar ben je te belangrijk voor.' Met een geamuseerd gezicht vinkte Irma een hokje aan op een formulier – en op dat moment sloeg de vriezer aan. De lage bromtoon vulde de keuken en het beeld van Lorenzo, gevangen in een kist van ijs, vastgevroren tussen de ijsjes en bakken pindasoep, maakte het onmogelijk om stil te blijven zitten. Norah schoof onwillekeurig op haar stoel.

'Je maakt een gespannen indruk, Norah. Zit je iets dwars?'

Er kraakte iets in de vriezer. Trok hij zich los? Met vel en al? De show kon niet doorgaan zonder de man – het nummer en de publiciteit waren niet genoeg. Het publiek kwam niet voor een tragedie. Ze moest iets doen. Nu.

'Ik voel me niet zo goed. Vast iets verkeerds gegeten. Kunnen we dit een andere keer doen? Na de verkiezingen?'

'Waarom geef je me toch keer op keer de indruk dat je niet echt mee *wilt* draaien in onze samenleving?'

'Geen idee.'

'Zou het zo kunnen zijn dat je hier eigenlijk helemaal niet op je plek bent? Want dat zien we ook vaker bij Nieuwkomers. Ze komen met allerlei verwachtingen binnen, denken dat het allemaal wel vanzelf zal gaan, dat ze geen en-ke-le inspanning hoeven te leveren om een van ons te worden – maar in werkelijkheid horen ze hier gewoon niet thuis.' Irma legde haar pen neer en keek haar afwachtend aan. 'Nou? Herken je je daarin?'

'Ik ben geen Nieuwkomer. Ik ben hier geboren.'

'Voor iemand die hier geboren is heb je anders erg veel moeite met onze manier van leven. Daar moeten we toch echt –'

'Ben je klaar?'

'Pardon?'

'Ik vraag of je klaar bent. Je hebt je Aantekening uitgedeeld. Je hebt je vragen gesteld. Wat wil je nog meer, Irma? Excuses? Sorry. Schrijf maar op. Sorry dat ik je zo veel extra werk bezorg. Sorry dat je het zo moeilijk hebt. Het spijt me vreselijk dat je het allemaal niet aankunt. Goed zo?' Norah hoorde iemand hoesten in de eetkamer, maar Jozias kon haar niet meer tegenhouden. Niemand kon haar nog tegenhouden. Ze had lang genoeg meegespeeld. 'Weet je wat ik me al een tijd afvraag? Wat haal jij hieruit? Want dit kan het niet zijn toch? Wil je dáárover praten?'

'Je denkt misschien dat ik je aan het pesten ben, maar ik doe dit voor je eigen bestwil.'

'Mijn bestwil? Wat weet jij in godsnaam over mijn bestwil? Denk je dat dit iets over mij zegt?' Norah leunde over de tafel en veegde de ordner op de grond. 'Wat staat er eigenlijk in jouw dossier, Irma? Dat je zo ongelukkig bent dat je dit nodig hebt? Lijstjes invullen? Mensen corrigeren? Moet dat compenseren dat je geen persoonlijkheid hebt? Want dat vermoeden heb ik namelijk. Ik denk dat je zo graag in meervoud praat omdat je zelf niets te vertellen hebt. Zonder Etna hebben mensen zoals jij niets te echoën. Ik kan me goed voorstellen dat jij dat anders ziet – maar als het niet zo was, zou je hier niet zijn, toch?'

'Ik ga je hier stoppen.'

'Doe dat.'

Irma vouwde haar handen in elkaar, er verschenen weer kuiltjes in haar wangen en toen zag Norah de triomfantelijke blik in haar ogen. Te laat. Hier was ze al die tijd op uit geweest. 'Ik vrees dat ik je een Maatregel moet opleggen. Tenzij je bereid bent je woorden terug te nemen.'

Een uitweg. Terugkrabbelen zou verstandig zijn. De slimste zet. Maar Norah wilde haar verlies niet nemen. Ze sprak luid en duidelijk in de microfoon. 'Ik heb niets terug te nemen. Dit is wat ik denk.'

Uw bestwil is ons belang

Wit. De muren, de tegelvloer, het licht dat uit de brommende tl-buizen scheen. Alles was wit. Alles op de groene deuren in de raamloze gang na. Norah volgde de Handhaver op haar blote voeten en voelde hoe ze langzaamaan spijt begon te krijgen van haar uitbarsting. Haar woede had zo terecht gevoeld, maar nu, hier, in de kelder van de StokerToren, in de voetstappen van de zwijgzame Handhaver, sloeg de twijfel toe. Of was het angst?

Ze spoelde haar gedachten terug. Terug naar het hotel. Terug naar de keuken. Irma had haar koffer ingepakt. Een telefoontje gepleegd. Er was een busje voor komen rijden. Jozias had stampij gemaakt. Gizmo had geprobeerd hem te kalmeren, maar haar opa had zich niets aangetrokken van zijn waarschuwingen en tierend bij het hek gestaan toen het BCD haar meenam. Daarna was er een rit zonder sirenes of zwaailichten geweest, over de brug en dwars door de stad. Ze waren via de parkeergarage binnengekomen, buiten het zicht van de toeristen op het Plein van Eendracht. Er was een krappe lift geweest en een wachtkamer met plastic planten. Ze had haar Participatiepas afgegeven en haar schoenen ingeleverd terwijl Irma een stapel formulieren invulde aan een balie die bemand werd door een zwijgzame Handhaver met een borstelige snor.

'Hoelang gaat dit duren?' had ze gevraagd.

'Zo lang als nodig is.'

'Ik wil een advocaat.'

'Een advocaat? We hebben geen conflict, Norah. We hebben een verschil van inzicht.' Irma had haar een stomp potlood en een vel papier overhandigd. 'Omdat het je eerste keer is krijg je je Erkenningsformulier meteen mee. Het is aan jou om te laten zien hoe snel je tot inkeer kunt komen.'

De Handhaver stond stil voor een deur met een luik en een nummer: 278. Binnen was het donker. Norah bleef op de drempel staan tot ze een duw in haar rug voelde. De tl-buis boven haar hoofd kwam knipperend tot leven. Ze deinsde achteruit, maar kon niet meer terug. Achter haar ging de deur op slot. In de hoek van de cel stond een stalen wc-pot, langs de muur een bed van witgeverfd metaal met een kaal matras. Een wit plafond en een groene vloer, bij elkaar nog geen vier vierkante meter. En links en rechts, voor en achter haar: spiegels.

Norah zag hoe ze naar het bed liep en het formulier op het kale matras legde. Ze zag hoe ze aarzelend de hoeken van de kamer verkende, met uitgestoken armen de spiegelmuren aftastte, zichzelf overal tegenkwam. Na het derde rondje zag ze haar verwarring veranderen in iets wat ze niet wilde voelen. Ze klopte op de spiegeldeur.

'Laat me eruit! Ik heb niks gedaan!'

Geen antwoord. Natuurlijk niet.

Ze probeerde langs haar paniekerige gezicht te kijken en ging op de rand van het bed zitten. Het plastic matras kraakte onder haar gewicht. Vluchtig las ze het Erkenningsformulier door. Een opsomming van haar misstappen, een schuldbekentenis, een stippellijn.

Norah begreep meteen waarom ze dit deden. Ze begreep dat ze hier was om een les te leren: als je niet kon samenleven moest je alleen zijn. Ze begreep dat haar eigen gezelschap haar snel genoeg zou doen verlangen naar dat van anderen. Ze begreep dat dit een gewone cel was, aangekleed met spiegels, maar verder een gewone cel van gewone grootte, met een luchtrooster, een bed, een wastafel, een wc, van alle basisgemakken voorzien. Ze begreep dat ze van geluk mocht spreken dat ze de duur van haar straf zelf in de hand had. Ze begreep dat het een kwestie van tijd was voor ze overstag zou gaan en schuld zou bekennen. Ze begreep dat dit een spel was dat je niet kon winnen. Norah begreep het allemaal – en het begrip kwam haar strot uit.

Ze sprong overeind en zag hoe ze op zichzelf afvloog.

Een schreeuw. Een klap. Een pijnlijke kreet.

De vrouw die zich niet kon beheersen greep haar geschaafde knokkels vast en liet zich weer op het bed zakken. Er zat nog geen barst in de spiegel. Idioot.

De spiegels hadden een duizelend effect. Norah haalde diep adem, probeerde de opkomende misselijkheid te negeren. Het was alsof ze in een kermisattractie zat. Een attractie waar ze niet uit kon. Nog niet. Want Lorenzo zou haar komen halen. Hij zou uit de vriezer komen en haar helpen ontsnappen. Dat moest. En zij moest geduld hebben. Helder blijven. Kalm. Ze zou niet tekenen. Ze had niets verkeerds gedaan.

Een alarm. Hard. Schril.

Norah sprong overeind.

Stilte.

Haar spiegelbeeld verried opkomende tranen. *Niet nu. Niet hier.* Huilen leverde niets op. Ze sloeg haar handen voor haar gezicht.

Opnieuw een alarm. Hard. Schril. Pijnlijk.

Konden ze haar zien? Hingen er camera's? Die *dingen* hadden ze hier toch niet? Of keek er iemand terug van achter een van de spiegels?

Stilte.

Ze liep nog een rondje door de spiegelkamer. Wat waren de regels van het spel? Wanneer ging het alarm af? Was het willekeur? Toeval? Of mocht ze niet wegkijken? Hoe moeilijk kon dat zijn? Ze staarde naar een punt tussen haar wenkbrauwen om haar waterige ogen niet te zien.

Ze was op het bed gaan staan en had het luchtrooster geïnspecteerd, had met de kraan van de wastafel gespeeld, haar vingerafdrukken op alle spiegels achtergelaten, en daarna had ze heen en weer gelopen. In cirkels en vierkanten haar territorium afgebakend. Om haar gedachten op orde te krijgen. Om de machine te laten stoppen met ratelen. Het was vanzelf gegaan. Net zoals de hoofdpijn vanzelf was gekomen. De druk achter haar ogen die langzaam was overgegaan in een ritmisch geklop. Droge ogen. Hoe vaak ze ook geeuwde. Nu ze de tranen nodig had bleven ze weg. Norah masseerde haar slapen. Het had geen effect.

Het luik ging open om een bord naar binnen te schuiven. Een kleurloze prak. Ze hoefde niet te proeven om te weten dat het nergens naar smaakte.

Het luik ging open om het onaangeraakte eten mee te nemen. Haar maag knorde. Ze moest geduld hebben. Het kon niet lang meer duren.

De vrouw in de spiegel zat in kleermakerszit op het bed. Ze peuterde aan haar versleten nagels. In de tl-verlichting was haar huid grijs. Norah staarde naar de diepe geul tussen haar wenkbrauwen, de slordige knot op haar hoofd, de maansproeten op haar wangen. Ze moest naar de wc, maar hield het op. Het alarm ging af.

Er ging een luik open, er verscheen een bord – er ging een luik open, het bord verdween. Een simpele truc. Een lelijke illusie.

De vrouw in de spiegel zat al uren stil. Waren het uren? Ze kon het niet met zekerheid zeggen. De dagen duurden langer als je onbereikbaar was. Gisteren kon evengoed morgen zijn als vandaag. Wat ze wel zeker wist? Dat Lorenzo haar zou komen halen. Dat moest. En dat de vrouw in de spiegel een geoefende speler was, ook dat was zeker. Ze was moeilijk te lezen, gaf zelden weg wat er in haar omging. Tenzij je heel goed keek. Dan zag je hoe haar nagels maantjes achterlieten in haar handpalmen, hoe haar benen trilden, hoe ze haar neus lichtelijk optrok alsof ze bij voorbaat niet onder de indruk was. Maar dat was ze wel degelijk.

De wc-bril was koud. De vrouw in de spiegel keek langs haar heen. Norah wilde haar geruststellen, haar vertellen dat het niet erg was, dat ze geen keus had. Dit hoorde erbij. Schaamte maakte vast ook onderdeel uit van het spel. Maar wat kwam hierna? De vrouw in de spiegel durfde niet naar het formulier te kijken. Wat zou er gebeuren als ze haar schaamte verloor? Als ze toegaf? Dat kon Norah haar niet vertellen. Ze wilde het niet weten. Dan zouden ze winnen. En dat mochten ze niet laten gebeuren.

Over wie had ze het?

Het luik was zeven keer open- en dichtgegaan. Of acht? Het licht ging nooit uit. Ze droomde met haar ogen open, bewoog op de tast door de spiegelkamer, vond zichzelf sluimerend op haar knieën voor haar reflectie. Ze zag de minzame glimlach van haar oma, de donkere ogen van haar opa, de paniek van haar tante, de trots van haar moeder, Gabriels afstandelijkheid. Geen spoor van Lorenzo. Het alarm ging af. Net zo lang tot ze een hoge pieptoon hoorde en haar hoofd leeg was. Even.

De vrouw in de spiegel sloeg haar benen sierlijk over elkaar. Haar houding kwam vanzelf. Zelfcorrectie was haar tweede natuur. Ze had nooit anders gedaan. *Schiet op. Sta stil. Loop door. Houd je in. Stel je niet aan. Lach mee. Laat gaan. Niet nu. Niet hier. Beheers je. Beheers je.* Een constante stroom van bevelen die ervoor zorgde dat ze opging in elke omgeving als de sociale kameleon die ze was – een geoefende leugenaar, bedreven in zelfbedrog.

Er ging een luik open, er verscheen een bord – er ging een luik open, het bord verdween. Norah voelde hoe de tranen van haar kin drupten en in haar schoot vielen – wanneer was dat gebeurd? Ze veegde haar neus af aan haar mouw.

Het alarm ging af. De pieptoon bleef.

Had ze dit kunnen voorkomen? Waarom had ze zich – hoelang was het geleden? – niet kunnen beheersen? Dat had ze toch altijd gekund? Waarom had ze zich ook alweer zo boos gemaakt? Om Lorenzo te beschermen? De show te redden? En hoeveel daarvan was echte woede geweest? Hoeveel had ze geveinsd, opgeroepen om Irma het hotel uit te krijgen? Was het het waard geweest? Wat deed het ertoe wat Irma van haar probeerde te maken? Ze wist toch wie ze was? Natuurlijk wist ze dat. Hoe kon ze dat vergeten? Kon je dat vergeten? Hoe had ze zich gevoeld voordat Lorenzo opdook? Op een schaal van één tot tien? Was ze echt zo onrustig geweest?

Ja. Daarom was ze teruggekomen. Om aan de chaos te ontsnappen. Haar familie te zien. Thuis te komen. Als ze gewoon had meegewerkt had ze hier niet gezeten. Er waren genoeg steden waar het er veel erger aan toeging. Steden waar geen reisbrochures voor werden gedrukt of souvenirs van bestonden. Een gesprek met een coach van tijd tot tijd – wat was daar zo erg aan? Een contract tekenen – wat deed dat ertoe?

Maar. Het waren de voorwaarden van Stokerdam die haar hier hadden gebracht. Was ze daarvoor thuisgekomen? Om een Nieuwkomer te blijven? Om zich aan te blijven passen? Tot ze ook in meervoud sprak? Zoals *dat soort mensen* deden? En haar soort mensen? Wat zouden zij doen als ze hier waren? Aan de andere kant van de spiegel? Aan de overkant van de witte gang? Lorenzo had hier al moeten zijn. Tenzij hij in de vriezer was – nee, zo moest ze niet denken. Ze moest geduld hebben. Hij zou komen. Net zoals vroeger. Toen ze verstoppertje speelden. Hij zou haar vinden en vertellen dat het maar een truc was. Het was een kwestie van tijd.

Was dat zo? Wist ze niet allang hoe dit afliep?

Je zult jezelf kwijtraken en niemand zal je vinden.

Rita had het voorspeld. Er zou niemand komen – nee, zo moest ze niet denken. Ze moest niet twijfelen. Ze moest zeker zijn. Maar van wie moest ze dat? Van wie was die stem? En deze? Wie stelde haar al die vragen? Wie gaf haar al die bevelen? Was zij dat? Was het allemaal haar eigen schuld? De vrouw in de spiegel keek haar boos aan. Waarom had ze geen antwoorden?

De vrouw in de spiegel kneep in haar wang. Het was de strakste cocon waar ze in gevangenzat, deze huls die ze om zichzelf heen had gesponnen. Zat er nog iets onder? Of was ze niet meer dan een lappendeken van karaktertrekken? Een optelsom van andermans overtuigingen? Een echo? Was het de bedoeling dat ze tot die conclusie zou komen? Was dat het spel? Terwijl het alarm afging kroop de vrouw in de spiegel dichterbij en drukte haar neus tegen de hare. Haar adem liet een rondje condens achter. Ze had geen pupillen. Geen pupillen, geen antwoorden. Norah sloeg haar handen voor haar gezicht. Ze wilde haar niet meer zien, niet meer weten dat ze er was. Maar hoe kon ze aan zichzelf ontsnappen? Ontsnappen. Was dat het juiste woord?

'Niemand kan zonder slaap,' mompelde de vrouw in de spiegel. 'Na 48 uur is je brein gestoofd.'

'Ik kan weken zonder!'

'Maar hoe dan?'

'Ik zal je het geheim verklappen,' fluisterde ze en ze legde haar oor tegen de spiegel om geen woord te missen. 'Het is maar een truc.'

'Is dat alles?'

De vrouw in de spiegel keek haar teleurgesteld aan. Norah haalde haar schouders op. Ze wilde de verrassing niet verpesten. Dat was beter voor het effect.

Hoe vaak ze zich ook waste bij de wastafel, ze bleef zichzelf ruiken. Het gaf niet. De vrouw in de spiegel schaamde zich niet meer. Ze aten de borden leeg zonder iets te proeven, gluurden omstebeurt naar het formulier. Als ze zouden tekenen was het voorbij. Meer hoefden ze niet te doen. Schuld bekennen. Hoe kwamen ze hier anders uit?

Leander Gomez had hier meerdere keren gezeten. Tony een jaar. Er waren zo veel uitzonderingen die in een Reflectie-Traject waren beland. En ze hadden uiteindelijk allemaal schuld bekend. Wat deed het ertoe als ze toegaf? Deze ene keer. Een handtekening, letters op papier, het stelde niets voor. Ze had al zo veel formulieren getekend. Eentje meer maakte niet uit. Toch? Als ze zou tekenen zou ze weten of Lorenzo aan de overkant van de gang naar zichzelf zat te kijken. Voor onbepaalde tijd. Wat maakte het uit? En Tony? Gizmo? Jozias en Mime? Wat als ze hier allemaal waren? Wat maakte het dan nog uit?

'Het is een principekwestie,' vond de vrouw in de spiegel. 'We kunnen ze niet laten winnen.'

Maar wat deden principes er, hier, nu, nog toe?

'En wat als het daar niet bij blijft? Wat als tekenen het begin is van een nieuwe procedure? Je weet niet wat er in het contract staat. Waarom heb je de folders niet gelezen? Idioot.'

Norah pakte het potlood op.

'Zo heb ik jou niets geleerd,' zuchtte de vrouw in de spiegel.

'Waarom ben je altijd zo correct? Het is nog erger dan ik dacht.'

'Ik? Wij zijn van hetzelfde materiaal gemaakt, jij en ik. Wij zijn onbuigzame mensen.'

'Is dat iets om trots op te zijn?'

'Misschien wel. Misschien niet. Maar je hoort geen verschil –'

'– want het is dezelfde stem.'

'We zijn aan het ratelen.'

'Je hebt dit aan jezelf te wijten, weet je dat? Ja. Jij. Als je nooit was teruggekomen was dit niet gebeurd. Waarom ben je zo koppig?'

'Je bent net je moeder.'

De vrouw in de spiegel stond op. Norah kon haar niet op andere gedachten brengen. Ze zag hoe ze het formulier doormidden scheurde. En nog eens. En nog eens. Ze gooide de snippers in de lucht. Een regen van kleine lettertjes daalde op hen neer. Nog voor de laatste de vloer raakte ging het alarm af.

Het luik ging open. Een bord en een nieuw formulier. Het luik ging dicht.

De vrouw in de spiegel krulde zich op in een hoek van het bed en drukte haar gezicht in het matras. Norah hoorde haar schreeuwen, zo hard dat de machine even stilviel – maar niet hard genoeg om het alarm niet te horen.

'Dat is vreselijk,' mompelde Levi. 'Vreselijk... dit loopt niet goed af, of wel?' Hij hield Norah zijn heupflacon voor, die ze dankbaar aannam. Reza kon het niet opbrengen om zich te ergeren aan het gebaar. Zijn stuurman had gelijk. Dit was vreselijk. 'Hoelang zat je in die spiegelkamer?' vroeg hij.

'Bijna een week – maar dat is nog niks,' zei Norah die de flacon rillend doorgaf aan Tony. 'Hij heeft er ooit een jaar gezeten.'

'Het is een gegeven dat ik niet toewijd als jullie gaan daarmee akkoord. Het brengt emoties boven die ik vergeten wil.' Soddini bracht de flacon naar zijn lippen en spoelde de herinnering weg met een grote slok. 'Zij kwamen iedereen halen nadat Norah – volkomen in haar recht – ontvlamde als een lucifer. Zij plukten hotel leeg, maar ik was al gevlogen. Ik spreek van veel geluk.'

Was het een kwestie van geluk? Of was het een wonder dat ze uit de papieren hel waren ontsnapt? Reza wist hoe het voelde om zo van jezelf vervreemd te raken dat je haast zou vergeten wie je was. En God wist dat hij begreep hoe het was om de schijn altijd tegen te hebben. Hoe vaak had hij zich wel niet moeten aanpassen, zich keer op keer opnieuw moeten bewijzen om de wereld te verzekeren van zijn zuivere intenties? Was dat ook niet een reden geweest om de Nausikaä te kopen? Om zichzelf te bevrijden van een norm waaraan hij niet kon voldoen? Hij had ook geen plan of juiste papieren gehad. Alleen een schip waarmee hij op de gok was weggedreven en het voornemen zich nooit meer te verantwoorden. Was dat ook geen onwaarschijnlijk verhaal?

'En jij?' vroeg Levi aan Norah. 'Hoe ben je ontsnapt uit die spiegelkamer? Heb je getekend?'

'Hij kwam me halen,' zei ze, zo zacht dat Reza naar voren moest buigen om haar te verstaan. 'Net op tijd. Ik weet niet wat er gebeurd zou zijn als ik nog een dag... Hij was me niet vergeten, hij kwam me halen en ze hebben hem...' Ze perste haar lippen op elkaar en staarde naar het plafond, alsof de rest van het verhaal daar geschreven stond. Tony legde een hand op haar schouder en nam het over.

'Renzo nam een risico te veel toen hij bracht Norah uit haar penibele situatie. Jij ziet: wij hadden mensen op allerlei plekken. Genoeg extra ogen om binnen te komen en Norah uit wandelen te nemen, maar Renzo... Als show eenmaal is begonnen hij weet niet van ophouden. Hij blijft wachten tot applaus klinkt – dus nu, nu hij zit in haar plaats...'

'En opa. En oma. Die zijn daar ook,' fluisterde Norah. Er rolde een perfecte traan over haar wang die aan haar kin bleef bungelen. 'Oma kon de trap niet af. En opa – hij zou haar nooit achterlaten.'

'Maar hoe moet dat dan met de show?' vroeg Levi, die zijn vuile zakdoek over de tafel schoof. 'Want de verkiezingen zijn morgen al, toch? En wij komen vannacht aan...'

Norah verborg haar gezicht in de zakdoek. Haar schouders schokten. En terwijl Levi uitvoerig zijn verontschuldigingen begon te maken, schoof kapitein Reza van tafel. Hij liep naar het raam, keek neer op zijn dek. Daar zat Gizmo in zijn oude vest met de rode kater op zijn schoot, naast het kind dat tegen zijn vaders brede borst in slaap was gevallen, en daar, bij de boeg, stond Rita het medium, ingepakt in een gebatikte sjaal, met gespreide armen de ondergaande zon te begroeten. Het moment waarop hij deze mensen zou uitleveren of in bescherming zou nemen kwam snel dichterbij – en ook het moment waarop hij Selma onder ogen moest komen. In gedachten hoorde Reza haar vragen en verwijten, ging hij in gesprek met zijn externe geweten dat hem vertelde dat het lot van deze mensen zijn verantwoordelijkheid was geworden.

'We kunnen jullie verstoppen,' zei Levi. 'En meenemen naar onze volgende bestemming. Ik ken een mannetje dat jullie aan papieren kan helpen zodat jullie opnieuw kunnen beginnen. We kunnen jullie –'

Voor hij nog meer beloftes kon doen maande Reza hem met een handgebaar tot zwijgen. Hij had iets in Norahs donkere ogen gezien. Achter het verdriet ging een koppigheid schuil, een volharding die hij ook goed kende. Hoe langer een vrouw zeker van haar zaak was – hoe moeilijker het werd om haar op andere gedachten te brengen. 'Je hebt het nog niet opgegeven,' zei hij.

'Ik ben niet terug naar Stokerdam gegaan om opnieuw te vertrekken. Het kan niet allemaal voor niets zijn geweest.' Ze veegde de tranen van haar wangen en rechtte haar schouders. 'Gabriel maakt geen schijn van kans in zijn eentje. De show móet doorgaan.'

'Ik geloof ook dat wij hebben nog een mogelijkheid om tij te keren,' sloot Soddini aan. Hij schudde met de heupflacon, hield hem ondersteboven, en stelde beteuterd vast dat die leeg was. 'Een laatste kans – maar zonder assistentie wij krijgen niet voor elkaar.'

Reza hoorde de vraag die de kleine illusionist niet hardop durfde te stellen. 'Zonder *onze* assistentie bedoel je.'

'Het is tegen mijn gewoonte om te vragen zulke verdiensten,' zei Soddini vlug. 'Als ik zag een andere mogelijkheid, ik zou die verkiezen, meteen! Maar voor nu: jullie zijn laatste redding van onze show. Ik zou liegen als het was anders.'

'Natuurlijk doen we mee!' riep Levi. 'Toch, kapitein? We moeten íets doen!'

Reza zag de verwachtingsvolle blik van zijn stuurman, maar hij was er nog steeds niet over uit. Een paar maanden homeopathische koffie, de pesterijen van zijn zwager, daar kon hij mee leven, maar wat als het misging? Wat als ze door zijn bemoeienis allemaal in zo'n spiegelkamer terecht zouden komen? Kon hij daarmee thuiskomen?

'We kunnen ook omvaren,' stelde hij voor. 'Stokerdam overslaan. "Niet spelen", dat zei je toch? Dat was de enige manier om te winnen.'

'Niet voor mij!' zei Norah fel. 'Ik heb mensen achtergelaten voor wie ik alles zou inzetten.'

'Niet spelen is geen optie voor Norah en mijzelf, niet meer. Daarvoor hebben wij al te veel verloren. Onze kansen zijn van microscopische proporties, maar daarmee is niet alles gezegd, kijk goed...' Tony schudde nog eens met de flacon, fluisterde iets onverstaanbaars, hield hem tegen zijn oor, en na een paar seconden leek er iets zachtjes terug te lispelen. Reza stond er met zijn neus bovenop en toch kon hij niet verklaren hoe daar, uit de opening van Levi's heupflacon, twee voelsprieten kwamen, gevolgd door een verkreukeld lijfje dat zich, aangemoedigd door Tony Soddini, naar buiten wurmde en op diens handpalm ging zitten. Bibberend strekte de vlinder zijn zwarte vleugels uit, liet zijn witte stippen zien. 'Jij ziet? Met een beetje hulp, wie weet – wie weet wij kunnen een wonder maken!'

DEEL V

'There is no justice in following unjust laws.'
Aaron Swartz

Het kan ook anders

De vrouw in de spiegel wierp het potlood in de lucht en ving het op zonder te kijken. Ze werd er steeds beter in, gooide steeds hoger, had het al twaalf keer op rij niet laten vallen. 'Zekerheid kost oefening,' zei ze met een accent dat ze niet kon plaatsen, een accent dat haast verzonnen leek. 'Jij moet niet twijfelen. Dat is wat jou te doen staat. Kun jij mij beloven jij zult mij niet teleurstellen?'

Norah ving het potlood op. Ze twijfelde niet meer. Lorenzo zou niet komen. Daar was ze zeker van. Hij had het haar zelf verteld. De vrouw in de spiegel had over hem gedroomd. Zonder te slapen. Er was een vangnet geweest, gespannen onder de Blufbrug, nauwelijks zichtbaar vanaf de reling waar ze op stond. Onder haar klotste het water van de Lef. De wind liet haar wankelen, maar ze wist haar evenwicht te bewaren terwijl ze met een netje door de lucht maaide, een propje achtervolgde dat geen vlinder wilde worden. Aan de andere kant van de brug, veilig achter de slagbomen, stond haar familie: oma Mime in een rolstoel met een plaid over haar benen en Jozias die het zweet van zijn voorhoofd depte met zijn zakdoek. Gizmo draaide op zijn gemak een shaggie en Gabriel bestudeerde ongeduldig zijn horloge terwijl ze allebei deden alsof ze naar Theresa's getetter luisterden – ze waren er allemaal. Behalve Lorenzo. Voorzichtig stak ze haar hand op, maar haar familie zwaaide niet terug. Konden ze haar niet zien of was ze onzichtbaar geworden? Een spook waar niemand meer in geloofde? Ze wilde schreeuwen 'Kijk dan! Hier ben ik!' maar op dat moment hoorde ze een geratel achter zich. Irma Nijverhut parkeerde haar rolkoffer op de brug, schopte haar hakken uit en klom op de reling. Met de geoefendheid van een koorddanser snelde haar Participatiecoach op haar af. De vrouw in de spiegel liet het vlindernetje vallen en trippelde zo snel als ze durfde naar de overkant. Ze nam steeds grotere stappen, steeds grotere risico's, was al bijna bij de slagbomen, bijna bij haar familie, toen het water haar naam riep. (Was het het water? Was het haar naam? Wat was haar naam?) Ze liet zich vallen. Met open mond, zonder een geluid te maken, tuimelde ze de diepte in – landde op haar rug in het vangnet. 'Lorenzo? Lorenzo!' Ze tastte om zich heen. Touw. Lucht. Ze rolde op haar buik, tuurde omlaag. Daar was hij. Watertrappelend in de Lef. Hij tikte met zijn wijsvinger tegen zijn slaap. 'Ben je klaar om te ontsnappen, Noor? Of ga je wachten tot iemand de sleutel komt brengen?' Voor ze kon antwoorden ging hij lachend kopje-onder. De vrouw in de spiegel had zijn naam geroepen tot ze haar stem kwijt was, was blijven kijken tot haar ogen begonnen te tranen, in de hoop nog een glimp van hem op te vangen, het geheim van de truc te horen – maar Lorenzo was niet meer bovengekomen. De vrouw in de spiegel zag alleen haar eigen reflectie. Zonder te slapen. Ze wierp het potlood in de lucht, ving het op zonder te kijken. Er zou niemand komen. Daar was ze zeker van.

Voor haar lag een nieuw formulier. Een handtekening. Een sleutel.

'We kunnen hier niet blijven,' zei ze tegen de vrouw in de spiegel. 'Hier zijn we niemand tot nut. En ze zien alles. Al onze intenties.'

'Is dat niet wat je wilde? Een ongefilterd leven?'

Dat was zo. Lang geleden. Of bijna twee maanden. Toen ze nog een flat had. Een perpetuum mobile van voorstellen, notificaties en evenementen. Een reeks identieke momenten. (Wat was het verschil? Was er een verschil? Deed het ertoe?) Het potlood viel op de grond.

'Je wordt gek,' fluisterde ze.

'Wij,' verbeterde de vrouw in de spiegel.

Hoe kon ze aan zichzelf ontsnappen als er niemand anders was om naar te kijken? Zonder valluiken of assistenten in de coulissen? Zonder affiches of applaus? Zonder publiciteit, nummer of publiek? Hoe kon ze –

'Het is maar een truc.'

De vrouw in de spiegel raapte het potlood op en draaide het soepel rond haar vingers. Ze had geoefend. Om haar lippen speelde een geamuseerd trekje. 'Je moet denken aan de prestatie, aan wat de prestatie inhoudt.'

'Dan vergeet je de angst – tijdelijk althans.'

Tijdelijk was lang genoeg. Norah stak aarzelend haar hand op. De vrouw in de spiegel zwaaide meteen terug. Daar was ze. Haar eigen publiek. Ze had gelijk. Het was maar een truc. Magneten, touw en spiegels. Meer stelde het niet voor. Ze waren in de meerderheid. En de meerderheid begreep wat haar te doen stond. Norah wist hoe ze dit moest spelen, ze zou –

Gerinkel van sleutels. Gemorrel aan het slot.

De vrouw in de spiegel sprong overeind en staarde met grote ogen naar de spiegeldeur die langzaam openging. Ze klemde het potlood stevig in haar vuist. Ze kon gevaarlijk zijn – als het moest.

In de deuropening stond een bekend silhouet in een op maat gesneden pak. Ze herkende zijn smalle bouw, de geoefendheid in zijn voorkomen, maar wat was zijn naam ook alweer? Hij hield haar schoenen onder zijn arm, stak zijn vrije hand naar haar uit. Lange vingers zonder eelt. Ambitieus, maar betrouwbaar. Jong, maar bekwaam. Serieus en toegankelijk tegelijk.

'Kom,' zei Gabriel. 'Ik breng je naar huis.'

Lorenzo moest hem ingelicht hebben. Dat kon niet anders. Anders zou hij hier nu niet zijn. En hij was er. Echt. Hij was écht. Zijn glimmende leren schoenen op de tegelvloer, de echo van zijn voetstappen in de witte gang, de zelfverzekerde tred waarmee hij haar voorging, dwars door het labyrint, naar de wachtkamer met de plastic planten, de krappe lift in, door naar de parkeergarage van de StokerToren waar zijn dienstauto met draaiende motor stond te wachten. Gabriel hield het portier voor haar open. Het leer van de achterbank kraakte. De auto rook naar muskus en ambergris. Dit moest echt zijn. En als dit echt was moest dat betekenen dat Lorenzo heelhuids uit de vrieskist was gekomen, dat de show doorging. Dat moest. Norah voelde de machine uit haar sluimerstand komen toen ze de garage uit reden en de weg opdraaiden. Grijs ochtendlicht, taxi's en shuttlebusjes, fietsers met rode wangen en wapperende jassen, voorovergebogen in de motregen. Via de achteruitkijkspiegel kon ze zien hoe de Handhaver achter het stuur met opgetrokken neus door het verkeer slalomde. Ze wist dat hij de ramen had opengedraaid omdat ze stonk, maar hier, op de achterbank naast de minotaurus, hoefde ze zich niets aan te trekken van de boze blikken die hij haar via de spiegel toezond. Hij kwam haar bekend voor. Fantasieloze kop. Wat was zijn naam ook alweer? Hij had haar er-gens op ge-we-zen, rook naar toi-let-spray. Rutger! Ze proestte. Druppels op het leer. Rutger maakte een afkeurend geluid. Hij deed maar, kon haar niets maken met zijn chagrijn. Niet nu Gabriel ook een van hen was, een uitzondering op de regel. Zou hij al weten wat het voorprogramma was? Welke rol Tony hem had toebedacht voor de show? Hoelang was ze eigenlijk weg geweest? Zouden ze nog steeds in het hotel zijn of –

'Geef eens hier.' Gabriel pakte haar hand vast, pelde haar vingers van het potlood dat ze nog steeds in haar vuist geklemd hield. 'We zijn er zo.'

Ze reden stapvoets door het Gedoogkwartier. De toeristen gingen met tegenzin aan de kant en op weg naar de Blufbrug hadden ze alle stoplichten tegen, maar Norah had geen haast. Hongerig nam ze het uitzicht in zich op: de telefooncellen en slowkoffietenten, de neonlichten en krijtborden die *belevenissen* en *ervaringen* beloofden; de toeristen die zich onbereikbaar waanden en de verbitterde gidsen die hen door het pretpark loodsten – alles was er nog. Gulzig liet ze haar zintuigen de overdaad aan indrukken opnemen, verankerde de route in haar geheugen, legde een voorraad aan om in de toekomst uit te kunnen putten. Ze reden over de brug naar Lefshaven, volgden de borden naar Begraafplaats Troostwijk. Vannacht zou ze in haar eigen bed slapen, onder een hemel van groene sterren. Ze zwaaide naar Irma Nijverhut die aan de overkant van de Paradijssingel stond te posten met haar rolkoffer. Haar Participatiecoach wuifde met een zuur gezicht terug. Het maakte niet uit. Ook Irma kon haar niets maken. Ze was thuis.

Het hek van Hotel Euphoria stond open en Rutger reed de oprit op, parkeerde voor de deur.

'Wacht hier op me,' zei Gabriel tegen hem. 'Dit duurt niet lang.'

Het was doodstil in het hotel.

Tegenover elkaar in de smalle gang, onder de hanglamp die als een zoeklicht over de buste en het gastenboek dwaalde waarop de afgebroken neus van Victor Bakermat lag, vergat Norah alles wat ze Gabriel had willen vragen. Ze wilde huilen. Vloeken. Lachen. Deed het allemaal niet. In plaats daarvan staarde ze naar de ingelijste foto van Mime en Jozias, hun zelfverzekerde grootouders op de dag van de opening van het hotel. Het viel haar nu pas op dat ze allebei niet in de lens keken. Op het moment van afdrukken hadden ze alleen oog voor elkaar gehad.

'Hoor eens,' begon Gabriel, 'ik kan me voorstellen dat je geschrokken bent. Het is niet niks, zo'n Maatregel, het zal wel een paar dagen duren voor je weer helemaal de oude bent – dat heb ik me laten vertellen tenminste. Al had je natuurlijk nooit –' Norah sloeg haar armen om hem heen en snoof zijn geur diep in zich op, liet hem pas los toen hij ongemakkelijk op haar rug klopte. 'Je moet nodig onder de douche.' Gabriel glimlachte flauwtjes en wees naar de neus op het gastenboek. 'Wat is er met hem gebeurd?'

'Omgevallen na de seance. Je moeder stormde de kelder uit, ze vluchtte bijna naar buiten.'

'Was het zo erg?'

'We konden haar maar net tegenhouden.' Ze grinnikte. De seance voelde als een eeuwigheid geleden, een scène uit een ander verhaal. 'Je had erbij moeten zijn, ze geloofde dat het allemaal echt was. Ik trapte er ook in – hij dacht dat ik het leuk zou vinden.'

'Dacht hij dat?'

'Ja, weet je al wat je gaat doen?'

'Wat ik ga doen?'

'Tijdens de show? Het voorprogramma?'

'Wat voor show?'

Norah perste haar lippen op elkaar.

'Wat voor show?'

Het was te laat om een leugen te verzinnen – en zelfs als ze iets had kunnen bedenken was ze te moe om Gabriel overtuigend om de tuin te leiden. Bovendien waren er al genoeg leugens in omloop. Dus haalde ze haar schouders op en zei: 'De show waarmee je de verkiezingen gaat winnen.'

'De show waarmee ik...'

'...de verkiezingen gaat winnen. Als je op tijd begint met oefenen tenminste.'

Gabriels ogen vernauwden. Ze keek rustig toe hoe zijn verbazing overging in irritatie, zag de afstand ontstaan die een raadslid maakte van haar neef, en besefte op datzelfde moment dat ook Gabriel haar niets kon maken. Ze liet zich kalm door hem opzijduwen en volgde hem in haar eigen tempo de gang uit, de eetkamer door en de keuken in, waar ze nog net zag hoe hij de keldertrap af denderde. Terwijl hij beneden tekeerging met het veldbed en dozen uit de stellingkasten trok, liep ze als vanzelf op de vriezer af. Het magneetje van de StokerToren was verdwenen. Norah tilde de deksel op: waterijsjes en pindasoep. Op het aanrecht stond een beker koffie. Hij was koud. En mierzoet. Ze dronk de beker leeg, liet de cafeïne zijn werk doen en staarde naar buiten, naar de klimop tegen de tuinmuur, de kiezelpaden en de kale bloembedden, het treurige fonteintje, de tuin die geen tuin meer was – tot het stilviel in de kelder. Ze stelde zich voor hoe Gabriel zich bij de wasmachine krampachtig stond te beheersen voor hij naar boven kwam, maar toen ze zijn voetstappen op de trap hoorde, zich omdraaide en zag hoe hij met zijn lange vingers over de putten in de kelderdeur streek wist ze dat hij nog niet klaar was om de oude patronen te laten varen. Het was allemaal zo voorspelbaar.

'Waar is hij?'

'Hij zit in ieder geval niet in de vriezer.'

'Dit is geen moment voor spelletjes, Norah. Vertel me waar hij is.'

'Of anders? Breng je me terug?'

'Doe niet zo belachelijk.'

Vloekend beende hij de keuken uit. Hij keek onder alle tafels in de eetkamer, dook achter de receptiebalie en de uitgezakte leren bank in de lobby, inspecteerde de lift, en tilde uiteindelijk de klep van de vleugel op. 'Dit is zó kinderachtig!' Gabriel hield met twee vingers een vlinderdasje omhoog, smeet hem door de kamer en rende met twee treden tegelijk de trap op. Koortsachtig doorzocht hij alle kamers op de eerste verdieping, de tweede, de derde; keek onder bedden, in kasten, achter gordijnen. Zonder resultaat.

Tot kamer 3.01.

Daar bleef hij in de badkamer hoofdschuddend staan kijken naar de tandpastaresten in de wasbak, de halfvolle badkuip, de vlekkerige spiegel. 'Ongelooflijk... Hoelang? Hoelang is hij hier in godsnaam geweest?'

Norah ging naast hem staan. 'Luister, Lorenzo is niet het probleem. Dat Samenlevingscontract maakt het mensen onmogelijk om niet in de fout te gaan.' Ze legde een hand op zijn arm. Gabriel rukte zich meteen los en heel even was ze zich pijnlijk bewust van haar zwarte nagels, haar vette haar, de geur van zweet en opsluiting die om haar heen hing – maar de vrouw in de spiegel verdrong de schaamte. Ze had niets om zich voor te schamen. 'Je kunt op z'n minst erkennen dat er iets goed mis is in Stokerdam. Iets wat je niet repareert met een paar nieuwe regels. Iedereen is diep ontevreden.'

'Denk je dat ik dat niet weet? Wat voor bestuurder zou ik zijn als dat me niet was opgevallen?'

'Het voelt anders niet alsof het je veel kan schelen.'

Gabriel trok zijn jasje uit en stroopte een mouw op voor hij door zijn knieën ging en de stop uit de badkuip trok. Het water liep gorgelend weg. 'Ik zit niet in het stadhuis om te *voelen*. Ik zit daar om te *denken* en te handelen naar de beste gedachten. De stad heeft niks aan me als ik me door elke opwelling laat meevoeren.'

'Het is geen opwelling! Stokerdam is hun stad niet meer, alleen de toeristen voelen zich hier thuis. Hun geduld is op!'

'Júist daarom!' riep Gabriel, die een handdoek van een rekje trok en driftig de tandpastaresten uit de wasbak begon te boenen. 'Juist daarom moet ík mijn geduld bewaren! Je kunt een groot schip niet in één keer keren, Norah – verandering kost tijd.'

'En tot het zover is moeten ze zich braaf voor elk wissewasje verantwoorden? Heb je zelf weleens in zo'n spiegelkamer gezeten? Weet je hoe het voelt om misselijk te worden van je eigen spiegelbeeld? Om te zien hoe je beetje bij beetje je verstand verliest?'

'Daar,' zei hij, 'nu doe je het weer. Voelen. Ik begrijp dat je in shock bent, maar het gaat niet om jou. Het gaat niet om het individu, het gaat om de meerderheid.'

'De meerderheid bestaat uit individuen!'

'Precies. En wat gebeurt er als al die individuen hun emoties de vrije loop laten? Tegelijkertijd?'

'Ze hebben meer met elkaar gemeen dan je denkt.'

'En hoe komt dat, denk je?' vroeg Gabriel terwijl hij de badkamerspiegel met grote bewegingen schoonveegde. 'Er is niks mis met een basis, een overeenkomst om elkaar niet onnodig voor de voeten te lopen. Zijn we doorgeschoten? Vast. Staren we ons blind op regeltjes? Ongetwijfeld. En nee, natuurlijk kan een zekere hoeveelheid chaos geen kwaad – ik begrijp die primitieve behoefte heus wel. Maar waarom ben ik altijd de enige die nadenkt over de gevolgen?'

Norah keek naar de vrouw in de spiegel. Dit had geen zin. Hij begreep het niet. Kon het niet begrijpen. Misschien was hij inderdaad vergeten van wie hij de lift naar het stadhuis had gekregen. Misschien ook niet. Het maakte geen verschil. Hij zou niet luisteren. Niet naar haar.

In stilte beklommen ze de laatste trap naar de zolder, waar ze werden opgewacht door Fritz die Gabriel spinnend tegemoet drentelde. Hij liep de kat bijna omver, stormde op kamer 4.01 af. Even hoopte Norah dat Lorenzo hen daar zou opwachten, in kleermakerszit op het bureau, een speelkaart op ze af zou werpen en spottend zou zeggen dat ze er belachelijk lang over hadden gedaan om hem te vinden; even hoopte ze, tegen beter weten in, dat ze terug in de tijd zouden gaan – maar kamer 4.01 was leeg. Gabriel keek onder het stapelbed, in de kledingkast, en wees ten slotte naar het plafond. Hij zag het meteen. 'Welkom thuis? Geheime boodschappen? Hoe oud is – wat is dat?'

Er klonken stemmen aan de andere kant van de gang, een gedempte woordenwisseling uit kamer 4.03.

Gabriel snoof. 'Is hij daar? Bij oma? Laat me raden: de dekenkist.'

Jozias sprong meteen op haar af toen ze binnenkwamen. 'O, godzijdank! Waar bleven jullie zo lang? Dat mens staat me al de hele ochtend zenuwachtig te maken met d'r koffer. Ik heb Gizmo net gevraagd om een kijkje te nemen bij die verrekte StokerToren.'

Norah liet zich door haar opa smoren, gaf hem een kus op zijn wang, fluisterde dat *alles goed was, alles was goed*, maar Gabriel verspilde geen tijd aan beleefdheden. Hij stevende op de dekenkist af en groef zich een weg naar de bodem – er zat geen valluik in, geen geheime ruimte waar Lorenzo zich in kon verbergen. Alleen kleurrijke plaids die nu verspreid over de vloer lagen.

'Kijk eens aan. Jij komt ook weer eens op bezoek.'

Mime duwde zichzelf overeind tegen haar kussens en nam hem minzaam op. Gabriel keek betrapt terug en begon haastig de plaids bij elkaar te rapen, vouwde ze slordig op. 'Sorry, oma, ik moest even iets controleren,' mompelde hij. 'Ik ben zo weer weg.'

'Dat geloof ik, ja. Nou, jullie hebben hem net gemist, maar Lorenzo laat jullie groeten hoor, en volgens die kleine flierefluiter lopen ze nog op schema.'

'Een sche- wat voor schema?'

'Als je nou even rustig gaat zitten, dan leg ik je alles –'

'Ongelooflijk.'

De plaids vielen uit zijn handen, maar Gabriel leek het nauwelijks te merken. Hij kwam langzaam overeind, over zijn hoge voorhoofd liep een dikke ader. 'Ongelooflijk… jullie ook al. Natuurlijk jullie ook al. Dit is zo – teleurstellend. Zo – belachelijk. Wie doen er allemaal nog meer mee met zijn toneelstukje? Hebben jullie enig idee hoeveel moeite ik moest doen om te voorkomen dat ze het hotel dichtgooiden? Aan hoeveel touwtjes ik moest trekken om Norah buiten te krijgen?'

'Zonder jou was ik er anders ook wel uit gekomen.'

Maar het raadslid hoorde haar niet. Hij ijsbeerde heen en weer door de kleine kamer en zette met afgemeten gebaren zijn frustratie uiteen. 'En wat betekent dit voor mijn reputatie, hm? Hebben jullie daarbij stilgestaan? De verkiezingen? Hoe vaak moet ik het nog zeggen: Lorenzo brengt iedereen in de problemen!'

Mime kuchte en plukte een denkbeeldig stofje van haar nachtjapon. 'Volgens mij doe je het zo slecht niet in de peilingen.'

'Hij staat weer te loeien, hè?' zei Jozias snel. Hij boog zich handenwringend over de kachel. 'Zal ik het raam openzetten?'

'Nee, ik denk dat we juist wel toe zijn aan een beetje verhitting,' zei Mime. 'Luister, jongen, ik weet dat je van streek bent, je hebt een boel aan je hoofd, maar geloof me, dit is allemaal voor je eigen bestwil. Je broer heeft me gevraagd om jullie te vertellen dat hij –'

'Liefje! Je bent er!'

Een vleugje salie. Een vrolijk gerinkel – en tante Theresa stormde de kamer in. Norah wist net op tijd weg te duiken voor ze Gabriel om zijn nek vloog. Hij bleef ternauwernood overeind staan. 'Ik voelde dat je zou komen! En Rita voorzag het! Papa is vanochtend vertrokken. In vrede. Hij is eindelijk waar hij moet zijn, is dat niet heerlijk?'

Misschien kwam het door de gebreide sjaal om haar schouders, de rinkelende armbanden om haar polsen of de gezonde sandalen aan haar voeten, maar Theresa zag eruit alsof Rita haar niet alleen van oom Frans had verlost, maar ook van haar weinig smaakvolle garderobe. Gabriel wurmde zich los uit zijn moeders omhelzing en zette geërgerd zijn bril recht. 'Rustig, moeder, rustig. Wie is Rita? Hoort die ook bij de "show"?'

'Mijn reddende engel! Ze maakt dingen in me los waarvan ik niet wist dat ze vastzaten. Ik mis haar nu al, wat een vrouw! Ik heb het altijd al gezegd: zigeuners zijn heel bijzondere mensen – mijn soort mensen.' Theresa legde een hand op haar borst, staarde naar een punt in de verte. 'Mensen die weten wat je kunt verliezen. Je moet haar ook eens raadplegen. Na de verkiezingen misschien. Er gaat zo veel troost van haar uit. Wist je dat ik sinds jullie geboorte altijd het gevoel heb gehad dat ik mezelf tekort –'

'Laten we het daar een andere keer over hebben, moeder. Ik heb nu geen tijd voor –'

'Maar je hebt nooit tijd, liefje. Je bent altijd zo vreselijk druk, ik denk weleens –'

'Niet. Nu.'

'– dat je niet doorhebt hoe zwaar die verkiezingen voor mij zijn. Daarom kom ik ook niet naar het debat. Het spijt me, maar ik moet echt voor mezelf gaan leren kiezen.'

'Prima.'

'Prima? Is dat alles? Typisch. Je vader zou willen dat ik je zou uitleggen waarom ik –'

'Mijn vader zou vooral willen dat je een keer je mond hield!' bulderde Gabriel. 'Ik wil nú weten wat hier aan de hand is! Nou? Niemand?'

Het bleef even stil. Jozias draaide koortsachtig aan de kachel, Theresa plukte bedremmeld aan haar armbanden en Norah schuifelde naar de dekenkist, klapte de deksel dicht en ging zitten. Haar hoofd voelde zwaar. Haar kaken strak. In de verte klonk een pieptoon. Was het alarm afgegaan?

'Als jullie ons alleen laten zal ik je precíes vertellen wat hier aan de hand is. Behalve jij, Norah. Dit is ook voor jouw oren bedoeld.'

Mime hoefde haar stem niet te verheffen om duidelijk te maken dat dit geen verzoek was. Er ging een ijzige kalmte uit van de vrouw op de pluchen troon die de commotie in haar kamer met opgetrokken neus had bekeken, de vrouw die de bron was van al hun karakters. Zelfs Theresa durfde niet tegen haar moeder in te gaan en liet zich gedwee door Jozias de gang op leiden. 'Kom, laten we vieren dat Frans veilig is overgestoken. Er staat een fles in de koelkast waar je kennis mee moet maken.'

Hij deed de deur zachtjes achter ze dicht. Norah masseerde haar strakke kaken. Haar vingertoppen waren ijskoud. De pieptoon hield aan. Haar oogleden voelden zo zwaar, zo stroperig. Tussen haar wimpers door zag ze hoe Gabriel ongeduldig op zijn voeten wipte, iets wilde opmerken voor het spervuur begon, maar Mime wees al met een scherpe nagel naar de plaids op de vloer. 'Wel, ik hoop dat je trots op jezelf bent.'

'Ik heb al gezegd dat het me spijt. U moet begrijpen dat ik in een lastige positie verkeer en –'

'"Een lastige positie" hè? God, het is nog erger dan ik dacht. Sinds wanneer zijn we zo van elkaar vervreemd dat je zo'n formeel toontje aanslaat? Heb je dan helemaal geen spieren meer in je rug? Neem een voorbeeld aan je nichtje. Net thuis en ze zit alweer rechtop. En voor wat zat ze in dat spiegelhok? Voor wat?'

'Ze heeft Artikel 27.8 overtreden,' wierp Gabriel tegen. Hij stak zijn handen in zijn zakken en rechtte onwillekeurig zijn schouders. 'Ze heeft een ambtenaar in functie beledigd.'

'In haar eigen huis, God sta me bij!' Mime klapte in haar handen. 'Laat me niet voor je uit bed komen, jongen. Die regels waar je zo verzot op bent – kijk wat ze doen met je familie. Lorenzo is je broer. Je enige broer. Het geeft geen pas om hem –'

'Hij is niet vrij om zich te misdragen!'

'En jij bent niet vrij om mijn huis overhoop te halen, maar je ziet mij niet de telefoon oppakken om "een Tip" over je in te dienen, of wel? Ik praat het met je uit. Hier. Nu. Onder ons.'

'Dat valt niet met elkaar te vergelijken!'

'Weet je dat zeker? Misschien loop je wel een Herziening achter. Norah! Geef me die telefoon aan.'

Ze durfde niet te weigeren. Kwam duizelig overeind en wankelde naar het bijzettafeltje waar de ouderwetse draaischijftelefoon op stond. Ze trok het lange snoer uit en zette de telefoon op het bed. Er klopte iets achter haar slapen. Een gehamer. Was ze stuk? Was er iets stukgegaan in de machine?

'Dit is nergens voor nodig,' sputterde Gabriel. 'U hoeft niet – we kunnen dit ook oplossen zonder onredelijk te –'

'Wat zeg je, jongen?' vroeg Mime terwijl ze de hoorn van de haak nam en aan de draaischijf begon te plukken. 'Je moet harder praten. Ik ben doof voor kletskoek.'

'Oma. Hang op.'

'Hallo? Spreek ik met de Tiplijn?'

'Verbreek de verbinding, oma, nu.'

'Ik heb een man in mijn huis die zich heel onbetamelijk gedraagt. Ja, ik heb zeker een momentje. Wel twee.'

'Oma… alsjeblieft, ik kan dit er echt niet bij hebben. Niet nu.'

Bleek weggetrokken ging Gabriel op de rand van haar bed zitten. Hij friemelde aan zijn manchetten, smeekte haar om alsjeblieft op te hangen, om niet zo flauw te doen, om toch na te denken over de gevolgen, en ging, toen dat geen effect had, over op beloftes, hij zou luisteren, heus, echt – en met elke zin kreeg Norah bijna met hem te doen. Ze wist hoe hij zich voelde, een buitenstaander in zijn eigen familie – maar ze kon geen medelijden voor hem opbrengen. Niet zolang hij weigerde te begrijpen dat het niet om hem ging, een individu dat door zijn smeekbedes ratelde en hakkelend ineenslonk tot Mime hem uit zijn lijden verloste en de hoorn met een sardonisch lachje op de haak legde. 'Dus je bent je verstand nog niet verloren? Dat is een hele geruststelling. Nu, laat me jullie vertellen wat ik weet. Lorenzo is vannacht op Troostwijk. Hij moet jullie iets laten zien, iets waardoor je zult begrijpen waarom je de verkiezingen niet kunt winnen zonder zijn hulp. Je broer weet wat er in dat hoofd van Etna Bakermat omgaat, en het is niet fraai… Hoor zijn verhaal aan. Dat is alles.'

'Hij heeft zich verstopt – op de begraafplaats? De begraafplaats?'

'Je hebt me wel gehoord,' zei Mime. 'Ga, jongen. Laat de familie niet uit elkaar vallen voor een zetel in het stadhuis.'

Even leek Gabriel zich op te maken voor een nieuwe ronde, maar hij was gelukkig zo verstandig om zijn woorden in te slikken en stond met een strak gezicht op, trok zijn jasje recht, herschikte zijn das en wierp een blik op zijn horloge. 'Ik moet ervandoor, anders krijgt Rutger argwaan – maar ik ben vanavond terug. En als hij niet komt opdagen, zal ik er zelf op toezien dat het BCD hem vindt en meeneemt. Voor onbepaalde tijd.'

En met dat dreigement draaide hij zich om en maakte zijn vertrek. Norah probeerde zich te concentreren op het getik van zijn leren schoenen in de gang, maar de pieptoon verdrong ieder geluid. Haar been begon te trillen. Ze wilde haar vingers in haar oren stoppen, kreeg haar armen niet omhoog. Haar armen voelden traag, van een ander. Waren dit haar spieren? Haar huid en handen? En wiens stem was dat in de verte? Was zij dat?

'Kom eens dichterbij, kind. Laat me je bewonderen.'

Werktuigelijk zette ze de telefoon op de vloer. Het matras was zacht, gaf gewillig mee, en op dat moment wilde ze niets anders dan haar lichaam strekken, slapen om de dagen te vergeten.

Mime leek haar gedachten te lezen. Ze schoof een stukje op en klopte op haar kussen. 'Leg je te rusten. Je hebt je lang genoeg grootgehouden. Je opa dacht dat je dat formulier zou tekenen om eruit te komen, maar ik wist wel beter. Je bent een kind van je moeder, jij.'

Op haar rug, in een wolk van verse munt en citroen, staarde ze naar het plafond, naar de overvolle muren, de kromgeslagen spijkers die de olieverfschilderijen op hun plek hielden. Ze zag alles. Al haar moeders streken. Al haar dromen van de jungle. Haar perspectieven. Haar hoop. Hier was ze nog vrij van angst, van wantrouwen; een andere vrouw, een die vol was van beweging en kleuren die vloeiend in elkaar overliepen. Norah knipperde de tranen weg. Ze voelde haar oma's nagels in cirkels over haar kruin strijken, wilde haar vertellen hoe boven onder was geworden en links rechts, opbiechten dat het uiteindelijk geen verschil maakte, niet echt, maar kon de woorden niet vinden. Haar taal was op en ze kwam niet verder dan: 'Waarom de begraafplaats?'

'Sst, dat zie je vanzelf.'

'Ik dacht dat Lorenzo zou komen.'

'Wat bedoel je? Waar zou hij naartoe moeten komen?'

'Hij verdronk. In de spiegel. Waarom bleef hij niet drijven?'

'Sst. Je maakt je te druk.'

'Waarom niet? Waarom kwam hij niet?'

Mime zuchtte. Haar adem kietelde in haar oor. 'Toen je niet uit jezelf terugkwam heeft Lorenzo je opa gevraagd om Gabriel te bellen. Hij wist dat hij meteen zou gaan. Dat moet je je neefjes nageven. Onder al die poeha zijn het nog steeds jongens die het niet kwaad menen.'

Norah haalde haar neus op. 'Waarom luisteren ze dan nooit naar wat ik zeg?'

'God, de mannen in onze familie... soms zijn ze zo met zichzelf bezig dat ze vergeten dat ze niet alleen op de wereld zijn. Je moet ze er constant aan herinneren dat ze zo kwetsbaar zijn als porseleinen potjes.' Toen veegde Mime de tranen van haar wangen en sloeg de plaid over haar heen. 'Ga slapen, kind. Je hebt nog een paar uur voor het donker is. En laten we bidden dat die neefjes van je in de tussentijd niets doms doen.'

Troostwijk

Toen ze wakker werd was het al aan het schemeren. De regen tikte op het dakraam. Naast haar lag Mime zachtjes te snurken. Haar oogleden trilden. Norah bleef nog een paar minuten naar haar oma liggen kijken, probeerde te raden waar ze over droomde, probeerde uit te rekenen hoeveel uur ze nog had voor ze naar de begraafplaats moest, probeerde opnieuw in slaap te vallen en kopje-onder te gaan in een wereld zonder afgebakende kaders, waar niets echte gevolgen had, maar het was zinloos. Ze was klaarwakker.

Nadat ze onder de douche was geweest, de klitten uit haar haar had gekamd, het vuil van haar lijf had geschrobd en net zo lang voor de spiegel had gestaan tot ze zichzelf weer kon aankijken zonder haar reflectie te horen, had ze rusteloos door de gangen gedwaald en dwangmatig tussen de gordijnen gegluurd naar Irma die nog steeds door de Paradijssingel patrouilleerde met haar rolkoffer. Norah was alle verdiepingen afgegaan, op de hielen gezeten door Fritz en Theresa, die het niet eens was opgevallen dat ze een week was weg geweest en haar bij gebrek aan beter publiek alles wilde vertellen over de diepe connectie die ze met haar nieuwe zielsverwant voelde. 'Wist je dat Rita ook een oudere zus is kwijtgeraakt? – Of was het nou een vriendin? – Hoe dan ook, ik voelde het meteen! De klik. Zo bijzonder. Zou ze snel terugkomen denk je, liefje? Liefje? Luister je wel?'

Gelukkig had Gizmo zich over haar tante ontfermd en Theresa in het kader van 'energiebesparing' zover gekregen om zich de rest van de avond terug te trekken op haar kamer.

Norah had nieuwe veters in haar gympen gedaan en een zaklamp gevonden in een keukenla. Ze had koffiegedronken tot ze misselijk werd, lucifers afgestreken tot haar vingertoppen rauw waren, op de vleugel gespeeld tot ze geen muziek meer kon verzinnen, en zichzelf ten slotte gedwongen om in de vensterbank van de eetkamer te gaan zitten met Fritz op haar schoot, de straat in turend tot Irma er eindelijk de brui aan had gegeven en was vertrokken. Niet lang daarna was Gabriel het hotel binnengeslopen in een hoody en een trainingsbroek waar zijn glimmende schoenen onderuit staken. Hij had niet veel gezegd, was er in de loop van de avond alleen steeds bleker uit gaan zien. Samen met Gizmo en Jozias hadden ze de uren afgeteld in de keuken, gewacht tot de nacht op zijn donkerst was – en nu waren ze klaar om te gaan.

Gizmo sloeg zijn ochtendjas om zijn flanellen pyjama en deed de achterdeur voor ze open. 'Jullie hebben geluk. Het is droog.' Norah testte de zaklamp voor de honderdste keer tegen haar handpalm, gaf Fritz een laatste aai, maar voor ze naar buiten kon glippen, pakte Jozias haar bij haar mouw. 'Het is koud vannacht.' Hij ritste jaar jas dicht tot haar kin en plantte een stoppelige kus op haar voorhoofd. 'Als er iets misgaat komen jullie meteen naar huis, heb je me gehoord?'

Het was een heldere nacht, de hemel was bezaaid met sterren. De kiezelstenen knerpten luid onder haar gympen. Norah zette zich schrap en sprong naar het dichtstbijzijnde bloembed. Hink-stap-springend baande ze zich geruisloos een weg naar de tuinmuur. Daar bleef ze staan wachten op Gabriel, die haar met wapperende armen, half springend, half vallend, achternakwam. Hij was nu al buiten adem.

'Heb je een zetje nodig?'

Ze vouwde haar handen in elkaar en gaf hem een opstapje. Met veel gekreun en inwendig gevloek klauterde hij over de muur. Ze wachtte tot hij uit het zicht was verdwenen voor ze de klimop vastgreep en zichzelf omhoogtrok. Met een zachte plof landde ze naast hem in de modder. Ze knipte de zaklamp aan. Langs het smalle pad stonden zerken met verdorde boeketten, dichte struiken en hoge bomen. De lucht leek ijler op Troostwijk.

'En nu?' fluisterde Gabriel, die met een vies gezicht zijn handen schoonveegde aan zijn broek. 'Hoe weten we zo zeker dat hij komt opdagen, hm? Stel nou dat hij – wat als het een valstrik is? Een truc? Wat als hij niet –'

'Wat als het rampscenario niet altijd uitkomt? Waar heb je je dan druk om gemaakt?'

Norah scheen met de lamp in het rond: verregende teddyberen, uitgedoofde waxinelichtjes, keramieken katten en in plastic gehulde kindertekeningen; oma's, opa's, kinderen en kleinkinderen; Stokerdammers, gebroederlijk naast elkaar in smalle houten bedden.

'Als Lorenzo er niet is en je krijgt gelijk – wat niet gebeurt – gaan we terug naar het hotel. En als ik gelijk krijg – zoals je zult zien – hoef je alleen maar naar hem te luisteren. Hoe moeilijk kan dat zijn?' Ze richtte het licht op een verzameling gieters, een roestige kraan en een dichte haag waar iets in schitterde. Ze ging door haar hurken, plukte een zakspiegeltje uit de haag. 'Hij heeft een spoor achtergelaten,' fluisterde ze.

'Typisch,' zei Gabriel. 'Waarom niet gewoon vertellen waar –'

'Sst! Luister.'

Boven hun hoofden klonk een zacht gerinkel. Norah richtte de zaklamp omhoog, en daar, bungelend aan een boomtak, hing een bosje sleutels dat heen en weer wiegde in de wind. Een paar meter verderop, tegen een ijzeren hek, vond ze het magneetje van de StokerToren en om de volgende bocht hing Tony's stopwatch om de nek van een stenen adelaar. Het spoor slingerde tussen de graven door. Overal leek iets te ritselen, te kruipen, weg te schieten in het donker, misschien zelfs naar hen te kijken – maar Norah dacht niet na over de rust die ze verstoorden toen ze een korte route tussen twee grafstenen door namen. Ze geloofde niet meer in spoken nu ze wist hoe de truc werkte, en het voelde goed achter de schermen. Het voelde goed om Gabriels paniekerige geluidjes te horen en de aarzeling in zijn voetstappen te bemerken. Via een ladder die tegen het verlaten huisje van de opzichter leunde, leidde ze hem langs een strooiveld waar een pak speelkaarten op lag uitgewaaierd. Bijna zag ze een krijttekening van een paar gekruiste sleutels over het hoofd die Lorenzo aan de rand van een klinkerpad had achtergelaten, maar ze miste geen enkele aanwijzing – ze zag alles. Ze sloeg links af, voorbij een wand met urnen, en daarna rechtdoor, over een dichtbegroeid laantje met stenen engelen aan weerszijden, toen Gabriel ineens een gil slaakte en vooroverviel in een struik. Hij was met zijn voet achter een stenen halter blijven haken; het graf van een vrouw die aan het kleine portretje op haar zerk te zien niet alleen een imposante gewichtheffer was geweest, maar ook de eigenaar van een indrukwekkende zwarte baard: Carlos' worstelpartner Bess. Er lag een vers boeket op haar graf. Norah greep Gabriel bij zijn pols en hielp hem op zijn voeten. Zijn bril zat scheef op zijn neus.

'Sorry,' mompelde hij, 'als ik had geweten dat we voor ninja moesten spelen had ik mijn lenzen wel inge–'

'Stil.'

Ze had iets gehoord. Voetstappen. Norah doofde de zaklamp en duwde Gabriel achter het standbeeld van een huilende engel. Op hun hurken, verstopt achter haar stenen vleugels, luisterden ze naar het geschuifel in het donker.

'Zie je nou?' fluisterde Gabriel. 'Ik wist het.'

'Houd je mond.'

Een paar meter verderop doorzocht iemand de struiken, iemand die ook zijn best deed om niet gehoord te worden. Gabriel sloeg zijn armen om zijn knieën en begon langzaam heen en weer te wiegen. 'O God… dit is een ramp. Zie je de krantenkoppen voor je? Ik –' Norah sloeg haar hand voor zijn mond, en terwijl het geritsel in de bosjes dichterbij kwam, de onbekende figuur boos in zichzelf begon te mompelen, zo hard dat ze hem bijna kon verstaan, voelde ze Gabriels paniekerige adem tegen haar vingers – maar ze liet niet los. Ook niet toen hij nerveus aan haar arm begon te trekken. Ze leunde over hem heen en duwde hem tegen de grond; net zo lang tot het geritsel stopte, het gemompel stilviel, en de voetstappen wegstierven.

'Dat was vast de opzichter,' fluisterde ze. 'Laten we verdergaan.'

Ze sprong op haar voeten. Maar Gabriel maakte geen aanstalten om op te staan. Hij hapte naar adem, machteloos zonder de houding waar hij zo lang op geoefend had. Er zat een modderveeg op zijn wang. Norah knielde naast hem neer. Ze wees naar de lucht, volgde de sterren met haar wijsvinger. 'Zie je dat? De Grote Beer.'

'Hm.'

'Weet je nog hoe je me de namen van alle sterrenbeelden wilde leren? Vroeger?'

'Hm.'

'Je hebt me urenlang overhoord – of ben je dat soms vergeten?'

'Ik vergeet nooit iets. Je verzon steeds nieuwe namen.'

'Dan ben je ook niet vergeten hoe belangrijk het is om altijd het grotere plaatje te zien. Kom.' Ze maakte haar duim nat, veegde de modder van zijn wang en trok hem overeind. 'We moeten door. Hij zit vast al te wachten.'

Gabriel week niet van haar zij toen ze langs het mausoleum van Victor Bakermat slopen en stond bijna op haar hielen toen ze over een houten bruggetje snelden dat naar het oudste gedeelte van de begraafplaats leidde, waar de graven met mos waren bedekt. Hier lagen geen teddyberen of verdorde boeketten, hier kwam niemand meer op bezoek.

Lorenzo's spoor kwam uit op een open plek. Omringd door hoge rododendrons en grafstenen waarvan de namen onleesbaar waren geworden, stond een oude beuk met een dicht takkendek. Zijn dikke wortels staken boven de grond uit. Norah liep een rondje om de boom heen. Haar voeten zakten weg in een tapijt van donkerrode blaadjes. Ze scheen vertwijfeld met de zaklamp in het rond. Geen draad, spiegels of magneten, geen sleutels. Had ze een aanwijzing gemist? Of was iemand ze voor geweest?

'En nu?' zei Gabriel. 'Ik zei het je toch? Hij speelt gewoon weer – au!' Hij struikelde tegen haar aan. Er was iets op zijn hoofd gevallen, een rugtas – gevolgd door een luid gekraak, een regen van beukenblaadjes, en Lorenzo die vrolijk aan hun voeten plofte.

'Noortje! Je hebt het gevonden! Hoe vond je de speurtocht?' Hij plukte een blaadje uit haar krullen, raapte zijn rugtas op en slingerde hem over zijn schouder. 'Mooie plek, vind je niet?'

'Heel dramatisch,' snoof Gabriel, die met een pijnlijk gezicht aan zijn hoofd voelde. 'Zelfs voor jouw doen.'

'Dramatisch? Ik ben niet degene die z'n beste schoenen heeft aangetrokken voor een rondje begraafplaats. Maar ik ben blij dat je je zo hebt uitgedost, het is een belangrijk moment. Feestelijk misschien zelfs.'

'Feestelijk? Je geeft een feestje op de begraafplaats?'

'Hier worden we niet gestoord. Of wil je liever naar het stadhuis? Kan ook, hoor.'

Terwijl haar neven, aangestoken door wederzijdse irritatie, meteen verstrikt raakten in oude gewoontes en op steeds luidere toon begonnen te kibbelen, liet Norah haar laatste beetje hoop op een aangenaam weerzien varen. 'Zullen we opnieuw beginnen?' stelde ze voor. 'Jullie hebben de rest van de nacht nog om elkaar te beledigen.'

'Prima.' Lorenzo sloeg zijn armen over elkaar en hief zijn kin op. 'Luister, het is heel simpel. Tony en ik hebben een plan. Als je meedoet win je de verkiezingen, gegarandeerd. Ik kom langs bij het debat om een eerlijk stemadvies te geven. Het enige wat jij moet doen –'

'Dat is idioot.'

'Je weet nog helemaal niet wat –'

'Ik hoef het niet te weten. Hoor eens, ik kan je helpen ontsnappen. De stad uit. Vannacht nog als je wilt, maar dit is de laatste keer dat ik mijn nek voor je uitsteek. Hierna zijn we – wat sta je nou te lachen?'

'Sorry,' hikte Lorenzo. 'Maar ik heb geen hulp nodig om te ontsnappen. Zeker niet van jou.'

'Het is voor je eigen bestwil.'

'Ah, natuurlijk! Daar weet jij alles van – mijn bestwil. Ik was het bijna vergeten. En wie bepaalt jouw bestwil tegenwoordig?'

'Jullie zouden er allebei verstandig aan doen om niet zo hard te praten,' zei Norah. 'We zijn niet alleen op de begraafplaats. De opzichter loopt rond en wie weet hoeveel Handhavers er vannacht op de been zijn.'

Lorenzo stak verontschuldigend zijn handen op. 'Ik probeer hem alleen maar te helpen om de verkiezingen te winnen – net zoals de vorige keer.'

'Mijn campagne verliep anders prima tot jij je ermee ging bemoeien!'

'O echt? Zonder mij zou niemand weten wie je bent. Maak je geen illusies. Je hebt mijn reputatie nodig – mijn naam.'

'*Jouw* naam? Jouw naam ís mijn naam.'

'En jouw familie is mijn familie? En Lefshaven? Wat heb je gedaan voor *jouw* wijk? O ja! Je Tegenprestatie. Mensen een rol aanwijzen. Daar ben je goed in, hè?'

Er sloop iets onaangenaams in Gabriels gezicht, een verharding die Norah te laat herkende. Hij zette een stap dichterbij en priemde zijn vinger in Lorenzo's gezicht. 'Ik verkoop tenminste geen leugens! Geen goocheltrucjes! Mijn werk heeft échte gevolgen. Ik had alles onder controle totdat jij –'

'Je had helemaal niks! Je was helemaal niks – en dat ga je ook niet worden. Niet zonder –'

De klap klonk dof. Hard. Gemeend.

Lorenzo sloeg zijn armen voor zijn maag, strompelde dubbelgevouwen achteruit, zijn gezicht vertrokken van de pijn – maar niet voor lang. Hij lanceerde zichzelf naar voren, vloog recht op zijn broer af. Norah liet de zaklamp vallen en wierp zich tussen hen in. Ze greep Lorenzo bij zijn middel, trok hem uit zijn evenwicht, en landde met een smak in het bladerdek. 'Genoeg! Genoeg! Jullie zijn allebei even erg!' Haar hartslag klopte achter haar slapen, ze hoorde het suizen in haar oren, en daar was de pieptoon, daar was hij weer, het hield niet op, het maakte geen verschil, natuurlijk niet, ze zouden altijd in dezelfde patronen blijven – 'Kunnen jullie heel even vergeten dat het niet altijd om jullie draait, stelletje egocentrische klootzakken! Ik heb een week in een hok gezeten, zonder daglicht, in de geur van mijn eigen zweet, bang om compleet door te draaien – ik ben hier niet om naar jullie geouwehoer te luisteren!' Ze krabbelde overeind en wees naar de boomwortel van de oude beuk. 'Zitten. Allebei. Ik wil nú weten waarom we hier zijn.'

Er viel een ongemakkelijke stilte waarin haar neven hun best deden om langs elkaar heen te kijken, alsof ze in een kringverjaardag terecht waren gekomen waar ze niemand kenden. Even leek het erop dat ze simpelweg niet meer in staat waren om elkaar te begrijpen, zelfs niet met behulp van een tolk, maar toen haalde Gabriel zijn neus op en ging hij met een zuur gezicht op de boomwortel zitten. Hij wreef over zijn knokkels. 'Dat had ik misschien niet moeten doen...' gaf hij toe, 'maar hij had het verdiend.'

'Ja?' zei Lorenzo. 'Lucht het op?'

'Genoeg, zei ik.'

Lorenzo spoog op de grond en ging een meter bij zijn broer vandaan zitten. Hij ritste zijn rugtas open en haalde een slordige stapel papieren tevoorschijn. 'Hier! Dit is de Herziening die Etna in laat gaan zodra de stemmen zijn geteld. Als dit doorgaat kun je je beleid van vraag en aanbod helemaal vergeten.'

'Onzin. Herzieningen worden in overleg met de raad opgesteld. Dat is de procedure.'

'Niet als Etna denkt dat het haar stemmen kan kosten. Geloof me, ik ben niet alleen op bezoek geweest in het stadhuis om je bureau op te fleuren. Ik was daar omdat Rita me een paar weken geleden iets vertelde. Ze had iets gezien –'

'Rita? Moeders waarzegster? Je hebt je informatie van een medium? Wauw.'

'Rita werkt als schoonmaakster in het stadhuis,' zei Lorenzo pinnig. 'Dankzij je Tegenprestatie. Maar maak haar vooral belachelijk.' Hij slingerde het pak papier naar hem toe. Gabriel ving de stapel vol ezelsoren ternauwernood op. Norah ging voor de zekerheid tussen ze in zitten. 'Ga verder.'

'Tijdens een van haar diensten zag Rita iets interessants liggen in Etna's prullenmand. Een kladversie van deze Herziening. Ik heb gewacht tot de definitieve versie klaar was voor ik langskwam om een kopietje te maken – en toen vond ik ook dit in Etna's kantoor.'

Lorenzo haalde een verkreukelde envelop uit zijn binnenzak. Norah pakte hem aan. Er zat een bestelformulier in dat ondertekend was met een zwierige handtekening van Etna Bakermat. Op het formulier stonden schetsen, ontwerpen van een voorwerp dat de Burgermoeder in bulk had besteld. Een voorwerp dat Norah eerder had gezien. Vorige week nog. Of was het langer geleden? Op TribuneTV.

De Burgermoeder had een speech gegeven. In de markthal. Op de revers van haar colbert droeg ze een opzichtige gouden broche met haar initialen – identiek aan deze zilveren replica's.

'Zijn dit – zijn dit de rekwisieten?' vroeg Norah. 'De tijdmachine waar Tony het over had? Wat is er in hemelsnaam zo erg aan zilveren broches? Er zijn zo veel mensen met een embleem.'

'Lees die Herziening nou maar,' zei Lorenzo. 'Die dingen zijn het begin.'

Norah scheen Gabriel bij met de zaklamp en las mee over zijn schouder. Dat probeerde ze althans. Met samengeknepen ogen tuurde ze naar de kleine lettertjes, de blokken tekst zonder inspringingen, en daar, verstopt tussen cijferlijsten en grafieken, verhuld in lege frases en lelijke afkortingen, zag ze geleidelijk aan hoe Etna Bakermat de burgers van Stokerdam terugbracht tot twee categorieën: 'Burgers in Ontwikkeling' en 'Excellente Burgers'.

Herziening 541 sprak van een 'Lastenverlichting' en een 'Efficientie-Slag', een 'Team-Oefening' met een 'Zelfreinigend Effect', en met elke pagina aan lelijk jargon die Norah wist te ontcijferen begon het haar meer te dagen dat Herziening 541 het officieuze officieel zou maken. Want door '*de BiO's te ontlasten van Actieve Deelname aan het* TAM-*Model opdat ze zich intensiever kunnen richten op hun "Persoonlijke Groei"* (PG, *zie Artikel 21.4, sectie 2) en "Maatschappelijk Functioneren"* (MF, *zie Artikel 32.2)*' en alleen '*de E.B.'s (na een intensief Keurings-Traject van hun* PC*'s, zie voor toelichting bijlage* K-*Traject) te belasten met de verantwoordelijkheid voor het indienen van "Valide Tips"* (VT, *zie Artikel 27.7)*' maakte Herziening 541 Etna's Excellente Burgers tot een direct verlengde van het BCD – een beetje aanzien, een beetje macht in ruil voor een zilveren broche.

Tegen de tijd dat Gabriel door de hele stapel heen had gebladerd en bij de even onleesbare conclusie aankwam (waar de invoering van langere Reflectie-Trajecten werd aangekondigd) was het Norah duidelijk dat de uitzonderingen op de regel inherent verdacht zouden blijven. Ze zouden altijd op hun hoede moeten zijn, op hun woorden moeten letten, waren meer dan ooit overgeleverd aan de goedkeuring van hun Participatiecoaches, zonder de mogelijkheid om zelf nog Tips in te dienen.

Norah kon zich makkelijk indenken hoe de Burgermoeder op eventuele bezwaren en bezorgde vragen zou reageren als haar Herziening in werking zou treden. Ze zou dezelfde antwoorden geven die ze *daar* zo vaak had gehoord en een aanzienlijk deel van de burgers zou ze overnemen. Zoals dat altijd en overal ging. Omdat mensen die niets te verbergen hadden niets hoefden te vrezen. Omdat het vast niet zo'n vaart zou lopen met eventuele gevolgen. Ze zouden niet doorhebben wat het effect van Herziening 541 op de lange termijn kon zijn, niet zien dat dit het begin inluidde om iedereen die niet in Etna's mal paste compleet buitenspel te zetten. Daar had de Burgermoeder wel voor gezorgd. Omdat het met zoiets onbenulligs begon als een broche.

'Maar dit krijgt Gabriel nooit uitgelegd tijdens het debat,' zei Norah mismoedig. 'Dit is een veel te abstract verhaal.'

'Tenzij we nog iets met Etna's bestelling uithalen en de kiezers kunnen laten *zien* wat haar Herziening in de praktijk betekent,' zei Lorenzo. 'Ze zijn al onderweg. Die broches worden meteen afgeleverd bij het BCD, de nacht voor het debat – maar Tony heeft een bootje geregeld.'

'Een – bootje?'

'Ja! Dat is de enige manier om ze op tijd gebruiksklaar te maken voor de show. Carlos gaat mee, die heeft een vaarbewijs en weet precies waar we ze moeten opwachten.'

'Kun je heel even je mond houden?' zei Gabriel. 'Ik probeer te lezen.'

Norah schudde ongelovig haar hoofd. Ze had gezien hoe serieus Tony en Lorenzo hun 'kunst' namen, hoe ze glazen aten, minutenlang onder water bleven, achteloos messen op elkaar af wierpen; ze wist hoeveel ze overhadden voor een goede truc, het beste effect, en zou inmiddels nergens meer verbaasd over moeten zijn – maar een bootje? Dat was, zelfs voor hun doen, absurd. Het was een belachelijk plan. Nagenoeg onmogelijk en compleet idioot. En daarom wist ze ook dat het zinloos was om ze op andere gedachten te proberen te brengen. Terwijl Gabriel rechts van haar de Herziening herlas en de gevolgen ervan in zijn eigen tempo tot zich door liet dringen, zonder al te snel tot conclusies te komen en ongetwijfeld op zoek naar een nuance die een andere uitkomst zou opleveren, begon Lorenzo aan haar linkerkant ongeduldig op de boomwortel te trommelen. 'Wist je dat er elk jaar honderd kilo bladeren van deze beuk af valt?' zei hij. 'Nog wel. Het is een kwestie van tijd voor ze hem omhakken omdat-ie te veel overlast veroorzaakt.'

Gabriel keek geërgerd op. 'Vind je het erg?'

'Nee. Jij?'

'Serieus?'

Norah gaf Lorenzo een zet. Hij viel bijna achterover. 'Laat hem,' zei ze. 'Je babbelt te veel. Opa zegt dat alleen idioten babbelen.'

'Is dat zo? Gelukkig heb ik daar iets voor.'

'Een truc?'

'Beter nog.'

Lorenzo haalde een pakje sigaretten uit zijn broekzak en bood haar een peuk aan. 'Waag het niet om dit aan Tony te vertellen. Je hebt me al eens bijna betrapt.' Hij streek een lucifer voor haar af, schermde het vlammetje af tegen de wind.

'Filter wist tenminste wanneer hij zijn mond moest houden.'

De rook kriebelde in haar keel. De laatste keer dat ze een sigaret had opgestoken had ze nog opgesloten gezeten in een kale flat, verstopt achter dikke gordijnen, een koffer ingepakt om een tijdreis te maken. Norah inhaleerde diep. De nicotine maakte haar aangenaam licht in haar hoofd. Ze piekte de as op de grond. Over haar been liep een zwart spinnetje. Het kroop over haar knie, verstopte zich in een plooi van haar broek. Een bootje. Ja, het was een absurd plan, de risico's waren niet te overzien, en toch voelde ze – tot haar eigen verbazing – steeds minder bezwaren om het uit te voeren. Misschien was het een na-effect van de spiegelkamer, dacht ze niet helder na, was het een onderneming waar geen uitgeslapen mens aan begon. Maar wat had ze te verliezen? Als Etna's Herziening doorging bleef ze sowieso overgeleverd aan de grillen van Irma Nijverhut. Een Nieuwkomer. Een buitenstaander. Nooit ergens thuis.

Ze drukte haar sigaret uit tegen de onderkant van haar schoen. 'Ik ga mee op de boot.'

'Dat moet je aan Tony vragen. Hij gaat over de planning.'

'Het is geen vraag. Ik ga mee.'

'Dit kan ze niet maken,' mompelde Gabriel, die ondertussen voor de derde keer door de Herziening heen ging. 'Er is natuurlijk genoeg mis met dat hele TAM-Model. Het kost allemaal veel te veel tijd. En geld – maar dit... dit kan niet. Dit opent de weg naar tweederangsburgerschap. Wat komt hierna? Verschillende wachtlijsten in de zorg? Voorrang bij huisvesting? Een toets voor je mag stemmen?'

Lorenzo nam een laatste haal van zijn sigaret, piekte de filter weg. 'Goh,' zei hij. 'Kijk jou eens menselijk zijn. Ik begon me al zorgen te maken. En nu? Wil je erover in discussie? Of gaan we wachten tot het te laat is?'

'Je neemt me niet serieus.'

'Ik neem je júist heel serieus. Daarom ben je hier. Ik heb iemand nodig die de show begint, iemand die Etna het bloed onder haar nagels vandaan haalt tot ik opkom. Gaat dat lukken, denk je?'

'Er moet een andere manier zijn om de kiezers duidelijk te maken hoe gevaarlijk deze ontwikkeling is. Een ingezonden stuk in *de VolksTribune* misschien of –

'Etna beheert *de VolksTribune*,' zei Norah. 'En geloof me, niemand zit te wachten op nog een opiniestuk in de krant.' Ze plukte het zwarte spinnetje voorzichtig van haar broek. Het rende over haar knokkels, vluchtte over haar vingers. 'Je kunt al het gelijk van de wereld hebben – dat betekent nog niet dat je het krijgt.' Ze sloot het spinnetje op tussen haar handen en hield het kommetje onder Gabriels gezicht. 'Dit win je niet met argumenten,' zei ze terwijl ze haar vingers één voor één openvouwde, 'dit win je met overtuiging.'

Het spinnetje was verdwenen. Ze piekte met haar wijsvinger tegen zijn neus en op datzelfde moment verschenen er overal lichtjes in de rododendrons.

Ze waren omsingeld.

Een onwaarschijnlijk verhaal

Eén voor één kwamen ze tevoorschijn: Tony met een grote kledingzak over zijn schouder, Rita in haar gebatikte sjaal en een hoofdlampje om, Carlos en een jongetje in een veel te grote regenjas dat nieuwsgierig van achter de brede rug van zijn vader vandaan kwam – en ten slotte ook Gizmo op zijn paarse pantoffels. Hij droeg Fritz in zijn armen, die luid spinnend kopjes tegen zijn baard gaf. Rita liep meteen op het bladerdek af en ging er als een zeester op liggen. Ze sloot haar ogen en neuriede haar tweetonige deuntje. Haar hoofdlampje knipperde tussen haar wenkbrauwen.

'Wat is dit?' zei Gabriel. 'Heb je je hele freakshow meegenomen?'

'Pas op jouw manieren!' bulderde Soddini. Hij was in twee stappen bij hem en boog dreigend over hem heen. 'Of ik zal jou geven een les in fatsoen die jij niet snel zult vergeten!' Toen richtte de vlinderkunstenaar zich tot Lorenzo, deed een greep naar zijn broekzak en wapperde het pakje sigaretten voor zijn neus. 'En jij! Ik laat jou even alleen en kijk wat jij doet! Jij spreekt van geluk wij hebben grotere problemen aan onze handen, anders ik had jou trappen laten rennen tot jij blauw ziet. Wij komen artiesten tekort, Renzo! Paulina Lanzilli heeft jouw kostuum af, maar zij is zo overkomen door vermoeidheid dat zij viel in slaap boven haar naaimachine – ik kon niet over mijn geweten strijken om haar mee te nemen. En mevrouw La Pache is ook van de verhinderde partij. Zij is geveld door griep!'

'Ja, Sas heeft iets opgelopen van een van die toeristen,' zei Carlos hoofdschuddend. 'Ze zouden die mensen eigenlijk moeten verplichten om hun handen te wassen voor ze de ballenbak ingaan… Maar

Os en ik zijn er klaar voor!' Hij schoof zijn zoontje naar voren. 'Oscar heeft ogen als de beste. Die ziet dat schip van mijlenver aankomen.'

'Ik heb al drie diploma's,' zei Oscar. Hij trok verlegen aan het koord van zijn capuchon. 'En ik weet een heleboel van zeereizen. Ik heb er vier boeken over gelezen. Nou ja, bijna vier. Die laatste heb ik nog niet uit.' Fritz sprong uit Gizmo's armen en trippelde op de jongen af, wikkelde zich om zijn enkels en liet zich gewillig tussen zijn oren kriebelen terwijl hij het koordje van Oscars capuchon scherp in de gaten hield.

'Hij ging jullie achterna,' zei Gizmo, die een shaggie achter zijn oor vandaan haalde en op de zakken van zijn ochtendjas klopte. 'Ik heb de hele begraafplaats afgezocht. Rotkat. Jozias werd zo ongerust – zei hij. Maar volgens mij was het gewoon een smoes om te kijken of het hier wel goed ging.'

'Wel, wij spreken van groot geluk met jullie komst!' Soddini gooide de kledingzak over zijn andere schouder en zette zijn handen in zijn zij. 'Jullie zullen zijn onze reserveartiesten, jij en jouw kat! Als de mensen zien dieren in nood, zij zijn sneller geneigd hun medewerking te verlenen. Dieren, bejaarden en kinderen verwarmen zelfs de koudste karakters.'

'Ik moet me nog wel even omkleden,' zei Gizmo, die het doosje lucifers van Lorenzo aannam en zijn shaggie aanstak. 'Ik ga niet op m'n pantoffels –'

'Geen tijd, geen tijd!' riep Tony. 'Anders wij verzaken ons moment om te verdwijnen. De Gomez-familie geeft zo ons startschot en wij moeten nog iemand vinden, voor de zekerheid, iemand die de mensen die wij tegemoet gaan vertrouwd oogt...'

Het was niet moeilijk te raden waar hij op uit was. Hij keek haar zo hoopvol aan dat Norah een kans rook om zich met winst uit te laten betalen. 'Goed. Ik ga mee – maar op één voorwaarde!' voegde ze er snel aan toe. 'Alleen als je me alles vertelt. Alles. Geen geheimen meer, geen trucjes. Ik wil precíes weten wat jullie van plan zijn.'

'Jaja, dat is afgesproken,' knikte Tony vlug. 'Daarvoor wij hebben onderweg genoeg gelegenheid. Oké, dan zijn wij gereed! Renzo, ik kan erop vertrouwen jij werkt hem in met zorg tijdens mijn afwezigheid? Hij is nog te stijfjes in zijn uitstraling. Laat hem oefenen tot hij heeft alle spieren van zijn gezicht in beheersing. Die frons wil ik niet meer zien!'

Gabriel, die nog steeds met de Herziening op zijn schoot zat, keek hem niet-begrijpend aan, zijn bril bungelde op het puntje van zijn neus. 'Sorry? Heeft hij het over mij? Ik heb nog helemaal niets toegezegd. Ik bedoel waarom zouden – hoe weet je zo zeker dat de kiezers gehoor geven aan een show? Dat ze jullie geloven?'

'Ben jij serieus?' Tony stampvoette zo driftig dat de kledingzak bijna op de grond viel. 'Ik dacht jij was zo snel van begrip. De kiezers geloven jou! Waarom denk jij zij vertrouwden jou met hun stem, hm? Jij maakt een onberispelijke indruk.'

Oscar had Fritz zover gekregen om op zijn achterpoten te staan. De kat draaide een rondje om zijn as, sloeg naar het koordje van zijn capuchon. 'Ik heb uw poster op mijn kamer hangen. Naast die van mijn vader. Wist u dat hij zijn neus vier keer gebroken heeft? Dat komt door mevrouw Bess, die was zo sterk dat ze een telefoonboek in tweeën kon scheuren – met haar tanden!'

'*Het is onvermijdelijk...*' zong Rita van onder de beuk. Ze gooide een handvol bladeren in de lucht. '*Onvermijdelijk*! Ik heb het gezien. In jullie moeder. Kinderen van het onuitputtelijke soort. Zo veel grillige energie, zo veel wispelturige emoties... nee, zonder harmonie loopt dit niet goed af.'

'Hoor je dat?' zei Lorenzo. 'Het is onvermijdelijk. Kom op! Iedereen denkt toch al dat we samenwerken. En ik weet dat je interesse hebt. Anders was je niet eens gekomen.' Hij hield zijn hoofd schuin, nam zijn broer geringschattend op. 'Of heb je het soms opgegeven?'

'Nee, natuurlijk niet!' Gabriel duwde geërgerd zijn bril terug op zijn neus. 'Maar het gaat niet om mij. Of om jou. Het gaat om de kiezers, de toekomst van de stad, natuurlijk is het belangrijk dat ze weten wat ze te wachten staat als Etna nog een termijn krijgt. Maar stel nou – wat als het misgaat? Ze zullen ons net zo lang wegstoppen tot –'

'– tot we onze naam zijn vergeten.'

'Heel grappig.'

'Luister, je weet net zo goed als ik dat je er niet op hoeft te rekenen dat je nog iets in de melk te brokkelen hebt na de verkiezingen, niet als Etna nu al achter je rug om werkt. Een kans als deze krijg je niet meer. Dus laat me straks met je meegaan naar het stadhuis en je voorbereiden op de show. Ik leer je alles wat je moet weten. Genoeg plek in je kantoor voor twee.'

'Je gaat niet bij mij onder het bureau zitten.'

Lorenzo haalde zijn schouders op. 'Het stadhuis is groot zat, ik vind wel een manier om me te verstoppen. Jij vergroot je kansen om te winnen. Ik treed nog eens op. Iedereen tevreden. Deal?'

Gabriel negeerde zijn uitgestoken hand en tikte de papieren op zijn schoot tot een zo net mogelijke stapel. Norah zag hoe het raadslid zich in zichzelf terugtrok om de berekening te maken. Hij moest weten dat hij in zijn eentje minder kans van slagen had. Maar was hij bereid om over zijn trots heen te komen? Het risico te nemen om zijn broer te vertrouwen? Was er nog iets over van de band? Of waren de verschillen te groot, was de bereidheid om de afstand te overbruggen verloren?

Toen hij eindelijk opstond en Lorenzo's hand schudde, was ze er niet zeker van dat hij volledig overtuigd was, maar het was een begin. 'Goed,' zei Gabriel. 'Goed, ik doe mee, maar ik wil geen chaotische toestanden. Geen gedoe.'

'Niet meer dan nodig,' verzekerde Lorenzo. 'Beloofd.'

'Dat is dan beklonken,' stelde Tony tevreden vast. 'Laten wij nu ons vertrek maken! Wij hebben veel te doen!'

***

Het was niet moeilijk om ongezien in de haven te komen. De snelste taxi van Stokerdam reed door de lege straten van Lefshaven, kwam zonder oponthoud via de tunnel aan de andere kant van de Lef, en parkeerde om één minuut voor vier met gedoofde lichten in een zijstraat van het Gedoogkwartier.

De klokkentoren van het stadhuis had nog geen twee keer geslagen toen er een harde knal klonk, gevolgd door een luid geknetter. Vanaf de passagiersstoel, met Fritz op haar schoot, die kermend zijn nagels in haar benen sloeg, keek Norah naar de vuurpijlen die vanaf het dak van de StokerToren de lucht in schoten. Groene, witte en rode sterren. Ze hoopte dat Anna en Leander Gomez eraan gedacht hadden gehoorbeschermers mee te nemen.

Ze kriebelde de kat over zijn kop, hield het klokje boven Carlos' meter nauwlettend in de gaten, telde in gedachten de seconden af, raakte de tel kwijt, begon opnieuw.

Het duurde uiteindelijk twee lange minuten voor er een colonne groen-witte busjes van het BCD voorbijzoefde. De versterking uit de haven haastte zich met loeiende sirenes naar hun collega's bij de StokerToren.

'Als ik later groot ben word ik architect,' zei Oscar, die achterin op Gizmo's schoot zat en de stilte in de taxi doorbrak. 'En dan maak ik een bibliotheek van de StokerToren! Met een speciale verdieping voor boeken die slecht aflopen! Want die kon je vroeger gewoon lenen, zegt mijn moeder. Decimerende boeken.'

'Deprimerend,' verbeterde Gizmo. 'Deprimerende boeken. Daar krijg je karakter van.'

Carlos floot tussen zijn tanden. 'Zo is dat. Elke worsteling is een overwinning. Dat zei je tante Bess ook altijd.'

'Bess laat jullie groeten,' murmelde Rita. Ze zat klem tegen het raam, half verborgen onder Soddini's kledingzak, haar hoofdlampje bungelde werkeloos onder haar kin. 'Ze heeft haar rust gevonden. Weliswaar tegen een prijs – er is altijd een prijs...'

'Maar tante Bess hield helemaal niet van rust,' zei Oscar. 'Ze was juist heel avontuurlijk!'

Gizmo schraapte zijn keel. 'Trek het je niet aan. Rita bedoelt het allemaal niet zo letterlijk.'

'De reis door de schemerwereld is vol avonturen – en gevaren... Net zoals onze tocht naar het onbekende. Alleen als je weet wat je kunt missen zul je jezelf niet kwijtraken.'

'Kwijtraken?' vroeg Oscar. 'We komen toch nog wel terug?'

'Zit dat kind niet zo bang te maken.'

'Ik ben niet bang! Ik heb mijn zaklamp én mijn kompas meegenomen, wilt u –'

'Stilte!' gebood Soddini. 'Als jullie je aandacht niet in beheersing brengen wij gaan helemaal nergens heen.'

Het klokje van de taxi gaf vijf over vier aan toen er ergens anders in de stad, in de buurt van het stadhuis, gokte Norah, een volgende serie vuurpijlen afging. En een minuut later volgde nog een set, verder weg, ergens diep in Lefshaven. De eerste nieuwsgierige toeristen verschenen al op straat om naar de estafetteshow te kijken. En daarna duurde het niet lang voor het concert van sirenes en vuurwerk door de hele stad klonk, overal, behalve in de haven.

Carlos sloeg een kruisje en startte de motor.

In de haven troffen ze de schippersvrouw met de felle twinkeling in haar ogen. Rochelend loodste ze hen naar de kade. Daar wachtte een gemotoriseerde groene sloep met een kleine kajuit. 'Deze is van m'n Participatiecoach, z'n plezierbootje. Maakt er nooit gebruik van natuurlijk, die lamlul is nog te scheel om z'n fiets te parkeren.' Aan boord vonden ze een immense koelbox, een stapel dekens, en genoeg water om het een paar dagen vol te houden. 'Ze hebben mooi weer voorspeld, maar ik hoop dat jullie allemaal kunnen zwemmen,' kraaide de schippersvrouw. 'Al heb je natuurlijk geen reet aan een diploma als je overboord lazert op zee!'

***

Nadat Stokerdam een vlek aan de horizon was geworden en Carlos ze met vaste hand de volle zee op stuurde, begon pas echt goed tot Norah door te dringen dat er geen weg meer terug was. Maar Tony, die ook aan boord de artiestenleider bleef spelen, was heilig overtuigd van hun onderneming. Hij trotseerde het stampen van de boot, ging rechtop op de achtersteven staan, en keek dapper om zich heen, als een generaal die zijn troepen aanstuurde. Achter hem ging de nachtelijke hemel over in donkerblauw, in grove streken die leken te bewegen.

'Wij wringen ons door het oog van de naald, dat is de enige manier. Ik stel voor jij voert straks het eerste woord, Norah. Jouw perspectief leent zich best voor dit publiek. Niet beledigend bedoeld, maar omdat jij lijkt een buitenstaander zij zullen in jouw ervaring herkenning zien. Bouw jouw verhaal met geduld, zij geloven wij komen uit een utopia en zullen geen vertelling aanvaarden van al te fantastische aard. Jij moet langzaam ontdooien. Niet te veel emoties in één keer, dat voelt ongepast. Bewaar jouw tranen voor de finale. En jij –' hij legde zijn hand op Gizmo's schouder, de boot ging over een golf en het zeewater spetterde in hun gezichten, '– jij speelt verbolgen oude man. Wantrouwend, in shock. Geen bruggen slaan. Zij moeten in verwarring raken. Dat opent hun nieuwsgierigheid.'

Gizmo streek over zijn baard, nam zijn bril af en begon hem heel langzaam op te poetsen met de slip van zijn ochtendjas. 'Een oude zuurpruim. Dat moet lukken.'

'Je doet jezelf tekort,' zei Rita, die groen was aangelopen en de reling zo stevig vasthield dat haar knokkels wit uitsloegen. 'Er zit een stralende kern van warmte in je binnenste die zich openbaart als je... o, ik word niet goed –'

'Voorzichtig met jouw handen, Rita,' gebood Tony. Hij wees naar de kledingzak die veilig en droog achter het raampje van de kajuit hing. 'Wij hebben nog veel werk van verfijnde motoriek voor de boeg. Dat gaat op voor ons allemaal. En ook niet vergeten straks: er is ons trauma overkomen. Ja? Paniek. Zoals wij in paniek zullen raken als mevrouw Bakermat haar zetel warm blijft houden.'

De boot ging weer over een hoge golf. Tony wapperde verwoed met zijn armen en wist zijn evenwicht maar net te bewaren. 'Wij zullen ze geven een show die zij gaan nooit vergeten! Als wij winnen hun sympathie, wij winnen hun lading. Als wij winnen hun lading, wij winnen de verkiezingen – en als wij winnen de verkiezingen, wij maken mogelijk het onmogelijke!'

Met een wiebelige buiging sloot hij zijn speech af, ging zitten en nam een voorverpakte tonijnsandwich uit de koelbox, waar hij iets te enthousiast zijn tanden in zette. Norah gaf hem een servetje aan. 'Als, als, als,' zei ze. 'Ik dacht dat voorbereiding alles was?'

'Ik zal jou een geheim verklappen,' fluisterde Tony terwijl hij de mayonaise van zijn kin depte. 'Impromptu illusies zijn altijd mijn grote passie geweest, maar jij kunt alleen improviseren als jij hebt uitvoerig geoefend. Zelfs toen mijn taal nog niet gebogen was, wandelde ik liever weg van de woorden die ik had voorbereid. Een illusie die geboren wordt in het moment is van de grootste schoonheid.' Hij wenkte haar dichterbij. 'Maar die momenten bewaar ik voor fijnproevers. Het grotere publiek is te veel gewend. Zij zijn afgestompt voor wonderen van subtiele aard, alleen het grote spektakel krijgt hun waardering.'

'Zijn ze verwend?' vroeg Norah. 'Is dat wat je bedoelt?'

Tony klakte met zijn tong. 'Bijna. Jij vertaalt mijn woorden íets te scherp. Omdat zij zich niet kunnen voorstellen jij steekt zo veel moeite in het maken van een illusie zij zijn onmogelijk in staat om jouw kunst te waarderen,' hij stak zijn vinger op, '*daarom* is belangrijkste vraag: ben ik tevreden met wat ik mijzelf presenteer? Ik zou denken: meestal van wel.'

In de kajuit liet Carlos Oscar plaatsnemen achter het roer. Hij boog over zijn zoontje heen, wees hem op de sterren die plaatsmaakten voor de opkomende zon, leerde hem de schakeringen van de lucht lezen. Boven het gebrom van de dieselmotor hoorde Norah de pieptoon opkomen. Ze legde haar hoofd in haar handen. 'Toen ik in de spiegelkamer zat dacht ik ook dat ik het kon – tevreden zijn met wat ik zag. Om *ergens* zeker van te zijn. Het lukte. Heel even. Maar het was zo weer weg. Ik dacht dat ik gek werd. Misschien is dat ook wel gebeurd – misschien is er wel iets stukgegaan.'

'Ah ja, zij willen jou ongemak laten voelen met jouzelf zoals zij ongemak voelen met jou. Maar geloof mij, Norah, jij hebt van jouzelf niets te vrezen.' Soddini pakte een van de ruwe dekens en sloeg hem om haar schouders. 'De kamer met de spiegels heeft mij een jaar gegeven om gewenning te voelen bij mijn reflectie. Zij heeft iets in mij verschoven. Niet alleen in kwade zin. Nee, zij gaf mij ook geduld. Geduld om mijn plan te maken. Om juiste moment af te wachten. Om te weten wie mij staat werkelijk in de weg! Toen Rita mij vertelde over deze Herziening en deze verkiezingen kwamen aan de horizon, ik wist dat het was tijd om te handelen. En dat lijkt mij niet gek.'

Er klonk een luid gekokhals. Rita hing dubbelgevouwen over de reling. Gizmo sloeg zijn arm om het medium en leidde haar naar binnen, de warme kajuit in. Norah had haar nooit gevraagd wie de man met de grote verhalen was – hij was niet wie ze dacht, deze charlatan met zijn vreemde accent en verfomfaaide vlinderdasje, maar ze geloofde niet dat ze iets van hem te vrezen had. Ze ging op haar rug liggen, trok de deken strak om zich heen en staarde naar de hemel die alsmaar lichter kleurde, de dag die eindigde en op hetzelfde moment begon. 'Vertel me alles over de show, Tony. Wat gaan jullie – we doen?'

En Tony vertelde alles, gaf haar een beknopt college over timing, thema's en misleiding, over dramatische entrees en symbolische rekwisieten, over stembussen en rookmachines, decorbouwers en verborgen assistenten, over een ijdele presentator, een medeplichtig publiek en een nietsvermoedende Burgermoeder; alles over het hoe én waarom van de truc. En daarna sliep ze. Weliswaar in etappes, maar diep en zonder dromen ging Norah kopje-onder in een wereld zonder afgebakende kaders. Ze dreef naar de oppervlakte toen Fritz, die zich helemaal thuis leek te voelen op het water, luid naar een zeemeeuw mekkerde, ging weer onder om wakker te schrikken van Rita's jammerklachten en Gizmo's bezorgde gebrom, van Carlos die de motor uitzette en luidkeels verkondigde dat dit 'de plek' was waar ze de Nausikaä zouden opwachten; ze opende haar ogen, midden in de nacht, dobberend onder een zilveren sikkel, omringd door donkere golven, en daarna vroeg in de ochtend, onder een paarsroze lucht, en ten slotte toen de zon al laag aan de hemel stond, Oscar uit de kajuit kwam hollen en uitgelaten riep: 'Kijk! Daar in de verte! Een schip!'

'Is het de Nausikaä?' prevelde Rita. Haar haar plakte tegen haar voorhoofd, haar lippen waren gebarsten. 'Het Universum zij dank! Ik kán niet meer…' Gizmo streek over haar ingevallen wangen. 'Nog even volhouden, het is bijna voorbij.'

'Het is een kustvaarder!' zei Oscar. 'Net als in mijn boek.'

Tony trok zijn vlinderdasje scheef. 'Neem jullie plaatsen!' Hij stak zijn armen in de lucht en begon wild te zwaaien. Carlos tilde Oscar op zijn schouders. De jongen wapperde met zijn regenjas. 'Ze zwaaien terug!'

En terwijl de Nausikaä hun tegemoet voer, en de bemanning een dik touw uitgooide dat Carlos met gemak opving, ging Norah haar verhaal nog eens na. Ze zou het in delen vertellen, ze zou ze laten raden, laten twijfelen, en geduldig overtuigen van het onwaarschijnlijke; ze zou een illusie maken.

***

Levi was goed publiek, dat zag ze meteen. Met zijn gastvrije manieren had de stuurman wel iets weg van een hoteleigenaar. En ook de kok, een jongen die nooit meer in de buurt van een koffiezetapparaat zou mogen komen, was goedgelovig genoeg om hun verhaal niet in twijfel te trekken. Het was de kapitein die om het meeste werk vroeg. Zijn achterdocht zat hem in de weg. Dat betekende dat hij een geschiedenis van teleurstellingen kende. Voor mensen zoals Ibrahim Reza was stroop geen universeel smeermiddel, maar een verdachte kleverige substantie. Maar uiteindelijk bleek ook kapitein Reza – zoals Tony voorspeld had – niet ongevoelig voor een meeslepend verhaal. Norah wist dat ze hem bijna voor zich had gewonnen nadat ze over de spiegelkamer had verteld. Hij had haar bezorgd aangekeken, schuldbewust haast, medeplichtig zonder precies te weten waaraan.

'We kunnen ook omvaren,' stelde hij voor. 'Stokerdam overslaan. "Niet spelen", dat zei je toch? Dat was de enige manier om te winnen.'

'Niet voor mij! Ik heb mensen achtergelaten voor wie ik alles zou inzetten.'

Naast haar begon Tony aan zijn laatste truc. Hij schudde met de heupflacon. De verbijstering op Reza's gezicht toen de zwarte vlinder tevoorschijn kwam was hoopgevend – maar was het genoeg? Genoeg om hem over de streep te trekken? Onder de tafel zag ze Tony's knieën trillen. De zwarte vlinder strekte zijn vleugels.

'Jij ziet?' zei Tony. 'Met een beetje hulp, wie weet – wie weet wij kunnen een wonder maken!'

Norah drukte haar nagels in haar handpalmen.

Ze konden niets meer doen. Alle kaarten lagen op tafel.

Het publiek wacht

'Fire has always been and, seemingly,
will always remain, the most terrible of the elements.'
Harry Houdini

Zelfs op haar vierkante hakken kwam Etna Bakermat nauwelijks boven haar spreekgestoelte uit. De Burgermoeder was kleiner dan Norah zich had voorgesteld, minder charismatisch ook, haar glimlach was in het echt lang niet zo innemend als op de televisie. Van zo dichtbij had ze eigenlijk nog het meest weg van een akela in een wit broekpak, maar het verhaal dat Etna Bakermat het afgelopen kwartier had afgedraaid had Norah makkelijk kunnen voorspellen:

'*Wat maakt een stad?* Een vraagstuk waarmee ik ben grootgebracht. Mijn vader heeft met het Samenlevingscontract het fundament gecreëerd waarop Stokerdam is gebouwd. Een solide ondergrond, nee, een geborgen huis, waar we veilig kunnen samenwonen, -werken en -leven.'

De Burgermoeder wipte haar microfoon uit de houder, kwam achter haar spreekgestoelte vandaan en paradeerde stijfjes over het podium; een houten constructie van drie treden hoog waar een grote groene stembus op stond en waar de decorbouwers ('een groep van zeldzaam ambachtelijke klasse!' aldus Tony) heel vakkundig een valluik in verborgen hadden. 'De afgelopen vijftien jaar heb ik mijn vaders huis uit laten groeien tot een kathedraal; een toevluchtsoord voor iedereen die beschutting zoekt tegen onrustige stormen.'

Het licht van de volgspot die door Leon (de gids van de StokerToren en voormalig technicus van Tony's theater, 'een jongen met een buitengewoon oog voor sfeer!') werd bediend, weerkaatste in Etna's gouden broche toen ze stilstond aan de rand van het podium en met veel gevoel voor drama zei: 'Onze kathedraal kan die stormen alleen blijven trotseren als we haar allemaal beschermen. Burgerschap is geen passieve status, het is een actieve houding. Hoe meer mensen die overtuiging delen, hoe langer ons heilige huis kan blijven bestaan. Of zoals mijn vader altijd zei: evolutie is het werk van de meerderheid!'

De marmeren hal van het stadhuis zat vol; de in rijen opgestelde houten klapstoelen werden stuk voor stuk bezet door belangstellende burgers die het geluk hadden om het verkiezingsdebat live bij te wonen. Er was gepoogd om de chique hal feestelijk aan te kleden, maar de groen-witte loper waarmee de monumentale trap voor de gelegenheid was bekleed, de slingers boven hun hoofden en trosjes ballonnen die aan de spreekgestoeltes waren geknoopt, zélfs de aanwezigheid van televisiecamera's kon niet verhullen dat ze nog steeds in een kille ruimte zaten die buiten verkiezingstijd zelden door gewone burgers werd betreden.

Vanaf haar klapstoel op de eerste rij staarde Norah gefascineerd naar de vrouw op het podium wier galmende stem moeiteloos de achterste rijen en kijkers thuis bereikte; de vrouw die de afgelopen weken een boosaardige entiteit in haar leven was geworden, de kwaadaardige genius die verantwoordelijk was voor haar week in de spiegelkamer; de vrouw van wie Irma Nijverhut een verlengde was en tante Theresa een wazige kopie, de blauwdruk van iedereen die zich de regel waande. Maar Norah had nooit over de Burgermoeder nagedacht als een vrouw van bescheiden lengte die ondanks haar jarenlange ervaring nog steeds klonk als de buikspreekpop van haar vader. Etna Bakermat was geen kwaadaardige genius, geen monster, maar een mens met lelijke schoenen, een stijf loopje en een verhaal dat zo voorspelbaar was dat ze geen schijn van kans maakte in de chaotische show die haar te wachten stond.

'Elke dag komen hordes toeristen onze kathedraal bewonderen. Elke dag stellen we onze manier van leven bloot aan een noodzakelijk kwaad dat we alleen het hoofd kunnen bieden door waakzaam te blijven. Want als we niet alert zijn en hun denkbeelden de ruimte geven om te wortelen, raken we binnen de kortste keren overwoekerd door onkruid!'

Norah keek naar de andere kant van het gangpad dat het publiek in tweeën deelde. Daar zat Etna's aanhang. Mensen met een embleem op de borst en gladgestreken gezichten die, geconditioneerd als ze waren, braaf meeknikten op het ritme van haar onheilsvoorspelling. Hoe was het mogelijk dat ze na al die jaren nog steeds niet doorhadden dat ze spookverhalen vertelde, meer niet? Of was het juist die herhaling van zetten en zinnen, de vertrouwdheid van de bekende riedel die ze het idee gaf aan de juiste kant te staan? Norah zag hoe Irma Nijverhut kaarsrecht op haar stoel zat mee te prevelen alsof ze daadwerkelijk in een kathedraal zat en diep in gebed was. Haar Participatiecoach had haar proberen aan te schieten voor het debat begon, maar Norah was wijselijk bij haar uit de buurt gebleven en had samen met Gizmo snel hun plaatsen opgezocht; vooraan, op de eerste rij, die Gabriel gereserveerd had voor de familie. Ze geeuwde achter haar hand. Misschien was dat nog wel het meest teleurstellend, dacht ze, terwijl Etna een droge verhandeling over geforceerde gemeenschapszin inzette: dat deze kleurloze vrouw er al die jaren in geslaagd was de aandacht vast te houden met zo'n uitgekauwd verhaal.

De vierkante hakken van de Burgermoeder tikten op het podium. Ze wees met een witgelakte nagel naar de groene stembus. Tony moest het inmiddels stikbenauwd hebben. 'Over een halfuur maken we de balans op. Willen we verzekerd blijven van een geborgen samenleving óf nemen we een risico met onbekende afloop?'

Norah hoorde hoe Gizmo naast haar zachtjes begon te gniffelen en heel even had ze bijna te doen met de Burgermoeder die nog niet wist dat ze het podium waar ze zich zo onkwetsbaar op waande nog voor het openen van de stembussen overstuur zou verlaten, in diskrediet gebracht, en net zo gefrustreerd als iedereen die allang van het geloof in een geborgen samenleving was gevallen – als Gabriel er tenminste in zou slagen om het voorprogramma van de grond te krijgen.

Waar wachtte hij nog op?

Met zijn donkerblauwe stropdas en hagelwitte shirt leek haar neef nog wel op het ambitieuze raadslid dat de afgelopen weken op de voorpagina had gestaan, maar overschaduwd door Bakermats ervaring op de bühne slonk hij met de minuut verder weg in zijn gesteven pak. Telkens als het hem lukte om een opening te vinden in haar monoloog werd hij afgekapt door Leopold Varane, de presentator van vanmiddag, die meer oog voor de camera's had dan voor een inhoudelijk debat. Norah had Varanes gezicht vaak genoeg voorbij zien komen op TribuneTV en genoeg over hem gehoord om te weten dat de tv-rot met zijn grijze ringbaard en zorgvuldig geföhnde kapsel vooral geïnteresseerd was in het maken van aantrekkelijke televisie met een persoonlijke twist. Het presenteren van het vijfjaarlijkse verkiezingsdebat was sinds de opkomst van Victor Bakermat een terugkerend hoogtepunt in zijn carrière. Ze durfde te wedden dat hij al die keren dezelfde kaartjes met dezelfde voorbereide vragen bij zich had gehad.

'Dat heeft u mooi samengevat, mevrouw Bakermat,' zei Varane met ontroering in zijn stem. Hij streek een grijze lok achter zijn oor. 'Ik had even het gevoel uw vader te horen… Had u dat ook, meneer Madoz? Hoe voelt het om tegenover de dochter van zo'n legende te staan? Dat moet indruk op u maken.'

'Hoe het voelt?' Gabriel schraapte zijn keel en wierp een blik op zijn aantekeningen. 'Nou, volgens mij laat dit vooral het verschil tussen mevrouw Bakermat en mij zien. Natuurlijk laten de toeristen sporen achter, dat is een onvermijdelijk gevolg van menselijke interactie. Maar om nou te stellen dat we in constant gevaar verkeren, dat lijkt me wat overdre–'

'Meneer Madoz was nog niet geboren toen mijn vader werd verkozen,' onderbrak Etna fijntjes, 'dus ik geloof niet dat hij zich werkelijk een voorstelling kan maken van de chaos die onze stad destijds verscheurde. Er was dringend behoefte aan iemand die –'

'Ik *denk* dat ik met het invoeren van de Tegenprestatie heb bewezen dat ik me heel goed kan voorstellen waar onze burgers behoefte aan hebben,' wierp Gabriel tegen. 'Ze willen verzekerd zijn van een vast inkomen en een dak boven hun hoofd. En nu hebben ze behoefte aan meer zeggenschap over –'

Leopold Varane stak zijn hand op. 'Laat mevrouw Bakermat haar punt afmaken, meneer Madoz. U bent zo weer aan de beurt.'

'Ik wist natuurlijk meteen dat meneer Madoz een goed concept te pakken had toen hij me een ruwe versie van de Tegenprestatie presenteerde,' zei Etna monter. Haar broche schitterde in het spotlicht, haar glimlach was een pantser van bordkarton. 'En ik ben blij dat ik zijn ingeving tot uitvoer heb kunnen brengen. Jammer genoeg is het bij één gelukstreffer gebleven. Het is op zijn leeftijd ook moeilijk om jezelf niet te overschatten.'

Aan de andere kant van het gangpad werd instemmend gehumd. Norah peuterde geërgerd een velletje van haar duim. Haar vingers waren stijf, de toppen vol wondjes van de sluitingen van de broches waar ze de hele nacht mee in de weer was geweest. Gabriel boog zich opnieuw over zijn aantekeningen, friemelde wat aan zijn das, mompelde iets onverstaanbaars en verloor nog meer kostbare tijd en aandacht.

Waarom schoot hij niet op? Zo lang hadden ze niet meer. Als de klokkentoren ging, zat het debat erop. Hij moest de show aftrappen. Nu.

Norah trok het velletje van haar duim met haar tanden, proefde bloed. Gizmo stootte haar zachtjes aan. 'Maak je geen zorgen,' fluisterde hij, 'hij komt er wel uit.'

Gizmo droeg nog steeds het wollen vest van kapitein Reza. Die had erop gestaan dat hij het aanhield toen de Nausikaä vannacht aanmeerde. Nadat ze van boord waren gegaan en met hulp van de schippersvrouw ongezien de haven uit waren gekomen, had Carlos ze door de slapende stad teruggereden en in het holst van de nacht voor de deur van het hotel afgezet. Daar waren ze opgewacht door een handenwringende Jozias die een minutieus verslag had geëist van hun belevenissen. Ze hadden zo lang aan de keukentafel gezeten dat Norah en Gizmo zich vanochtend alsnog halsoverkop naar het stadhuis hadden moeten haasten.

'Ik hoop maar dat Jozias de tv in één stuk boven heeft gekregen,' mompelde Gizmo. 'Je weet het nooit met die lift. Als Mime de show mist, ben ik tot het nieuwe jaar bezig om de boel te sussen.'

'Ik hoop vooral dat Theresa overal doorheen slaapt,' fluisterde Norah terug. 'Als ze dit ziet krijgt ze een rolberoerte.'

Ze keek achterom, zocht de camera's. Een paar rijen achter hen zat Rita knikkebollend op haar klapstoel, naast Carlos die het medium voorzichtig een zetje gaf. En achter de chauffeur zat de reus van Lefshaven. Hugo Danzig gluurde gniffelend naar het kladblokje van zijn buurman, Raoul Singh, de dichter uit het Gedoogkwartier die verwoed iets zat neer te pennen. Een paar rijen verder had Sam Gomez zijn rolstoel midden in het gangpad geparkeerd. En helemaal achterin, achter talloze andere bekende gezichten uit Lefshaven en het Gedoogkwartier, achter de camera's en de technici, vlak bij de zware deuren van het stadhuis, onder een haag van groene ballonnen, kon Norah nog net de vierkante schouders van Ruben Baumgart onderscheiden. De uitsmijter had ze allemaal bij binnenkomst hun rekwisiet gegeven. Iedereen was er klaar voor. Iedereen, behalve raadslid Madoz.

'Als ik even mag interrum–'

Gabriel probeerde zijn microfoon uit de houder te halen, kreeg hem niet los en bleef onbeholpen bij zijn spreekgestoelte staan. 'Ja, misschien wil mevrouw Bakermat uitleggen –' Zijn microfoon galmde. Hij tikte er zo hard op dat het trosje ballonnen van zijn spreekgestoelte treurig naar de grond dwarrelde. 'Doet hij het nu? Ja? Misschien wil mevrouw Bakermat uitleggen waarom ze *denkt* dat het Samenlevingscontract niet aan Hervorming toe is als er zo veel Herzieningen –'

'Een moment, meneer Madoz. Ik wil onze kijkers eraan herinneren dat de stembussen over een kwartier opengaan,' legde Leopold Varane nog eens ten overvloede uit. 'Vergeet uw Participatiepas en uw stembiljet niet mee te nemen. Zonder identificatie is uw stem niet geldig! Goed. Mevrouw Bakermat, terug naar u. Als ik meneer Madoz goed begrijp vraagt hij zich af waarom u hem met al uw ervaring niet wilt helpen om het contract te hervormen?'

'Dat is niet wat ik –'

'Ach, meneer Madoz heeft de neiging te *geloven* dat elke innovatie uit zijn koker komt,' zei Etna meewarig. 'Het vermogen om je eigen ingevingen met gepaste bescheidenheid te beoordelen komt natuurlijk ook met de jaren – al komt deze vorm van puberale zelfoverschatting vaker voor in zijn *omgeving*.'

Gabriel liep rood aan en sputterde iets over onheuse aantijgingen, maar zijn microfoon vertoonde opnieuw kuren en zijn reactie ging op in een onverstaanbaar gegalm. Zichtbaar geamuseerd door zijn gestuntel richtte Etna zich tot Varane en zei: 'Als ik verder mag? Het ego van meneer Madoz kan later hersteld worden, daar heeft hij de komende maanden tijd genoeg voor. Kijk, mijn vader heeft me een leven lang voorbereid op de zware taak die het veiligstellen van een ordelijke stad in een ordeloze wereld behelst. Ik weet als geen ander hoeveel het van een mens vergt om een boegbeeld te zijn, welke offers er gemaakt moeten worden, en daarom –'

'En daarom denkt mevrouw Bakermat het gezicht te zijn van deze stad – maar volgens mij heeft deze stad vele gezichten.'

Gabriel stapte achter zijn spreekgestoelte vandaan. Hij had zijn microfoon losgekregen en ging pal naast Etna in de schijnwerpers staan. 'Dames, heren, Stokerdammers, het is niet mijn gewoonte om het persoonlijk te maken, maar ik vrees dat mevrouw Bakermat zo bezig is met het in leven houden van haar vaders gedachtegoed dat ze vergeten lijkt dat onze stad niet haar familiebedrijf is.' Hij knoopte zijn jasje open, stak losjes een hand in zijn broekzak. 'Ziet u, mijn familie heeft wel een bedrijf. Een hotel. In tegenstelling tot de Burgermoeder heb ik het me nooit kunnen veroorloven om zo bang te zijn voor onze gasten dat ik niet met ze onder hetzelfde dak durfde te slapen. Sterker nog, als ik niet kon slapen kwam dat eerder door onze huisspoken dan onze gasten.'

De plagerige echo in zijn stem, de geoefende nonchalance in zijn bewegingen, de bekende choreografie waarmee hij een rondje om de Burgermoeder heen liep en zijn speelveld markeerde, Norah herkende ze meteen en schoof onwillekeurig op haar stoel. Gizmo stroopte de mouwen van zijn vest op. 'Daar gaan we,' fluisterde hij. 'Nu wordt het menens.'

'U staat niet in een circustent, meneer Madoz,' zei Etna, die de verandering in Gabriels optreden ook was opgevallen. Vastberaden om zich haar moment niet te laten ontnemen ging ze pal voor hem staan. Zonder effect, want Gabriel torende twee koppen boven haar uit. 'Misschien kunt u rustig uw beurt –'

'Misschien kunt u de beleefdheid opbrengen om me het woord te geven, mevrouw Bakermat? Dat voelt misschien onwennig, maar ik kan u verzekeren dat dat de gewoonte is in een debat. En ik *geloof* niet dat u te weinig spreektijd tot uw beschikking heeft gehad. Ik beloof dat u nog een kans krijgt om een anekdote over uw vader te vertellen.'

Er werd besmuikt gegniffeld in het publiek. Norah kon de opluchting van de uitzonderingen bijna voelen nu duidelijk werd dat hun kandidaat opzettelijk terrein had verloren en geduldig had gewacht op een opening. Aan de andere kant van het gangpad frunnikte Irma geërgerd aan haar knot.

'Natuurlijk heeft mevrouw Bakermat de nodige ervaring in huis,' ging Gabriel verder, 'ik zal de laatste zijn om te beweren dat ze gisteren geboren is. Of slechte intenties heeft. En toch heb ik reden om te geloven dat ze het met al haar goede bedoelingen lastig vindt om zich aan de regels te houden waar ze zo aan beweert te hechten...' De dramatische pauze die hij liet vallen werd door zijn aanhang met verontwaardigd gemompel ingevuld, een subtiele verschuiving in de sfeer die feilloos werd opgepikt door Leopold Varane. 'Pardon?' zei de presentator nieuwsgierig. 'Dat klinkt als een beschuldiging, meneer Madoz.'

'Gelooft u mij, ik vind het minstens zo pijnlijk om mijn collega's er op deze manier van op de hoogte te moeten brengen dat onze Burgermoeder het niet altijd zo nauw neemt met de procedures – maar ik zie helaas geen andere mogelijkheid.' Gabriel knikte naar het groepje raadsleden aan de andere kant van het gangpad, een rijtje grijze dakduiven dat plotseling erg veel aandacht had voor hun schoenveters. 'Zojuist, vlak voor het debat, kwam mij ter ore dat de Burgermoeder op eigen houtje een Herziening heeft opgesteld die ze in wil laten gaan zodra de stemmen geteld zijn. Ik zal u niet vervelen met de details – al roept de inhoud van haar Herziening ook de nodige vragen op... Maar omdat ik niet bang ben aangelegd wil ik van het beste uitgaan: misschien is de Burgermoeder simpelweg vergeten dat Herzieningen in overleg met de raad tot stand komen?'

'Natuurlijk niet!' zei Etna nijdig. 'Hoe komt u erbij? Mijn vader heeft de procedures zelf opgesteld! U was nog niet uit de luiers toen hij –'

'Straks, mevrouw Bakermat. U mag straks een anekdote vertellen. Nu gaat het even over Herziening 541. Of is die zo geheim dat u hem bent vergeten?'

'Ik ga niet in op dit soort flauwekul. Hoort u eens –'

'U vindt het flauwekul om nieuwe Herzieningen aan uw collega's voor te leggen?'

'Dat heb ik niet gezegd.'

'Wat zegt u dan wel?' drong Gabriel aan. 'Dat het flauwekul is om de procedures te volgen die uw vader heeft opgesteld?'

'Meneer Madoz probeert mij woorden in de mond te leggen!'

De Burgermoeder wendde zich geërgerd tot Leopold Varane, maar de presentator kwam haar niet te hulp. Geboeid door de aantrekkelijke televisie die zich voor zijn ogen ontwikkelde stond hij bedachtzaam aan zijn ringbaard te plukken. 'Laten we horen waar de jonge kandidaat naartoe wil,' zei hij half verontschuldigend. 'Om de lucht te klaren. Kunt u iets meer vertellen over die Herziening, meneer Madoz? Wat staat er precies –'

'Nee,' zei Etna snel. 'Nee, dat kan hij niet. Het zou meneer Madoz sieren als hij zich net zo druk zou maken om de ellende die zijn broer heeft veroorzaakt als om –'

'Ah! Daar is-ie! Mijn broer. Ik vroeg me al af wanneer u over hem zou beginnen.'

Gabriel sprong soepeltjes van het toneel en ging op de rand van het podium zitten. Hij sloeg zijn lange benen sierlijk over elkaar, creëerde met behulp van een zacht spotlicht een intiem onderonsje met het publiek. 'Mevrouw Bakermat heeft een opmerkelijke fascinatie voor mijn familie, ziet u? Ze heeft een enorme invloed op ons gezin gehad. Altijd al. Ze is er vanmiddag helaas niet bij, maar mijn moeder kan beamen dat ze mijn broer en mij heeft opgevoed met haar regels, naar haar voorbeeld.'

'Daar is dan weinig van te merken,' lachte Etna schril. 'Je broer is een onruststoker! En jij –'

‘“Aandacht is een beloning. Slecht gedrag moet je negeren”,’ citeerde Gabriel kalmpjes. ‘Dat is voor mijn broer soms lastig. Hij is gek op aandacht. En geheimen. Altijd al geweest. Wat dat betreft heeft hij meer met onze Burgermoeder gemeen dan u misschien zou vermoeden.’

Er was geen vermoeden. Hij creëerde het ter plekke. Gooide het aas uit waar Leopold Varane, zoals Tony op de sloep had voorspeld, verlekkerd op afkwam. ‘Wat bedoelt u daar precies mee? Heeft uw broer –’

‘Wat kan hij daarmee bedoelen?’ onderbrak Etna bits. ‘Meneer Madoz probeert u te misleiden. Hij probeert dit debat te kapen met valse geruchten en ú, meneer Varane, u geeft hem een podium voor zijn opruiende praatjes! Ik heb hem jarenlang onder mijn hoede gehad, geprobeerd hem op het juiste pad te houden, maar zo zie je maar: meneer Madoz hier is geen haar beter dan zijn broer!’

Gabriel plukte een denkbeeldig stofje van zijn mouw, haalde zijn schouders op. ‘Dat denken wel meer mensen, steeds meer sinds de campagnes zijn begonnen… Het is een hardnekkig gerucht. Laten we zien hoeveel ervan waar is.’

Het zaallicht ging uit en het publiek zat een moment in het donker, te kort om opzet te vermoeden, te lang om toeval uit te sluiten. Toen schoot het spotlicht weer aan, feller dit keer, en gleed over het podium, de stembus, rechtstreeks de monumentale trap op, klom als een zoeklicht dat precies wist wat het moest vinden onder verraste geluiden van het publiek recht over de groen-witte loper, tree voor tree omhoog, alsmaar verder – tot het zijn glimmende, zwartleren schoenen bereikte, een fractie van een seconde bij zijn enkels bleef hangen (een dramatische pauze, perfect getimed door Leon) voor het langzaam over zijn kuiten scheen, en toen zó fel werd dat Norah haar ogen moest samenknijpen; ze voelde hoe de haren op haar armen overeind kwamen toen zijn pantalon, zijn pandjesjas, het klassieke kostuum van de illusionist, glinsterend door de reflectie van honderden opgespelde zilveren broches, al het werk waar ze uren mee bezig was geweest in het donkere ruim van de Nausikaä, in vol ornaat de zaal in schitterde. Lorenzo stond boven aan de trap, badend in het licht, vastgeklonken met een paar handboeien en geflankeerd door Rutger, die hem met een ruk aan zijn elleboog de trap af leidde. Het loodzware kostuum dreunde op de treden. Het rumoer in de zaal zwol aan – maar het opgewonden gefluister drong nauwelijks tot Norah door. Ze stak haar hand in haar jaszak en wipte de sluiting van haar eigen broche los. De scherpe punt prikte in haar vinger. De show was begonnen.

'Dames en heren,' stamelde Leopold Varane, 'dames en heren... ik weet niet wat – of hoe... dit heb ik in al mijn jaren nog nooit meegemaakt.' De presentator richtte zich afwisselend tot de camera, het publiek, een geluidsman die even verbaasd terugkeek, en ging nerveus door zijn kaartjes heen, maar geen van de voorgedrukte vragen bood uitkomst. 'Mevrouw Bakermat? Weet – wist u –?'

Etna Bakermat had zich aan de rand van het podium teruggetrokken. Met afgrijzen keek ze toe hoe Lorenzo door Rutger naast de stembus werd gepositioneerd. 'Ik heb – dit is – ik weet hier niets van!'

Op de sloep had Tony het een spel van beheersing genoemd, de illusie van controle. Met chaos creëerde je een opening, een nauw venster waarin ruimte lag om de rollen om te draaien en de regie over te nemen. 'Etna Bakermat is een angstig mens,' had hij gezegd. 'Dat moet jij niet vergeten. Daarom zij heeft al die regels nodig. Zij is bang om controle te verliezen. Iemand die is zo bang, jij kúnt niet te serieus nemen. Zo iemand jij moet overmeesteren met verwarring, gijzelen in jouw momentum, tot zij spelen op jouw voorwaarden.' De geschokte gezichten aan de andere kant van het gangpad bewezen zijn gelijk. Net zoals hun Burgermoeder bleef haar devote achterban verbijsterd zitten, onzeker wat te doen, overrompeld door de onverwachte situatie.

'Maar waarom?' wist Varane eindelijk te vragen. 'Waarom heeft u uw broer meegenomen, meneer Madoz? En wat moeten al die... die *dingen* betekenen?'

'Ik kom mijn stem uitbrengen,' zei Lorenzo. 'Dat is vandaag, toch?' Hij stak zijn armen op, rammelde met zijn handboeien. De broches op zijn kostuum leken even te bewegen. 'Mijn stembiljet zit in mijn binnenzak, ik kan er net niet bij – maar misschien wil deze meneer me helpen?'

Rutger greep hem alleen steviger vast, probeerde hem hardhandig op zijn knieën te dwingen. 'Rustig aan,' zei Lorenzo quasibeledigd, 'ik ga nergens naartoe. Niet voor ik mijn Burgerplicht heb vervuld.'

Gizmo gniffelde. En hij was niet de enige. Achter Norah gingen de uitzonderingen volledig op in hun rol van medeplichtig publiek. Ze hoorde Sam proesten en Rita liet een aanstekelijk gehinnik horen dat werd opgepikt door Hugo, die luid snurkte toen Lorenzo Rutger met een komisch gezicht van zich af schudde alsof hij niet meer was dan een vermakelijk intermezzo. Norah vond zijn blik. Hij knipoogde. Er zat een duivels plezier in de manier waarop hij zich opwarmde voor de sprint, zich klaarmaakte om uit de startblokken te schieten en het onmogelijke te verkopen. Daar, op de planken, voor zijn publiek, zonder enige ruimte voor twijfel of angst, was hij in zijn element. Zoals zij hier, aan de rand van het toneel, buiten de schijnwerpers, op haar plek was – voor nu althans. Elke show had een assistente nodig, een bewuste buitenstaander aan wie het applaus grotendeels voorbijging, maar die precies wist wat er zou gebeuren zodra Gabriel het estafettestokje aan zijn broer overdroeg.

'Haal hem hier weg!' gebood Etna. De Burgermoeder zette een paar onzekere passen over het toneel, struikelde bijna over een rondslingerende ballon (een knullig moment dat een tweede lachsalvo inluidde) en riep met onvaste stem: 'Meteen! Ik wil het niet hebben!'

Er kwamen wat mensen met een embleem overeind. Maar voor ze gehoor konden geven aan haar instructies, wipte Gabriel, die het hele gebeuren rustig aan had zitten kijken vanaf de rand van het podium, overeind en maande haar aanhangers tot kalmte. 'Blijft u rustig zitten! Ik begrijp dat u in shock bent. Dat was ik ook toen ik mijn broer vanochtend aantrof in mijn werkkamer – met mevrouw Bakermats Herziening.'

'Nee, nee, dit is absurd, ik heb hier niets mee te maken! Haal hem weg!' riep Etna nog eens. 'Nu! Dit is een schande – een schande!'

'Kalm aan, mevrouw Bakermat,' zei Gabriel. 'Onrust heeft een besmettelijke werking, dat moet uw vader u geleerd hebben. U wilt deze mensen toch niet het verkeerde voorbeeld geven?' Hij voegde zich bij Leopold Varane die Lorenzo's kostuum aandachtig stond te bekijken. 'Meneer Varane? Denkt u ook niet dat we al die mensen die nu zitten te kijken, al die kiezers die aan de buis gekluisterd zitten, een beetje duiding verschuldigd zijn? Voor hun gemoedsrust?'

'Waag het niet, Leopold! Waag het niet! Je bent gewaar–'

'Ik wil het wel horen!' riep Hugo, wiens diepe stem zo hard door de zaal baste dat Etna verschrikt haar mond hield. 'Waar gaat die Herziening over? Moeten we ons zorgen maken?'

'Misschien weet ze iets wat wij niet weten?' haakte Sam aan. 'Is er storm op komst?'

'*We moeten de sluier oplichten*!' zong Rita. 'In de duisternis struikelen we over halve waarheden. Alleen door transparantie kunnen we tot heldere inzichten komen.'

Haar oproep werd beantwoord door een instemmend gebrom dat zijn weg van de achterste rijen naar voren vond en aanzwol tot een hongerig gezoem; het geluid van mensen die de kans roken om iemand die zich onaantastbaar waande genadeloos onderuit te zien gaan.

Varane streek zijn haar achter zijn oor en deed zijn best om niet te zien hoe giftig Etna hem aanstaarde. 'Ja, misschien is het wel goed om de kijkers, pardon, de kiezers, een beetje duiding te geven. Voor de nodige gemoedsrust... U zei dat – dat uw broer en mevrouw Bakermat meer met elkaar gemeen hebben dan we vermoeden, meneer Madoz?'

'Dat lijkt me evident,' zei Gabriel. 'Ziet u al die broches? Identiek aan die van mevrouw Bakermat.'

Lorenzo stak zijn vinger op. 'Mag ik? Het gaat een stuk sneller als ik uitleg hoe ik mevrouw Bakermat kan helpen met haar Herziening en mijn Burgerplicht kan –'

'Laat hem zijn mond houden!' riep Etna. 'Die broches zijn van mij! Hij heeft ze gestolen!'

'Gestolen?' Varane trok zijn wenkbrauwen op. 'Ze zijn van u gestolen? Dus u weet wel van die *dingen* af?'

'Ja, die heb ik besteld, maar ze konden niet geleverd worden – er is iets misgegaan in de communicatie. Het is altijd gedoe met die buiten- *dat soort mensen*. U kent het. Deze broches maken onderdeel uit van een Herziening waar ik de afgelopen maanden hard aan heb gewerkt. Ze zijn bedoeld om onze Excellente Burgers een –'

'Dus toch.' Gabriel schudde teleurgesteld zijn hoofd en vertolkte feilloos de verontwaardigde huivering die door de zaal ging. 'U geeft dus toe dat u wel degelijk een loopje heeft genomen met de procedures? De regels?'

'Natuurlijk niet! Er is een lastige afweging gemaakt voor het collectieve belang, voor de bestwil van ál onze burgers.'

'En daarom heeft u in uw *eentje* bepaald wat in het belang is van de meerderheid? Is dat wat ik u hoor zeggen? Niet? Ik zie dat het u irriteert, maar –'

'Ik ben niet geïrriteerd.'

'– u hoeft dit niet voor mij te doen. Ik probeer de burgers alleen duidelijk te maken uit wat voor hout "het boegbeeld" van de stad gesneden is, een stukje transparantie – of niet, meneer Varane?'

Varane, wiens honger naar een kijkcijferrecord groter was dan zijn angst voor de boze blikken van de Burgermoeder, trok zijn stoute schoenen aan en waagde het een vraag te stellen die verdacht veel klonk als een aanname: 'Kunt u verklaren waarom u deze Herziening in het geheim heeft opgesteld, mevrouw Bakermat? Waarom zou u zoiets doen?'

Etna's mond vormde een strakke streep, ze sprak haast door haar kiezen. 'Het is geen geheim dat het BCD het, door toedoen van *sommige figuren*, vreselijk druk heeft om de stabiliteit in onze stad te bewaken. Onze Participatiecoaches werken de klok rond om de Valse Meldingen uit de binnenkomende Tips te filteren. Daar kunnen ze alle hulp bij gebruiken en daarom vinden wij –'

'Wacht even,' zei Gabriel. 'Wie zijn "wij"? U was toch in uw eentje?'

'Ons, wij – de samenleving! *Wij* zien dat een heleboel burgers de verantwoordelijkheid van het TAM-Model niet aankunnen en *wij* nemen die last weg zodat zij zich kunnen richten op hun persoonlijke ontwikkeling en groei en –'

'En wie bedoelt u precies met "zij"?' zei Gabriel. 'Voor de volledigheid.'

'Die anderen. Die – u weet best wie ik bedoel! Burgers in Ontwikkeling. Die mensen geven we de kans om de beste versie van zichzelf te worden.' Etna snoof, er schitterde iets gevaarlijks achter haar ogen. 'U kunt uw best doen om mij verdacht te maken, meneer Madoz, maar ik zie niet in wat er mis mee is om onze Excellente Burgers een nieuwe uitdaging te bieden! Deze onderscheiding dient –'

'Pardon?' fronste Gabriel. 'U bent er bewust op uit om onderscheid te maken? Het gaat van kwaad tot erger. Wat denkt u hiervan, meneer Varane? Meneer Varane?'

Leopold Varane had zijn kaartjes op de grond laten vallen en staarde met grote ogen naar de stembus. 'Ziet – ziet u dat?' Er kwam rook uit de opening, een sliert gifgroene rook die onheilspellend naar het plafond kringelde. Boven hun hoofden begon de klok van het stadhuis te bengelen.

'Als ik even mag?'

Lorenzo klopte op Varanes schouder, duwde hem voorzichtig opzij en deed zijn stembiljet in de bus die prompt stopte met roken. 'Daar. De eerste.' Het publiek realiseerde zich pas dat zijn handboeien verdwenen waren toen Rutger luidkeels begon te vloeken. De Handhaver greep Lorenzo bij zijn mouw, maar op datzelfde moment knipperde het zaallicht, ritselden de slingers in de windstille ruimte. Etna sloeg een verschrikte kreet.

'Pardon,' zei Lorenzo. Hij stak zijn polsen uit. 'Macht der gewoonte. Als u mij opnieuw wilt – voor mevrouw Bakermats gemoedsrust? – ja, dank u, heel vriendelijk.'

Terwijl Rutger hem mopperend een nieuw stel handboeien omdeed, gluurde Varane door de gleuf van de stembus en speelde zonder het te weten (maar zoals Tony had gehoopt) de ogen van het publiek. 'Niks, alleen een stembiljet. Hij is zelfs niet heet. Kan geen vuur zijn.' Het zaallicht haperde opnieuw. 'De techniek leidt vandaag een eigen leven, lijkt het.'

'Dit heeft niets met techniek te maken, meneer Varane. Was het maar zo simpel,' zei Lorenzo plotseling doodernstig. 'Er zijn sentimenten onder ons die het licht niet kunnen verdragen. Ik kan ze duidelijk voelen – slechte intenties. Maar ze zijn gelukkig in de minderheid...'

'Genoeg!' riep Etna. 'We hebben dit toneelstukje lang genoeg meegespeeld. Stop de uitzending! Leopold, ik *eis* dat je nu een eind maakt aan deze klucht.'

Natuurlijk had ze gelijk. Natuurlijk was het een toneelstukje. Maar wat deed het ertoe? Zolang het publiek geboeid bleef kijken en Varane ze de ruimte gaf om de klucht voort te zetten, had Etna, zoals Tony had voorzien, geen keus. Ze móest meespelen. 'Jij zult zien zij kan zich niet aanpassen, dat is een rol die zij niet kent, Etna Bakermat zou niet weten hoe zij zich moet schikken naar omstandigheden. Dat geeft haar een vreemde aanblik én als wij goed spelen: een zeer ongunstig voorkomen. Als zij is niet langer de norm zij zal harde verwijten maken.'

En inderdaad – Etna tierde door, beschuldigend en op steeds hardere toon, tegen niets en niemand in het bijzonder, zonder souffleur die haar weer op het juiste spoor bracht. 'Het is een vuil complot! Dat ik dit nog moet meemaken – in onze stad, na al die jaren! Schandalig!' Blind voor de gevolgen sloeg ze om zich heen, zonder door te hebben hoe ze zelf het contrast creëerde dat tussen haar en Gabriel ontstond; ze hoorde de ongemakkelijke kuchjes en het gedraai op hun stoelen van haar achterban niet, had niet door dat die zich, al was het maar heel even, van haar distantieerde. 'De brutaliteit! Een ordinaire coup! Een onbeschaamde – wat sta jij nou te lachen?!'

'Sorry,' gniffelde Lorenzo. 'Een coup? Ik wil niet zeggen dat mijn stem niets waard is, maar zelfs mijn invloed kent grenzen, mevrouw Bakermat. Ik handel in spiegels en rookgordijnen.' Hij legde een hand op zijn hart en met een vrijwel onzichtbaar rukje van zijn enkel bracht hij het ingewikkelde systeem dat Paulina Lanzilli had ontworpen, een mechanisme bestaand uit magneten, draad, klittenband en elastiek, tot leven: de broches op zijn jas begonnen langzaam in het rond te draaien. 'Glimmertjes, weet u wel?'

'Je bent een ordinaire dief! Een inbreker!'

‘Ah! Ja, laten we dat misverstand inderdaad de wereld uit helpen. Toen ik een aantal weken geleden het stadhuis bezocht –’

‘Inbrak! Toen je hier inbrak en je dossier stal! Zoals je ook het vuurwerk hebt gestolen en de halve stad hebt ondergekliederd met je *grafietie*!’

Lorenzo stak verontschuldigd zijn handen op. ‘Ik doe mijn best om het uit te leggen, meneer Varane, maar als daar geen behoefte aan is…’

‘Daar is zeker behoefte aan,’ zei Varane, die een lok achter zijn oor streek en zijn scoop snel in veiligheid bracht. ‘Laten we even diep ademhalen, mevrouw Bakermat, en een stukje wederhoor toepassen voor de kiezers. Meneer Madoz, kunt u verklaren hoe u aan die broches komt? En aan die mysterieuze Herziening?’

Lorenzo klakte met zijn tong. ‘Ja, dat zijn terechte, maar lastige vragen. U vraagt mij mijn geheimen prijs te geven. Ik zal u zoveel vertellen als mijn vak me toelaat.’ Terwijl de broches op zijn kostuum als zilveren tolletjes in het rond bleven draaien, gebaarde hij naar de onbemande balie naast het podium, de deur die naar het Archief leidde. ‘Toen ik een aantal weken geleden hier in de kelder mijn dossier opzocht, was ik in eerste instantie onaangenaam verrast door het profiel dat van mij is opgetekend, daar zal ik niet om liegen. Het was pijnlijk om geconfronteerd te worden met mijn tekortkomingen. Niemand is ongevoelig voor kritiek, ik ben daar niet anders in. Ik geef toe dat het lang duurde voor ik de nodige zelfreflectie vond om te zien dat ik mijn Burgerplicht ernstig heb verwaarloosd. En ik geef ook toe dat ik vandaag niet alleen naar het stadhuis ben gekomen om mijn broer geluk te wensen met de verkiezingen. Ik ben hier vooral om het beeld dat van mij bestaat recht te zetten, want een dief ben ik nooit geweest. Ik geef altijd terug wat niet van mij is, zo ben ik opgevoed. Maar ik begrijp mevrouw Bakermats frustratie heel goed – echt! Luister, ik weet dat u mij onberekenbaar vindt, een onruststoker. Alleen is het tegendeel waar. In werkelijkheid ben ik een heel eenvoudig mens. Ik verdwijn en kom weer tevoorschijn. Ik bewaar geheimen. Ik lees gedachten. Dat is mijn vak. Alles wat ik doe om de mensen te vermaken is zorgvuldig uitgedacht. Orde en structuur, ik zweer erbij. Daarom kan ik u als geen ander helpen om uw Excellente Burgers te vinden. Degenen met de zuiverste intenties. Ik zal het u bewijzen, kijk!'

Lorenzo wipte een broche van zijn mouw en liet hem als een muntstuk over zijn knokkels lopen. 'Voor het waarnemen van andermans intenties is diepe concentratie en een zekere doortastendheid vereist. Ziet u, sommige intenties liggen aan de oppervlakte, maar andere proberen zich hardnekkig te verbergen. Zo zit daar iemand, op rij 7 – ik zal zijn naam niet noemen –, die zijn frustratie zo krampachtig probeert te bedwingen dat de druk hem weldra te veel zal worden.'

Het zaallicht knipperde, de slingers lieten een omineus geritsel horen. Lorenzo sloot zijn vingers om de broche en deed zijn ogen dicht. 'Maar ik zie ook iemand anders, iemand – heel dichtbij, met ijzersterke principes. Iemand die niet bang is om de onderste steen boven te krijgen.' Hij zoog zijn longen vol, bracht zijn vuist naar zijn mond en blies. Achter hem stootte de stembus een rookpluim uit. 'Een boegbeeld met de beste bedoelingen.' Toen hij zijn hand weer opende was de broche verdwenen – maar niet voor lang.

'Daar!' zei Gabriel. 'Hij is op uw rug terechtgekomen, meneer Varane.' Hij pakte de presentator bij zijn schouders en draaide hem behulpzaam een kwartslag om, onthulde de broche op zijn schouderblad. De presentator verdraaide bijna zijn nek om zijn onderscheiding te bewonderen. 'Och,' mompelde hij, 'och, kijk nou toch! Wat aardig.'

'U bent een onmisbare schakel in ons democratische proces,' meende Lorenzo. 'Zonder u zou dit debat in absolute chaos ontaarden. En om antwoord te geven op uw vraag: inderdaad, ik zie wat u denkt, meneer Varane. Alles wat er in u omgaat, alle sentimenten die in u sluimeren, uw diepste verlangens.'

Etna, die zich met strakgespannen kaken afzijdig had gehouden, kon haar ergernis niet langer voor zich houden. Ze hief haar handen ten hemel. 'Zie je dan niet wat hij doet, Leopold? Zie je dat dan niet? Hij probeert je te paaien!'

'Paaien?' zei Lorenzo. 'Dit is *uw* Herziening, mevrouw Bakermat.

Ik voer hem alleen maar uit. En ik kan u verzekeren dat meneer Varane niet de enige is op wiens schouders het welzijn van onze samenleving rust. Let op!'

Hij spelde opnieuw een broche los en hoewel Norah precies wist hoe de truc werkte, was het bijna onwerkelijk om te zien hoe snel het publiek ontvankelijk was voor nieuwe rituelen, hoe snel ze gespitst waren op de rokende stembus, het bewegende kostuum, de ruisende slingers; hoe eenvoudig de formule van 'de man, het nummer en de publiciteit' aansloeg.

'Het is iemand – met eelt onder zijn voeten,' zei Lorenzo. 'Iemand die lange dagen maakt – een waakzaam oog heeft, een rechte rug en een zuivere hang naar rechtvaardigheid. Iemand die meer waardering verdient dan hem gegeven is.' Zijn generieke beschrijving trof doel. Aan de overkant ging een aantal mensen uit Etna's achterban verwachtingsvol rechtop zitten. Zelfs Rutger keek reikhalzend naar zijn gesloten vuist, hongerig naar een stukje erkenning. 'Ja, zo kom je ze niet elke dag tegen – dit is een heuse modelburger.'

Lorenzo liet de broche verdwijnen en prompt schoot er aan de andere kant van het gangpad iemand overeind: een lange man in een groen uniform met een onberispelijk postuur, de Handhaver die hem zijn paraplu had teruggegeven op de StokerToren. 'Ik heb hem!' Trots liet hij de broche op de mouw van zijn jasje zien. 'Het zijn inderdaad lange dagen – en koud ook.'

Het applaus werd ontstoken door Carlos' snerpende gefluit en de rest van het publiek sloot braaf aan. Etna Bakermat sloeg demonstratief haar armen over elkaar, maar was verstandig genoeg om de nieuwe status van de Handhaver niet in twijfel te trekken.

'Ziet u, mevrouw Bakermat?' zei Lorenzo toen het applaus was weggestorven. 'Zo eenvoudig is het. Dames, heren, Stokerdammers, laat me de Excellente Burgers onder u onthullen.'

Voor iemand bezwaar kon maken klom hij op de stembus en ging er in kleermakerszit op zitten – dat zijn handboeien verdwenen waren verbaasde inmiddels niemand meer. 'Voor het waarnemen van intenties op zulke grote schaal is absolute concentratie noodzakelijk. Van mij en van u. Leg uw handen op uw schoot en probeer niet te bewegen. Niet te ademen als het lukt. Anders missen de broches hun doel – en ze kunnen scherp zijn...' Zodra hij zijn ogen sloot kwam de stembus onder hem tot leven, de rook kroop achter hem langs, om hem heen, omvatte hem als een gifgroene wolk die, toen hij zijn zwaartepunt had bereikt, als een waterval langs de randen van de stembus naar beneden gleed en in dikke golven over het toneel kroop, over de randen spilde, de marmeren vloer op, om de enkels van het publiek kolkte, en zó dichtbij kwam dat het nagenoeg onmogelijk was om je aan de illusie te onttrekken. De slingers ruisten, de broches op het kostuum draaiden in het rond, steeds sneller, veranderden in fonkelende sterren tegen een achtergrond van pulserend groen; er kwam rook uit zijn mouwen, zijn broekspijpen, zijn kraag, en Lorenzo's gezicht verwrong, hij kreunde, hoestte, leek te stikken in de walm die hem compleet verzwolg, greep met gekromde vingers naar zijn keel, een ingestudeerde dramatische beweging – en de illusie van fysieke inspanning verloor haar uitwerking niet: Varane liet een verschrikt geluidje horen, sloeg zijn handen voor zijn mond, maar bleef gefixeerd staan kijken, bang om ook maar een seconde te missen. 'Jij mag nooit vergeten hoe graag zij zien jou lijden voor jouw kunst,' had Tony gezegd. 'Zo is hun natuur. Ook al jij verklapt ze in alle eerlijkheid, zij wíllen niet weten dat ergste afzien zit in jouw oefening, jouw discipline, de toewijding aan jouw vak!' Compleet vergeten hoezeer Lorenzo hechtte aan orde en structuur en alles wat hij deed om ze te vermaken zorgvuldig uitdacht, keek het publiek gespannen naar de worsteling van de ontsnappingskunstenaar, wachtte met ingehouden adem op een bevrijdende climax.

En die kwam.

Vlak voor het licht uitging sperde Lorenzo zijn ogen open en schoten de broches los, met behulp van meters elastiek en visdraad vlogen ze alle kanten op. In het donker klonk het geknal van knappende ballonen, krassende stoelpoten, het gegil van het publiek dat ineendook toen de slingers naar beneden vielen en met hun gegil zelf de commotie veroorzaakte waardoor ze de haastige voetstappen en de windvlaag die door het gangpad voorbijsnelde niet opmerkte. Alleen een handjevol ingewijden wist hoe het kostuum in de stembus was verdwenen, aangepakt door Tony Soddini, die zich daarna als de wiedeweerga achter het toneel haastte op zijn fluwelen instappers en ongezien het Archief in glipte om zich voor te bereiden op de laatste akte van de show.

Norah haalde haar eigen broche uit haar jaszak en spelde hem op haar kraag. Naast haar worstelde Gizmo grommend met zijn vest. Bij elkaar hadden ze nog geen twintig tellen in het donker gezeten, maar toen het licht weer aanging was de chaos in de zaal compleet, het kantelpunt bereikt.

'Bravo!'

Achterin werd het applaus ingezet.

'Bravo!'

Het publiek draaide zich als één man om. Lorenzo stond naast Ruben Baumgart bij de zware deuren, zijn kostuum verruild voor een zwart shirt met een opdruk van rode sleutels. Hij floot op zijn vingers. Ruben Baumgart veegde met een grimmig gezicht de resten van de ballonnenhaag van zijn schouders. Op de revers van zijn jasje zat een broche. En hij was niet de enige. Vrijwel iedereen aan Gabriels kant van het gangpad was omgedoopt tot Excellent Burger. Zo zaten ze er ook bij, kaarsrecht en in keurige rijen applaudisseerden ze netjes met Lorenzo mee, een schril contrast met hun overburen, die in hun paniek stoelen omver hadden geschoven en in het donker hun zelfbeheersing waren verloren; de raadsleden zaten haast bij elkaar op schoot, op rij 7 had iemand een bloedneus, en Irma Nijverhut viste nijdig een vlaggetje uit haar knot. Norah grijnsde toen ze zag hoe haar Participatiecoach quasinonchalant haar jasje afspeurde en met een zuinig mondje tot de conclusie kwam dat ze een Burger in Ontwikkeling bleek te zijn.

'Ziet u nou!' brulde Etna. 'Het is doorgestoken kaart!' De Burgermoeder was in de commotie haar microfoon kwijtgeraakt en moest over het geroezemoes heen schreeuwen om zich verstaanbaar te maken. 'Hij heeft alleen de aanhangers van zijn broer uitgepikt! Schaamteloos!'

'Als ze rustig waren blijven zitten waren ze heus wel gevonden!' riep Sam.

'Ja!' haakte Carlos aan. 'Hij was toch duidelijk? Stilzitten, anders missen ze doel. Dat ze de instructies niet volgen is niet zijn schuld.'

'Luisteren is een gave!' meende Rita. 'Een kosmisch geschenk.'

'Laten we het centraal houden,' stelde Gabriel voor. 'En niet op de zaken vooruitlopen.' Hij streek over zijn stropdas, knoopte zijn jasje dicht en ging achter zijn spreekgestoelte staan; bracht de gemoederen tot bedaren met de houding die hem zo goed paste. 'Herziening 541 is tenslotte nog niet officieel van kracht. De stemmen zijn nog niet geteld. Maar misschien is het wel interessant om, in het kader van meer inspraak, te vragen hoe deze "Excellente Burgers" mevrouw Bakermats Herziening ervaren? Wat denkt u, meneer Varane? Zo'n kans krijgen we nooit meer.'

'Goed idee,' knikte de presentator, die zich zichtbaar verheugde op een stukje publieksparticipatie. 'Laten we dat doen, ja. Het is altijd goed om de mensen achter de titel een gezicht te geven.'

'Zoals deze meneer,' zei Lorenzo, die ondertussen een microfoon tevoorschijn had getoverd. 'Ik zie dat u dringend iets kwijt wilt over de opmerkingen van de Burgermoeder. Die hebben iets in u losgemaakt – iets pijnlijks, klopt dat?'

Ruben Baumgart sloeg zijn armen over elkaar en leunde onwennig in de microfoon. 'Ja, jazeker. Ik ehm – nou, weet je, ik heb m'n halve leven voor het BCD gewerkt en ik vind het eigenlijk nogal kwetsend wat ze net liep te beweren. Doorgestoken kaart… Alsof intenties een politieke kleur hebben, snap je? Alsof iemand zoals ikzelf geen Excellente Burger zou kunnen zijn terwijl –'

'Hoe durft u! Dat heb ik nooit gezegd!'

Tot grote schrik van Varane griste Etna de microfoon uit zijn handen, maar voor ze van leer kon trekken, draaide Leon haar volume uit. De presentator keek haar verbouwereerd aan, nam zijn microfoon geërgerd terug.

'Mevrouw Bakermat!' zei Gabriel streng. 'Waar zijn uw manieren? Deze meneer probeert zijn verhaal te doen. Hij is hier te gast. U mag best op zijn opmerkingen reageren, maar dat hoeft niet op deze toon.' Hij richtte zich verontschuldigend tot Ruben Baumgart. 'Ik kan me goed voorstellen dat u zich geschoffeerd voelt.'

'En hij is niet de enige,' zei Lorenzo, die inmiddels naast een chique vrouw met volle wimpers en scherpe jukbeenderen stond. Paulina Lanzilli, de ontwerpster van zijn kostuum, had haar broche als een oorbel ingehangen. 'U wilt ook iets zeggen, geloof ik. U bent getroffen door... de toon van vanmiddag? – heb ik dat goed?'

'Nou, inderdaad,' knikte ze. 'Ik schrik ervan dat mevrouw Bakermat zo weinig respect toont voor haar ambt. Van onze Burgermoeder had ik meer klasse verwacht. Het getuigt van slechte smaak om zo tekeer te gaan. Zeker op een dag als vandaag...'

'Daar bent u niet alleen in. Ik zie daar iemand met hetzelfde sentiment.' Lorenzo stapte op Hugo Danzig af en gaf de reus de microfoon aan. 'Wilt u de laatste vraag die zojuist door uw hoofd ging hardop delen? Er zat een grote urgentie in, vond ik.'

'Nou, ik zat me af te vragen hoe ik met een gerust hart moet stemmen straks,' zei Hugo. 'Ik bedoel: hoe kunnen we zeker weten dat er niet meer geheime Herzieningen in omloop zijn? Moeten we er maar op gokken dat ze niet nog meer te verbergen heeft? Daar zou ik eigenlijk wel helderheid over willen voor ik mijn stem uitbreng.'

'Dat zijn serieuze vragen,' zei Varane, die op veilige afstand van de Burgermoeder bleef staan en zijn microfoon nu met twee handen vasthield. 'Wilt u daarop reageren, mevrouw Bakermat?'

'Of uw excuses aanbieden voor alle commotie?' voegde Gabriel toe. 'Dat zou wel zo netjes zijn. Als het u lukt om die vriendelijk te formuleren tenminste.'

Norah zat zo aandachtig naar het verbeten gezicht van de Burgermoeder te kijken dat ze bijna opsprong toen Gizmo in haar oor fluisterde: 'Ze implodeert. Zie je dat? Tony had helemaal gelijk. Het werkt.'

Toen Tony haar had uitgelegd hoe ze Etna in het nauw zouden drijven, had ze zich niet echt kunnen voorstellen hoe het plan waar hij een jaar op had gebroed in de praktijk zou uitpakken. Maar nu ze het effect in werking zag voelde het zo logisch. 'Het is heel simpel: wanneer jij denkt jij bent de norm, jij weet jouzelf geen raad als de beschuldigende vinger zit aan een vreemde hand. Daarom wij zullen mevrouw Bakermat plaatsen in de kamer met de spiegels. Wij zullen zijn haar reflectie, de meest kritische versie – tot wij geven haar een uitweg die zij kan niet weerstaan.'

Voorlopig was het echter nog niet zover, voorlopig ging het op stang jagen van de Burgermoeder verder. Want juist toen het erop leek dat Etna zichzelf voldoende had herpakt om enigszins beheerst te reageren, doofde het zaallicht een seconde, twee, drie – lang genoeg om de aandacht van het publiek als vanzelf naar Lorenzo te verleggen, die gniffelend olie op het vuur goot. 'Interessant, mevrouw Bakermat. Dat is een interessante gedachte. Ik weet niet of je het een mea culpa zou kunnen noemen, maar hij is in ieder geval erg gemeend. En luid ook! U denkt in hoofdletters.'

'Ik dacht helemaal nergens aan!' riep Etna. 'Je kunt wel doen alsof je heel wat bent met je gehocus-pocus, maar mij houd je niet voor de gek! Dit bewijst helemaal niks! Ik hoef dit niet te –'

'U hoeft dit inderdaad niet te nemen. U bent vrij om te gaan.'

'Hou op! Dit is een –'

'– regelrechte schande,' maakte Lorenzo af. 'Ja, dat woord komt vaak in u op. Schande. Schande. En ook – o!' Hij sloeg een hand voor zijn mond. 'O! Wat een beelden, wat een taal...'

'Leugens! Dit zijn vuile leugens – Leopold, ik wil dat je nu –'

Etna deed opnieuw een greep naar zijn microfoon, maar de presentator was haar te vlug af en deed een sprongetje opzij. 'Wat voor beelden zag u?' vroeg Varane nieuwsgierig. 'Wat voor taal?'

'Nee, dat kan ik echt niet herhalen,' zei Lorenzo. 'Er zitten ook jonge mensen te kijken. Maar ik voel dat hier iemand zit – iemand die een diepe connectie voelt met de Burgermoeder en haar een hart onder de riem wil steken. Misschien kan die uitleggen waar deze denkbeelden vandaan komen.' Hij legde een vinger tegen zijn lippen, hield zijn hoofd schuin, en luisterde in opperste concentratie naar een geluidloze stem die pal achter hem bleek te zitten. 'Ah! Een bekend gezicht! Wilt u die laatste gedachte toelichten, mevrouw Nijverhut? Of nee, wacht, u hoeft het niet te zeggen, ik kan het duidelijk zien...'

Irma dook ineen toen hij een greep boven haar hoofd deed en haar gedachte uit de lucht plukte alsof er een tekstballonnetje boven haar knot zweefde. 'Ja – ik geloof dat mevrouw Nijverhut een lans voor mevrouw Bakermat wil breken. Namens het hele BCD – heb ik dat goed?'

Nog voor hij de microfoon onder haar neus stak was Irma driftig haar hoofd aan het schudden. 'Nee, nee, hier werk ik niet aan mee. Dit is pesten. Je bent mevrouw Bakermat aan het pesten!'

'Pesten? Daarover verschillen we van inzicht, mevrouw Nijverhut. Dit is beleid. Mevrouw Bakermats beleid. Ik voer het alleen uit – net zoals u. Sterker nog: ik neem u werk uit handen!'

'Werk uit handen?' snoof Irma. 'Jij? Dat is absurd.'

'U gelooft me niet? Het stond elke week in de krant, mevrouw Bakermat zei het zojuist zelf nog: het BCD werkt de klok rond! U bent zo overwerkt dat ze deze Herziening wel móest opstellen. Ze omzeilde de procedures voor uw bestwil – dat begrijpt u toch wel? Of, wacht... zie ik u –' Lorenzo tuurde met samengeknepen ogen naar een punt boven haar knot '– bent u nu aan het twijfelen aan haar intenties?'

'Wat? Nee, nee, natuurlijk niet, ik – ik wil niet zeggen dat ze... dat ze helemaal volgens het boekje heeft gehandeld – maar ik begrijp het wel.'

'O, maar dat is heel goed. Begrip. Het is goed om te weten dat het BCD in sommige gevallen begrip heeft voor Ongewenst Gedrag. Luistert u mee, meneer Varane? Want dit is nieuws voor de kiezer. En voor de raad – of vergis ik me daarin?'

'Nee,' haakte Gabriel aan. 'Dit is zeker nieuw. Is dit het officiële standpunt van het BCD? Staat het de Burgermoeder vrij om een loopje te nemen met de procedures?'

'Zo – zo ver zou ik niet willen gaan,' stamelde Irma. Ze schoof op haar stoel, er verschenen rode vlekken op haar wangen. 'Het BCD maakt in principe geen onderscheid. Wij zien alleen inzet en intenties.'

'In principe,' herhaalde Gabriel. 'Dat begrijp ik niet helemaal. Als u in principe geen onderscheid maakt, kunt u voor *de situatie* van mevrouw Bakermat toch geen uitzondering maken?'

Met plaatsvervangend ongemak zag Norah haar Participatiecoach zoeken naar de juiste woorden, een veilige nuance die haar zou helpen balanceren tussen de regels waar ze zo aan hechtte en haar loyaliteit aan de Burgermoeder, maar voor ze die vond hielp de vrouw wier handelen ze probeerde te verdedigen haar poging om zeep. Etna zwaaide met haar witgelakte nagel en offerde de zondebok die haar op een presenteerblaadje was aangereikt genadeloos op. 'Pas op wat u gaat zeggen! Want over de inzet van het BCD kan ik ook een boekje opendoen – ja, u hoeft niet zo verontwaardigd te kijken. Als u wat harder zou werken was deze Herziening dus helemaal niet nodig geweest! Dan was ik niet genoodzaakt om – nee! Nee, hoort u eens, mijn vader zei altijd –'

'Uw vader zei een boel, maar het lijkt er niet op dat u naar hem geluisterd heeft.'

Gabriel leunde over zijn spreekgestoelte en met gebaren waarin een rust en zelfverzekerdheid lagen die geen tegenspraak duldden las hij de Burgermoeder de les. 'Uw vader zou nooit een Herziening opstellen zonder zijn collega's te raadplegen. En hij zou zich zeker niet proberen te verstoppen achter de mensen die zijn beleid uitvoeren. Het is geen kip-of-eiverhaal, mevrouw Bakermat, de eindverantwoordelijkheid voor het welzijn van Stokerdam ligt altijd bij u. Altijd.' Hij wees naar Irma die met waterige ogen voor zich uit staarde, naar de gezichten om haar heen waar de teleurstelling en frustratie doorheen schemerden. 'Ziet u dan niet dat u ze overstuur maakt? Dat uw gedrag kwalijke gevolgen heeft?'

Hij bood haar een uitweg. Terugkrabbelen zou verstandig zijn. De slimste zet. Maar Etna Bakermat piekerde er niet over om ergens op terug te komen en haalde koppig haar schouders op. 'Dat heb ik nooit zo bedoeld!'

'We hebben het allemaal net gehoord.'

'En niemand beter dan deze meneer.'

Lorenzo stond naast de laatste spreker, de laatste uitzondering die de Burgermoeder een weg uit de spiegelkamer moest bieden die ze niet kon weerstaan. 'Ik zie dat hij een sentiment kan verwoorden dat ik bij de meesten van u bespeur.'

'O, maar u ken ik nog van vroeger!' zei Varane. 'U schreef heel aardige stukjes in de krant.'

Raoul Singh nam de microfoon aan, stond op, en las met ingetogen maar volstrekt heldere stem voor van zijn kladblok: 'Ik hoor vandaag een aan onverschilligheid grenzend onvermogen om pas op de plaats te maken en een ander het woord te laten. Kan niet luisteren, ontneemt iedereen het spreken, wil niets erkennen, alle lastige vragen ontweken met waarschuwingen voor stormen en onkruid, maar praat ondertussen zelf zo luid dat ze niets hoort, geen woord van advies dringt tot haar door, alle opbouwende kritiek moet wijken. Als burgerschap een actieve houding is, waarom kijken we dan zo passief toe? Hoe past het om de regels selectief toe te passen als iemand zich keer op keer misdraagt? Is dat niet waar een stad om vraagt? Geen onderscheid, maar gelijke wetten, een eerlijke maat die bepaalt dat eenieder die een ander schaadt, daarvoor een tijd bij zichzelf te rade gaat.'

In de stilte die na zijn voordracht viel begon de klok van het stadhuis te bengelen. Het publiek hield zich in tot de laatste slag had geklonken. Toen liet Carlos zijn snerpende fluitje horen en sloeg Gizmo zijn handen op elkaar. Norah volgde meteen, en één voor één sloten alle rijen aan, tot beide kanten van het gangpad de voordracht van meneer Singh met hartstochtelijk applaus onderstreepten. De voormalig journalist nam de lof met een bescheiden knikje in ontvangst, maar zijn ogen straalden toen hij weer op zijn stoel ging zitten.

'Uitstekend verwoord,' stelde Gabriel vast. 'Misschien is het inderdaad beter dat mevrouw Bakermat zich even terugtrekt en een korte pauze neemt om op haar gedrag te reflecteren. Of zeg ik nu iets geks, meneer Varane? Moeten we niet stilletjesaan over tot de orde van de dag? We zijn tenslotte al over tijd.'

De presentator stond weer aan zijn ringbaard te plukken. Hij had geen enkele keer meer naar zijn voorgedrukte kaartjes gekeken, had in geen jaren meer een geïmproviseerde uitzending gemaakt, maar ook hij moest zien dat het drama zijn hoogtepunt had bereikt, de rek was eruit, de tv-geschiedenis geschreven. 'Ja,' zei hij langzaam. 'Ja, misschien is het wel beter om er een eind aan te breien...'

'Leopold, ik – je kent me... Het was nooit de bedoeling – ik zou nooit opzettelijk –'

'Laten we erover stemmen,' stelde Gabriel voor. 'Mag ik handen zien? Wie is er een voorstander van dat mevrouw Bakermat zich even terugtrekt om tot inkeer te komen?'

Hij had zijn zin nog niet uitgesproken of ruim de helft van de zaal stak zijn arm in de lucht.

'Dat is duidelijk,' knikte Gabriel. 'Rutger, wil jij mevrouw Bakermat naar haar kamer begeleiden? Dan ronden wij hier netjes af.'

Even leek Etna te bevriezen in een moment van totale verbijstering. Even leek ze niet van plan ook maar een stap te zetten. Maar wat had ze voor keus? Ze was weggestemd. Gesommeerd het debat te verlaten. Niemand wilde nog naar haar luisteren, geen anekdote over haar vader kon haar hier nog uit redden. Op haar gezicht wisselden sporen van weerzin en puur ongeloof elkaar af toen Rutger naar haar toe schuifelde en haar met gebogen hoofd van het podium probeerde te begeleiden. Etna snauwde iets tegen hem, iets waar hij geschrokken van achteruitdeinsde – en draaide zich toen abrupt om op haar vierkante hakken.

Met opgeheven kin stapte ze van het toneel en zonder nog één keer om te kijken beklom ze de treden van de monumentale trap met kordate passen en Rutger in haar kielzog. Norah hield haar adem in terwijl ze de stramme rug van de Burgermoeder nakeek, de vrouw die zich krampachtig probeerde vast te houden aan het laatste beetje aanzien dat haar nog restte. Ze wist hoe dit verder zou gaan. De regels voor het vervolg waren simpel: de eerste die straks het woord zou nemen kreeg de regie. Ze zou blij moeten zijn dat alles volgens plan was verlopen. Opgelucht op z'n minst.

En toch. Ook al wist ze dat het niet de bedoeling was dat hij het slotpleidooi zou houden waar hij nu nog op rekende, het laatste woord waarmee hij zijn verkiezingswinst moest verzekeren, toch hoopte Norah dat Gabriel nu zijn moment zou zien. Het was nog niet te laat. Hij kon het tij nog steeds keren, had nog steeds een kans om het onvermijdelijke uit de weg te gaan, de truc die geen truc was – maar Lorenzo was hem voor. Zodra Etna uit het zicht was verdwenen, landde hij met een aanloopje en een katachtige sprong op het toneel. 'Wat vervelend nou,' zei hij, 'zo'n anticlimactisch einde van zo'n feestelijke uitzending. Zo zonde. Zal ik – zal ik anders nog een korte toegift geven, meneer Varane? Een illusie om de stemming van de mensen hier en de kijkers thuis weer op te krikken voordat de stembussen opengaan? Heb ik wel uw assistentie nodig.'

'Mijn assistentie?'

'Ik denk dat u er talent voor heeft.'

De presentator wipte op zijn voeten, leek een centimeter te groeien van het vooruitzicht. 'Och, nou, dat heb ik nou altijd al eens willen doen.'

'Heel goed.' Lorenzo negeerde Gabriels vragende blik, richtte zich snel tot zijn publiek en spreidde zijn armen. 'Dames, heren, Stokerdammers, in al mijn jaren in het theater was er één vraag die u mij na afloop van elke voorstelling stelde: hoe doe je het? Zoals ik eerder zei maken geheimen onderdeel uit van mijn vak, ik kan mijn methodes niet zomaar prijsgeven – maar ik kan u er wel deelgenoot van maken. Vanmiddag zal ik met u het bevrijdende effect delen van mijn laatste illusie: Het Verbroken Contract.'

Gabriels ogen vernauwden. Hij legde zijn hand over zijn microfoon, maar Norah kon hem desalniettemin duidelijk verstaan en voelde haar maag samentrekken toen hij vroeg: 'Waar ben je mee bezig? Wat is dit?'

'Niet zo zenuwachtig, broertje, elke show eindigt met een toegift. Geloof me, je bent zo van me af. Ik zal verdwijnen. Misschien wel voorgoed dit keer.'

Lorenzo haalde een velletje papier uit zijn broekzak en hield het omhoog. 'Dit hier is mijn Samenlevingscontract, getekend toen ik twaalf was, zoals eenieder van jullie. Dit papiertje bindt mij aan alle regels en voorwaarden van onze stad, het is de basis van mijn dossier, het fundament van onze samenleving, een levenslange overeenkomst – onverbreekbaar, is ons verteld...' Hij liet een geladen stilte vallen, woog het contract op zijn handpalm. 'Het is een bijzonder concept, een knappe uitvinding. En toch. Toch heb ik me geregeld afgevraagd hoe het zou zijn zonder contract, om een burger te zijn die niet aan voorwaarden hoeft te voldoen. En ik ben niet de enige, dat kan ik duidelijk zien. Of is hier iemand die durft te beweren dat al die regels hem nooit verstikken?'

Hij gaf het publiek een paar tellen om zijn vraag te overdenken, daagde ze woordeloos uit hem tegen te spreken. Niemand durfde te ontkennen. Iedereen biechtte in stilte.

Lorenzo haalde zijn schouders op. 'Begrijpelijk. Dat constante corrigeren, door uzelf, door anderen, de angst om het verkeerd te doen, het wantrouwen dat ermee gepaard gaat – zelfs onze Burgermoeder wordt die druk soms te veel...

Nu geloof ik best in herzieningen en ook in hervormingen. Verbetering, oefening, discipline – ik ben er een groot voorstander van. Ik heb dan ook geen principieel bezwaar tegen het principe. In principe ben ik een heel principieel mens. Net zoals mijn broer. Een wonderkind met de beste bedoelingen. Al durf ik te wedden dat ook hij zo nu en dan zou willen ontsnappen uit dat keurslijf van regels en voorschriften. Maar hoe doe je dat? Ontsnappen aan een levenslange overeenkomst? Meneer Varane, houd uw handen eens op? Palmen omhoog, een stukje uit elkaar, zo ja.'

Voor de presentator goed en wel klaarstond scheurde Lorenzo zijn contract doormidden. En nog eens. En nog eens. Negeerde de verschrikte geluiden uit het publiek tot er zestien gelijke stukken overbleven en Gabriel hem paniekerig bij zijn arm greep. 'Wat ben je aan het doen?'

'Wat zei ik u? Een en al principes. Het is maar een truc, raadslid Madoz. Maakt u zich geen zorgen.'

Lorenzo legde de snippers in een keurige stapel op Varanes linkerhandpalm, plaatste de rechter erbovenop. 'Goed vasthouden, laat ze niet ontsnappen, ze hebben de neiging om zichzelf te herstellen – niet lachen, meneer Varane. Ik ben uiterst serieus. Ja, ik hoor u denken dat het slechts papier is, maar u zult merken dat deze overeenkomst van heel solide materiaal is gemaakt. Wilt u uw handen van elkaar halen en het publiek laten zien wat ik bedoel?'

Varane deed wat hem verteld werd. Op zijn handpalm lag nog steeds een stapeltje, maar toen hij het vastpakte kwamen de snippers niet van elkaar. Als een volleerd assistent vouwde hij het contract met plechtige bewegingen uit. Op een paar kreukels en vouwen na was het helemaal gaaf. 'Ziet u?' zei Lorenzo. 'Onverbreekbaar. Halve maatregelen zijn dus niet genoeg. Laten we het op grotere schaal proberen – mag ik u voorstellen aan Tony Soddini, eigenaar van het gelijknamige, befaamde theater in Lefshaven, mijn leermeester, en een expert als het gaat om onvervalste effecten!'

De deur van het Archief zwaaide open en daar stond Tony Soddini, uitgedost in een donkerrood fluwelen pak, met naast zich een gigantische groene rolkoffer. 'Jij bent te vriendelijk, jongen – en te weinig meer gewend.' De vlinderkunstenaar sleepte de koffer achter zich aan naar het toneel. 'Als iemand mij wil ondersteunen? Ik draag bij mij een lading van zware importantie.'

Varane snelde hem meteen te hulp, sjorde de koffer gewillig het toneel op. Tony rolde hem naast de stembus, legde hem op zijn kant en ritste hem met een sierlijke polsbeweging open. De koffer was tot de rand gevuld met stapels en stapels papieren. 'Eén contract is van minuscuul gewicht, maar als jij ze stapelt bij elkaar zij geven een doorslaand effect.' Toen wipte hij de deksel van de stembus en begon de papieren er vrolijk neuriënd in te stoppen.

'Zijn dit echte contracten?' vroeg Varane, die enthousiast meehielp. 'Van echte burgers?'

'U stelt de juiste vragen, meneer Varane,' lachte Lorenzo. 'U heeft er werkelijk talent voor. Hoe "echt" de contracten zijn, zullen we snel genoeg aan het effect merken.'

Toen wendde hij zich weer tot de zaal, nam het publiek aandachtig in zich op. 'Voor de illusie van Het Verbroken Contract heb ik nóg een assistent nodig. Iemand die me wil helpen om u, al is het maar voor een moment, te bevrijden van de voorwaarden waaraan uw burgerschap is verbonden. Vrees niet, u hoeft geen Tegenprestatie voor deze toegift te leveren. Geen voor wat hoort wat.'

Er schoten meteen een paar handen de lucht in. Ogenschijnlijk op zoek naar een willekeurige vrijwilliger speurde Lorenzo op zijn gemak de zaal af, negeerde de schippersvrouw die iets onsamenhangends brulde, en Gabriel die radeloos aan zijn stropdas friemelde, naarstig op zoek naar een moment om in te grijpen. Norah voelde een gedreun in haar binnenste, een inwendig trillen dat haar ademhaling ontregelde en haar licht in haar hoofd maakte, maar dat zou iedereen hebben – iedereen die wist dat de contracten echt waren, de afgelopen dagen verzameld in het Archief. Weliswaar zonder medeweten, maar wel onder toeziend oog ván raadslid Madoz, tot wie op ditzelfde moment moest doordringen dat hij op een bepaalde manier medeplichtig was aan deze toegift. Het bloed trok uit haar wangen toen Soddini met een zwierig gebaar een fles lampenolie, een ijzeren ketting en een hangslot uit de koffer toverde. *Kun jij mij beloven jij zult mij niet teleurstellen? Jouw timing komt op een cruciaal moment in de show. Haperingen zijn niet toegestaan!* Ze veegde haar handen droog aan haar broek. Er was geen weg terug. Ze moest op.

'Weet u?' zei Lorenzo. 'Ik denk dat ik het, voor mijn eigen veiligheid, dicht bij huis zoek vandaag.'

Nog voor hij haar aanwees kwam ze overeind.

'Norah? Wil je naar voren komen? Ons nichtje, dames en heren. Net terug in de stad!'

Ze was zich vagelijk bewust van Gizmo die haar een zetje gaf, de tientallen ogen van het publiek die al haar bewegingen volgden, het aanmoedigende applaus, Lorenzo die zijn hand uitstak en haar op het toneel trok, het doosje lucifers dat Tony haar aangaf, alles verdween naar de achtergrond, alleen Gabriel bleef over, Gabriel die haar zo wanhopig aankeek dat ze hem het liefst wilde vertellen dat *alles goed kwam, alles kwam goed* – maar ze kon hem niet geruststellen, wat er stond te gebeuren was onvermijdelijk, onvergeeflijk misschien.

'Dames, heren, Stokerdammers, ik zal in de stembus gaan zitten, tussen de contracten om ze goed in de gaten te houden, en Norah zal op Tony's teken de lucifer door het gat laten vallen en u van al uw verplichtingen bevrijden. Mocht er onverhoopt iets misgaan, dan zal Tony van zijn plek snellen en het slot verbreken.'

Norah woog het doosje lucifers in haar hand. Het voelde bijna te licht, te klein. Terwijl Lorenzo in de stembus kroop, Tony hem iets in zijn oor fluisterde (moed, een schietgebedje misschien) voor hij de ontsnappingskunstenaar overgoot met lampenolie en de deksel van de stembus met behulp van Leopold Varane dichtdeed en vastmaakte met de ketting en het hangslot, schoof ze het doosje voorzichtig open, nam er één lucifer uit. Dit stokje, een paar centimeter hout met een ontvlambare rode kop, alle uren die ze had geoefend – alles kwam uit op dit moment. Ze moest niet twijfelen. Ze moest zeker zijn. Maar waarom had ze dan toch het knagende gevoel dat er iets vreselijk mis was? Waarom deed het geluid van beginnende commotie op de Compromislaan, de eerste knallende vuurpijlen, het eerste opgewonden gejoel van de menigte die zich onder leiding van Anna en Leander Gomez buiten had verzameld om te vieren dat ze verlost waren van hun Burgerplicht, haar huiveren? Ze schudde haar hoofd, rechtte haar schouders. *Niet nu.* Ze moest opletten. Timing was alles. Lorenzo moest precies op het juiste moment in het valluik verdwijnen. Ze moest erop vertrouwen. Op hem. Op de voorbereidingen van de truc. Op Tony die zijn positie innam naast de stembus, zijn handen op zijn rug vouwde en haar plechtig toeknikte.

Norah streek de lucifer af. Hij vatte in één keer vlam. Ze hoorde hoe Lorenzo ging verzitten, hoorde de ingehouden adem van het publiek, en op dat moment leek alles zich in te houden: het gejoel, de commotie, de tijd. Wist ze het zeker? Zeker dat de stembus goed op het valluik stond? Dat het valluik werkte? Dat Lorenzo zijn weg zou vinden naar de deuren van het stadhuis, ze open zou trekken om te verdwijnen in de menigte? Dit hadden ze niet geoefend. Als het misging was het haar schuld, haar geweten. Wilde ze de verantwoordelijkheid dragen? Opdraaien voor de consequenties – de gevolgen op de lange én de korte termijn?

Norah keek naar het publiek. Beide kanten van het gangpad keken reikhalzend naar het podium, beide kanten wilden zien hoe de stembus in de hens ging, haar neef in vlammen zien opgaan; sommigen om hem ongeschonden weer tevoorschijn te zien komen, maar anderen – anderen verheugden zich op iets onheilspellends, leek het, iets lugubers. Of zag ze dat verkeerd? *Dit loopt niet goed af. Dit loopt niet goed af. Dit –*

'Norah?'

Tony legde een hand op haar schouder. 'Het moment is nu.'

De lucifer was kromgetrokken, de vlam schroeide tegen haar vingers. Ze voelde het nauwelijks.

'Norah.' Gabriel was stilletjes naast haar komen staan, boog naar haar toe. 'Alsjeblieft,' fluisterde hij. 'Denk nou na. Je hoeft dit niet te doen. Je moet niet alles geloven wat hij zegt.'

Maar ze had Lorenzo graag geloofd. En zijn verhalen werden alleen maar beter in het donker, als het enige licht in de kamer magisch was. Ja, hij was een leugenaar. Een zelfbenoemde charlatan. Het viel niet te zeggen hoe zuiver zijn intenties waren. Zijn motieven bleven een raadsel. Deed hij dit voor Tony? Het theater? Het applaus? De onhoudbare *situatie* die zou ontstaan? Een chaotische, verse start? Was dat de oplossing? Chaos? Had ze daar niet juist uit willen ontsnappen? Ooit?

Als ze de lucifer nu liet opbranden, het momentum zou verliezen, was alles misschien voor niets geweest. Bestond er een kans dat Etna Bakermat de verkiezingen alsnog zou winnen. Dan zou het allemaal op Gabriel aankomen. Hij zou moeten redden wat er te redden viel, de chaos moeten indammen. Zoals hij altijd deed. Vertrouwde ze hem? Voldoende om te geloven dat zijn hervormingen op termijn verschil zouden maken? Kon ze daar het geduld voor opbrengen? Wilde ze dat? Of was willen een luxewoord?

Ze moest niet twijfelen. Ze moest zeker zijn. Zoals de vrouw in de spiegel dat was geweest. Zonder angst. Even althans. Dat was lang genoeg.

De lucifer was zo goed als opgebrand, de vlam bijna uit. Norah haalde diep adem. Ze wist hoe ze dit moest spelen.

Verantwoording

Voor het schrijven van deze roman heb ik onder meer gebruikgemaakt van de volgende boeken:

- *The Right Way to Do Wrong* van Harry Houdini
- *On Deception* van Harry Houdini
- *Magic and Showmanship. A Handbook for Conjurers* van Henning Nelms
- *Hiding the Elephant* van Jim Steinmeyer
- *Magic. 1400s-1950s* van Mike Caveney, Ricky Jay & Jim Steinmeyer

En uit *The Secret Life of Houdini. The Making of America's First Superhero* van William Kalush & Larry Sloman, vertaald door Jacques Meerman als *Houdini. Het geheime leven van een superheld*, heb ik de volgende fragmenten gebruikt:

'Ik ben sterk, zoals u ziet. Mijn vlees is sterk, maar mijn wil is sterker geweest dan mijn vlees. Ik heb tegen ijzer en staal, tegen sloten en kettingen gevochten; ik ben blootgesteld geweest aan verbranding, aan de verdrinkingsdood en aan vrieskou, zodat mijn lichaam nu bijna ongevoelig is voor pijn. Ik heb dingen gedaan die eigenlijk niet kunnen maar ik zei: "Je moet," en nu ben ik op mijn zesendertigste een oude man. Een mens is alleen maar een mens en het vlees wreekt zichzelf. [...] Ik heb dat zelf bewezen. Je moet scherp aan iets denken – aan de prestatie, aan wat die prestatie inhoudt – dan overwin je de pijn, sommige soorten pijn. Als de gedachte fel genoeg is, verdwijnt de pijn... tijdelijk. De taak die me wordt voorgelegd, is soms heel zwaar. [...] Maar voel ik pijn? Nooit. Hoe kan ik pijn voelen? Daarvoor is geen plaats. Mijn hele geest bevat maar één gedachte: vrij zijn! Vrij zijn! En de bedwelming van die vrijheid, van dat succes, is subliem. En daarna? O ja, daarna. Laat ik daarover zwijgen. Vanwege het daarna voel ik me op mijn zesendertigste oud.' (p. 265-266)

'Een goede acrobaat leert op dezelfde manier in evenwicht te zijn op zijn hoofd. Hij balanceert dan op zijn hoofd boven op een paal van zes meter hoog – dat is gemakkelijker dan op de grond, want daar voel je eerder dat je je evenwicht verliest. Gevaarlijk natuurlijk; niet veel mensen kunnen het. Maar wie het wel kan, denkt niet aan gevaar. Ze zijn als kleine jongens begonnen en hebben elke dag geoefend; het is een gewoonte geworden. Maar op een dag vallen ze... ah! Dat is de test – dat is moed. Ze denken daarna altijd aan vallen en daarvoor is dat nooit bij hen opgekomen. Die gedachte onder ogen zien en bedwingen en dan je nummer doen – dat is moed. En je nummer doen terwijl je weet dat je zult vallen – omdat dat niet anders kan – omdat het publiek wacht – dat is nog grotere moed.' (p. 267)

'Je leert van je agenten en managers. Ze willen je goedkoop inkopen en jij moet jezelf duur verkopen. Als je vijftig keer beduveld bent, heb je iets geleerd. Voor het publiek zijn drie dingen nodig: het nummer, de man en de publiciteit.' (p. 267-268)

'Om een goede indruk van mijn religieuze achtergrond te geven, kan ik zeggen dat men mij een charlatan, een kwakzalver, een variétéartiest en een reizende goochelaar heeft genoemd. Daar ben ik trots op. Het heeft me jaren gekost om die positie te bereiken.' (p. 451)